BASTEI
LÜBBE

Taschenbücher von LINDA LAEL MILLER
im BASTEI-LÜBBE-Programm:

18 100 Wer das Paradies nur finden will
18 101 Wer ein Lächeln des Glücks einfängt
18 102 Wer dem Zauber der Liebe verfällt
18 103 Wer dem Weg des Herzens folgt …
18 104 Wie der Glanz des silbernen Mondes …
18 105 Wie das helle Feuer der Sterne
18 106 Lily und der Major
18 108 Emma und der Rebell
18 110 Caroline und der Bandit
18 112 Bis ans Ende meines Lebens
18 113 Bis die Liebe dich bezwingt …
18 114 Bis du deinem Herzen glaubst
18 115 Eine widerspenstige Geliebte
18 116 Ein sündiger Engel
18 117 Eine ungezähmte Braut
18 119 Verzaubert von deinen Augen
18 123 Goldene Sonne, die dich verbrennt
18 127 Silbernes Mondlicht, das dich streichelt
18 138 Und liebe dich ein ganzes Leben

Linda Lael Miller

Ein heller Stern brennt in der Nacht

Roman

Ins Deutsche übertragen
von Katharina Braun

BASTEI
LÜBBE

BASTEI-LÜBBE-TASCHENBUCH
Band 18 142

Erste Auflage
September 1995

Deutsche Lizenzausgabe 1995
by Bastei-Verlag Gustav H. Lübbe
GmbH & Co., Bergisch Gladbach
Originaltitel: For all Eternity
Lektorat: Katharina Woicke
Titelbild: Agentur Schlücker/
Pino Daeni
Umschlaggestaltung:
Quadro Grafik, Bensberg
Satz: KCS GmbH,
Buchholz/Hamburg
Druck und Verarbeitung:
Brodard & Taupin,
La Flèche, Frankreich
Printed in France

ISBN 3-404-18142-7

Der Preis dieses Bandes
versteht sich einschließlich der
gesetzlichen Mehrwertsteuer

1

Bright River, Connecticut
In unserer Zeit

Vampire weinen nicht, ermahnte Maeve Tremayne sich, als sie an jenem Hochsommerabend in der leeren Eingangshalle von Aidans Haus stand und durch einen Tränenschleier das verdorrte Rosenbouquet betrachtete, das ihr Bruder ihr hinterlassen hatte.

Die vertrockneten blassen Blüten lagen auf der verstaubten Marmorplatte verstreut, ihre Ränder waren geschrumpft und hatte die Farbe dunklen Tees angenommen. Ganz offensichtlich war Aidan schon eine ganze Weile fort …

Maeve fand einen bittersüßen Trost in diesem Beweis, daß ihr Zwillingsbruder sein Versprechen nicht vergessen hatte, sie wissen zu lassen, ob sein großartiges, so unendlich gewagtes Experiment fehlgeschlagen oder gelungen war.

Ja, die Rosen stellten eine unmißverständliche Botschaft dar: Aidan hatte seine Unsterblichkeit aufgegeben, um wieder Mensch zu werden.

Maeve ergriff eine der hauchdünnen Rosenblüten und drehte sie langsam in ihren schlanken, blassen Fingern. Aidan hat nie einen glücklichen Moment als Vampir gekannt, sagte sie sich, in dem Versuch, in diesem Gedanken Trost zu finden. Denn immerhin war ihr Bruder gegen seinen Willen verwandelt worden, von seiner rachsüchtigen Geliebten, der legendären Lisette.

Mehr als zwei Jahrhunderte lang war Aidan an seinen magischen Kräften fast verzweifelt, statt sich an ihnen zu erfreuen, wie Maeve selbst es tat. Selbst heute noch erstaunte es sie, daß ihr Bruder nie das ganze Ausmaß seiner Gaben zu würdigen gewußt hatte ... Vampire vermochten frei nach Willen durch Zeit und Raum zu reisen, Objekte und menschliche Wesen mit reiner Geistesanstrengung zu bewegen und ihre eigene Gegenwart vor jedem geringeren und den meisten gleichgestellten Wesen zu verbergen. Und im Gegensatz zu den Sterblichen, die nur einen winzigen Teil ihres Gehirns benutzten, vermochten Vampire das gesamte Potential ihres Verstandes auszunutzen.

O ja, Vampire waren jenen bedauernswerten Kreaturen mit ihren empfindlichen Organen und zerbrechlichen Knochen zweifelsfrei überlegen. Unsterbliche sahen und hörten mindestens so gut oder sogar noch besser als eine streunende Katze und hatten niemals – außer unter sehr bizarren Umständen vielleicht – den Tod zu fürchten, der alle Menschenwesen irgendwann erwartete.

Maeve erschauerte, als sie an die alptraumhafte Szene dachte, die erst wenige Monate zuvor auf einem abgelegenen Friedhof auf einem Hügel hinter einer alten Abtei stattgefunden hatte. Aidan wäre dort fast den schrecklichen aller Vampirtode gestorben – eine qualvolle, höllische Tortur im hellen Schein der Sonne.

Verdammt seien Aidan und sein lächerlicher Edelmut, dachte sie jetzt ärgerlich. Er hatte sich freiwillig und bewußt in Lisettes Falle begeben, um ein anderes Wesen der Nacht – seinen Freund Valerian – zu retten. Wenn sie selbst, Maeve und Tobias, einer der ältesten Vampire dieses Universums, nicht gewesen wären, hätte Aidan sein Ende dort im Schnee gefunden, schreiend und schmerzgekrümmt im verzehrenden Licht der Sonne …

Maeve füllte ihre Hände mit den trockenen Rosenblüten und drückte sie an ihr Gesicht. Der schwache Duft war noch wahrzunehmen, und sie nahm ihn in ihren Erinnerungen auf, um ihn sich bei späteren Gelegenheiten zurückzurufen.

»Aidan«, flüsterte sie gebrochen. »O Aidan!«

Du bist jetzt ganz allein auf dieser Welt, ermahnte sie sich, als sie langsam die Hände öffnete und die Rosenblüten auf die Marmorplatte zurückfallen ließ. Sie besaß jetzt nur noch Feinde und Bekannte, aber keine Freunde mehr.

Vampire waren von Natur aus keine besonders geselligen Wesen, da sie Engel und Hexenmeister fürchteten, ebenso wie die scheinbar stümperhaften Menschen, die in Wirklichkeit jedoch rücksichtslose Jäger und nur darauf aus waren, die Wesen der Nacht zu zerstören. Doch vor allem mißtrauten Vampire sich gegenseitig, und das aus gutem Grund, da sie zu Gier und Prinzipienlosigkeit neigten und im allgemeinen immer nur ihre eigenen Interessen verfolgten.

Maeve seufzte und ging in Aidans Arbeitszimmer, in

den Raum, in dem er so viele Nächte an diesen verdammten Tagebüchern und Zeichnungen gesessen hatte. Wenn möglich, war er schon immer früh auf Nahrungssuche gegangen, um dann in dieses große, prächtige, einsame Haus zurückzukehren und sich der Illusion zu überlassen, ein ganz normaler Sterblicher zu sein, mit einer äußerst lächerlichen Lebensspanne von höchstens fünfundsiebzig Jahren oder so. Es überstieg auch jetzt noch Maeves Begriffsvermögen, was Aidan an den Menschen so bewundert hatte, an diesen schwachen, ungeschickten Wesen, die blind waren für die grandiosen Mächte, die in den geheimsten Tiefen ihres eigenen Bewußtseins schlummerten.

Maeve nahm den ersten Band von Aidans zahlreichen Tagebüchern aus dem Regal, und es versetzte ihr einen schmerzhaften Stich, als sie die Zeichnung auf der ersten Seite sah, die sie und ihren Bruder darstellte. Das Bild erinnerte sie an ihren menschlichen Beginn im Irland des achtzehnten Jahrhunderts, wo sie als Zwillinge und Nachkömmlinge eines liederlichen, aber bezaubernd schönen Schankmädchens und eines reichen englischen Kaufmanns auf die Welt gekommen waren.

Alexander Tremayne hatte gut für seine Bastarde gesorgt, das mußte selbst Maeve sich eingestehen, in Anbetracht der Tatsache, daß er in Liverpool noch eine andere, legitime Familie besaß. Seine größte Sünde, für die Maeve ihn ewig verachten würde, war, daß er die Zwillinge getrennt hatte, als sie erst knapp sieben Jahre alt gewesen waren.

Kurz vor dieser schicksalhaften Trennung hatte Aidans und Maeves flatterhafte und abergläubische Mutter sie zu einer Wahrsagerin gebracht. Als die alte Zigeunerin die Handflächen der Kinder betrachtete, hatte sie entsetzt geflüstert: »Verflucht! Sie sind verflucht in alle Ewigkeit!«

Nach diesen Worten war das verhutzelte alte Weib von

den Stufen seines farbenfrohen Wagens aufgesprungen und in seinem Inneren verschwunden. Einen Moment später jedoch kehrte sie zurück, in den Händen zwei Medaillons in Form von goldenen Rosenblüten, die an soliden Ketten befestigt waren. In einer geradezu ehrfürchtigen Zeremonie hatte sie jedem Kind eine dieser Ketten umgelegt.

»Sie können zwar nicht eure Seelen retten«, erklärte sie, »aber sie werden euch eine Mahnung sein, nicht die Tugenden der Gnade und des Glaubens zu vergessen, die ihr unter allen Umständen bewahren müßt, egal, was euch auch zustoßen mag! Denn aus diesen Gaben werdet ihr eure Kraft und eure Macht beziehen.«

Maeve hatte das Geschenk der Zigeunerin seitdem stets bei sich getragen und nach der Trennung von Mutter und Bruder einen beachtlichen Trost daraus bezogen.

Von einem winzigen Stübchen über einer irischen Taverne war Maeve in ein Kloster gelangt, wo man sie Nähen, Sticken und Weben lehrte, aber auch das Lesen, das Schreiben und das Rechnen. Aidan war auf eine angesehene Internatsschule für Jungen geschickt worden, weit fort von England, und auch er hatte seine Kette und das Medaillon nie abgelegt.

Die beiden Kinder hatten schon bald eine schier unheimliche Gabe entdeckt, sich durch Bilder, die sie in ihrem Geist heraufbeschworen, miteinander zu verständigen, und dieser Kontakt war in dunklen, einsamen Stunden Maeves einziger Trost gewesen.

Später, als Aidan zu einem jungen Mann herangewachsen war, begegnete er Lisette, dem mächtigsten aller weiblichen Vampire. Da er sie für ein sterbliches Wesen hielt, verliebte er sich in sie, doch Lisette tötete ihn und erweckte ihn als Wesen der Nacht wieder, indem sie ihm sein eigenes, inzwischen verändertes Blut wieder einflößte.

Als Maeve die Wahrheit erfahren hatte, durch das Geständnis eines entnervend arroganten, wahnsinnigen draufgängerischen und unglaublich gutaussehenden Vampirs namens Valerian, war sie am Boden zerstört gewesen. Von jetzt an, das wußte sie, würde die gesamte Ewigkeit zwischen ihr und Aidan liegen, denn während er für immer und ewig existieren würde, war es ihr bestimmt, zu altern und zu sterben.

Auf anschaulichste Weise hatte Valerian ihr geschildert, welche Vorteile es mit sich brachte, ein Vampir zu werden, aber er verschwieg auch nicht die evidenten Schattenseiten dieses Daseins.

Ein Nichtsterblicher konnte einerseits buchstäblich alles tun, was er oder sie sich wünschte, aus der Kraft eines einzigen, gezielten Gedankens heraus. Die ganze Welt, ja, das gesamte Universum war der Spielplatz der Vampire. Doch auf der anderen Seite, hatte Valerian mit spürbarem Erschauern gesagt, konnte kein Zweifel daran bestehen, daß letztendlich alle Vampire verdammt sein würden, falls es stimmte, was die Religion verkündete. Es würde keine Rettung für Vampire geben und ganz sicher keine Gnade – falls sie vor dem Ewigen Gericht zu erscheinen hatten, würden sie im tiefsten Grund der Hölle enden.

Im Verlauf von Maeves klösterlicher Erziehung hatte sie genug über die Hölle erfahren, um sie zu fürchten, aber die unzähmbare Abenteuerlust, die sie beherrschte, war stärker als die Furcht. Ein weiterer Faktor war, daß sie es nicht ertragen hätte, von Aidan verlassen zu werden, und daher erschien ihr nach eingehender Überlegung der Gedanke, Blut zu konsumieren, wie ein sehr geringer Preis für die Privilegien, die sie als Vampir erlangte.

Denn schließlich brauchte sie ihre Opfer nicht zu töten, wenn sie es nicht wollte, und selbst in ihrer klösterlichen Unschuld war ihr klar, daß es genug Schurken auf der Welt gab, von deren Blut sie sich ernähren konnte. Sie brauchte sich dafür nicht jemanden mit einem ehrlichen, anständigen Herzen auszusuchen ...

Als all diese Dinge ausgiebig bedacht waren, traf Maeve eine Entscheidung und bat Valerian, sie in einen Vampir zu verwandeln, weil sie wußte, daß Aidan selbst niemals bereit dazu gewesen wäre. Anfangs lehnte auch Valerian ihr Ansinnen ab, doch andererseits fühlte er sich stark zu Maeve hingezogen, und sie verstand das zu ihrem Vorteil auszunutzen.

Irgendwann hatte Valerian sie dann doch verwandelt, und es war keineswegs die unangenehme Erfahrung gewesen, die Aidan ihr beschrieben hatte. Im Gegenteil – für Maeve war es eine unvergeßliche Nacht grenzenloser Ekstase gewesen.

Aidan war maßlos empört und aufgebracht, als er erfuhr, daß seine Schwester in seine Fußstapfen getreten war; er schimpfte sie eine verdammte Närrin, verfluchte Valerian und wünschte ihm, unter der heißen Wüstensonne zu verrotten – um dann schlicht und einfach zu verschwinden.

Eine Zeitlang war Maeve Valerians Geliebte und seine Schülerin gewesen. Er hatte sie in die Freuden der Sexualität unter Vampiren eingeführt, eine hauptsächlich geistige Betätigung, die Maeve unendlich erstrebenswerter erschien als die komischen körperlichen Akte, die die Sterblichen so gern zu vollführen schienen. Da Maeve noch unberührt gewesen war, als Valerian sie verwandelt hatte, war ihr die Würdelosigkeit der Verrenkungen, des Schwitzens und des Gestöhns unter dem Körper eines Mannes, das die meisten sterblichen Frauen zu ertragen hatten, erspart geblieben.

Außer in die intensiven Freuden der geistig-sexuellen Vereinigung hatte Valerian sie natürlich auch in viele andere Dinge eingeführt. Maeve hatte sich alle Tricks der Wesen, die die Nacht bevölkerten, zu eigen gemacht, und eines Abends, als sie Valerian bei vampirischen Spielen mit einer schönen Jung-Vampirin namens Pamela ertappte, beschlossen, sich allein in die weite Welt hinauszuwagen.

Es war ihr nicht schlecht dabei ergangen, und als sie sich schließlich auch mit ihrem noch immer sehr erzürnten Bruder versöhnt hatte, begann sie, sich von einem herrlichen Abenteuer ins nächste zu stürzen.

Doch nun, als Maeve in dem verlassenen Zimmer stand, das einst der liebste Aufenthaltsort ihres Bruder gewesen war, das goldene Medaillon in den Händen, sah sie sich vor die Notwendigkeit gestellt, sich mit einer neuen Realität abzufinden, einer weiteren Wendung auf ihrem Weg.

Sie mußte Aidan seiner neugewonnenen Menschlichkeit überlassen, durfte ihn nicht einmal aufsuchen, obwohl die Versuchung, es zu tun, fast unwiderstehlich stark war. Denn es war zu hoffen, daß er sich jetzt ein glückliches Leben aufgebaut hatte.

Maeve nahm an, daß sie es nie erfahren würde; Aidan war für sie gestorben, und sie für ihn, und es gab keinen Weg zurück zu ihrer alten Bindung.

Nein, ihr blieb nichts anderes zu tun, als Nahrung aufzunehmen und in das Dachgeschoßstudio ihres Heims in London zurückzukehren, wo sie sich am liebsten aufhielt, wenn sie sich traurig oder verletzt fühlte. Denn dort konnte sie an ihrem Webstuhl sitzen und ihren Gedanken freien Lauf lassen, während sie das Schiffchen führte und ihr Unterbewußtsein die Farben und Bilder diktieren ließ, die wie durch Zauberhand auf dem Wandteppich erschienen.

Gettysbury, Pennsylvania
14. Juli 1863

Wenn Calder Holbrook schlief – was selten genug vorkam – quälten ihn Träume, in denen er den ohrenbetäubenden Donner der Kanonenschüsse hörte und die Schreie der Schuljungen, die man an die Front geschickt hatte. Es verging kaum ein Moment, weder im Schlafen noch im Wachen, an dem er nicht seine chirurgischen Instrumente niederlegen wollte, um heimzukehren nach Philadelphia. Aber er konnte die Verwundeten nicht im Stich lassen. Welche Farbe ihre zerfetzten Uniformen besaßen, hatte für ihn keine Bedeutung, obwohl einige der anderen Ärzte sich beharrlich weigerten, ›Feinde‹ zu behandeln.

Es war eine heiße Sommernacht, die Luft war schwül und vom metallischen Geruch von Blut und dem noch aufdringlicheren Gestank von Urin und Erbrochenen erfüllt. Nach vierundzwanzig Stunden unablässigen Operierens hatte Calder sich dankbar auf dem kühlen, weichen Gras ausgestreckt, das ein altes Grab bedeckte, im Hof einer kleinen Holzkapelle, und war in einen unruhigen Schlaf gesunken. In den frühen Morgenstunden, lange vor der ersten Dämmerung, weckte ihn etwas, das erheblich subtiler war als die Schreie und das Stöhnen der verwundeten Soldaten, die auf den schmalen Holzbänken der kleinen Kirche auf ihr Ende warteten.

Schmerzgekrümmt und gebeugt vor Verzweiflung und Erschöpfung, richtete Calder sich auf einen Ellbogen auf und sah sich auf dem Friedhof um. Es lagen so viele Verwundete herum, eine solch unfaßbare Menge, daß sie das Gras des Hofs fast vollkommen verdeckten. Und doch war auch dieses Lazarett hier nur eins der unzähligen improvisierten Hospitäler, die sämtlich überfüllt und in ihrer Kapazität erschöpft waren.

Einige der Patienten zitterten oder schluchzten unter ihren dünnen Decken – falls sie das Glück gehabt hatten, eine zu erhalten. Viele stöhnten, während andere, die geringere Verletzungen erlitten hatten, apathisch ihren Abtransport erwarteten, entweder heim zu ihrer Familie oder zu den Unionstruppen an die Front. Die Konföderierten würden in ein Gefangenenlager gebracht werden, zu Fuß, falls sie dazu in der Lage waren, oder auf irgendeinem holprigen Karren, den das Hospital entbehren konnte.

Calder riß sich aus seinen Betrachtungen und begann sich unruhig zu bewegen. Etwas war plötzlich anders; er verspürte ein eigenartiges Flattern in seinem Magen, fast unheimlich schon, das teils aus Erregung, teils aus Angst geboren war. Er richtete sich auf, lehnte den Rücken an den kühlen Marmorgrabstein und fuhr sich mit blutverschmierten Fingern durch das Haar.

Und da sah er sie.

Ein aus Mondlicht erschaffenes Wesen, das sich so anmutig zwischen den Reihen gefallener Soldaten hin und her bewegte, daß es zu schweben schien. Sie trug ein helles Kleid, aus irgendeinem glänzenden, zarten Material, und ihr ebenholzschwarzes Haar fiel ihr wie ein schimmernder Vorhang auf den Rücken.

Calder rieb sich zuerst verblüfft die Augen, dann den Nacken, überzeugt, daß es eine Halluzination war, was er sah, oder ein Traum. Dies war keine jener braven Frauen aus der Stadt, die selbstlos und unermüdlich die Opfer beider Fronten pflegten, die jene schreckliche Schlacht vor einem Monat gefordert hatte. Keine dieser Frauen hätte jemals etwas derart Unpraktisches wie ein weißes Kleid an einem solchen Ort voller Schmutz, Eiter und Blut getragen.

Ein Engel? fragte Calder sich. Einige der armen Jungen hatten von einem wunderschönen Schutzengel gesprochen, der angeblich nachts erschien und jenen, die dem Tod am nächsten waren, Trost und Zuspruch schenkte. Aber wahrscheinlich hatten sie nur das gesehen, was sie sehen wollten, so weit entfernt, wie sie von ihren Müttern, ihren Frauen, ihren Liebsten waren.

Wieder verengten Calders Augen sich, weil er weder ihnen Glauben schenkte noch seinem Verstand. Doch die Frau verschwand nicht wie erwartet, sondern kniete neben einem Schwerverletzten nieder und zog ihn mit einer solchen Zärtlichkeit an ihre Brust, daß Calders Kehle eng wurde in einer Aufwallung heißer Tränen.

Ihr unvergleichlich schönes Haar, das aus der Nacht selbst gesponnen schien, war wie ein Schleier und verhüllte den Kopf des verwundeten Soldaten und seine Schultern.

Als Calder sich vor seiner ersten Verblüffung erholt hatte, rappelte er sich mühsam auf. »He, Sie!« sagte er in leisem, aber bestimmten Ton. »Was tun Sie da?«

Die Frau hob den Kopf, ihr schönes, unendlich blasses Gesicht schimmerte im silbernen Schein des Monds wie Alabaster. Der Junge, der in ihren Armen ruhte, hatte den Kopf hingebungsvoll zurückgelegt und trug einen Ausdruck purer Freude auf seinen gequälten Zügen. Selbst aus der Entfernung konnte Calder sehen, daß er tot war.

Der Arzt richtete sich auf, schwankend vor Müdigkeit und vor Hunger, und begann auf die Frau zuzugehen. Mit grenzenloser Zärtlichkeit ließ sie den Jungen auf den Boden zurücksinken und beugte den Kopf, um seine Stirn zu küssen. Erst dann richtete sie sich anmutig auf. Als Calder ihr nahe genug war, um sie klar erkennen zu können, hob sie die Arme und verschränkte über dem Kopf die Hände. Nach einem flüchtigen, fast schon mitleidigen Lächeln für den Arzt verschwand sie – löste sich buchstäblich in Luft auf!

Calder verschlug es den Atem; eine entsetzliche Angst, nun endgültig den Verstand verloren zu haben, erfaßte ihn, doch gleichzeitig auch eine überwältigende, sehr merkwürdige Freude. Nach einer Weile, als er sich gefaßt hatte, kniete er neben dem jungen Soldaten nieder, den die Frau so liebevoll in den Armen gehalten hatte, und suchte mit geübten Fingern seinen Puls.

Er war nicht zu spüren, und obschon Calder damit gerechnet hatte, erfaßte ihn die inzwischen vertraute Mischung aus Zorn und Trauer. Der Junge hatte versucht, sich einen Bart wachsen zu lassen, doch es war nichts als pfirsichfarbener Flaum, was seine hageren Wangen bedeckte. Seine Gesichtszüge waren eher die eines Kindes als die eines Mannes.

Verdammter Krieg, dachte Calder erbittert, und verdammte Politiker, die ihr solche Kinder an die Front schickt! Er wollte gerade den Kopf des Jungen auf die Erde betten und den Toten in seine Decke einhüllen, damit die Sanitäter am Morgen wußten, daß sie ihn fortzubringen hatten, als er die eigenartigen Spuren an seiner Kehle sah – zwei dicht nebeneinanderliegende, saubere kleine Wunden.

»Was zum Teufel ...«, wisperte Calder verblüfft.

Tom Sugarheel, ein eifriger, aber ansonsten recht unfähiger Mann, aus einer zweitklassigen medizinischen Fakultät an die Front berufen und in Regierungsdienste gezwungen, erschien plötzlich und hockte neben Calder nieder. »Einer weniger, der heult und nach seiner Mama schreit«, sagte er gleichgültig.

Calder mußte sich erst in Erinnerung rufen, daß er hier war, um Kranke und Verwundete zu pflegen, und nicht, um anderen den Hals umzudrehen, bevor er imstande war, Tom Sugarheel anzusehen. Es widerstrebte Calder, diesen Esel um seine Ansicht zu befragen, aber manchmal besaßen sogar Idioten einen Einblick, der anderen Menschen entging. »Schauen Sie sich diese Wunden an«, forderte er Tom auf und deutete auf die Kehle des Soldaten. »Haben Sie so etwas schon einmal irgendwo gesehen?«

Sugarheel zuckte die Schultern und griff in die zerrissene, blutdurchtränkte Brusttasche der Uniformjacke des toten Jungen. »Nicht, daß ich wüßte.« Er fand ein kleines Medaillon aus Zinn und ließ nachdenklich seinen Zeigefinger über die glatte Oberfläche gleiten, während er die bereits verblassenden Einstiche an der Kehle des Soldaten musterte. »Sieht fast aus wie ein Schlangenbiß.«

»Die einzige Schlange hier in der Umgebung sind Sie selbst«, entgegnete Calder ungeduldig und entriß Sugarheel das Medaillon. »Rufen Sie zwei Sanitäter – und wagen Sie es nicht noch einmal, den persönlichen Besitz dieses Jungen anzufassen!«

Sugarheel setzte eine beleidigte Miene auf. »Die meisten der Soldaten haben einen Zettel mit dem Namen ihrer Familie oder ihrer Verwandten bei sich. Ich wollte nur sichergehen, daß seine Angehörigen alles bekommen, was eventuell irgendeinen Wert für sie besitzt.«

Calder wurde von einer überwältigenden Müdigkeit erfaßt, die viel tiefer ging als körperliche Erschöpfung und ihn zu lähmen drohte. »Das ist Aufgabe des Kaplans, nicht Ihre. Vertun Sie sich nicht, *Doktor* – falls ich Sie noch einmal beim Stehlen erwische, ob nun bei den Lebenden oder bei den Toten, schneide ich Sie auf wie eine Kuh und fülle Ihre Gedärme mit Petroleum! Habe ich mich klar genug ausgedrückt, oder war das zu hoch für Sie?«

Die Belustigung auf Sugarheels hagerem, pockennarbigem Gesicht wich Haß, aber er verzichtete darauf, etwas zu erwidern, stand nur auf und schlurfte davon, um den Sanitätern Bescheid zu geben.

Auch Calder erhob sich kurz darauf, nachdem er

stumm den toten Soldaten Gottes Gnade angefohlen hatte, und kehrte zu dem weichen Grabhügel zurück, in der Hoffnung, wieder Schlaf zu finden, obwohl er wußte, daß dies unmöglich war.

Maeve erreichte ihr neues Versteck, einen verlassenen Weinkeller in einer alten Villa im Italien des neunzehnten Jahrhunderts, nur Momente, bevor das Licht der Morgensonne die flachen Berge überflutete, die Olivenbäume und Weinstöcke zum Erglühen brachte und sich schillernd auf dem Meer brach. Der unvermeidliche Schlaf übermannte sie, und sie versank in einen Zustand tiefster Bewußtlosigkeit. Ihr Gehirn war wie üblich leer, auf allen Ebenen, frei von den Bildern und Träumen, die andere Vampire während ihres Schlafs erfuhren.

Als sie jedoch erwachte, Stunden später, im präzisen Moment des Sonnenuntergangs, hatte sich ein Mann in ihren Gedanken eingenistet – ein *Sterblicher*, ausgerechnet. Er war sehr attraktiv, auf patrizierhafte Weise schön, mit dunklem Haar, perfekten Zähnen und breiten Schultern, aber Maeve empfand sein Eindringen in ihr Bewußtsein trotz allem als störend. Warum, so fragte sie sich ärgerlich, sollte sie ihre Gedanken an einen unbedeutenden Armeearzt wie Calder Holbrook verschwenden?

Während sie sich von ihrem improvisierten Lager aus verstaubten Holzkisten erhob und ihr Haar glattstrich, wuchs ihr Zorn noch angesichts der Erkenntnis, daß sie sich die Mühe gemacht hatte, den Namen des Arztes herauszufinden, bevor sie das Feldlazarett des Bürgerkrieges auf der Suche nach einer angenehmeren Umgebung verlassen hatte. Sie hatte noch nie großes Interesse für Sterbliche aufgebracht – abgesehen vielleicht von jenen Augenblicken, in denen sie sich an ihnen nährte, wenn es nötig war.

Wie ein Geistesblitz zog, völlig unerwünscht und ungebeten, Calder Holbrooks Lebensgeschichte an Maeve vorbei. Als jüngerer Sohn eines wohlhabenden Bankiers aus Philadelphia hatte er in Harvard Medizin studiert und nach Abschluß seines Studiums mehrere Jahre zwecks Weiterbildung in Europa verbracht. Calder war schon einmal verheiratet gewesen, mit einer egoistischen Frau aus bester Gesellschaft, die ihren Mann und ihre kleine Tochter verlassen hatte, um mit einem Liebhaber durchzubrennen. Holbrook hatte ihren Verrat mit bewundernswerter Gleichgültigkeit hingenommen, doch als sein geliebtes Kind ein Jahr später an einer Hirnhautentzündung starb, war er verbittert und kalt geworden und kannte seitdem nur noch seine Arbeit. Sein Vater hatte ihn gebeten, die Kriegsjahre in Europa zu verbringen und seine Studien fortzusetzen, doch Holbrook hatte sich als Offizier zur Front gemeldet und sein bequemes Leben in Philadelphia aufgegeben, ohne das geringste Bedauern zu empfinden.

Maeve legte die Hände an die Schläfen und schloß die Augen, um den Ansturm unerwünschter Bilder und Gefühle, die in ihr aufstiegen, abzuwehren. Sie wollte nicht noch mehr über Dr. Calder Holbrook erfahren. Und doch wußte sie, trotz allem, daß sie ihn wiedersehen würde, ob sie es nun wünschte oder nicht.

Gereizt ließ sie das Bild ihres prächtigen Stadtpalais' in London vor sich erstehen, das über jeden nur denkbaren Komfort verfügte, den das zwanzigste Jahrhundert zu bieten hatte, und konzentrierte ihre gesamten inneren Kräfte auf den Wunsch, in diesem Haus zu sein.

Einen Moment später stand sie in ihrem luxuriösen Schlafzimmer.

Rasch, als könne sie so die beharrlichen Erinnerungen an den Arzt abschütteln, diese Gedanken an einen Mann, der ebenso tief verwundet war wie seine Patienten, tauschte Maeve ihr weißes Gewand gegen ein bequemeres Kleid aus rotem Samt aus. Es war von schlichtem Schnitt, umhüllte locker ihren schlanken Körper und hatte lange, weite Ärmel, die an den Handgelenken von Jettknöpfen zusammengehalten wurden. Nachdem Maeve ihr Haar gebürstet hatte, verließ sie ihre privaten Räume und schritt über den breiten Korridor zu der Treppe, die auf den Dachboden führte und zu ihrem Studio.

Sie mußte bald Nahrung aufnehmen. Maeve hielt nichts davon, zu hungern, denn schließlich wußte sie, daß sie ihre erstaunliche Macht, die selbst unter Vampiren selten war, genau wie ihr unerschütterliche Kraft aus dem Blut bezog, das sie abends zu sich nahm. Ganz abgesehen davon freute sie sich auch schon auf die einzigartige, überwältigende Freude, die sie stets bei dieser intimen Verbindung erfaßte.

Als sie jedoch die Tür zum Studio öffnete und ihren Webstuhl sah, fühlte Maeve sich unwiderstehlich zu ihm hingezogen. In all jenen vergangenen, qualvollen Nächten, nachdem sie erfahren hatte, daß ihr Bruder entweder aufhören würde zu existieren oder wieder in einen normalen Sterblichen verwandelt werden würde, was das Weben ihr einziger Trost gewesen. Valerian hatte sie in jener Zeit nicht ein einziges Mal gesehen, sie hatte keine Ahnung, wo ihr früherer Geliebter steckte – aber es interessierte sie auch nicht, nicht einmal, ob er vielleicht irgendwo mit einem Pfahl im Herzen verrotten mochte ... Auch ihren anderen Bekannten, den Havermails oder den übrigen Mitgliedern der Bruderschaft, war sie in jenen Tagen nicht begegnet. Nein, Maeve hatte sich nach Kräften bemüht, allen anderen Vampiren aus dem Weg zu gehen, aus der Furcht heraus, daß sie ihre ungewöhnliche Verwundbarkeit spüren und sich auf sie stürzen würden wie ein Schwarm hungriger Haie.

Maeve machte sich keine Illusionen über Vampire; abgesehen von Valerians seltsamer Faszination für Aidan und der tiefen Bindung, die einst zwischen ihr und ihrem Bruder bestanden hatte, war sie bisher noch nie auf wahre Zuneigung unter den Angehörigen ihrer Gattung gestoßen.

Die Anziehungskraft, die der Webstuhl auf sie ausübte, war stark, noch stärker selbst als ihr unseliger Durst …

Sie holte die große Schachtel, die die Spulen mit farbigem Garn enthielt, und setzte sich auf den Hocker vor dem Webstuhl. Als das Schiffchen seinen vertrauten, tröstlichen Rhythmus aufnahm, verlor Maeve jeglichen Sinn für Zeit und ignorierte sogar den bohrenden Hunger, der sie quälte.

Als ganz plötzlich eine Gestalt vor ihr auftauchte, stieß sie einen überraschten Schrei aus. Doch im nächsten Augenblick schon war sie wütend, weil sie in fast zweihundert Jahren noch nie auf derartige Weise überrascht worden war.

Valerian betrachtete das Muster auf dem Teppich, den Maeve webte, und runzelte die Stirn. Die Narben von seinem Zusammenstoß mit Lisette, von der Aidan ihn auf solch noble Weise errettet hatte, waren fast verheilt. Seine glänzende Mähne kastanienfarbenen Haars war nachgewachsen, dichter als je zuvor, und der alte Schalk glitzerte wieder in seinen blauen Augen, obwohl auch ein Anflug von Trauer darin zu erkennen war.

»Du solltest wirklich vorsichtiger sein, meine Liebe«, riet der erfahrene Vampir und gab seine Betrachtungen des Teppichs auf, um an Maeves Seite zu treten. »Angenommen, ich wäre Lisette gewesen, oder ein herumstreifender Hexer?«

Maeve war beschämt, was sie in Zorn versetzte, denn ihre größte Sünde war schon immer übertriebener Stolz gewesen. »Wenn du Lisette wärst«, entgegnete sie gereizt, »oder *ein herumstreifender Hexer* statt deiner eigenen überheblichen Person, hättest du den Anstand besessen, anzuklopfen.«

Valerian zog eine Braue hoch und musterte Maeve mit sichtlicher Belustigung, obwohl die Trauer auch jetzt noch in seinem Blick verweilte. Er hatte gelitten, und sich selbst zum Trotz wurde Maeve plötzlich von Mitleid mit ihm erfaßt.

»Ich sehe keinen Grund, diese unsinnige Debatte fortzusetzen«, erklärte er gebieterisch. »Wichtig ist nur, daß ich jetzt hier bin.«

»Du wirst mir bestimmt verzeihen, wenn ich nicht den Boden dreimal mit der Stirn berühre oder als Willkommensgruß für dich das sprichwörtliche fette Kalb schlachten lasse«, entgegnete Maeve, aber ihre Stimme klang schon etwas sanfter.

Valerian lachte, doch Maeve hörte eine leise Verzweiflung mitklingen. »Was für eine Erleichterung, herauszufinden, daß du dich nicht verändert hast, mein Liebling – du bist immer noch das vorlaute, freche Gör, das ich vor all diesen Jahren verwandelt habe.«

Maeves dunkelblaue Augen wurden schmal. Wenn Valerian sie an ihre Transformation erinnerte, war es gewöhnlich ein Hinweis darauf, daß er etwas von ihr wollte. »Als nächstes wirst du mir noch sagen, du hättest mich alles gelehrt, was ich heute weiß«, versetzte sie anklagend.

»Ach – habe ich das denn nicht?« entgegnete er.

»Nein!« rief Maeve. »Du hast mich nur bei zahllosen Gelegenheiten in Gefahr gebracht, verbrannt, geköpft oder im Schlaf mit einem Pfahl durchbohrt zu werden«, erwiderte sie spöttisch, hielt dann jedoch inne und beruhigte sich ein wenig. »Nun komm schon, Valerian – sag mir, was du diesmal auf dem Herzen hast.«

Er seufzte dramatisch – was reine Verstellung war, weil Vampire gar nicht zu atmen brauchten. »Ich bin erstaunt, daß du nicht nach Aidan fragst«, sagte er leise.

Maeve schwindelte plötzlich, als hätte sie einen harten Schlag erhalten. »Ich weiß, daß er seine Unsterblichkeit aufgegeben hat«, murmelte sie. »Alles andere ist nicht von Belang.«

»Bist du dir da ganz sicher?«

Maeve hob den Kopf und zwang sich, Valerians eindringlichen, hypnotischen Blick zu erwidern. »Geht es ihm gut?« fragte sie rasch und flüsterte dann, auf das leichte Zögern des anderen Vampirs hin, wütend: »Verdammt, Valerian – *wie geht es ihm*?«

Valerian runzelte die Stirn. »Er und diese Neely sind jetzt verheiratet und erwarten ein Kind.« Er hielt einen Moment inne und schüttelte sich vor Abscheu. »Stell dir vor, sie leben in einem *Wohnmobil*!« fuhr er angewidert fort. »Als ob sie moderne Zigeuner wären!«

Maeve lachte, Valerian Snobismus amüsierte sie, aber ihr Lachen klang bitter, weil sie die Gefahr erkannt hatte. Ihre Miene wurde ernst. »Du bist Aidan gefolgt, nicht wahr? Du Idiot – wahrscheinlich hast du damit die Hälfte aller Ungeheuer auf dieser Welt auf seine Spur gebracht!«

Ihre anklagenden Worte veranlaßten Valerian, sich in einem Anfall königlichen Zorns zu seiner beeindruckenden Größe aufzurichten. Wie üblich trug er einen maßgeschneiderten Abendanzug und ein Cape, und in einer Hand hielt er einen sehr kostspieligen Zylinder. Der Aufzug diente dazu, seine angeborene majestätische Haltung zu betonen.

»Ich hatte mich unsichtbar gemacht«, entgegnete er scharf, während er hochmütig auf die jedoch nicht zu beeindruckende Maeve herabschaute. »Kein anderer Vampir, nicht einmal du oder Lisette persönlich, hätte meine Anwesenheit gespürt.« Auf diese Worte hin schien er ein wenig Luft abzulassen, aber die Veränderung war so subtil, daß Maeve nicht sicher sein konnte, ob sie sie wirklich wahrgenommen oder sie sich nur eingebildet hatte. Valerian betrachtete prüfend seine perfekt manikürten und polierten Fingernägel. »Die Wahrheit ist, daß ich mich nach einer Woche tödlich langweilte«, gab er schließlich in versöhnlicherem Ton zu. »Ich hatte schon vergessen, was für ein uninteressantes Leben die Menschen führen.«

Maeve runzelte die Stirn, und Valerian, der ungewöhnlich scharfsinnig war, sogar für einen Vampir, erriet sogleich ihre Gedanken. Mit einem sanften Lächeln streckte er die Hand aus und berührte Maeve am Kinn.

»Beruhige dich«, sagte er. »Und sorg dich nicht um deinen närrischen Bruder, meine Liebe. Nur Lisette besitzt Anlaß, unserem Aidan etwas anzutun, und deshalb habe ich ihr sämtliche Erinnerungen an ihn gestohlen.«

»Wie hast du das geschafft?« fragte Maeve erstaunt. »Sag bloß, du hast dich noch einmal in ihre Nähe gewagt, nachdem sie dich auf diesem Friedhof an den Pfählen festgebunden hatte, damit die Sonne dich zerstörte!«

»Es war eigentlich ganz leicht«, entgegnete Valerian herablassend. »Als ihr Plan sich als Bumerang erwies und das Tageslicht sie beinahe selbst zerstörte, war sie schwer verletzt und übel zugerichtet. Eitel, wie Lisette ist, hat sie sich natürlich in ihr Versteck zurückgezogen, aus dem sie sich in den meisten Nächten nicht einmal erhebt, um Nahrung aufzunehmen.«

Maeve stand auf und ging zu den hohen, bleiverglasten Fenstern. »Lisette schläft?« fragte sie betont beiläufig, obwohl sie genau wußte, daß sie Valerian nicht täuschen konnte; so etwas war praktisch unmöglich.

»Die meiste Zeit«, erwiderte er und begab sich rasch

und lautlos an ihre Seite, wo er tat, als betrachtete er interessiert die Lichter Londons.

»Deshalb bist du also hergekommen«, sagte Maeve. »Du hoffst, daß du sie zerstören kannst, und willst, daß ich dir helfe.«

Valerian ließ sich mit der Antwort Zeit. Als er schließlich sprach, war seine Stimme seltsam heiser und grimmig vor Entschlossenheit. »Lisette ist ein Fluch für die Sterblichen und die Unsterblichen«, erklärte er. »Sobald sie sich erholt hat – und glaub mir, Maeve, sie *wird* ihre alte Kraft zurückgewinnen – wird sie noch gefährlicher sein und noch gieriger als je zuvor. Ich habe sie unzählige Male von diesen selbstauferlegten Ruhezeiten zurückkommen sehen und ihre monumentalen Wutanfälle miterlebt. Sie tobt und nährt sich von Unschuldigen, verwandelt fast alle ihre Opfer in Vampire und tötet jene, die zu schwach sind, die Verwandlung durchzustehen. Wir dürfen nicht zulassen, daß es noch einmal vorkommt.«

»Aber warum suchst du ausgerechnet meine Hilfe, Valerian? Es gibt andere Vampire, die älter und mächtiger sind als ich.«

»Du weißt sehr gut, warum ich dich will«, erwiderte er gepreßt. »Lisette ist die unbestrittene Königin der Vampire, und du, mein Liebling, bist ihre logische Nachfolgerin.«

2

Da Maeve an jenem Abend auf Nahrung verzichtet hatte, war sie hungrig und fühlte sich viel zu schwach, um Valerian mit seinem Hang zur Dramatik zu ertragen. Gereizt wandte sie sich vor den riesigen Fenstern im Studio ihres Londoner Hauses um, schaute zu Valerian auf und verschränkte ihre Arme. »Angenommen, ich erwiderte darauf, ich hätte kein Verlangen, die nächste Vampirkönigin zu werden? Was ist, wenn ich auch in Zukunft so zurückgezogen leben will, wie ich es stets getan habe?«

Valerians Lächeln war fast schadenfroh zu nennen, wenn auch nicht ganz, denn nicht einmal er hätte so etwas gewagt. Er wußte besser als jeder andere, daß Maeve ihm ebenbürtig war, sowohl an Macht als auch an Geschicklichkeit. »Ich würde dir kein Wort glauben, denn immerhin hast du etwas von deinem heroischen Bruder, meine Liebe. Im übrigen hast du gar keine Wahl in dieser Angelegenheit. Das Schicksal hat es so bestimmt, Maeve.«

»*Das Schicksal*«, höhnte sie, obwohl sie irgendwo im Hintergrund ihres Bewußtseins zutiefst beunruhigt war. »Es gibt kein vorbestimmtes Schicksal für Vampire – wir sind nicht auf natürliche Weise erschaffen worden, vergiß das nicht. Wir spielen keine Rolle im vorbestimmten Weltgeschehen.«

»Da magst du leider recht haben«, erwiderte Valerian mit einem weiteren seiner theatralischen Seufzer. »Aber in anderer Hinsicht bist du im Irrtum, Maeve. Einige tausend Jahre, nachdem die ersten Vampire in Atlantis erschaffen worden waren, zettelten andere übernatürliche Kreaturen einen Krieg gegen unsere Gattung an. Die Vampire waren gezwungen, sich versteckt zu halten, und selbst so wären wir fast zerstört worden. Dann, während einer Meditation, hatte einer unserer Ältesten eine Vision – er sah einen Kampf zwischen Lisette und einer neuen Königin, die über eine Macht verfügte, wie noch kein Vampir sie je besessen hatte.«

»Und was hat das alles mit mir zu tun?« entgegnete Maeve barsch, weil sie allmählich zu fürchten begann, daß Größe ihr in jedem Fall bestimmt war, ob sie es nun wünschte oder nicht. Ihre Existenz gefiel ihr, so wie sie war, obwohl sie natürlich lieber auf das Leid verzichtet hätte, das Aidan ihr verursacht hatte. »Es gibt noch andere mächtige weibliche Vampire«, gab sie zu bedenken. »Deine Freundin Pamela beispielsweise. Und Dimity ...«

»Vergeude nicht meine Zeit!« Valerian unterbrach Maeve mit einer gebieterischen Handbewegung. »Pamela liebt zu sehr ihr eigenes Vergnügen, und Dimity wird nachgesagt, daß sie mit Engeln umgeht. Es gibt keine andere als dich, Maeve. Du mußt mir helfen, Lisette zu zerstören, bevor sie ihre frühere Kraft zurückgewinnt und ihren Zorn an der natürlichen und übernatürlichen Schöpfung ausläßt.«

Maeve war aufrichtig verblüfft. »Was kümmert dich das?« fragte sie. »Verzeih mir, wenn ich es so offen sage, Valerian, aber du bist nicht gerade bekannt für deine Großzügigkeit und Aufopferungsbereitschaft, schon gar nicht im Hinblick auf sterbliche Wesen.«

Valerian wandte für einen Moment den Kopf, aber Maeve hatte den Schmerz gesehen, der über seine aristokratisch schönen Züge huschte. *Donnerwetter*, dachte sie, *er vermißt Aidan noch mehr als ich!*

»Ich habe mich verändert«, sagte er nach einer Weile, schaute sie wieder an und fügte mit einem schiefen, gequälten Lächeln hinzu: »Ein bißchen jedenfalls.«

Eine Welle der Zuneigung für ihren alten Freund und ehemaligen Geliebten erfaßte Maeve, und doch erwiderte sie nichts auf seine Feststellung. Statt dessen seufzte sie, und nachdem einige eindringliche Momente verstrichen waren, sagte sie: »Ich muß mir jetzt Nahrung suchen – bald geht die Sonne auf.«

»Versprichst du mir, über meine Worte nachzudenken?« beharrte Valerian.

Maeve nickte widerstrebend und schaute mit grollender Bewunderung zu, wie Valerian zurücktrat, sein elegantes Cape über der Brust zusammennahm und sich in wogendem Nebel auflöste. Sie hatte noch nie einen anderen Vampir mit einer derartigen Bewegung für dramatische Auftritte und Abgängen erlebt.

Die Versuchung, zum amerikanischen Bürgerkrieg und damit auch zu Dr. Calder Holbrook zurückzukehren, war groß für Maeve. Doch als Übung in Selbstdisziplin – und weil sie lieber verdammt und verflucht gewesen wäre, bevor sie sich zu einer Verbindung mit einem Sterblichen herabließ, wie Aidan sie eingegangen war – zwang Maeve ihre Gedanken in eine andere Richtung.

Sie blinzelte und fand sich in ihren privaten Gemächern ein Stockwerk unter dem Studio wieder. Ihre Haushälterin, Mrs. Fullywub, die unter chronischer Schlaflosigkeit litt, stand vor einer Kommode und faltete Maeves seidene Unterwäsche.

Bei Maeves Erscheinen zuckte die rundliche Frau zusammen. »Herrgott noch mal«, regte sie sich auf, »ich wünschte, Sie würden das unterlassen! Ich kann mir nicht vorstellen, daß ich mich jemals daran gewöhnen werde.«

Maeve lächelte, bevor sie ihren begehbaren Einbauschrank betrat, der in früheren Jahrhunderten ein Ankleidezimmer gewesen war, und sich blaue Jeans heraussuchte, eine schwarze Lederjacke und ein T-Shirt, das wie ein Männerunterhemd geschnitten war. Schwarze Motorradstiefel vervollständigten die Verkleidung als Motorradbraut.

Mrs. Fullywub schüttelte den grauen Kopf. »Sagen Sie jetzt bloß nicht, Sie hätten sich einer dieser Motorradbanden angeschlossen!« sagte sie besorgt. »Diese Leute sind kein guter Umgang.«

Maeve zog sich rasch um. »Für meine Zwecke«, antwortete sie, »sind die Schlimmsten gerade gut genug.«

»Da mögen Sie recht haben.« Die Haushälterin seufzte. »Trotzdem hoffe ich, daß Sie aufpassen, wenn Sie nachts allein unterwegs sind! Sie wissen ja, was Ihrem Bruder zugestoßen ist, als er einen Hexer für einen von uns armen, glücklosen Menschen hielt.«

Maeve verteilte Stylingschaum in ihrem Haar und fuhr mit gespreizten Fingern hindurch, bis es in wilden, ungebändigten Locken auf ihre Schultern fiel. Den Spiegel über der Kommode ignorierte sie, da er ihr Bild ohnehin nicht wiedergab. »Ich bin nicht wie Aidan«, entgegnete sie spitz. »Und Sie brauchen sich auch nicht um mich zu sorgen.«

»Sie sind ihm ähnlicher, als Sie glauben«, beharrte Mrs. Fullywub, »und es vergeht kaum ein Moment, in dem ich nicht um ihre Sicherheit besorgt bin. Sie haben mächtige Feinde, vergessen Sie das nicht.«

Maeve hob die Hände, legte die Handflächen über dem Kopf zusammen und verschränkte ihre Finger. »Gute Nacht«, sagte sie und löste sich in Luft auf.

Momente später schon verkörperte sie sich an einem Ort, zu dem Valerian sie früher häufig mitgenommen hatte, einer Bar namens ›The Last Ditch‹. Der Name paßte zu dem schmierigen Lokal; höchstens ›Hölle‹ wäre noch geeigneter gewesen, aber dieser Titel war leider schon vergeben.

Rauch waberte durch die vollbesetzte Bar und verwandelte die Luft in fettiges Blau, und der unverkennbare Geruch nach ungewaschenen Männerkörpern war aufdringlicher als je zuvor. Maeve rümpfte angewidert ihre Nase und schaute sich um.

Neben der Musikbox erkannte sie einen Hexenmeister und nickte dem Mann zu, um ihn wissen zu lassen, daß seine Anwesenheit ihr bewußt war. Er erwiderte das Nicken, lächelte und hob in einem spöttischen Gruß die Hand.

Geh zur Hölle, dachte Maeve. Angesichts des Lärms in der Bar war es leichter, mentale Botschaften zu übermitteln.

Das Lächeln des Hexers vertiefte sich ein wenig. *Falls ich dort eher eintreffe als du,* erwiderte er, *halte ich dir einen Platz frei.*

Maeve erschauerte unwillkürlich. Vor langer Zeit, im achtzehnten Jahrhundert, in dem Kloster, in dem sie fast ihre gesamte Kindheit verbracht hatte, waren die braven

Schwestern sehr bemüht gewesen, ihr eine tiefsitzende Furcht vor den Feuern der Hölle einzuflößen. Und diese Furcht war selbst heute noch etwas, das sie nicht ganz abzulegen vermocht hatte, genau wie Valerian, der im Mittelalter geboren worden war.

Sie sagte nichts mehr zu dem Hexer, sondern schaute sich in der Menge nach einem geeigneten Opfer um.

Solche, die nur fehlgeleitet waren, oder jene, die unter einer verborgenen Wunde ihres Verstands oder ihrer Seele litten, überging sie und hielt statt dessen nach Menschen Ausschau, die von Grund auf schlecht waren und bewußt Böses taten.

Sie hatte Glück, denn es war ein korrupter Politiker da, den sie sofort erkannte, obwohl er sich vorsichtshalber und um kein Aufsehen zu erregen im Hintergrund hielt. Er saß an einem Ecktisch und begrabschte ein geistloses junges Mädchen, das zuviel Make-up und zu knappe Kleidung trug.

Mit einem Schnurren, das tief aus ihrer Kehle kam, ging Maeve hüfteschwingend auf den Senator zu, blieb vor ihm stehen und hakte provozierend die Daumen in die Taschen ihrer Lederjacke. »Tanzen wir?« sagte sie.

Das junge Mädchen schob schmollend die Unterlippe vor, und Tränen schimmerten in ihren Augen, als der Politiker aufsprang und in seinem Eifer, Maeves Einladung anzunehmen, sogar den Stuhl umstieß. Sekunden später war er in ihren Armen, und langsam bewegten sie sich zu der Musik, umgeben von dichtem Rauch, den Maeve ausnutzte, um den Senator noch mehr in den Schatten hinter der Bühne mitzuziehen.

Der Mann hatte keine Chance gegen sie.

»Findest du nicht, daß du es ein bißchen zu riskant treibst?« wollte Tobias wissen, als Maeve sich kurz nach der Nahrungsaufnahme in einem geheimen Gewölbe im Keller ihres Londoner Hauses verkörperlichte.

»Was machst du denn hier?« konterte sie, während sie die Lederjacke auszog und achtlos beiseite warf. »Hast du keinen eigenen Sarg, in dem du dich schlafen legen kannst?«

Tobias schüttelte den Kopf. Er wirkte sehr jung mit seiner schlanken Gestalt und den ewig jungenhaften Gesichtszügen, doch tatsächlich war er einer der Begründer des Geheimbunds der Vampire und unter den ersten Bluttrinkern gewesen, die vor unendlichen Zeiten auf dem verlorenen Kontinent während einer Serie medizinischer Experimente entstanden waren.

»Frech wie eh und je«, sagte er. »Du erinnerst mich an deinen Bruder, Maeve – auch du scheinst nicht zu wissen, was sich gehört, und das könnte dir einmal zum Verhängnis werden.«

Maeve schüttelte ihr Haar und hätte gern den klebrigen Schaum ausgebürstet, aber dazu blieb ihr keine Zeit. Bald würde das verzehrende Bedürfnis nach Schlaf sie übermannen und in die dunkelsten Tiefen ihres Bewußtseins führen. »Es geht mir langsam auf die Nerven, ständig von allen mit Aidan verglichen zu werden«, gestand sie, während sie sich auf eine Kiste setzte, um die Motorradstiefel auszuziehen.

Tobias, der keine Eile zu haben schien, in sein eigenes Versteck zurückzukehren, wo immer dies auch liegen mochte, lehnte sich an die feuchte Kellerwand und verschränkte die Arme über der Brust. Er war mit einer schlichten Tunika bekleidet, mit fleischfarbenen Beinkleidern und weichen Lederschuhen. »Es ist nur natürlich, denke ich, denn schließlich seid ihr Zwillinge.«

Maeve bemühte sich, höflich zu ihrem ungebetenen Gast zu sein, obwohl sie sich nicht einmal zu einem Lächeln durchringen konnte. Sie hatte gerade einen bewußtlosen Senator hinter dem ›Last Ditch‹ zurückgelassen, etwas anämisch zwar, aber noch sehr lebendig, und sein Blut hatte ihr ein bißchen Übelkeit verursacht.

»Ich *war* seine Zwillingsschwester«, berichtigte sie den ranghöheren Tobias. Danach schwieg sie und versuchte noch einmal, sich zur Höflichkeit zu zwingen. »Bitte verzeih mir meine Schroffheit, Tobias – es muß an der Verkleidung liegen.«

Tobias musterte ihren Aufzug als Motorradbraut mit stiller Belustigung. »Das ist schon möglich«, gab er lächelnd zu, um dann, ernst geworden, fortzufahren: »Dem Geheimbund wurde gemeldet, daß Valerian versucht, eine Art Aufstand gegen Lisette anzuzetteln. Ist das wahr?«

Maeve wurde unbehaglich zumute; trotz ihrer häufigen Streitigkeiten mit Valerian war sie keine Verräterin. Außerdem schuldete sie dem anderen Vampir sehr viel, da er es gewesen war, der ihr Unsterblichkeit vermittelt hatte. »Und wenn es so wäre?« entgegnete sie ruhig, fast respektvoll.

Tobias hätte jetzt vielleicht geseufzt, wenn er ein Mensch gewesen wäre oder auch nur die geringste Neigung besessen hätte, Sterbliche nachzuahmen. Doch statt dessen wirkte er nur resigniert und müde. »Valerian war von Anfang an ein Störenfried«, sagte er. »Trotz allem finde ich persönlich ihn sehr unterhaltsam und neige deshalb dazu, seine … seine schwachen Seiten zu übersehen.« Der Ältere hielt inne und betrachtete Maeve sehr lange und sehr eindringlich, bevor er fortfuhr: »Hat er dich gebeten, ihn bei seiner Kampagne gegen Lisette zu unterstützen, wie es unsere Vermutung ist?«

Maeve zögerte und ermahnte sich, wie sinnlos es gewesen wäre, einen älteren und ranghöheren Vampir zu belügen. Ihre Gedanken mußten für ihn so klar ersichtlich sein wie ausgestellte Ware in einem Ladenfenster für einen Sterblichen. »Ja. Aus irgendeinem Grund, den ich nicht ganz begreife, betrachtet Valerian mich als die nächste Königin. Aber keine Sorge – ich bin nicht an einer politischen Karriere interessiert.«

Erschöpfung überwältigte sie und drohte ihr Bewußtsein auszulöschen, und sie wunderte sich, daß Tobias das natürliche Bedürfnis eines Vampirs, die Tagesstunden zu verschlafen, nicht zu empfinden schien. »Ich hoffe … du hast nicht vor … hier zu schlafen«, brachte sie mühsam hervor. »Ich habe … schließlich … einen guten Ruf … zu wahren.«

Tobias beugte sich über sie. »Du solltest Lisette nicht herausfordern«, sagte er eindringlich. »Sie ist mächtiger, als du dir je träumen ließest, und wir würden alle leiden, wenn sie in Zorn geriete. Außerdem ist es nicht deine Aufgabe, Sterbliche zu schützen – das solltest du den Engeln überlassen.«

»Engel«, murmelte Maeve und ließ sich treiben, weit, weit fort, an jenen traumlosen Ort, an dem Vampire schlummerten.

Gettysburg, 1863

Die Schlacht ist schon seit Tagen beendet, dachte Calder, als er zwischen den Reihen der Verwundeten dahinschritt. Und noch immer quoll die kleine Kirche am Rand der Stadt über mit Verwundeten, wie ganz Gettysburg, und der Friedhof war schon seit langer Zeit gefüllt. In mancher Hinsicht waren die Auswirkungen des Krieges noch schlimmer als die Schlachten selbst, denn jetzt gab es keine Adrenalinstöße mehr, keinen aufputschenden Trommelschlag und ganz gewiß kein Gerede mehr vom Sieg. Dieses Blutbad um ihn herum, die zerstörten oder amputierten Glieder, die blinden Augen und tauben Ohren, die eiternden Wunden und die Dysenterie, *das* war die wahre Natur des Kriegs.

Der Junge, der an Wundbrand starb, streckte die Hand nach Calders zerknittertem Hemd aus, als er vorbeiging, und stieß ein einziges Wort hervor: »Doktor ...«

Calder stählte sich innerlich, weil er wußte, daß dieser kindliche Soldat ihn um ein Mittel gegen die Schmerzen bitten würde und er ihm nichts geben konnte, weil nichts mehr da war. Der Vorrat an Morphium, von Anfang an völlig unzureichend, war längst erschöpft. »Ja, mein Junge«, sagte er schroff. »Was gibt's?«

»Ich glaube, die Dame wird heute nacht zu mir kommen, wie sie zu all den anderen gekommen ist, von denen ich gehört habe«, sagte der Junge. Doch statt der Verzweiflung, die Calder erwartet hatte, sah er Hoffnung in den gequälten Augen des mit dem Tode ringenden Soldaten aufleuchten. »Sie wird mich mitnehmen in den Himmel ...«

Es dauerte einen Moment, bis Calder, dessen Kehle schmerzhaft eng geworden war, wieder sprechen konnte. Eine Woche war vergangen, seit ihm die schöne Frau erschienen war, und in all dieser Zeit hatte er versucht, sich einzureden, sie sei nichts weiter als ein Produkt seiner Phantasie gewesen. »Die Dame«, wiederholte er ein bißchen töricht.

Der Junge löste seine Hand von Calders Hemd. »Haben Sie sie je gesehen, Doktor?«

Calder seufzte. Er war am Rande des Zusammenbruchs, und er besaß nicht mehr die Kraft zu lügen. »Ich glaube ja«, bekannte er. »Wie heißt du, mein Junge?«

»Phillips, Sir. Gefreiter Michael Phillips vom Zwanzigsten Regiment aus Maine. Ich wurde verwundet, als die Rebellen versuchten, Little Round Top einzunehmen.« Wieder streckte der Junge die Hand nach Calder aus, doch diesmal schlossen sich seine plumpen Finger um das Handgelenk des Arztes. »Sagen Sie den Pflegern, daß sie mich hinausbringen und dort ins Gras legen sollen«, bat er heiter. »Die Männer sagen, daß die Frau nicht in die Kirche kommt – ein bißchen seltsam für einen Engel, nicht? – aber ich will, daß sie mich mitnimmt.«

Tränen stiegen in Calders Augen auf, und er wandte für einen Moment den Kopf ab. Verdammt, aber es raubte ihm fast den Verstand, daß er nicht alle retten konnte – jeden einzelnen von ihnen statt nur einige wenige dieser unglücklichen, geschundenen jungen Burschen. Nach all der Zeit, in der er im medizinischen Bereich gearbeitet hatte, zuerst privat und nun in der Armee, empfand er diese Erkenntnis auch heute noch als unerträglich. »Sie scheinen ja gut über die *Dame* Bescheid zu wissen«, sagte er leise.

»Die Kameraden reden über nichts anderes«, erwiderte Phillips mit schwacher Stimme. Es war unbestreitbar, daß er dem Ende nahe war; der Gestank, der aus seiner entzündeten Wunde aufstieg, war so heftig, daß Calder fast daran erstickte. »Würden Sie mich hinausbringen, Doktor, damit sie mich finden kann?« sagte Phillips noch einmal flehend.

Calder hob die Hand und winkte zwei Pfleger herbei. Die eifrigen Helfer waren eigentlich selbst Patienten, von denen der eine aus Richmond, Virginia, stammte, während der andere irgendwo aus New Hampshire kam. Für sie war der Kampf vorbei; einer würde heimgeschickt werden mit einem lahmen Bein, das ihn sein Leben lang an den flüchtigen Traum von Ruhm erinnern würde, der andere kam in ein Gefangenenlager.

»Dies ist der Gefreite Michael Phillips«, stellte Calder den jungen Soldaten vor, als die beiden Pfleger näherkamen. »Er möchte den blauen Himmel sehen, wenn er aufschaut. Holt eine Bahre und sucht ihm draußen einen hübschen Platz.«

»Ja, Sir«, erwiderte der Junge aus Richmond höflich.

So behutsam, wie sie konnten, legten der Yankee und der Südstaatler Michael Phillips auf eine Bahre, deren Leinwand steif war von getrocknetem Blut, und trugen ihn durch die offene Tür und über die Eingangsstufen auf den Friedhof. Calder folgte ihnen bis zur Veranda der Kirche. Während er ihnen nachschaute, umklammerte er unwillkürlich das Geländer, so fest, daß die Fingerknöchel weiß hervortraten.

Vielleicht hätte er jetzt an zu Hause denken sollen oder an die friedlichen, idyllischen Zeiten, bevor der Krieg das Land in zwei blutende Teile zerriß. Doch in seinen Gedanken war nur Platz für die mysteriöse Frau, die er in jener Nacht vor einer Woche zwischen den Reihen der verwundeten Soldaten gesehen hatte. War sie Wirklichkeit? fragte er sich zum wiederholten Male. Immerhin war er nicht der einzige, der sie gesehen hatte – sie war die Hoffnung und der Trost sehr vieler der Verwundeten, deren Beschreibung von ihr der Vision entsprach, die Calder selbst gesehen hatte.

Seine Hände umklammerten das Geländer noch fester. Der vernünftigere, wissenschaftlichere Teil seines Verstandes sagte ihm, daß das Wesen unmöglich ein Engel sein konnte und auch kein Geist, wie viele andere behaupteten. Nein, so schön die Dame war und so real sie auch erschien, konnte sie letztendlich doch nichts anderes als eine Projektion all dieser gequälten Gehirne sein – seines eigenen, das der anderen Ärzte, der Pfleger, und vor allem natürlich der Patienten selbst. Die Macht, die ein solches Leiden schuf, mußte ungeheuer stark sein, um solche Erscheinungen zu erzeugen.

Calder beobachtete, wie Phillips vorsichtig auf das Gras gebettet wurde, an einen freien Platz, an dem an diesem Morgen ein anderer Soldat gestorben war, und wünschte plötzlich, die ›Dame‹ möge in der Tat Wirklichkeit sein. Denn mehr als je zuvor benötigte er in diesem speziellen Augenblick den Glauben an eine wohlwollende Macht, so seltsam und unerklärlich sie vielleicht auch sein mochte.

Den Rest des Tages brachte er durch schiere Willensanstrengung hinter sich, und bei Sonnenuntergang ritt ein Bote ins Lager staubbedeckt und so erschöpft, daß er sich kaum noch auf dem Pferd hielt. Als er berichtete, daß in einer Woche eine Ablösung von vier Ärzten geschickt würde, empfand Calder Verzweiflung und Erleichterung zugleich. Er war geistig und körperlich zutiefst erschöpft; bald würde er den verwundeten Soldaten hier kaum noch oder überhaupt nicht mehr von Nutzen sein. Trotzdem haßte er die Vorstellung, sie zu verlassen, und noch mehr haßte er den Gedanken, daß er die ›Dame‹ dann vielleicht nie wiedersehen würde ...

In jener Nacht, als Calder an einen Birkenstamm gelehnt dasaß und wartete, kehrte sie zurück. Es war gegen zwei, schätzte er, ohne seine Taschenuhr herauszuziehen, und beobachtete, wie die Frau geradewegs auf Phillips zuging.

Calder war fasziniert und überwältigt von ihrer Schönheit und von ihrem Zauber und unfähig, seinen Platz unter dem Baum zu verlassen, um sich ihr zu nähern, wie er geplant hatte. Statt dessen schaute er nur zu, machtlos und unbeweglich, wie sie dem sterbenden jungen Burschen das wirre Haar aus der Stirn strich und ihm sanft zuredete.

Während Calder in hilfloser Faszination zusah, streckte der Junge die Arme nach ihr aus, wie ein Baby nach seiner Mutter ruft. Sie zog ihn an ihre Brust und hielt ihn liebevoll umfangen, und einen Moment lang war Calder allen Ernstes versucht zu glauben, daß sie ein Engel war.

Eine scheinbar endlose Zeit lang wiegte sie den Jungen an ihrer Brust, um dann seinen mageren Hals zu entblößen und ihr Gesicht daraufzusenken. Phillips erschauerte in ihren Armen und wurde dann ganz still, mit der gleichen vertrauensvollen Hingabe in der Haltung, die Calder schon an jenem anderen Soldaten wahrgenommen hatte, den die Frau bei ihrem letzten Besuch getröstet hatte. Es sah fast so aus, als küßte sie Phillips, bevor sie den Kopf hob und Calders Blick begegnete.

Eine Art Erbeben durchzuckte ihn tief in seinem Innersten, aber es war Erregung, was die Empfindung ausgelöst hatte, nicht Angst. Da er sich immer noch nicht rühren konnte, bot er seine ganze Willenskraft auf, um sie zu sich hinzulocken, und sie begann sich ihm zu nähern, mit Schritten, die so anmutig waren und so leicht, daß sie zu schweben schien.

Als sie nur noch wenige Meter von ihm entfernt war, ihr langes Haar in der abendlichen Brise flatterte und ihre blasse Haut im Mondlicht silbern schimmerte, war Calder bereit, alles zu glauben, was sie zu sein behaupten mochte, und es von ganzem Herzen, vom Verstand und von der Seele her zu akzeptieren.

»Wer sind Sie?« gelang es ihm schließlich zu flüstern, mit einer heiseren Stimme, die rauh in seiner Kehle kratzte.

Die Frau kam näher, kniete neben ihm nieder und berührte sein Haar. Zuerst dachte er, daß sie nichts erwidern würde, weil sie ja schließlich nur eine Erscheinung war und daher keine Stimme besitzen konnte. Doch da lächelte sie, und Calder verspürte einen schmerzhaften Stich in seinem wunden Herzen, als sie sagte: »Ist es wichtig, wer oder was ich bin?«

»Es *ist* wichtig«, bestätigte er ernst.

»Nun ja, vielleicht schon«, stimmte sie zu und nahm den Anhänger ab, den sie trug, eine wunderschöne geformte, goldene Rose an einer langen Kette, die sie um Calders Nacken legte. »Sehen Sie … Ich bin ziemlich real, und dies wird Ihnen als Beweis dienen.«

»Sie sind also wirklich ein Engel«, hauchte Calder ehrfürchtig.

Sie lachte leise. »Nein«, sagte sie. »Mein Name ist Maeve, und ich bin eine ganz andere Art von Gespenst.« Für einen langen Moment schaute sie ihn prüfend an, mit einem Ausdruck grenzenloser Trauer in den Augen, und dann küßte sie ihn auf den Mund.

Ein Ansturm von Gefühlen durchzuckte ihn, sowohl körperlich wie geistiger Natur, und innerhalb eines Moments, der nicht länger als ein Herzschlag währte, hatte er sich vollkommen an sie verloren. Er stöhnte und schloß die Augen, doch als er sie wieder öffnete, war sie nicht mehr da.

Calder war eine Zeitlang wie gelähmt; Verwirrung und Verwunderung beherrschten ihn, aber auch eine seltsame, schwindelerregende Freude. Als er sich wieder bewegen konnte, tastete er nach dem Anhänger und der Kette. Sie war noch da, lag noch um seinen Hals, fest, solide und vollkommen real.

»Maeve«, wiederholte er flüsternd, als ob der Name allein genügend Macht besäße, Wunder zu bewirken in einer Welt, die gerade jetzt so dringend Wunder brauchte. »Maeve …«

Maeve war sehr geistesabwesend, als sie in jener Nacht an ihrem Teppich weiterwebte, denn all ihre Gedanken galten Calder Holbrook. Es war dumm von ihr gewesen, sich ihm zu nähern, und noch viel törichter, mit ihm zu sprechen und ihm wie ein verliebter Teenager ihren Talisman zu überlassen.

Sie spürte eine Aufwallung von Gefühlen, über die sie, wäre sie ein Mensch gewesen, errötet wäre. Denn allen praktischen Versuchen und guten Absichten zum Trotz *war* sich noch immer Jungfrau. Obwohl sie und Valerian sich nach ihrer Verwandlung häufig mit erotischen Spielchen auf geistiger Ebene vergnügt hatten, war sie noch nie *wirklich* von einem Mann berührt worden. Und nun sah es fast so aus, als würde es auch nie mehr dazu kommen …

Der Gedanke war seltsam schmerzlich, was Maeves Zorn auf sich selbst höchstens noch steigerte. Denn schließlich hatte sie geschworen, sich niemals mit einem Menschen einzulassen, und mit der legendären Lisette, die sich am liebsten hübsche, junge, sterbliche Männern auf dem Gipfel ihrer Potenz ins Bett holte, hatte sie nichts gemein.

Maeve murmelte einen Fluch und versuchte, die Bilder abzuschütteln, die plötzlich ihr Bewußtsein füllten, und in denen sie sich selbst in inniger Umarmung mit Calder Holbrook sah. Doch jede Mühe war umsonst, die Visionen blieben.

»Es wäre viel zu gefährlich«, ermahnte sie sich gereizt – und beinahe schwindelnd vor Verlangen – während sie das Schiffchen so heftig hin und her bewegte, daß es ihr fast aus den Händen glitt. »So etwas darf niemals geschehen!«

Doch das heiße, machtvolle Sehnen ließ nicht nach, war stärker sogar noch als Maeves Verlangen, Blut zu sich zu nehmen. Nicht einmal das Wissen, daß sie auf dem Höhepunkt ihrer Leidenschaft die Kontrolle über sich verlieren und ihren Geliebten töten konnte, verminderte ihr lustvolles Begehren.

Dabei war sie doch sonst immer so nüchtern gewesen,

so pragmatisch und immun gegen den Charme der Menschenwesen – außer, wenn sie als Quelle ihrer Nahrung herzuhalten hatten. Was mochte sich geändert haben? Was war geschehen?

»Was immer es auch sein mag«, drang eine Stimme in ihre Gedanken, »wäre es jedenfalls besser, wenn du damit aufhören würdest, bevor auch du als Mensch endest – in einem Wohnmobil und umringt von Babies.«

Valerian. Im Gegensatz zu sonst war Maeve fast froh, daß er erschienen war.

»Nett, daß du angeklopft hast – und in meinen Gedanken herumwühlst wie in einem Haufen Stoffe auf dem Marktstand«, sagte sie kühl.

Ihr Besucher war heute ungewöhnlich normal gekleidet, trug Jeans und ein Sweatshirt, auf dem vorn ein Wolf abgebildet war.

»Na, na«, entgegnete er mit leichtem Vorwurf. »Du hast erhebliche größere Probleme als mein unerwartetes Auftauchen, Maeve. Lisette macht wieder die Welt unsicher, Maeve. Es ist geschehen.«

Die Nachricht riß Maeve aus ihrer Geistesabwesenheit. »Was soll das heißen – *sie macht die Welt unsicher*?«

»Genau das. Lisette nimmt nicht nur Blut zu sich, wie wir anderen auch, sondern erschafft auch neue Vampire. Wahllos. Häßliche, hirnlose Kreaturen, die nicht mehr Zurückhaltung kennen als Ratten oder Armeeläuse.«

Maeve gab jeglichen Versuch auf, ihr Weben fortzusetzen, und stand auf, um sich Valerian zu nähern. »Weiß der Geheimbund der Ältesten schon davon?«

Valerians Gesichtsausdruck verriet Belustigung und mühsam beherrschten Zorn zugleich. »Die Ältesten scheinen beschlossen zu haben, es zu ignorieren.«

Maeve erinnerte sich an den Besuch des Ältesten Tobias. »Dann solltest du vielleicht ihrem Beispiel folgen, Valerian. *Ich* bin jedenfalls bereits angewiesen worden, mich von Lisette fernzuhalten.«

Im ersten Moment schien es fast, als würde Valerian vor Enttäuschung explodieren. »Begreifst du nicht, was geschehen wird, wenn man Lisette gewähren läßt?« fragte er, als er sich von seiner ersten Empörung erholt hatte. »Die Welt wird von diesen Ungeheuern überrannt werden, und wenn wir das zulassen, gibt es bald keine Menschen mehr, von denen wir uns ernähren könnten.«

Indem er seine starken Hände um Maeves Schultern schloß, schaute er ihr eindringlich in die Augen. »Doch dazu wird es niemals kommen, Maeve«, fuhr er beschwörend fort, »weil Nemesis nämlich gezwungen sein wird, einzugreifen. Er wird Armeen von seinen Engeln mobilisieren und nicht nur Lisette zerstören, sondern auch jeden anderen Vampir auf Erden. Er wünscht sich schon seit Jahrhunderten einen Kampf mit uns, und dies könnte der willkommene Anlaß für ihn sein, den Krieg zu beginnen. Als strafender Engel der Gerechtigkeit – vergiß das bitte nicht – ist es seine Pflicht, die Sterblichen, die sein Herr so liebt, zu schützen!«

Maeve empfand plötzlich eine merkwürdige Kälte. »Das muß der Geheimbund doch in Betracht gezogen haben …«

»Also wirklich!« fiel Valerian ihr gereizt ins Wort. »Was ist bloß mit deinem Verstand passiert, Maeve – denkst du jetzt auch nur noch mit einem kleinen Teil, wie diese bedauernswerten Sterblichen? Der Geheimbund ist eine Ansammlung alter Narren, die schon seit langem ihr Gefühl für Realität verloren haben!«

Maeve preßte erschrocken eine Hand auf ihren Mund. Valerians Worte waren gewagt, sogar für ihn. »Sei vorsichtig«, riet sie, als sie sich von ihrem Schreck erholt hatte. »Es wäre möglich, daß unsere Brüder sich letztendlich nicht gegen Lisette erheben, sondern gegen dich, Valerian! Sie sind der Ansicht, daß du ein unbesonnener Hitzkopf bist, und sie haben mir geraten, mir deine verrückten Vorschläge nicht einmal anzuhören.«

Valerian runzelte die Stirn. »Seit wann läßt sich die berühmte Maeve Tremayne von jemanden sagen – einschließlich den Ältesten – was sie zu tun, zu denken und sich anzuhören hat?«

Maeve erwiderte nichts, denn Valerians Frage hatte einen Nerv bei ihr getroffen. Seit jeher hatte sie ihr Recht auf eigene Entscheidungen als kostbarer betrachtet als alles andere in ihrer Existenz, außer ihren einzigartigen Vampirkräften vielleicht.

Der ältere Vampir lächelte und legte seine Händen an ihre Wangen. »Ich bitte dich nur um eins«, sagte er ruhig. »Schau dir an, was Lisette jetzt treibt. Sobald du es gesehen hast, kannst du dir selbst ein Urteil bilden.«

Maeve setzte zu einer Entgegnung an, aber die Worte wollten nicht über ihre Zunge kommen, und so nickte sie nur stumm.

Valerian schlang die Arme um sie, und Nebel begann sie einzuhüllen, der sich schneller und schneller drehte. Maeve klammerte sich mit beiden Händen an Valerians Hemd fest und hoffte inständig, daß er wußte, was er tat ...

Als das Wirbeln aufhörte und sie zum Stillstand kamen, war Maeve verärgert und löste sich heftiger aus Valerians Umarmung, als es nötig gewesen wäre.

»Warum mußt du immer ein solches Theater aufführen?« fragte sie entnervt. »Warum kannst du dich nicht einfach per Willenskraft von einem Ort an einen anderen versetzen, wie wir anderen es auch tun?«

Valerians Augen funkelten belustigt, doch sein Gesicht blieb ernst, und er legte einen langen, schlanken Finger an seine Lippen.» Psst«, flüsterte er warnend.

Maeve schaute sich um und sah, daß sie in einem Krankenhaus standen, das sich, seiner supermodernen technischen Ausrüstung nach zu urteilen, in den neunziger Jahren des zwanzigsten Jahrhunderts befinden mußte.

Eine Krankenschwester kam um die Ecke und blieb wie angewurzelt auf dem nur schwach beleuchteten Korridor stehen, als sie Valerian und Maeve erblickte. Eine Patientenkartei an ihre Brust gepreßt, starrte sie die beiden Vampire offenen Mundes an.

»Du siehst uns nicht«, sagte Valerian freundlich und ging auf das arme, erschrockene Wesen zu, das jetzt so reglos dastand wie ein von hellen Scheinwerfern geblendetes Tier. Er legte seinen Handrücken auf ihre Stirn und wiederholte seine Worte, nach sanfter diesmal, fast wie ein Vater, der ein verängstigtes Kind beruhigt.

Die junge Schwester versteifte sich einen Moment lang und ging dann ruhig weiter durch die Halle, ihr Bewußtsein frei von unwirklichen, aus Schatten gewebten Kreaturen.

Valerian sah ihr nach, einen Ausdruck liebevoller Konzentration auf seinen aristokratisch schönen Zügen, und bedeutete Maeve dann, ihm zu folgen. Sie tat es und gelangte in einen kalten, sterilen Raum mit Metallschränken, die die Wände säumten. Ein Mensch hielt sich in diesem Raum auf, aber Valerian raubte auch ihm das Bewußtsein, indem er kurz auf seinen Nacken tippte.

Einen knappen Moment darauf glitt eine der metallenen Schubladen auf, aus ureigenem Antrieb, wie es schien, und Maeve schaute fassungslos zu, wie eine bläulichgraue Leiche sich darin aufrichtete. Geschickt wie ein Athlet und obwohl es der Körper eines schon sehr alten Mannes war, glitt der Leichnam von der Stahlplatte der Schublade.

Der Anblick ließ Maeve erschauern, obwohl sie schon

viel Makabres im Laufe ihrer Existenz gesehen hatte. Das *Ding* war ein Vampir, zweifellos, und trotzdem schien es sich weder seiner selbst bewußt zu sein noch der beiden anderen Geschöpfe der Nacht in seiner Nähe. Langsam schlurfte es auf den schlafenden Menschen zu und entblößte seine Fänge, die im fluoreszierenden Licht des Raums auf ekelhafte Weise glitzerten.

»Tu etwas«, wisperte Maeve, weil sie selbst zu angewidert war, um sich zu bewegen.

Doch Valerian blieb still stehen, die Arme über der Brust verschränkt, das Gesicht nachdenklich und gelassen. »Da hast du es – ein Exemplar von Lisettes Werk«, sagte er. »Und das ist erst der Beginn des Alptraums.«

3

Im Leichenhaus der Klinik herrschte absolute Stille.

Maeve zuckte zusammen, als die lebende Leiche den Pfleger erreichte, der wie gelähmt war vor Entsetzen, und ihre wächsernen Finger um seine Schultern schloß.

Nach einem verächtlichen Blick auf Valerian, der den Vorgang mit einer Mischung aus klinischen Interesse und Selbstgefälligkeit verfolgte, schüttelte Maeve endlich ihre eigene krankhafte Faszination ab und trat vor.

Sie hatte noch nie in all den Jahren seit ihrer Verwandlung das Blut eines Unschuldigen konsumiert und hatte auch nicht vor, dabeizustehen und mitanzusehen, wie ein anderer Vampir es tat.

»Schluß jetzt!« sagte sie mit klarer, ruhiger Stimme, die jedoch eine eindeutige Warnung enthielt.

Die Ausgeburt des Schreckens schaute sie aus törichten Augen an, sichtlich verwirrt, aber sein Griff um die Schultern des Sterblichen lockerte sich nicht. Das Gesicht des Zombies, denn etwas anderes war das Ungeheuer nicht, war um so grotesker, fand Maeve, weil es noch immer die letzten Überreste menschlichen Ausdrucks trug.

Maeve wußte, daß hier mit Vernunft nichts auszurichten war und auch nicht mit der Androhung ihrer überlegeneren Macht, denn diesem Ungeheuer schien nichts anderes bewußt zu sein als sein eigener, zwingender Hunger. Von einem seltsamen, fast untröstlichen Mitgefühl erfaßt, selbst als sie sich schon anschickte, zu zerstören, streckte Maeve die Händen nach der Kreatur aus und schloß ihre Finger um seinen feuchten, kalten Hals.

»Sei vorsichtig«, befahl Valerian gleichmütig wie ein Universitätsprofessor, der einer Gruppe mittelmäßiger Studenten etwas zu erklären hat. »Sein Biß könnte giftig sein. Wir wissen noch nicht viel über diese Abarten, Maeve.«

»Vielen Dank für deine Unterstützung«, erwiderte sie spitz, ohne den Blick von ihrem Opfer abzuwenden. Dann schüttelte sie den Unhold heftig, und er löste seinen Griff um die Schultern des Sterblichen, der sich blitzartig aufrappelte und mit einem Aufheulen die Flucht ergriff.

Maeve hielt sich nicht damit auf, dem Pfleger nachzusehen, sondern konzentrierte sich darauf, den geringeren Vampir auf einen Autopsietisch aus glänzendem Stahl zu zwingen. Als sie einen Befehl zischte, bequemte Valerian sich endlich, ihr zu helfen, und reichte ihr ein Skalpell.

Maeve hielt das Monster, das sich heftig wehrte, fest und sprach sogar ein gemurmeltes Gebet für ihn, bevor sie ihm die lange, schmale Klinge des Skalpells in die Brust stieß, geradewegs in ein Herz hinein, das längst zu schlagen aufgehört hatte.

Dieses Ungeheuer würde nicht noch einmal auferstehen!

Stimmengewirr erscholl vom Korridor – offenbar hatte der Pfleger schon begonnen, seine Kollegen von den seltsamen, beängstigenden Vorgängen in jener unheimlichen Zwischenstation der Toten zu unterrichten.

Valerian seufzte. »Wir sollten machen, daß wir fortkommen«, meinte er. »In wenigen Sekunden wird eine ganze Horde aufgeregter Menschen durch diese Tür hereinstürzen, und im Moment ziehe ich es vor, mich nicht mit diesen armen Unglücklichen beschäftigen zu müssen.«

Während sie zu einem schnellen Abgang die Hände über den Kopf erhob, bedachte Maeve Valerian mit einem ärgerlichen Blick.

Doch zu ihrem maßlosen Ärger war er schon wieder da, als sie sich im Zentrum eines uralten Steinkreises weit draußen auf dem Land verkörperlichte, an jenem Ort, wo Aidan den Gerüchten nach vor Monaten nach seiner Verwandlung aufgefunden worden war.

»Nun sag schon«, begann Valerian in dem gebieterischen Tonfall, den er so gern anschlug, »glaubst du mir jetzt endlich?«

Maeve war noch immer stark erschüttert, aber auch ungemein verdrossen, weil sie eine in der Anlage vorhandene Kraft in dem Wesen gespürt hatte, das sie zerstört hatte, eine primitive Beweglichkeit, die sich als furchtbar erweisen konnte, wenn sie in die richtige Bahn gelenkt wurde.

Und doch wollte sie nicht, daß Valerian recht behielt. Weder in dieser noch in irgendeiner anderen Angelegenheit.

»Jeder Vampir hätte dieses … dieses *Ding* erschaffen können«, sagte sie. »Wir haben kein Beweis dafür, daß es Lisettes Werk war.«

Valerian stieß einen rauhen, gequälten Schrei aus, der

tiefste Frustration verriet. »Na schön!« zischte er. »Dann laß uns einmal annehmen, einen Moment lang jedenfalls, daß Lisette nichts damit zu tun hat. Doch selbst so bleibt die Tatsache bestehen, daß wir es mit irgendeinem Abtrünnigen zu tun haben – mit jemanden, dem man unbedingt das Handwerk legen muß.«

Maeve verspürte ein Frösteln, obwohl es eine warme Nacht war, und ein quälendes Gefühl des Verlassenseins nistete sich in ihrem Herzen ein und begann an ihrer Kraft zu zehren. Sie vermißte Aidan in jenen Augenblicken noch viel schmerzhafter als je zuvor und sehnte seinen Rat herbei.

Als sie jedoch sprach, war sie um Geduld gemüht. »Es könnte auch ein Zufallsprodukt gewesen sein, dieses Ungeheuer, entstanden aus einem Akt der Rache oder Leidenschaft. Es besteht kein Anlaß zu der Vermutung, daß die Sache sich noch einmal wiederholen wird.«

Valerian schaute ihr beschwörend in die Augen. »Du betrügst dich selbst«, sagte er ernst und im vollen Bewußtsein, daß er mit seinen Worten an einen wunden Punkt rührte. Er kannte Maeve gut genug, daß er ihr Dinge über sich selbst sagen konnte, die sie viel lieber ignoriert hätte. »Dies ist nicht der geeignete Moment, um deinen Kopf in den Sand zu stecken, Maeve – die Existenz aller Vampire könnte von deinen Entscheidungen abhängig sein!«

Sie wandte sich von ihm ab und legte die Stirn an einen der kühlen, hochaufragenden Steine, die Zeugen der Verwandlung ihres Bruders von einem Vampir in einen Menschen gewesen waren. Überwältigende Müdigkeit erfaßte Maeve, und zum ersten Mal in zweihundert Jahren hätte sie sich jetzt gern zurückgezogen in ein verborgenes Grab – wie Valerian und so viele andere es im Laufe des Jahrhunderte getan hatten – um dort ungestört zu ruhen, bis die Herausforderungen, denen sie jetzt ins Auge sah, vorüber waren.

»Vielleicht sollten wir Vampire besser nicht gerettet werden«, sagte sie nach einer Weile leise und ohne Valerian dabei anzusehen. »Vielleicht ist unsere Zeit jetzt abgelaufen …«

Ihr Gefährte packte sie an den Schultern und drehte sie hart zu sich herum. »Du kannst nicht einfach tatenlos zusehen und es geschehen lassen«, knurrte er und entblößte sein ebenmäßiges weißes Gebiß, einschließlich der beiden spitzen Schneidezähne, die nur geringfügig länger waren als die anderen. »Wir alle haben so viel – sogar unsere Seelen – für unsere Unsterblichkeit und einzigartige Macht geopfert. Was glaubst du, wie es wäre, wenn wir alle umkämen? Denkst du etwa, daß wir still und ungestört in unseren Gräbern liegen und ewigen Frieden finden würden? Ha! Du müßtest selbst wissen, Maeve, daß wir alle in die Hölle kämen, Tausende von uns, und unendliche Qualen auszustehen hätten, in alle Ewigkeit. Willst du uns wirklich zu einem derartigen Schicksal verdammen, Maeve? Wir, die wir deine Freunde waren – und deine Geliebten?«

Maeve empfand leichte Gewissensbisse, Verärgerung und nicht zu knappe Angst. »Ich hatte nur einen Geliebten«, entgegnete sie, obwohl die Tatsache völlig unerheblich war für das Dilemma, in dem sie sich befand.

Valerian verengte seine Augen. »Vampire sind keine Wesen, von denen man ein Gewissen, Güte oder Nächstenliebe erwarten kann«, gab er leise zu. »Aber wir sind trotzdem lebende Geschöpfe, die Trauer und Schmerz verspüren, ebenso gut wie Vergnügen – und das viel intensiver als die meisten Sterblichen. Bist du nicht bereit, für uns zu kämpfen? Willst du deine Brüder und Schwestern wirklich nicht verteidigen?«

»Warum denn ausgerechnet ich?« rief Maeve, von einer Qual erfaßt, die fast ebenso groß wie jene war, die sie erfahren hatte als Aidan sie verließ. »Warum nicht du? Oder Tobias?«

Valerian legte sanft die Hände um ihre Wangen und sagte, sehr leise und sehr ernst: »Tief in deinem Innersten, in deinem Verstand und in deinem Herzen kennst du die Antwort, Maeve. Du bist durch irgendeine unbewußte Wahl dazu bestimmt worden, das Schwert für uns zu führen.«

Maeve schwieg nachdenklich. Tatsächlich zögerte sie mit der Antwort, bis das erste rötlich-goldene Licht am Horizont auftauchte, bevor sie endlich sagte: »Ich werde herausfinden, was vor sich geht, Valerian, aber das ist alles, was ich dir versprechen kann.«

Zu ihrem Ärger lächelte er selbstgefällig, als sie dann die Hände über den Kopf erhob und sich in Luft auflöste.

Calder Holbrook saß mit düsterer Miene im prächtigen Arbeitszimmer seines Vaters, einen Kognakschwenker mit Brandy vor sich, und schaute durch eins der Fenster auf den Rosengarten, der einst der ganze Stolz seiner Mutter gewesen war. In einer Hand hielt er die Halskette, die Maeve ihm gegeben hatte, und befingerte sie, als sei sie ein Rosenkranz statt eines schlichten Anhängers.

Nur wenige Meter entfernt, in der sorgfältig gepflegten Erde des Gartens, führten die Rosen einen schweigenden Aufstand der Farben durch; ihre roten, gelben und rosafarbenen Blüten schimmerten und glitzerten im Sonnenlicht. Es kam Calder fast wie Ironie des Schicksals vor, daß solche schamlose Schönheit existieren konnte in einer Welt, wo Knaben Soldaten spielten und sich auf das Geheiß von skrupellosen Politikern, Geschäftsleuten und Bankiers gegenseitig in Fetzen schossen …

»Du brauchst wirklich nicht zurückzugehen, Calder«, erklang eine Stimme hinter ihm.

Calder drehte sich nicht um zu seinem Vater, schloß seine Finger höchstens noch fester um den eigenartigen, goldenen Anhänger in seiner Hand, als er sich gegen diesen ruhigen, rücksichtslosen Mann stählte, der sein Erzeuger war.

»Komm mir bloß nicht wieder mit dem Vorschlag, mich aus der Armee freizukaufen«, warnte er. »Ich habe mich freiwillig gemeldet und werde meine Zeit abdienen.«

Calder konnte sich Bernard Holbrooks Wut vorstellen, aber er wußte auch, daß sein kühler, beherrschter Vater seine Gefühle stets unter Kontrolle hatte und nur selten zeigte.

»Wann werde ich endlich lernen, dich zu verstehen?« fragte Bernard, während das Klirren von Kristall durch den düsteren, verstaubten Raum schallte, als er sich einen Drink einschenkte.

Calder seufzte, ohne den Blick von den Rosen abzuwenden, die sich selbst in der windstillen Luft zu bewegen schienen wie Elfen in hauchzarten Gewändern. »Vielleicht nie«, erwiderte er. »Wir sind zu verschieden.«

»Unsinn!« brauste Bernard auf, der sich lieber nicht mit Realitäten aufhielt, die nicht seinem Geschmack entsprachen. William, Bernhards älterer Sohn und Calders Halbbruder, sah aus wie sein Vater, dachte wie sein Vater und war obendrein noch ein kriecherischer Schmarotzer, aber selbst das schien den alten Mann ganz offenbar nicht zu befriedigen. »Unsinn«, sagte er nochmals. »Du bist Fleisch von meinem Fleisch, Knochen von meinen Knochen. Wir sind uns sehr viel ähnlicher, als du glauben möchtest.«

Calder, der bei dieser Vorstellung ein Erschauern unterdrücken mußte, ließ den Anhänger in die Brusttasche seines gestärkten Leinenhemds gleiten – seinen Rock hatte er schon lange abgelegt – und setzte ein etwas gereiztes Lächeln auf. »Denk, was du willst, Vater. Das tust du ja sowieso.«

Bernhard war ein stattlicher Mann mit einer dichten Mähne weißen Haars, frischer Gesichtsfarbe und scharfen blauen Augen, die sich zu verengen pflegten, wenn er sich konzentrierte. Was immer auch seine sonstigen Fehler sein mochten, und davon besaß er viele, seine Intelligenz war imponierend und befähigte ihn, sehr vieles zu durchschauen, was einem geringeren Verstand entgangen wäre.

»Du wirst mir doch nicht einreden wollen, es sei dein Wunsch, tatsächlich in eins jener verdammten Feldlazarette zurückzukehren! Nicht einmal du, mit deinen seltsamen Vorstellungen von Nächstenliebe, kannst das wollen. Du liebe Güte, Calder, es muß doch schrecklich gewesen sein dort!«

Calder ließ die Schultern hängen. »Das war es auch«, gestand er in einem Ton, der mehr verriet, als er je freiwillig zugegeben hätte. Während er mit Daumen und Zeigefinger seine pochenden Schläfen massierte, erinnerte er sich an das Schreien und an das Stöhnen, das unaufhörlich durch die Lazarette drang, an das kreischende Geräusch der Sägen, die sich in Knochen fraßen, und an den allgegenwärtigen, ekelerregenden Gestank.

Bernard nippte an seinem Brandy und schaute auf den Rosengarten seiner verstorbenen Frau hinaus, als sei er ungeheuer fasziniert von ihnen. Doch davon ließ Calder sich nicht täuschen; er hätte zehn Jahre seines Lebens darauf verwetten mögen, daß sein Vater die Blumen nicht einmal sah. Erst nach einer Weile, als Bernard sich seine Worte zurechtgelegt hatte, nahm er das Gespräch wieder auf.

»Warum bist du dann so versessen darauf, in den Krieg

zurückzukehren?« fragte er, und im ersten Moment fand Calder die Frage sogar so vernünftig, daß er nichts darauf zu antworten wußte. »Nun?« beharrte Bernard, als sein Sohn weiterhin schwieg. »Hat es vielleicht etwas damit zu tun, daß du dich ständig und in allem meinen Wünschen widersetzen willst?«

In einer plötzlichen Aufwallung von Zorn sprang Calder auf und kehrte dem alten Mann, der ihn gezeugt hatte, den Rücken zu. Dann starrte er zu dem Porträt der schönen, zarten Frau auf, das über dem Kaminsims hing. »Verdammt, Vater«, stieß er hervor, als er seiner Stimme wieder traute, »wann wirst du endlich begreifen, daß sich die Welt nicht ausschließlich um dich dreht?«

»Wann wirst du begreifen«, versetzte Bernard ruhig, »daß du – so wie du dein Leben wegwirfst – dich selbst noch viel tiefer verwunden könntest, als es dir bei mir jemals gelingen könnte?«

Bedächtig wandte Calder sich zu seinem Vater um. »Es kann keine Rede davon sein, daß ich mein Leben wegwerfe«, erklärte er kalt. »Ich bin schließlich *Arzt*, Vater. Gibt es einen logischeren Ort für mich, an dem ich sein könnte, als inmitten von Leid und Schmerz?«

»Und ob«, erwiderte Bernard, aber es klang schon ein wenig resigniert. »Du könntest ein Gesellschaftsarzt wie viele anderen deiner Schulkameraden sein und reichen alten Damen Dampfbäder verordnen.«

Wieder wurde Calder von einem derartigen Abscheu erfaßt, daß er nichts zu antworten vermochte. Stumm kehrte er zu dem Sessel zurück, den er eben verlassen hatte, und hob sein halbleeres Brandyglas auf. Als er die scharfe Flüssigkeit hinunterstürzte, fühlte er sie wie Feuer durch seine Adern gleiten, und seine Nacken- und Schultermuskeln begannen sich ein wenig zu entspannen.

»Calder«, fuhr Bernard unerbittlich und im ruhigen,

einfühlsamen Ton eines Schlangenbeschwörers fort. »Ich bitte dich, vernünftig zu sein. Ich habe Freunde, die eine ehrenhafte Entlassung für dich arrangieren könnten. Du kannst den Rest des Kriegs in Europa verbringen, wenn es dir lieber ist, und all jene neuen chirurgischen Techniken lernen, von denen du uns ständig vorschwärmst.«

Erschüttert und beschämt schloß Calder die Augen. Ein Teil von ihm drängte darauf, den Vorschlag seines Vaters anzunehmen, um dem Blutbad zu entfliehen, das sein Heimatland beschmutzte, und sich endlich das zusätzliche Wissen anzueignen, das er sich so sehnlichst wünschte ... Zu tun, als gäbe es gar kein unnötiges Leid auf dieser Welt, als existierten keine Brutalität und Grausamkeit.

»Niemand würde es dir übelnehmen«, drängte Bernard, der zu spüren schien, daß er im Vorteil war.

Die Worte brachten Calder wieder zu sich, und in einem plötzlichen Aufwallen von Zorn schleuderte er das leere Glas gegen den polierten schwarzen Marmor des Kamins. Das Glas zersplitterte in tausend Scherben, und Calder fragte sich, ob es nicht so sein mochte, wie Gott seine Schöpfung sah: als zerbrochene, funkelnde Scherben von etwas, das ursprünglich als schön gedacht gewesen war. »*Ich* würde es mir übelnehmen«, erwiderte er leise.

Wieder seufzte Bernard. »Ich wünschte, deine selige Mutter – möge sie in Frieden ruhen – hätte ihren Eigensinn mit ins Grab genommen, anstatt ihn dir zu vermachen«, sagte er.

Calder erwiderte nichts, schaute bereits in Richtung Tür, um diesem Raum so schnell wie möglich zu entfliehen.

Doch wie stets schien Bernard auch diesmal nicht zu wissen, wann es genug war. »Wenn du dir selbst zuliebe nicht auf den Krieg verzichten willst«, sagte er, »dann tu es für mich. Ich brauche dich hier, Calder.«

»Du hast William«, entgegnete sein Sohn ungerührt.

Bernard äußerte sich nicht zu dieser Feststellung; er konnte seinem ältesten Sohn keinerlei Fehler vorwerfen, ohne sich selbst damit zu kritisieren, denn William und er teilten die gleichen Gefühle und Überzeugungen. »Warum haßt du mich nur so sehr?« fragte er Calder ruhig. »Ich habe dich niemals geschlagen, und es hat dir nie etwas gefehlt. Ich habe dafür gesorgt, daß dir die bestmögliche Ausbildung zuteil wurde, selbst dann noch, als du darauf beharrtest, deine bemerkenswerte Intelligenz als gewöhnlicher Mediziner zu vergeuden. Sag mir – denn ich glaube, ich habe ein Recht, es zu erfahren – warum du mich schon immer abgelehnt und dich gegen mich gesträubt hast? Denn das fing schon damals an, als du noch ein kleiner Junge warst, der gerade erst gelernt hatte, auf eigenen Füßen zu stehen.«

Calder erhob den Blick zu dem schönen, arglosen Gesicht auf dem Porträt seiner Mutter, und irgendwo, tief in seinem Bewußtsein, glaubte er wieder, ihre sanfte Stimme zu vernehmen, die ihm ein Wiegenlied sang.

Schließlich, nach schier endlosem Schweigen, drehte er sich zu Bernard um. »Ich hasse dich nicht, Vater«, sagte Calder flach. »Ich könnte mir gar nicht leisten, die Energie zu vergeuden, die Haß erfordert.«

»Aber du liebst mich auch nicht. Du hast mich nie geliebt.«

»Du irrst dich«, widersprach Calder ruhig. »*Sie* hat dich einst geliebt –« er deutete auf das Porträt, das den Raum beherrschte – »und ich auch. Bis ich erkannte, daß du sie mit deinen höflichen Grausamkeiten und deinem ständigen Betrug zerstört hast.«

Bernard hob in einer Geste der Frustration die Hände und ließ sie wieder sinken. Sein Gesicht war noch stärker gerötet als sonst, und die weißen Linien um seinen Mund waren der Beweis dafür, daß er nicht nur schockiert, sondern auch zutiefst entrüstet war.

»Herr im Himmel«, flüsterte er. »Nach all dieser Zeit willst du mir jetzt sagen, du hättest mich nie als Vater akzeptiert, nur weil ich Mätressen hatte?«

»Sie dachte, du liebtest sie«, sagte Calder mit einem Blick auf das Bild seiner Mutter und begann wieder jene schreckliche Hilflosigkeit und Verzweiflung zu verspüren, die er schon als kleines Kind empfunden hatte. Sie hatte um ihren untreuen Mann geweint, die schöne, naive Marie Calder-Holbrook, bis ihr Sohn überzeugt gewesen war, daß sein eigenes Herz daran zerbrechen müsse. Und zum Schluß hatte ihr nie nachlassender Schmerz ihr den Tod gebracht ...

»Marie war schwach«, erklang eine dritte Stimme von der Tür.

Calders Blick glitt zu seinem fünfzehn Jahre älteren Halbbruder. William hätte Marie damals ein Trost sein können und vielleicht sogar ein Freund angesichts ihres geringen Altersunterschieds. Doch statt dessen hatte er sie nur gequält und dafür büßen lassen, daß sie den Platz seiner verstorbenen Mutter in diesem Mausoleum, das sie Haus nannten, eingenommen hatte.

Eine starke, spürbare Spannung breitete sich im Zimmer aus, eine Art unhörbares Knistern, so intensiv, daß es fast greifbar schien.

»Bring mich nicht in Versuchung, dir etwas anzutun, William«, warnte Calder. »Denn die Vorstellung ist so reizvoll für mich, daß ich ihr fast nicht widerstehen kann.«

William, der ein um dreißig Jahre jüngeres Abbild Bernards war, setzte zu einer Erwiderung an, hielt es dann jedoch anscheinend für klüger, sich zu beherrschen, und schwieg.

Calder drängte sich an ihm vorbei auf den breiten Korridor vor dem Arbeitszimmer.

Bernard schrie seinen Namen, doch Calder wandte sich nicht mehr um. Mit langen, ausholenden Schritten ging er weiter, bis er das Haus verlassen hatte und in sicherer Entfernung von ihm und allen war, die unter seinem soliden Schieferdach lebten.

Benecia und Canaan Havermail veranstalteten gerade wieder eine ihrer albernen Teegesellschaften, als Maeve auf dem alten Friedhof hinter dem Schloß der Havermails erschien.

Benecia, ein goldblondes, elfenhaft zierliches Mädchen, und Canaan, ihre jüngere, dunkelhaarige Schwester, wirkten auf den ersten Blick wie Kinder. Doch tatsächlich waren sie Vampire, die vier Jahrhunderte schauerlicher Eskapaden hinter sich hatten, und ihre puppenhafte Schönheit machte sie höchstens nur noch schrecklicher.

Als Canaan Maeve sah, klatschte sie in ihre kleinen Hände, die weiß und zart wie feinstes Porzellan waren. »Du bist zum Tee gekommen!« rief sie in kindlichen Entzücken aus.

Der Anblick dieser beiden wunderschönen Ungeheuer versetzte Maeve einen Stich, und wieder fragte sie sich, ob sie nicht recht gehabt hatte, als sie Valerian bei ihrer letzten Begegnung sagte, es sei vielleicht ganz gut, alle Vampire umkommen zu lassen.

»Setz dich«, trillerte Benecia und zog einen verstaubten Stuhl vom Tisch zurück. Ihre goldenen Schillerlocken hüpften in ihrem Eifer, den unerwarteten Gast willkommen zu heißen.

Maeve betrachtete die Szene, die sich ihren Augen bot, ohne etwas zu sagen oder sich zu rühren. Der Tisch war ein moosbewachsenes, mit Spinnweben bedecktes Grabmal, aber nicht das, sondern die anderen Gäste waren es, was ihr zu denken gab.

Die Schwestern hatten zwei Leichen und ein Skelett ausgegraben, zweifellos aus Gräbern auf diesem Friedhof, und sie in einer widerlichen Parodie der so beliebten menschlichen Tradition um den verwitterten Grabstein plaziert. Eine Leiche, durch irgendeinen seltsamen unterirdischen Prozeß zu einem harten, braunen Ding mumifiziert, den Mund weit geöffnet wie zum Schrei, war an der Taille gebrochen worden, um wie ein richtiger Gast normal am Tisch zu sitzen. Die andere war ein schmutzig-graues, in Lumpen gehülltes Ding, dessen knochige, seit langem tote Finger sich um eine Teetasse aus feinem Chinaporzellan krallten. Das Skelett war vielleicht die lächerlichste Figur dieser Gesellschaft, denn es war blitzsauber, kein Grabstaub haftete seinen Knochen an, keine Muskelreste verunzierten seine elfenbeinfarbene Glätte.

Maeve schüttelte fassungslos den Kopf. Bevor sie jedoch die Einladung, an dieser verrückten Gesellschaft teilzunehmen, ablehnen konnte, erschien ein viertes Wesen in der Runde, und Maeve stieß einen fassungslosen Schrei aus, als sie erkannte, was es war.

Die Leiche des erst kürzlich verstorbenen Mannes war in einen Vampir von niedrigem Rang verwandelt worden, genau wie jene andere arme Kreatur, der Maeve in der Leichenkammer des Krankenhauses den Garaus gemacht hatte.

»Wo habt ihr diese Monster her?« fragte Maeve die uralten Kinder, während der Untote von einem Gast zum nächsten ging, die langen Fänge bleckte, als er eine der scheußlichen Gestalten nach der anderen an den Mund riß, um sie dann in wütende Enttäuschung wieder zurückzustoßen, weil er merkte, daß es hier kein Blut zu holen gab.

Benecia schlug in gespielter Unschuld die großen

blauen Augen nieder. »Wir haben ihn gefunden, als wir auf Jagd waren«, sagte sie mit sanfter Stimme, die jedoch eine boshafte Entschlossenheit verriet. »Er ist wirklich scheußlich, nicht?«

Canaan hatte das widerwärtige Ding dazu gebracht, Fangen mit ihr zu spielen, und kicherte mit dem gleichen unschuldigen Vergnügen wie ein Menschenkind, das mit einem Kätzchen spielt. In jenen Augenblicken verstand Maeve den Abscheu ihres Bruders Aidan vor Vampiren so gut wie noch niemals zuvor.

»Wir haben ihn Charlie genannt«, teilte Benecia ihr heiter mit.

Maeve schüttelte den Kopf und versuchte es noch einmal. »Ich will wissen, wo ihr ihn gefunden habt«, beharrte sie, von einem häßlichen, aber keinesfalls ungerechtfertigten Verdacht erfaßt. »Oder habt ihr dieses abartige Wesen etwa selbst erzeugt?«

Canaan hörte mit ihrem Gehüpfe auf, um Maeve schweigend anzustarren, und auch Benecia blieb stumm.

»Sagt es mir«, befahl Maeve gereizt.

Haß blitzte in Benecias kornblumenblauen Augen mit den dichten, samtschwarzen Wimpern auf. Obwohl sie in einem respektvollen Ton antwortete, drückten ihre Worte Trotz und Aufbegehren gegen Maeves Autorität aus.

»Natürlich haben wir ihn nicht selbst geschaffen, Tante Maeve«, erklärte sie mit erzwungener Höflichkeit. »Wir *nähren* uns nur von den Menschen, wir verwandeln sie nicht.«

Die lebende Leiche hatte aufgehört, Canaan nachzujagen, und starrte nun hechelnd und mit großen Augen Maeve an. Sie unterdrückte ein Erschauern.

»Wo kommt er dann her?« beharrte sie empört.

»Das haben wir dir doch schon gesagt«, kreischte Canaan und stampfte wütend mit ihrem zierlichen Fuß auf. »Wir haben ihn *gefunden*. Er schlurfte draußen vor All Souls' Cathedral in London herum.«

»Waren dort noch andere wie er?« fragte Maeve abwesend, denn mit ihren bemerkenswerten Geisteskräften hatte sie bereits in den Schädel der bedauernswerten Kreatur vor ihr hineingesehen und kein Bewußtsein dort gefunden, nicht einmal einen Rest moralischen Gewissens.

Benecia zuckte die Schultern und begann die zerlumpten Leichen, die Charlie belästigt hatte, auf ihre Plätze zurückzusetzen. »*Falls* dort noch mehr von ihnen waren, haben wir sie nicht gesehen.«

Canaan maß Maeve mit einem ärgerlichen Blick und verschränkte die Arme über dem gerüschten Ausschnitt ihres pinkfarbenen Taftkleids. »Mummy ist noch auf Jagd, falls du sie zu sprechen wünschst.«

»Holt mir einen spitzen Stock«, befahl Maeve und zog das unselige, sich nicht einmal zur Wehr setzende Wesen kraft ihrer Gedanken zu sich heran.

»Du willst sein Herz durchbohren?« kreischten Benecia und Canaan in unheimlichen Einklang, eine Mischung von Entsetzen und eifriger Erwartung in ihren hellen Stimmen.

»Tut, was ich euch sage«, entgegnete Maeve scharf, während sie in Gedanken den armen Charlie auf dem felsigen Boden festhielt.

Canaan brachte ein Stück halbverfaultes Holz, das irgendwann in längst vergangener Zeit ein Kreuz auf einem Grab gewesen sein mochte.

Maeve hielt den Pfahl mit einer Hand über die kalte Brust des Wesens und hob mit der anderen einen Stein auf. Den anderen Untoten zu zerstören, war relativ leicht gewesen, wenn auch widerwärtig, aber dieser hier erwies sich als erheblich schwierigerer Fall. Als sie den Holzpfahl durch Haut, Gewebe und Knochen trieb, kreischte die

Bestie vor Schmerz und Wut. Eine Welle der Übelkeit erfaßte Maeve, als sie Holz und Stein zusammenschlug, immer wieder und immer wieder, bis das Kreischen schließlich aufhörte und das Ungeheuer wirklich und wahrhaftig tot war.

Als sie von ihrem Werk aufschaute, sah sie, daß Benecia und Canaan zuschauten, mit Gesichtern, die so bleich waren wie der Mond, und Augen, die vor perversem Vergnügen glänzten. Ihr Anblick ließ Maeve an Wölfe denken, die, vom Lagerfeuer zurückgehalten, auf den Moment warteten, ihr Opfer anzugreifen und es mit ihren scharfen Zähnen zu zerfleischen.

»Verschwindet!« rief Maeve angeekelt und richtete sich mit zitternden Gliedern auf. Sie wollte wirklich nichts anderes sein, als was sie war – ein praktizierender Vampir –, selbst nach dem, was sie eben erst erlebt hatte, aber sie sehnte sich nach einem Vertrauten, einem Gefährten, einer verwandten Seele, die das Entsetzen vielleicht ein wenig lindern würde.

Zum wiederholten Male schweiften ihre Gedanken zu Calder Holbrook, dem amerikanischen Arzt, ab. Da war etwas in ihm, eine Kombination von Talenten und von Schwächen, was ihr ans Herz griff und nicht mehr von ihr abließ …

Doch statt ihn aufzusuchen, konzentrierte Maeve sich rasch auf Valerian und überließ Charlies reglosen Körper der verzehrenden Gier der Morgendämmerung.

Sie traf ihren früheren Lehrer und Geliebten in einem Harem an, nur dürftig bekleidet mit einem Lendenschurz und einem Turban aus blauer, perlenbestickter Seide, den ein prächtiger Smaragd über der Stirn zusammenhielt. Die ebenfalls nur sehr spärlich bekleideten Tänzerinnen, die Valerian umringten, stoben schreiend auseinander, als Maeve sich verkörperlichte.

»Ich hätte mir denken sollen, daß du an einem solchen Ort sein würdest«, fuhr sie Valerian an und schaute sich verächtlich um, als Valerian sich anmutig erhob und die Tänzerinnen mit einem Händeklatschen und einigen sanften Worten entließ.

Dann lachte er ganz ungeniert, verschränkte seine prachtvoll geformten Arme über seiner ebenso perfekten Brust und zog eine Augenbraue hoch. »Bist du etwa eifersüchtig?« fragte er gedehnt.

Der bloße Gedanke schon versetzte Maeve in Wut. »Ganz und gar nicht!« fuhr sie ihn gereizt an.

Valerian nahm den Turban ab und legte ihn behutsam fort, um sich sodann – mit einer einzigen, fließenden Bewegung seiner Hand – auf magische Weise anzukleiden. Sekunden später trug er seinen gewohnten eleganten Abendanzug und sein obligatorisches Cape. Er war jetzt schon eine ganze Weile auf dem Dracula-Trip, und Maeve wünschte, daß er ihn endlich überwinden möge.

Er lächelte, als er ihre Gedanken las. »Wenn es dir lieber ist«, sagte er, »kann ich mich auch wie ein Sultan kleiden. Der Turban steht mir ausgezeichnet, finde ich.«

Maeve seufzte. »Es wäre dir zuzutrauen«, murmelte sie. »Hör zu, Valerian – ich habe heute abend eine weitere dieser … abartigen Kreaturen gesehen. Benecia und Canaan fanden sie vor All Souls' Cathedral und brachten sie zu einer ihrer gespenstischen Teegesellschaften mit.«

Valerian verzog das Gesicht. »Welch tadelnswerte Wesen diese Kinder sind«, sagte er kopfschüttelnd, doch dann erschien ein verschmitzter Blick in seinen Augen. »Ist dir je aufgefallen, was für ein verrückter Haufen Vampire sind?« fragte er belustigt.

»Ich an deiner Stelle würde lieber schweigen«, erwiderte Maeve, mit einem vielsagenden Blick auf den abgelegten Turban. Dann stützte sie die Hände in die Hüften, um Valerian zu zeigen, daß sie sich keinen weiteren Unsinn mehr anhören würde. »Wir müssen etwas unternehmen«, sagte sie.

Der ältere Vampir spreizte seine Händen in einer Geste der Hilflosigkeit. »Ich glaube, genau das habe ich dir auch schon gesagt«, erklärte er, als stimmte es ihn traurig, daß Manieren in dieser modernen Zeit auf ein solch bedauernswertes Niveau herabgesunken waren.

»Es ist gut möglich, daß du dich irrst, wenn du Lisette verdächtigst«, beharrte Maeve. »Aber trotzdem verdient die Lage eine nähere Betrachtung. Was meinst du, wo wir beginnen sollen?«

»Wir?« echote Valerian und tat erstaunt.

»Verdammt, Valerian, hör endlich auf, meine Geduld auf die Probe zu stellen!« In einer väterlichen Geste zog ihr früherer Mentor sie unter sein Cape und flüsterte ihr zu: »Beruhige dich, mein Liebling. Valerian wird dich beschützen.«

Maeve zappelte noch und wehrte sich, als beide ziemlich hart auf dem gepflasterten Bürgersteig vor Londons All Souls' Cathedral landeten. Maeve erkannte sogleich, daß es spätes zwanzigstes Jahrhundert war, und ihre Wut auf Valerian vermischte sich mit einer überwältigenden Trauer, die auf der Tatsache beruhte, daß Calder Holbrook an diesem Ort und in dieser Zeit nicht existierte. Außer vielleicht als Bündel verrottender Knochen, nicht minder häßlich und abstoßend als die Gäste auf Benecias und Canaans Teeparty.

Valerian richtete sich als erster auf und reichte Maeve die Hand, die sie jedoch fortstieß, um aus eigener Kraft aufzustehen, ohne die neugierigen Blicke der wenigen Passanten zu beachten, die um diese Zeit noch unterwegs waren.

Valerian wollte schon einem der Bummler folgen, so

daß Maeve sich gezwungen sah, ihn an seinem Cape zurückzuhalten.

»Ich habe noch nichts zu mir genommen«, maulte er, und wie stets verwunderte es Maeve auch jetzt wieder, wie gebieterisch er reden und wirken konnte, selbst wenn er sich über etwas beschwerte.

»Das hättest du bedenken sollen, bevor du die halbe Nacht vergeudet hast, um Sultan zu spielen«, zischte Maeve und klopfte den Staub von ihrem knöchellangen Kleid und ihrem Samtumhang. Auch sie hätte Nahrung gebraucht, aber es gab andere Dinge, die ihr noch viel dringlicher erschienen.

»Komm«, sagte Valerian, plötzlich ernst geworden, und nahm ihre Hand. »Laß uns sehen, welch andere Unholde außer uns die Welt unsicher machen.«

4

Maeve entwickelte sich allmählich zu einer Besessenheit für Calder.

Er dachte permanent an sie, an diese Frau, von der er nur den Vornamen kannte. Er fragte sich, wer und wo sie sein mochte, und natürlich auch, *was* sie war, und quälte sich mit der Vorstellung, sie vielleicht nie wiederzusehen. Trotz all der Jahre wissenschaftlichen Studiums und trotz seines rein praktischen Verstands war er überzeugt, daß dieses schöne Wesen keine gewöhnliche Sterbliche war.

Er berührte den goldenen Anhänger, den sie ihm gegeben hatte; er trug ihn jetzt um den Hals, treu und gläubig, wie kleine Kinder und ältere Frauen religiöse Symbole trugen. Nein, die mysteriöse Maeve war kein gewöhnlicher Mensch, das stand fest, aber sie war auch kein Produkt von Calders Phantasie, wie er ursprünglich befürchtet hatte. Sie existierte wirklich, war so real wie der Talisman, den sie ihm geschenkt hatte.

Calder streckte sich in der Hängematte aus, die er zwischen zwei alten Birken hinter dem Pavillon im Park seines Vaters aufgehängt hatte, weit außer Sicht des Hauses. Die Hände hinter dem Kopf verschränkt, überlegte er, daß es ein wahrer Segen wäre, wenn er einfach seine Arbeit wieder aufnehmen könnte – auch hier in dieser Gegend waren die Hospitäler überfüllt mit verwundeten Soldaten und Opfern der gegenwärtigen Typhusepidemie – aber er hatte seinen sonst eher widerstandsfähigen Körper weit über seine Grenzen hinaus belastet. Wenn er sich jetzt keine Ruhe gönnte, riskierte er einen Zusammenbruch, ein Zustand, der ihn vollkommen der Gnade seines Vaters ausliefern würde.

Trotz der bleiernen Hitze jenes Sommernachmittags fröstelte Calder. Er würde die auferzwungene Ruhepause durchstehen, während der Krieg ihn gleich hinter den Pforten dieses prächtigen Landsitzes erwartete wie eine gewalttätige Bestie, die weiterlebte, indem sie sich von einem Moment zum nächsten treiben ließ.

Und vielleicht, falls er jemals etwas richtig gemacht hatte in seinem Leben und eine Belohnung dafür verdiente, würde er Maeve wiedersehen und ihre Geheimnisse erfahren …

Mit bösen Vorahnungen schaute Maeve zu den düsteren Spitzen der großen Kathedrale auf. Bald würde es Morgen sein, sie hatte sich noch nicht ernährt, und allein schon an diesem Ort zu sein, ließ all ihre Ängste vor göttlicher Bestrafung wieder mit Macht in ihr auferstehen.

»Wo fangen wir an?« fragte sie ungewöhnlich kleinlaut.

Valerian schwieg einen Moment, dachte nach und sagte dann: »Lisette muß irgendwo ein Versteck besitzen, in dem sie ihre elenden Geschöpfe tagsüber verbirgt. Sie werden die Sonne bestimmt nicht besser vertragen als wir. Wenn ich Lisette wäre, würde ich diese Ungeheuer in den alten Grabkammern unter der Kathedrale verstecken – was einer gewissen Ironie übrigens nicht entbehrt, falls Lisette inzwischen nicht längst zu verrückt ist, um sich das klarzumachen.«

Maeve schaute nervös zum Himmel auf. Sie hatte einmal in ihrem Vampirdasein eine Berührung mit dem Tageslicht gehabt und war nicht begierig, die Erfahrung zu wiederholen. »Wir sollten uns beeilen«, sagte sie und zog Valerian zum nächsten Eingang.

Valerian sträubte sich und wirkte plötzlich sehr gespannt. »Nicht so schnell«, stieß er rauh hervor. »Ich spüre etwas. Lisette könnte hier auf der Lauer liegen und uns erwarten.«

Maeve zwang sich zur Ruhe, denn Valerian konnte recht haben; es hätte Lisette ähnlich gesehen, einen Köder für sie auszulegen. Indem Maeve das helle Licht ihres Bewußtseins ausschließlich auf ihre Umgebung konzentrierte, schaute sie sich forschend um – ja, es war Gefahr zu spüren, aber die Königin der Vampire war nicht in der Nähe.

»Es ist etwas anderes«, sagte Maeve gedankenvoll. »Und es erwartet uns in der Gruft.«

Valerian nickte. »Gewarnt sein heißt gewappnet zu sein«, sagte er und ging auf den Eingang zu.

Mit einem Trick seines lebhaften Verstands sprengte er das Schloß an der schweren Tür aus Eichenholz, das vermutlich schon lange vor seiner menschlichen Geburt in irgendeinem düsteren Wald hoch oben im Norden geschlagen worden war.

Maeve und Valerian traten ein, doch in den Schatten zögerten sie, weil sie eine lauernde Gefahr verspürten.

Zusammen gingen sie schließlich weiter, durchquerten Gänge und Korridore, bis sie die Tür fanden, die über schmutzige Steintreppen Einlaß zu den Katakomben bot. Das Schloß bestand aus verrostetem Eisen, und der Schlüssel war schon vor solch langer Zeit verlorengegangen, daß nicht einmal der älteste Priester sich an ihn erinnern konnte.

Wieder betätigte Valerian den Mechanismus durch seine eigenen, höchstpersönlichen Magiertricks, doch diesmal erwies die Aufgabe sich als erheblich schwieriger. Er war müde, genau wie Maeve, und auch er hatte an diesem Abend keine Nahrung aufgenommen. Während die Morgendämmerung näherrückte, begann der tiefe Schlaf aller Vampire sein Unterbewußtsein zu belasten. Und doch, trotz allem, war er wie üblich unerträglich dreist.

»Glaubt ihr, wir wüßten nicht, daß ihr dort unten seid?« rief er, und seine Stimme schallte durch das dunkle, modrige Gemäuer, wo es sonst nur zu Staub zerfallende Tote und dahinhuschende Ratten gab.

Maeve stählte sich innerlich, als die Tür aufschwang an den eisernen Angeln, die protestierend ächzten. Was hier auf der Lauer lag und sie erwartete, war nicht nur eins dieser *Dinger*, sondern gleich sehr viele, und die Gefahr war nicht zu unterschätzen. Und doch fühlte sie sich eher auf aufreizende Weise herausgefordert, als Angst zu empfinden, und bereitete sich auf jede mögliche Art von Kampf vor.

»Los, kommt!« schrie Valerian. »Laßt euch sehen!«

Obwohl in der riesigen Gruft vollkommene Finsternis herrschte, sah Maeve sehr klar und deutlich, nicht anders als Valerian, weil Vampire sich am besten in der Dunkelheit zurechtfanden. Es war nichts zu sehen, außer Särgen und marmornen Denkmälern von der Art, wie Benecia und Canaan sie als Tisch für ihre berüchtigten Teeparties benutzten.

Das höhlenartige, staubige Gewölbe mit seinen Vorhängen aus Spinnweben schien plötzlich vor Spannung zu vibrieren, und Maeve konzentrierte ihr ganzes Bewußtsein auf die magischen Kräfte, die ihr seit der Nacht ihrer Verwandlung zur Verfügung standen.

Ein summendes Schweigen dröhnte und rauschte durch das unterirdische Gewölbe, hüllte Maeve und Valerian ein wie unsichtbare Fluten, und im nächsten Augenblick schon begann die Attacke.

Ihre Angreifer waren nicht die trägen, leichenähnlichen Vampire, denen sie zuvor begegnet waren, sondern riesige, rabenähnliche Kreaturen von der Größe ausgewachsener Menschen.

Valerian hatte sich schon in den Kampf gestürzt und fing an, sich den Bestien entgegenzuwerfen, als Maeve die Hand ausstreckte, um ihn aufzuhalten, und mit ihren Fingern seinen Arm berührte.

»Es sind nur Illusionen«, sagte sie.

Im gleichen Augenblick brach das ohrenbetäubende Geflatter ab.

»Natürlich«, bestätigte Valerian beschämt. »Hexer. Wie viele sind es?«

Maeve überlegte kurz. »Zehn oder zwölf.«

Valerian seufzte. »Verdammt.« Er wandte sich von Maeve ab, und auch sie preßte den Rücken gegen seinen, um sich auf den wahren Kampf vorzubereiten. »Falls wir zusammen in der Hölle enden«, sagte Valerian, »dann akzeptiere meine Entschuldigung dafür, daß ich dir Einlaß verschafft habe.«

Ein leises, spöttisches Lachen entrang sich Maeve. »Deine Entschuldigung«, wiederholte sie. »Ein seltenes

Geschenk von dir, das mir einen ungeheuren Trost während einer Ewigkeit des Leidens sein wird!«

Die Hexer zeigten sich – kreischend und zähnefletschend strömten sie hinter Gräbern und Grabmälern hervor und griffen Maeve und Valerian mit der stärksten Waffe an, die ihnen zur Verfügung stand – mit ihrem Verstand.

Rücken an Rücken kämpften die beiden Vampire um ihr Leben, denn beiden war nur zu gut bewußt, daß die Hexer, falls sie sie überwältigten, sie nicht auf dem kühlen Steinboden des Mausoleums zurücklassen würden, um sich zu erholen. Nein, falls sie die Schlacht verloren, würden Valerian und Maeve an irgendeinen öffentlichen Ort gebracht und dort zurückgelassen werden, um in der Sonne zu verschmoren, als schaurige Warnung für alle anderen Vampire.

Einmal sank Valerian auf die Knie – Maeve spürte ihn an ihrem Rücken und an ihren Schenkeln entlanggleiten – aber er kämpfte genauso tapfer weiter wie ein Ritter, der seine Dame zu beschützen hat.

»Wir hätten uns zuerst ernähren sollen!« stieß er keuchend hervor.

Wie ihr Freund kämpfte auch Maeve an zwei Fronten; sie ließ ihre Arme herumwirbeln und teilte Fußtritte aus, während sie gleichzeitig einen geistigen Schild formte, der ihren Verstand vor dem wütenden Ansturm so vieler anderer schützte.

»Ja, ja«, antwortete sie Valerian ungeduldig. »Ich weiß. Du hast es mir bereits gesagt!«

Es war ein Fehler gewesen, auch nur einen winzigen Teil ihrer Konzentration von den Hexern auf Valerian zu richten. Einem ihrer Feinde gelang in diesem präzisen Augenblick der Durchbruch; Maeve fühlte einen jähen Riß in ihrem Bewußtsein, gefolgt von einer schwindelerregenden Übelkeit.

Im nächsten Moment bohrten sich spitze Zähne in ihren Hals, und der Schmerz aus der Wunde breitete sich wie Buschfeuer in Maeves gesamten Körper aus.

»Sei verflucht, Vampir!« schrie einer ihrer Mörder schrill.

Maeve hatte noch nie zuvor einen derart überwältigenden körperlichen Schmerz erfahren, nicht einmal, als sie noch ein Mensch gewesen war, und sein Ansturm erschütterte sie und raubte ihren Knien die Kraft. Sie schwankte, fühlte Valerian jedoch wieder an sich hinaufgleiten, um Rücken an Rücken mit ihr zu stehen und sie buchstäblich mit seiner eigenen Kraft zu stützen.

Halt aus, forderte er sie in Gedanken auf.

Im nächsten Augenblick brachen die Angriffe so plötzlich und so abrupt ab, daß es fast die Wirkung eines zusätzlichen Schlags besaß. Valerian wirbelte herum und nahm Maeve beschützend in die Arme.

Einer der Hexer kam langsam auf sie zu und schob die Kapuze seines schwarzen Umhangs zurück, um das hübsche, harmlose Gesicht zu entblößen, das so typisch für seine Gattung war.

»Es wird spät«, sagte er mit einem Lächeln. Weder er noch seine Gefährten waren Menschen, die die alten Religionen praktizierten; auch sie, wie die Vampire, waren aus irgendeinem uralten Fluch entstanden, aus einer mißlungenen Zauberei, und auch sie waren unsterblich. »Bald wird der Morgen dämmern.«

»Was wollt ihr von uns?« fragte Valerian scharf, während er Maeve ganz unbewußt noch fester an sich zog.

Das charmante Lächeln des Hexers vertiefte sich, und er spreizte weit die Arme. »Wir wollten nur eure Aufmerksamkeit gewinnen, Vampir – es ist wohl offensichtlich, daß wir euch zerstört haben könnten, wenn wir es gewollt hätten.« Er hielt inne, spreizte die Finger und legte ihre Spitzen zusammen, als ob er beten wollte. Aber das war natürlich ausgeschlossen – obwohl er mit seinen fließenden Gewändern und seiner würdevollen Haltung wie die beunruhigende Karikatur eines Priesters wirkte.

»Behalte deine Argumente für dich, Vampir«, forderte er Valerian auf und bewies damit, daß er ebenso einfühlsam wie theatralisch war. »Wir haben keine Zeit dazu. Überbringt unsere Botschaft dem Geheimbund der Vampire.«

Maeve fühlte sich in einer tieferen Finsternis versinken, als sie je gekannt hatte; sie vermochte fast nicht die Worte des Hexers zu begreifen und wäre gestürzt, wenn Valerian sie nicht gestützt hätte.

»Es gibt einen Abtrünnigen unter euch«, fuhr der Hexer ruhig fort, »es ist eine Frau, und sie heißt Lisette. Sie erschafft wahllos Vampire; hirnlose, blabbernde Unholde, die auf der Erde herumstreifen und kleine Kinder morden.«

Maeve war nicht sicher, ob sie Valerians Antwort tatsächlich hörte oder sie nur spürte. Die Morgendämmerung war nahe; das Bedürfnis nach Schlaf war so überwältigend wie der Schmerz aus ihrer Wunde.

»Seit wann kümmert es euch, wenn Menschen sterben, Hexenmeister, ob sie nun Kinder sind oder die Ältesten der Alten?«

»Du hast ganz recht – die Sterblichen sind uns völlig gleichgültig, außer, wenn sie uns zu unserem Vergnügen dienen. Aber Nemesis, der strafende Engel der Gerechtigkeit, liebt sie genau so sehr wie sein Gebieter. Während wir hier stehen und verhandeln, fleht Nemesis seinen Herren im Himmel an, ihn Krieg führen zu lassen gegen *alle* übernatürlichen Wesen, nicht nur gegen die Vampire, sondern auch gegen Werwölfe, Hexen, Feen, Magier und Dämonen – gegen uns alle, ausnahmslos. Er wartet schon seit Jahrhunderten – nein, seit Jahrtausenden – auf einen Anlaß, die Erde von allen Unsterblichen außer seinen Engeln zu befreien, und eure Lisette hat ihm diesen Anlaß jetzt geliefert!«

Auch Valerian war müde; Maeve hörte es seiner Stimme an und spürte es an seinem Körper. »Was wollt ihr von uns?« fragte er.

»Nichts Unmögliches«, erwiderte der Hexer. »Ihr sollt nur dieser Frau, dieser Lisette, das Handwerk legen. Falls ihr es nicht tut, wird unsere Gattung der euren den Krieg erklären, in der Hoffnung, Gnade bei Nemesis zu finden, wenn wir jeden einzelnen von euch zerstören. Vergiß nicht, Vampir, daß wir euch gegenüber im Vorteil sind – wir können uns ins Tageslicht hinauswagen.«

Eine Vision schlich sich in Maeves fieberndes Bewußtsein: sie sah schwarzgekleidete Gestalten im Sonnenschein von einem Vampirversteck zum nächsten laufen, um den Wesen der Nacht, während sie hilflos dalagen, einen spitzen Pfahl ins Herz zu treiben.

Valerian war unbeeindruckt, oder zumindest kam er Maeve so vor. »Droh mir nicht«, entgegnete er. »Wir sind auch nicht gerade machtlos, wie du wissen dürftest, und es wäre gut, wenn du dir das beizeiten ins Gedächtnis rufen würdest.«

Ein allgemeines Geraschel entstand, und Maeve kämpfte noch gegen die allumfassende Dunkelheit an, als sie unter der Tür schon das erste schwache Licht des Morgens schimmern sah.

»Sie sind fort.« Die beiden Worte, gesprochen von Valerian, waren das letzte, was Maeve hörte, bevor sie in eine gnädige Ohnmacht sank.

Die Hexer verschwanden so schnell, wie sie erschienen waren, denn obwohl ihr Anführer sich mit ihrer Fähigkeit gebrüstet hatte, das Tageslicht unbeschadet ertragen zu können, waren sie grundsätzlich Wesen der Nacht, wie die Vampire.

Valerian blieb jedoch keine Zeit, weiter über sie nachzudenken, denn ein neuer Tag brach an, und er glaubte bereits die gierige Sonne zu spüren, die ihre Strahlen nach ihm und Maeve ausschickte. Er hob seine Gefährtin auf die Arme und hastete mit ihr in den finstersten Teil der Gruft, fand eine Grabkammer mit einer Tür und stürzte sich mit Maeve hinein.

Der Schlaf überwältigte ihn, noch bevor er Maeve absetzen oder sich wenigstens in der Kammer umschauen konnte – das einzige, was Valerian wußte, als er das Bewußtsein verlor, war, daß er einen sicheren Ort gefunden hatte, in den kein Tageslicht eindringen würde.

Maeve erwachte auf einem kalten, mit Knochen und abgebröckeltem Gips aus dem uralten Gemäuer übersäten Steinboden; ihr Kopf ruhte auf Valerians Schoß. Die Wunde an ihrem Hals, die ihr der Dämon während des Kampfs in der Nacht zuvor zugefügt hatte, heilte bereits, aber Maeve war ganz schwach vor Hunger.

Valerian erwachte, als sie sich von seinem Schoß erhob. »So, so«, sagte er und zuckte mit den Schultern. »Wir werden also weiterleben, um auch diese Nacht auf Jagd zu gehen. Offen gestanden war ich gar nicht sicher, ob die Hexer nicht doch noch mit Holzpfählen und Hämmern bewaffnet, zurückkehren würden, während wir geruht haben.«

In Maeves Kopf drehte sich alles; sie fragte sich, ob sie überhaupt die Kraft besaß, auf Jagd zu gehen. »Denk doch einmal nach, Valerian«, sagte sie, ein wenig spitz, weil ihr so übel war. »Sie wollen, daß wir der Bruderschaft der Vampire eine Nachricht überbringen. Uns zu zerstören, hätte ihren Zwecken nicht gedient.«

Der schöne männliche Vampir sprang auf und zog die an allen Gliedern zitternde Maeve mit sich. »Wir sind nicht die einzigen Vampire, die die Nachricht verbreiten könnten«, gab er mit müder Logik zu bedenken. »Komm, laß uns jetzt Nahrung suchen, bevor wir keine Kraft mehr dazu haben.«

Zum Glück für Maeve und Valerian befand sich All Souls' Cathedral in einem Teil von London, der zu einem schmutzigen Slum heruntergekommen war und in dem es von drittklassigen Dieben, Drogenhändlern und Zuhältern nur so wimmelte.

Als Maeve einen schmierigen Kerl in einem billigen gestreiften Anzug sah, der an einer Straßenlaterne lehnte, zog sie den Kragen ihres Umhangs höher, um die Verletzung an ihrem Hals zu verbergen, und stieß Valerian mit dem Ellbogen beiseite.

»Du bist jetzt auf dich selbst gestellt«, sagte sie. »Dieser Kerl dort gehört mir.«

Valerian erschauerte. »Igitt«, sagte er voller Ekel.

»Bettler dürfen nicht wählerisch sein«, entgegnete Maeve und ging auf den Mann zu. In seinem Gehirn hatte sie längst erkannt, daß er es sich zur Gewohnheit gemacht hatte, verängstigte junge Ausreißerinnen aus Busbahnhöfen und U-Bahn-Stationen abzuschleppen, um ihr Vertrauen zu gewinnen und sie dann als Prostituierte einzusetzen.

Als Maeve sich ihm näherte, verspürte sie den unerklärlichen Wunsch, Calder Holbrook wiederzusehen; er war der Beweis dafür, daß Anstand und Moral auf dieser Welt noch existierten.

Doch für einen Augenblick war Maeve gezwungen, sich zu verstellen, denn wenn sie sich jetzt nicht ernährte, würde sie umkommen.

Sie verzog ihren Mund zu einem koketten Lächeln, und der Zuhälter straffte prompt die Schultern und musterte sie mit geübtem Auge.

»Du bist keine Arbeiterin«, stellte er mit ausgeprägtem Cockneyakzent fest.

Maeve legte die Hände auf seine Schultern – er trug den verblichenen Mantel eines Tambourmajors, aus burgunderfarbenem Samt mit Goldborten – und schaute ihm tief in die Augen, ins Gehirn und in die Seele. Dann wie durch eine Art geistigen Druck auf einen Knopf, verschloß sie sein Gehirn, so daß er nicht mehr fähig war, zu denken.

Er folgte ihr stumm in die nächste Gasse, und dort trank Maeve. Zum ersten Mal seit ihrer Verwandlung war sie versucht, ihr Opfer auch zu töten, und empfand die Erkenntnis als sehr beunruhigend. Obwohl sie den Menschen keineswegs die gleiche Sympathie entgegenbrachte wie ihr Bruder Aidan – im Grunde verachtete sie eine solche Sentimentalität sogar – war Maeve nicht blutgierig und nahm den Stoff nur zu sich, um nicht ihre Macht und ihre Unsterblichkeit zu verlieren.

Erholt und von neuer Energie erfüllt, ließ Maeve den Zuhälter mit leerem Blick auf dem Gassenpflaster sitzen, nicht ohne jedoch zuvor die Saat moralischen Erwachens in seinem Hirn gesät zu haben. Im hellen Licht des frühen Morgens würde dieser spezielle Bösewicht sein sündhaftes Leben aufgeben, um zu seiner armen Mutter in Manchester zurückzukehren, wo er den Rest seiner Tage damit verbringen würde, als Verkäufer in einem kleinen Laden zu dienen.

Valerian wartete schon ungeduldig vor der Kathedrale, als Maeve erschien. Seine Wangen waren stark gerötet, was ein Zeichen dafür war, daß auch er bereits Nahrung aufgenommen hatte.

»Es wurde auch langsam Zeit, daß du zurückkommst«, sagte er schroff, verschränkte die Arme über der Brust und schaute gebieterisch auf Maeve herab. Wie üblich war ihm nicht im entferntesten bewußt, welches Schauspiel er bot mit seiner imponierenden Körpergröße, dem altmodischen schwarzen Cape und seiner arroganten Haltung. Die Passanten, die rechts und links an ihm vorbeigingen, schien er nicht zu sehen.

»Du hättest nicht auf mich zu warten brauchen«, entgegnete Maeve, die wie üblich unbeeindruckt war von Valerians gebieterischer Art. Er mochte die übrigen Vampire dominieren, aber nicht sie. *Sie* war anders.

»Wir müssen mit den Ältesten sprechen«, gab er übellaunig zu bedenken. »Oder hast du bereits vergessen, daß die Dämonen gedroht haben, gegen uns alle in den Krieg zu ziehen?«

»Natürlich nicht«, erwiderte Maeve mit freundlicher Entschiedenheit. »Aber vorher habe ich noch etwas anderes zu erledigen.« Sie schaute zu dem sternenübersäten Himmel auf und hielt Ausschau nach Wolkensilhouetten, denn dies war die Art der Vampire, die Zeit zu messen. »Wir treffen uns bei dem steinernen Monument, wo Aidan verschwunden ist – zwei Stunden vor Sonnenaufgang.«

»Maeve …« wollte Valerian protestieren, aber sie ließ ihm keine Zeit, den Satz zu beenden. Sie hob schon die Arme und legte die Fingerspitzen aneinander, um sich zu verflüchtigen, denn ihre Seele hungerte nach Nahrung, wie ihr Körper eben noch nach Blut gehungert hatte.

Maeve kehrte ins neunzehnte Jahrhundert zurück, das ihr das liebste war, trotz seiner Prüfungen und Unzulänglichkeiten, und verkörperlichte sich auf den Stufen eines Pavillons hinter dem herrschaftlichen Haus der Holbrooks in Philadelphia. Ein sanfter, warmer Regen fiel, und Calder stand mit dem Rücken zu ihr auf der Veranda, die Hände auf der eisernen Balustrade, die das nach allen Seiten offene Bauwerk umgab.

Obwohl Maeve kein Geräusch verursachte, spürte er ihre Anwesenheit augenblicklich und drehte sich abrupt zu ihr herum.

Er sagte ihren Namen, so ehrfürchtig, als ob er ihm heilig wäre, und in diesem Augenblick tat Maeve, was sie geschworen hatte, niemals zu tun. Sie verlor ihr Herz an einen Sterblichen.

Die Erkenntnis war erschütternd, denn selbst jetzt, im Angesicht einer Liebe, von der sie wußte, daß sie ewig und unerschütterlich sein würde, wollte sie sich nicht in eine Sterbliche zurückverwandeln, wie Aidan es für seine geliebte Neely getan hatte.

Und deshalb war dieses größte und mächtigste aller Gefühle in diesem Moment für Maeve eine Verurteilung zu ewiger, grenzenloser Einsamkeit. Erschüttert wandte sie sich ab, auf diesen Stufen, die vor Nässe glitzerten, und hätte sich verflüchtigt, wenn Calder sie nicht an den Schultern gepackt hätte.

»Bitte geh nicht«, bat er rauh. »Bleib. Wenigstens ein paar Minuten lang – um mir zu sagen, wer du bist.«

Da drehte sie sich langsam zu ihm um, denn sie hatte nicht das Herz, sich in seinen Armen aufzulösen, und schaute zu ihm auf, im vollen Bewußtsein des Leids, das ihm ihr Blick verriet. »Und *was*, glaubst du, bin ich, Calder?« entgegnete sie sanft.

Er war unter dem Dach des Pavillons hervorgetreten, der Regen durchnäßte sein dunkles Haar und ließ sein feines Leinenhemd fast durchsichtig erscheinen. »Eine Illusion? Ein Engel – oder vielleicht ein schöner Teufel?« sagte er nachdenklich. »Ich weiß es nicht, so wahr Gott mir helfe. Nichts in meinem Medizinstudium oder in meinem Leben hat mich auf so etwas vorbereitet. Ich kann nichts anderes mehr tun, als beständig an dich zu denken, an dich und nur an dich, Tag für Tag und Nacht für Nacht.«

Er hielt inne, strich sein tropfendes Haar in einer rührend jungenhaften Geste aus dem Gesicht und flüsterte: »Sag mir, was hier vorgeht, bevor ich den Verstand verliere. Ich flehe dich an – *hilf mir zu begreifen*!«

Am liebsten hätte sie geweint. Die Wahrheit war eine niederschmetternde Last, und sie wußte, daß er ihr nicht glauben würde. Als Arzt, als Mann der Wissenschaft würde Calder die bloße Existenz von Vampiren weit von sich weisen.

Und dennoch konnte sie ihm die Antwort nicht verweigern, genauso wenig wie irgend etwas anderes, weil er ihr schon zuviel bedeutete. »Ich bin ein Vampir«, sagte sie ruhig.

Calder starrte sie an, und sie sah, daß die Farbe aus seinem markanten Gesicht gewichen war. »Ein Blutsauger?« entgegnete er verblüfft, die Worte kaum mehr als ein Flüstern.

Maeve nickte, während ein Teil ihres Geists erbebte und unter dem Gewicht von Calder's Entsetzen zusammenbrach. »Vampire sind unsterblich«, erklärte sie und wünschte plötzlich, sich niemals erlaubt zu haben, ein Gefühl für einen Menschen zu entwickeln. »Ohne Blut würden wir auf sogar noch schrecklichere Weise umkommen, als du dir trotz all deiner Erfahrung auf Schlachtplätzen je ausmalen könntest. Wir müssen um jeden Preis das Tageslicht vermeiden und besitzen sehr ungewöhnliche Talente – die Fähigkeit zum Beispiel, durch Raum und Zeit zu reisen.«

Calder schien den Regen, der jetzt wesentlich härter

herniederprasselte, nicht einmal zu spüren. »Was meinst du damit, durch Raum und Zeit zu reisen!«

Eine leise Hoffnung regte sich in Maeve, denn Calder war nicht zurückgezuckt vor Angst oder Entsetzen, doch natürlich war sie zu klug, sich etwa deshalb einzureden, daß er ihr glaubte. Vielleicht wollte er sie ja nur bei Laune halten, weil er sie für eine Verrückte hielt ...

Und da erst, in diesem Augenblick und diesen Überlegungen, fiel Maeve auf, daß Calders Hirn vor ihr verschlossen war. Es gelang ihr weder seine Gedanken noch seine Gefühle zu erraten.

»Ich komme gerade aus dem zwanzigsten Jahrhundert«, sagte sie verwundert, als sie sich mit ihren Gedanken vortastete und gegen eine undurchsichtige Barriere stieß.

Zu ihrem Erstaunen ergriff Calder ihre Hand, führte sie in den Pavillon und drückte sie dort auf eine schmiedeeiserne Bank. »Sag mir, wie die Welt dort ist, Maeve, in dieser anderen Zeit und an jenem anderen Ort? Führen sie dort noch Kriege? Sind in der Medizin irgendwelche bedeutenden Fortschritte erreicht worden?«

Im ersten Moment war Maeve so verblüfft über seine Bereitwilligkeit, ihr Glauben zu schenken, daß sie nichts erwidern konnte. Doch dann flüsterte sie: »Du hälst mich also nicht für eine Verrückte oder eine Lügnerin?«

»Es ist mir klar, daß du ein übernatürliches Wesen bist«, antwortete Calder ernst. »Soviel habe ich schon im ersten Moment erkannt, als ich dich zu Gesicht bekam.« Er trug den Anhänger, den sie ihm während ihrer letzten Begegnung überlassen hatte, und hielt ihn jetzt in die Höhe, damit sie ihn sah. »Es war nur dieser Talisman, dieser solide Beweis deiner Existenz, der mich davon abgehalten hat, mich ins nächste Irrenhaus einweisen zu lassen«, gestand er. »Und jetzt erzähl mir von den Krankheiten, den medizinischen Fortschritten und der Politik deines Jahrhunderts – *bitte.*«

Maeve hob den Blick zum Himmel, denn sie hatte ihre Verabredung mit Valerian an dem Steinmonument in England nicht vergessen. Als sie jedoch wieder Calder anschaute, fragte sie sich, ob sie je wieder imstande sein würde, ihre Augen von ihm abzuwenden. »Es sind unglaubliche Fortschritte erreicht worden in der Medizin – heute können sehr viele Krankheiten geheilt werden, die zu deiner Zeit noch tödlich sind. Es ist möglich, Kinder gegen Masern, Diphterie und viele andere Krankheiten zu impfen, die zu deiner noch alle mit dem Tod enden. Die Chirurgen führen erfolgreiche Organverpflanzungen durch, und die Kindersterblichkeit beträgt nur noch einen verschwindend geringen Teil der Zahlen, die du aus deiner Zeit kennst.«

Maeve hielt einen Moment inne. »Kriege werden allerdings leider auch in der modernen Welt geführt. Es gibt Waffen, die den gesamten Planten zerstören könnten, und obwohl die größten und mächtigsten Nationen bemüht sind, miteinander auszukommen, gibt es immer noch einige kleine, fanatische Minderheiten, die nicht so bereitwillig zusammenarbeiten.«

Calder dachte lange über ihre Worte nach, ohne ihre Hand freizugeben. »Kannst du mich dorthin mitnehmen?« fragte er dann plötzlich und überrumpelte Maeve mit einer Frage, die sie niemals von ihm erwartet hätte.

Bedauernd schüttelte sie den Kopf. »Menschen können noch nicht durch die Zeit reisen, obwohl auch euch irgendwo in eurem Hirn die Fähigkeit dazu gegeben ist. Es ist allerdings ein Talent, das sich erst im Laufe vieler, vieler Generationen entwickeln muß.«

Er wirkte so enttäuscht, daß es Maeve einen schmerzhaften Stich versetzte. Aber dann hellte sich seine Miene auf. »Könntest du mir Dinge aus der Zukunft mitbringen?« fragte er gespannt. »Arzneimittel oder Bücher über Chirurgie und Diagnose?«

Maeve dachte nach, weil ihr einerseits bewußt war, daß sie Calder verlassen mußte, ein für allemal, um nie wieder zurückzukehren, daß sie andererseits jedoch unendlich froh war, eine Ausrede für ein Wiedersehen zu haben. »Ich glaube, das wäre möglich«, erwiderte sie schließlich zögernd. »Eins muß ich dir allerdings sagen – es ist nicht weise, den Verlauf der Geschichte zu verändern, weil man unmöglich all die Verwicklungen voraussehen kann, die durch einen solchen Akt entstehen. Du könntest das, was du aus den Büchern erfährst, anwenden, aber du dürftest dein Wissen nicht an andere weitergeben.«

Maeve richtete sich auf, da sie die Zeit unmöglich länger ignorieren konnte, und Calder folgte ihrem Beispiel. Sanft legte sie ihre Hände auf die warme Haut seines Gesichts. »Ich kann jetzt nicht länger bleiben – ich habe dringende Angelegenheiten zu erledigen.«

»Wirst du zu mir zurückkehren?«

Der Eifer in seiner Stimme versetzte ihr einen Stich, weil sie nicht imstande war zu erkennen, ob er *sie* wiedersehen wollte, weil sie ihm etwas bedeutete, ober ob er nur die Bücher und Wunderdrogen haben wollte, die sie ihm aus der Zukunft beschaffen konnte. »Ja«, sagte sie zögernd. »Falls es möglich ist, werde ich zurückkehren.«

Calder senkte den Kopf und berührte Maeves Lippen mit seinen eigenen, und so kurz und unschuldig der Kuß auch war, erschütterte er sie doch bis ins tiefste Zentrum ihres Seins.

Sie hob den Blick zu Calder und schaute ihn prüfend an, suchte nach dem Ekel, den sie so fürchtete, nach Calders entsetzter Reaktion auf den kalten Mund, den er geküßt hatte. Doch statt dessen entdeckte sie so etwas wie Ehrfurcht in seinem Blick, unverhohlene Zuneigung und eine schon beunruhigende Art von Neugier – die Neugier eines Wissenschaftlers, der ein einzigartiges Exemplar einer seltenen Gattung prüft.

Von Glück und Trauer zugleich erfüllt, hob sie die Hand und berührte mit drei Fingern seinen Mund.

»Auf Wiedersehen«, sagte sie.

Wo sie eben noch gestanden hatte, blaß und ätherisch schön im Mondschein, war jetzt nur noch Dunkelheit, und Calder begann eine innere Leere zu verspüren, wie er sie noch nie gekannt hatte. Er wäre gern bei Maeve gewesen, in diesem Augenblick und immer, doch das war anscheinend ausgeschlossen. Ich werde warten, sagte er sich, so geduldig, wie ich kann, und eines Nachts wird sie zu mir zurückkehren ...

Er blieb noch lange im Regen stehen und rief sich jede einzelne Sekunden ihres Zusammenseins ins Gedächtnis. Dann ließ er den Anhänger in den Ausschnitt seines nassen Hemds gleiten, um ihn vor neugierigen Blicken seines Vaters und seines Halbbruders zu verbergen, wie er auch sein Herz schon immer vor der Welt verborgen hatte.

Bis Maeve erschienen war.

Das Prasseln des Regens steigerte sich zu einem Wolkenbruch, aber Calder blieb noch immer stehen und sagte sich, daß Maeve gar nicht existieren konnte, unmöglich das sein konnte, was sie behauptet hatte zu sein. Ein unsterbliches Wesen. Ein Vampir.

Als Calder sich endlich aus seiner verblüfften Lähmung riß und auf das Haus zuschlenderte, begegnete ihm Prudence, die langjährige Haushälterin der Familie.

»Um Himmels willen, Mr. Calder«, rief die gute Frau, als sie seine nassen Kleider und geistesabwesende Miene sah. »Ich dachte, Sie wären vernünftiger, als im kalten

Regen herumzulaufen! Wollen Sie sich eine Lungenentzündung holen, Sie dummer Junge?«

Calder machte sich nichts aus Prudence' Zorn, denn die Zuneigung, die sie verband, war alt und tiefgehend. »Schick mir Perkins mit der Kutsche«, sagte er, bevor er die große Küche betrat und zur Hintertreppe weiterging. »Sag ihm, daß wir zum Armeelazarett auf Union Street fahren.«

Prudence folgte dem Mann, den sie als kleinen Jungen aufgezogen hatte, bis zum Treppenansatz. Ihre plumpe Gestalt bebte vor Empörung; der Schein der Gaslampen flackerte auf ihrer schönen, kaffeebraunen Haut, als sie angriffslustig ihr rundliches Kinn vorschob. »Sie werden zu dieser späten Stunde nicht ins Krankenhaus fahren«, rief sie aufgebracht. »Ich könnte schwören, daß Mr. Lincolns Krieg Ihrem Gehirn geschadet hat ...«

Und ob der Krieg meinem Gehirn geschadet hat, dachte Calder wehmütig; er hatte ihm fast seinen gesamten Mut geraubt und seine körperliche Kraft. Doch nun, wo er wußte, daß es eine Zukunft gab, eine Zeit, in der sich Wunder im medizinischen Bereich ereignen würden, begann sich wieder eine leise Hoffnung in ihm zu regen.

»Sag Perkins, er soll einen Regenmantel mitnehmen«, rief er Prudence über die Schulter zu, als er den ersten Stock erreichte. »Es könnte eine lange Nacht werden, und der Regen wird bestimmt nicht nachlassen.«

»Mr. Calder!« schrie Prudence ihm wütend nach. »Kommen Sie sofort zurück! Hören Sie? Sie sind noch nicht gesund!«

Calder öffnete die Tür zu seinem Zimmer, streifte sein nasses Hemd ab, als er über die Schwelle trat, und dachte, daß er sich entgegen Prudence' Meinung erheblich besser fühlte als seit vielen Jahren.

5

Maeve verbrachte den folgenden Tag nicht wie üblich in ihrem bevorzugten Versteck unter dem Londoner Haus, sondern in einer staubigen Mauerspalte hinter dem Fundamenten des Union Hospitals. Sie hatte gewußt, daß Calder nach ihrer Begegnung im Pavillon dorthin eilen würde, und hatte in seiner Nähe sein wollen.

Normalerweise war Maeves Schlaf ungestört von Träumen, angenehmen und unerfreulichen, aber heute war das anders. Die Stationen des alten Krankenhauses, ja, sogar die Korridore waren überfüllt mit Verwundeten und Sterbenden. Sie waren fast noch Knaben, diese Soldaten, die meisten von ihnen so jung, daß sie noch nie von zu Hause fortgewesen waren, bevor sie in die Schlacht marschierten …

Maeve hörte ihre Schmerzensschreie nicht, denn Leid, wie heftig es auch sein mag, ist etwas Vorübergehendes, dem wenig Bedeutung im Angesicht der Ewigkeit zukam. Nein, es waren ihre geistigen Aufschreie, die Maeve wahrnahm, der qualvolle Protest ihrer geprüften Seelen.

Als sie bei Sonnenuntergang erwachte, begriff sie augenblicklich, welch ein Fehler es gewesen war, an diesen Ort zu kommen. Mit so vielen Sterblichen in Qual war es nur logisch, daß es an dem Ort von Engeln nur so wimmelte.

Ein Gefühl der Angst durchzuckte Maeve, als sie sich erhob, den Staub von ihren Kleidern klopfte und sich mit dem Rücken an die Grundmauern des Krankenhauses drückte. Was konnte sie nur zu einem solch gefährlichen Irrtum veranlaßt haben?

Sie lauschte und wartete. Jetzt, mit all ihren Sinnen auf Alarm gestellt, konnte sie die Anwesenheit von Schutzengeln spüren, von hunderten von ihnen. Zum Glück – und das, dachte sie, wird mich vielleicht vor der Zerstörung retten – waren sie keine kriegerischen Engel, diese geflügelten himmlischen Botschafter, sondern Tröster, deren Aufmerksamkeit ausschließlich ihren Schützlingen galt.

Und dennoch zitterte Maeve, als sie die Augen schloß und sich von diesem Krankenhaus entfernte, weit in die Zukunft hinein, wo andere Gefahren sie erwarteten.

Sie fand Nahrung bei einem Gewohnheitstrinker, der auf dem Heimweg gewesen war, um seine Frau für seine eigenen Sünden sowie für eine ganze Reihe eingebildeter Fehltritte zu verprügeln. Maeve hatte ihn wimmernd auf einem Haufen Müll zurückgelassen.

Maeve fand Valerian im Steinkreis, wo er geduldig auf einer umgestürzten Säule saß und eine schaurig-verlockende Melodie auf einer kleinen Flöte spielte.

»Nun denn«, sagte der große Vampir mit gutmütigem

Spott, »du hast dich also endlich dazu herabgelassen, mich mit deinem Erscheinen zu beglücken.« Er verbeugte sich vor ihr. »Herzlich willkommen.«

Maeve war noch immer aufgebracht über die lächerliche Unvorsichtigkeit, die sie in Calders Philadelphia bewiesen hatte. Ein solcher Fehler war ihr seit der Nacht der Verwandlung noch niemals unterlaufen.

Valerian stieg anmutig von seinem erhöhten Platz herunter und näherte sich Maeve. Zum ersten Mal seit ihrer Ankunft bemerkte sie, daß er wie ein Edelmann aus dem siebzehnten Jahrhundert gekleidet war, mit einer Weste aus feinster Seide, Reithosen aus weichem Rehleder und Beinkleidern und Schnallenschuhen. Sein Haar war mit einem dunklen Band zurückgebunden und gepudert.

»Gehst du zu einem Maskenball?« erkundigte Maeve sich spöttisch.

Valerian lächelte nachsichtig und steckte die kleine Flöte in eine seiner Westentaschen. »Ich komme tatsächlich von einer Art Fest, aber da dies die Art ist, wie die französische Aristokratie sich in jenen glorreichen Tagen vor der Revolution kleidete, dürfte ich unter den anderen Gästen nicht aufgefallen sein.«

Maeve seufzte. Valerian würde ihrer Meinung nach immer auffallen, wie sorgfältig er seine Kleidung auch wählen mochte, aber es ihm zu sagen, hätte sein beträchtliches Ego noch weiter aufgebläht, und das lag nicht in ihrer Absicht.

»Wo bleibt die Predigt?« fragte sie statt dessen und merkte selbst, wie müde und entmutigt ihre Stimme klang. »Du hast mich doch bestimmt schon früher hier erwartet?«

Valerian zuckte die Schultern. »Ich habe mir während deiner Abwesenheit Beschäftigung gesucht«, sagte er. »Aber was hast du gemacht – sterblichen Wesen nachgetrauert? Was findest du eigentlich so interessant an ihm,

Maeve? Die Tatsache vielleicht, daß er den ganzen Tag mit Blut zu tun hat?«

Maeve reagierte gereizt auf die Frage, obwohl sie sie an Valerians Stelle sicherlich auch gestellt hätte. Abrupt wandte sie sich von ihrem Gefährten ab, unterdrückte ihren Zorn und wandte sich erst dann wieder langsam zu Valerian um. »Ja, Calder ist an Blut gewöhnt«, gab sie leise zu. »Er ist Arzt und Wissenschaftler und findet Blut deshalb längst nicht so abstoßend wie die meisten Menschen. Ich glaube sogar, daß er – im Unterbewußtsein jedenfalls – genau weiß, welch magische Substanz Blut ist.«

Valerian zog eine Augenbraue hoch. »All dein Gemurre über Aidan und seine Schwäche für diese Menschenfrau, diese Neely Wallace! Ich hätte so etwas nie von dir erwartet, Maeve. Jetzt hast du dich auch in einen Sterblichen verliebt, genau wie dein Bruder Aidan«, erklärte Valerian, hielt dann inne und berührte flüchtig ihr Gesicht. »Aus einer solchen Zuneigung kann nichts für dich entstehen, Maeve ... Es sei denn, du wärst bereit, diese faszinierenden Dr. Holbrook in einen Vampir zu verwandeln.«

Maeve schüttelte so heftig den Kopf, daß ihre langen Haare flatterten, »Das würde ich nie riskieren, Valerian. Du weißt, wie viele Vampire ihre Schöpfer später hassen. Eine Ewigkeit von Calders Haß wäre schlimmer als Dantes Version der Hölle.«

»Haßt du mich?« fragte Valerian ganz ungewöhnlich sanft.

Sie schaute ihn lange an, dann schüttelte sie den Kopf.

Valerian lächelte mit übertriebener Erleichterung. »Ah, das ist gut, Maeve.« Dann zog er eine Braue hoch. »Trotz allem jedoch könnte die Lage nicht schlimmer sein. Ich brauche dir ja nicht zu sagen, wie selten es vorkommt, daß ein Wesen der Nacht die Sorge um einen anderen vor seine eigenen Wünsche und Vergnügungen stellt – besonders, wenn es sich bei diesem anderen um einen Menschen handelt.«

Zitternd richtete Maeve sich auf und bedachte Valerian mit einem gebieterischen Blick. » Schluß mit dem Gerede über private Angelegenheiten«, sagte sie kühl. »Was ist mit Lisette? Hast du inzwischen etwas Neues über sie erfahren? Hat sie noch mehr dieser häßlichen, trügerischen Geschöpfe erschaffen?«

Valerians Lächeln war vielsagend und anzüglich, und er besaß die Frechheit, mit dem Zeigefinger ihre Nasenspitze zu berühren. »Alle Vampire sind trügerisch, mein Liebling, vergiß das nicht. Aber jetzt laß uns zur Sache kommen. Lisette ist überall und in allen Zeiten, aber soweit ich es beurteilen kann, hat sie nur in dieser Epoche ihre Vampire geschaffen. Trotzdem müssen wir sie finden, bevor sie diese Bestien in der gesamten Geschichte unterbringt. Ich brauche dir sicher nicht zu sagen, wie die Hexer, ganz zu schweigen von Nemesis und seiner Armee von Engeln, auf *so etwas* reagieren würden.«

»Wir sollten als erstes die Bruderschaft aufsuchen«, schlug Maeve in einem Ton vor, der keinen Einwand duldete. »Und dann werden wir, mit oder ohne Zustimmung der Ältesten, Lisette aufspüren und sie zerstören.«

Valerian stieß einen affektierten Seufzer aus; es war eine seiner bevorzugten Ausdrucksformen, vor allem, wenn er sich wie ein Märtyrer vorkam. »Endlich«, sagte er. »Du hast also begriffen, was ich dir schon die ganze Zeit zu sagen versuchte – daß sowohl die Welt der Sterblichen wie die der Unsterblichen in Gefahr sein könnte!«

Maeve konnte ihm nicht widersprechen. Die Hexer würden nicht tatenlos zusehen, wie Lisette die Erde mit zombieähnlichen Vampiren füllte, und Nemesis erbat bereits beim höchsten Gericht die Erlaubnis, in die Schlacht zu ziehen. Sollte dann tatsächlich der Krieg ausbrechen, würde er von einer Art sein, neben der die uralten Legenden von Armageddon wie Ammenmärchen wirken würden.

»Ich muß mir etwas Passenderes anziehen für den Besuch bei den Ältesten«, sagte Maeve und schaute an ihrem verstauben Umhang und Kleid herunter, bevor sie einen kritischen Blick auf Valerians Aufzug warf. »Obwohl kein Kostüm geeigneter für dich sein könnte, hoffe ich doch, daß du nicht vorhast, als französischer Aristokrat im Ältestenrat zu erscheinen.«

Wieder seufzte Valerian, und Generationen von Leid klangen in dem Ton mit. Er spreizte die Finger einer Hand über die Stelle, wo sich einst sein Herz befunden hatte. »Du verletzt mich«, sagte er, aber auf seinem Gesicht erschien ein Grinsen. Auf Maeves Stirnrunzeln hin seufzte er erneut. »Na schön«, gab er nach. »Dann treffen wir uns im südlichen Teil des Havermailschen Parks. Das Hauptquartier der Bruderschaft ist nicht weit davon entfernt.«

Maeve runzelte die Stirn. »Und warum begeben wir uns nicht direkt in die geheime Kammer?«

»Man taucht dort nicht so einfach auf«, entgegnete Valerian indigniert und zupfte seine spitzenbesetzten Manschetten glatt. »Der Geheimbund besteht aus den ältesten Vampiren auf der Erde, und das zwingt uns, ein gewisses Protokoll zu respektieren.«

»Wir könnten sie aber auch übergehen und das Problem ganz ohne ihre Hilfe aus dem Wege schaffen, denke ich«, sinnierte Maeve und stützte in einer Geste der Entschlossenheit die Hände in die Hüften.

»Vergiß es!« sagte Valerian und klang zum ersten Mal in seiner Existenz als unsterbliches Wesen völlig aufrichtig. »Sie würden eine solche Nichtachtung niemals tolerieren!« Eine kurze Pause entstand, dann beugte Valerian sich vor und schaute Maeve aus schmalen Augen an. »Du hast doch schon Nahrung aufgenommen? Du wirst deine ganze Kraft für die Verhandlung mit den Ältesten brauchen.«

Maeve beschränkte sich auf einen vernichtenden Blick, bevor sie die Arme über dem Kopf erhob und sich in Luft auflöste.

Sie verkörperlichte sich im Schlafzimmer ihres Londoner Stadthauses, wo sie ihr zerknitterten Kleider ablegte, den Staub von ihrer alabasterfarbenen Haut wusch und ihr Haar ausbürstete. Als dies alles geschehen war, zog Maeve ein wunderschönes Kleid aus schimmernder roter Seide an, das an Ärmeln und Ausschnitt mit kostbarer, handgeklöppelter Spitze besetzt war, und legte ein dazu passendes Cape um ihre Schultern.

Momente später schon stand sie im südlichen Teil des Havermailschen Parks, wo es hinter Blaubeersträuchern und wilden Rosen einen uralten, längst vergessenen Marmorbrunnen gab. Die Statue in seiner Mitte war einst wunderschön gewesen, eine exquisite Darstellung eines jungen Griechen mit einem Schiff unter dem Arm, doch heute war sie bedeckt mit Moos und Vogelexkrementen, und ein Knie und ein Ellbogen fehlten.

»Einen noch trübsinnigeren Ort hättest du dir wohl nicht aussuchen können?« meinte Maeve, als Valerian sich neben ihr verkörperlichte. Er stand auf einer flachen Steinmauer, fast ganz verdeckt von den hohen Sträuchern, die um sie herum gewachsen waren.

Er sah aus wie der Dirigent eines großes Orchesters oder wie der Regisseur eines Vampirfilms, mit seinem wehenden schwarzen Cape und dem untadeligen Smoking, den er darunter trug. »Der gesamte Besitz der Havermails ist trübsinnig«, entgegnete er gereizt. »Sie wollen es nicht anders haben. Aber jetzt hör mit der Meckerei auf, ja?

Zumindest so lange, bis wir eine Lösung für unsere Schwierigkeiten haben.«

Maeve empfand eine gewisse Reue, obwohl sie das natürlich niemals zugegeben hätte. Durch ihre vergangene Beziehung zu Valerian und dem Leid, das er ihr mit seiner Untreue zugefügt hatte, neigte sie in seiner Gegenwart sehr zu Sticheleien. Aber er hatte natürlich recht – dies war nicht der geeignete Moment für kindischen Zank. Es gab Gefahren, die überwunden werden mußten.

»Bring mich zu den Ältesten«, befahl sie ruhig.

Valerian schloß sein Cape um sie, und einen Moment lang ließ sie ihre eigenen Mächte außer acht und überließ sich seinen.

In schwindelndem Tempo verflüchtigten sich die beiden, schossen wie ein gleißender Strahl Lichts durch Zeit und Raum. In einer Höhle tief unter der Erdoberfläche verkörperlichten sie sich wieder.

»Das ist der Ort, wo Aidan wieder Mensch geworden ist«, flüsterte Maeve in ehrfürchtigem Erstaunen. Sie sah vollkommen klar in der schwarzen Finsternis und nahm die Zeichnungen von Tieren, urzeitlichen Göttern und Göttinnen an den Wänden wahr.

»Ja«, sagte Valerian heiser. Auch er schien zutiefst erschüttert. »Das Wiederauferstehungsritual ist hier durchgeführt worden, im großen Saal der Höhle.« Er nahm Maeves Hand und führte sie am Rande eines eisigkalten, unterirdischen Stroms vorbei. »Falls du jedoch die Illusion nährst, auch wieder Mensch zu werden, um fortan in Freude und in Glück zu leben – wenn auch nicht für alle Zeiten, wie im Märchen, sondern höchstens für die Länge eines Herzschlags – dann solltest du dir das schleunigst aus dem Kopf schlagen. Der Geheimbund hat beschlossen, daß keinem Vampir mehr gestattet werden wird, die Schwelle zum Menschsein zu überschreiten. Die Ältesten haben alle geschriebenen Berichte des Rituals verbrannt und jegliche Erinnerung an die chemisches Formel in ihrem Bewußtsein ausgelöscht.«

Es waren noch viel mehr Zeichnungen an den Wänden zu beiden Seiten des Stroms vorhanden, und Maeve staunte über ihre klaren Umrisse und über die Fülle der Farben, die verwendet worden waren. Die Künstler mußten ihrer Schätzung nach seit etwa dreißigtausend Jahren tot sein, und doch wirkte ihr Werk so frisch, als ob es erst an diesem Morgen fertiggestellt worden wäre.

»Ich habe nicht vor, wieder ein Mensch zu werden«, entgegnete Maeve kühl, als sie weitergingen. »Ich habe dir schon einmal gesagt, daß es mich nicht reizt, meine Macht aufzugeben, um in irgendeines Mannes Wohnzimmer zu sitzen und Strümpfe für ihn zu stopfen.«

»Die Dinge haben sich geändert, seit du Mensch warst, Maeve«, entgegnete Valerian trocken. »Moderne Frauen stopfen keine Strümpfe, soviel ich weiß. Sie arbeiten in ihrem eigenen Beruf und bewahren ihre Unabhängigkeit.«

»Ich würde nicht im zwanzigsten Jahrhundert leben wollen, wenn ich wieder ein Mensch wäre«, sagte Maeve, und es klang selbst in ihren Ohren ein wenig verteidigend. »Das neunzehnte ist mir lieber, wie du weißt. Es ist anmutiger und eleganter ...«

»Und Calder Holbrook lebt darin«, fiel Valerian ihr ins Wort.

Bevor sie etwas darauf erwidern konnte, erschien eine Wand aus gleißend hellem Sonnenlicht vor ihnen, und Valerian und Maeve blieben abrupt stehen und hielten sich beunruhigt in den Schatten. Verwundert und auch nicht ohne Furcht starrte Maeve die Erscheinung an, denn in zweihundert Jahren hatte sie kein solches Licht mehr gesehen, das sie, falls sie hineingeraten wäre, mit seinen unsichtbaren Flammen verschlungen haben würde.

»Hab keine Angst«, sagte Valerian und drückte beruhigend ihre Hand. »Es ist nur eine Illusion. Die Bruderschaft schützt mit dem Licht die inneren Höhlenkammern.«

»Wie kannst du so sicher sein, daß es nur eine Illusion ist?« entgegnete Maeve verstört. »Es könnte eine Öffnung sein im Fels …«

»Denk doch einmal nach«, forderte Valerian sie ungeduldig auf. »Die Sonne ist schon vor über einer Stunde untergegangen. Wie könnte da noch Tageslicht durch ein Loch im Felsen fallen?«

Maeve kam sich wieder sehr töricht vor, zum zweiten Mal nun schon, seit sie in Calders Krankenhaus erwacht war und begriffen hatte, daß es dort von Engeln – den gefährlichsten Feinden eines Vampirs – nur so wimmelte, und ihr Ärger über ihre eigene Dummheit ließ sie mit einer gewissen Gereiztheit reagieren.

»Sie müssen doch wissen, daß wir hier sind«, entgegnete sie mürrisch.

Valerian bedachte sie mit einem überlegenen Lächeln. »Natürlich wissen sie es, Maeve. Aber wir haben hier zu warten, bis sie jemanden schicken, der uns abholt.«

In einer Mischung von Faszination und Abscheu starrte Maeve die Barriere aus unechtem Sonnenlicht an.

Obwohl sie in ihrem Dasein als Vampir noch nie die Beschränkungen eines menschlichen Lebens, seine Schmerzen, Qualen und flüchtigen Freuden vermißt hatte, sehnte sie sich doch oft nach hellen Frühlingstagen und azurblauen Himmeln, nach Feldern voller Wiesenblumen und süß duftendem Heu, das unter goldener Sonne reifte.

Nur Momente vergingen, bevor Tobias erschien und das helle Licht lächelnd und unversehrt durchquerte. Er war einer der Ältesten, ein Mitglied des uralten Geheimbunds, und doch sah er nicht älter aus als siebzehn Jahre mit seiner schlanken, knabenhaften Gestalt und seinen jungenhaften Gesichtszügen.

»Hier entlang«, sagte er freundlich. »Die anderen erwarten euch schon.«

Valerian begann auf das Licht zuzugehen, doch Maeve hielt sich furchtsam zurück. Illusion oder nicht – der Sonnenschein stellte die größte Bedrohung der Vampire dar mit seinen gleißend hellen Strahlen, die qualvoll waren wie das Feuer der Hölle selbst. Nein, Maeve blieb auch jetzt noch mißtrauisch.

»Hast du das schon einmal gesehen, als du hier warst – diese Barriere aus Sonnenstrahlen, meine ich?« fragte sie Valerian flüsternd.

»Nein«, erwiderte er eine Spur gereizt. »Was ist los mit dir, Maeve? Ich habe dir doch schon gesagt, daß das Licht nicht echt ist. Ich nehme an, daß Tobias es mit seinen Gedanken projiziert hat.«

»Valerian hat recht«, bestätigte Tobias, der nur noch wenige Schritte von ihnen entfernt stand. »Ich habe die Barrikade kraft meiner Gedanken produziert. Ist sie nicht großartig?«

Maeve hätte sich sicher nicht so bewundernd dazu geäußert, aber sie verzichtete darauf, ihre Bedenken auszusprechen. »Geht voraus«, sagte sie, fest entschlossen, ihre Angst zu meistern. Wenn sie und Valerian ihr Ziel erreichen und Lisette das Handwerk legen wollten, würden sie sich noch ganz anderen Herausforderungen zu stellen haben. Es war nicht der Moment, ihren Ängsten freien Lauf zu lassen.

Anstatt sich hinter Valerians breitem Rücken zu verbergen, wie sie es einige demütigende Momente lang getan hatte, trat sie entschlossen neben ihn. »Ein wundervoller Trick«, lobte sie Tobias und unterdrückte noch einmal das

Verlangen, sich schleunigst abzuwenden und zu fliehen. »Könntest du mir zeigen, wie du es machst?«

Tobias zuckte mit den Schultern. »Vielleicht«, erwiderte er unbestimmt, wandte sich ab und durchquerte erneut den schimmernden goldenen Vorhang falscher Sonnenstrahlen.

In einem Anfall von Tapferkeit drängte Maeve sich an Valerian vorbei und stürzte Tobias hastig nach. Selbst jetzt, wo sie wußte, daß die Barriere nur eine Illusion war, war sie immer noch erstaunt, daß sie sich nicht verbrannte, als sie sie passierte, und sie atmete auf vor Erleichterung, in Sicherheit zu sein.

Dann erschien Valerian an ihrer Seite und nickte ihr mit einem schwachen Lächeln anerkennend zu.

Empört über seine Selbstgefälligkeit, straffte Maeve die Schultern und wandte sich noch einmal zu dem goldenen Vorhang um, der sich jetzt langsam zu einem magischen Nebel aus schimmernden Staubpartikeln auflöste und einen Moment später schon verschwunden war.

Maeve war sehr beeindruckt von dem Gesehenen und dachte angestrengt darüber nach, während sie Tobias und Valerian durch die engen, verwinkelten Gänge des riesigen Höhlenkomplexes folgte. Wenn Tobias solch unglaubliche Wunder vollbringen konnte, wie Mauern aus Sonnenlicht zu schaffen, dann mußte auch sie selbst zumindest einen Ansatz dieser Fähigkeit besitzen …

Welch unglaubliche Möglichkeiten sich ihr eröffnen würden, wenn sie nur wüßte, wie es anzustellen war?

Sie hing noch immer diesen faszinierenden Gedanken nach, als der Gang sich plötzlich zu einem kathedralenähnlichen Gewölbe erweiterte, das der Schein unzähliger Pechfackeln erhellte. Der unterirdische Strom machte eine Biegung und floß in eine andere Richtung weiter.

Der Rat der Ältesten war bereits versammelt, es war

eine beeindruckende Gruppe, die sich da an einem langen, mit kostbaren Schnitzereien versehenen Tisch versammelt hatte. Die ältesten aller Vampire trugen weder schwarze Umhänge noch dunkle Gewänder mit Kapuzen, wie Maeve erwartet hatte, sondern völlig unterschiedliche Kleidungsstücke, die die verschiedensten Perioden menschlicher Geschichte repräsentierten.

Der Wortführer, ein Riese mit rotem Bart und durchdringend blauen Augen, schien ein Wikinger zu sein. Als Tobias seinen Platz am Tisch einnahm, stand der Vampir mit dem feuerroten Haar auf und trat vor Valerian und Maeve.

Während er Valerian nur flüchtig zunickte, musterte er Maeve so ernst und eindringlich, daß ihr unbehaglich zumute wurde. »Ja, du bist es«, sagte er schließlich. »Du bist die Auserwählte, von der unsere Legenden sprechen.«

Maeve sagte nichts, weil sie sich immer noch nicht sicher war, tatsächlich *auserwählt* zu sein, und auch nicht wußte, ob sie es überhaupt sein wollte.

»Unsere nächste Königin«, warf Valerian ein und schmunzelte vergnügt, als er Maeves nur schlecht verhohlenen Ärger sah.

Obwohl sich bereits heftiger Widerspruch in ihr regte, zog sie es auch jetzt noch vor zu schweigen – ganz im Gegensatz zu Valerian, der wie üblich nicht um Worte verlegen war.

»Wir sind aus einem anderen Grund hergekommen«, erklärte er ernst. »Wie ihr alle sicher inzwischen wißt, hat Lisette in ihrem Wahn eine unnötige Anzahl neuer Bluttrinker geschaffen – unzulängliche Wesen, die töricht und gefühllos sind und unfähig, einen Unterschied zu machen.«

Maeve hörte zu, schaute sich jedoch gleichzeitig in der riesigen Höhle um und fragte sich, was ihr Bruder Aidan empfunden haben mochte, als er hier gewesen war und die qualvolle Verwandlung vom Vampir zum Menschen durchgestanden hatte.

Der Wikinger lenkte Maeves Aufmerksamkeit mit seinen nächsten Worten wieder auf das eigentliche Thema ihres Besuchs zurück. »Wir billigen Lisettes Handlungsweise natürlich nicht«, sagte er. »Aber wir sind alt und müde und wollen nicht mehr regieren.«

Valerian beugte sich betroffen vor. »Ihr könnt doch nicht ausgerechnet jetzt eure Autorität abgeben!« rief er aufgebracht. »Begreift ihr denn nicht, in welche Lage uns Lisette gebracht hat? Die Hexer sind bereit, einen Krieg gegen alle Vampire anzuzetteln, falls Lisette nicht aufgehalten wird, und selbst Nemesis hat die höchste Macht des Himmels um Erlaubnis gebeten, seine Armee von Engeln auf uns loslassen zu dürfen! Falls dies geschieht, wird auf der Erde unfaßbares Leid ausbrechen, und nicht nur für uns Unsterbliche, sondern auch für alle Menschen.«

Der Wikinger spreizte die Hände, als wolle er mit dieser Geste sagen, er habe leider keine Lösung anzubieten. Dann wandte er sich ab, um zum Tisch zurückzukehren.

Doch Valerian streckte impulsiv die Hand aus und packte den uralten Vampir an der Schulter, um ihn zurückzuhalten.

Der Wortführer der Ältesten drehte sich abrupt um, in seinen eisblauen Augen erschien ein böses Glitzern. »Es ist *dein* Kampf, du anmaßendes Geschöpf«, sagte er kalt, bevor er seinen scharfen Blick auf Maeve richtete. »Und auch deiner, Maeve. Was uns Älteste betrifft, so wollen wir nur noch ruhen, denn die Ewigkeit währt uns schon viel zu lange.«

Maeve wich zurück, entsetzt wie auch Valerian von der bloßen Vorstellung, jemand könne imstande sein, das Ende seiner Existenz herbeizusehnen. Möglicherweise, dachte sie, ergeht es mir irgendwann auch so, nach einigen weiteren tausend Jahren vielleicht; doch im Moment fröstelte ihr schon bei der bloßen Vorstellung.

»Wenn ihr euch schon weigert, uns zu helfen«, erwiderte sie mit Würde, »dann versprecht wenigstens, uns nicht zu behindern.« Ihr Blick glitt unwillkürlich zu Tobias. »So sei es denn«, schloß sie, als weder er noch irgendein anderes Mitglied der geheimen Bruderschaft etwas zu ihren Worten äußerte.

Sie wäre jetzt gern bei Calder gewesen, um ihn zum vielleicht letzten Mal zu sehen, bevor sie und Lisette ihren Kampf aufnahmen, doch sie unterdrückte den Gedanken und konzentrierte sich auf die Aufgabe, die vor ihr lag.

Die Ältesten, mit Ausnahme von Tobias, der Maeve mit einem Ausdruck neugieriger Besorgnis musterte, erhoben und verbeugten sich.

Maeve wandte sich ab und ging hocherhobenen Kopfes zum Mittelpunkt des Raums, weil sie wußte, daß ihr jetzt nur noch eine Wahl blieb.

Sich selbst und allen anderen Vampiren zuliebe, wegen Calder und um Aidans willen, der einzigen Menschen auf der Welt, die sie liebte, mußte sie das Kommando übernehmen, und mit Valerian einen Weg finden, Lisette aufzuhalten. Falls es ihr mißlang, würde der brutalste und schrecklichste Krieg seit Luzifers Vertreibung aus dem Himmel stattfinden.

Vielleicht war es sogar schon in diesem Augenblick zu spät.

Sie sah jeden der Ältesten abwechselnd an, legte die Händen über dem Kopf zusammen und verschwand.

Einen Moment später schon war sie so weit entfernt, wie sie gehofft hatte. Eine kühle nächtliche Brise fächelte die Gräser einer schottischen Sumpflandschaft, in der Ferne konnte Maeve das Krachen der Brandung hören, die gegen

Felsen schlug, die irgendwann in fernen Zeiten ein Teil der Erde gewesen waren.

Valerian verkörperlichte sich neben ihr, doch bevor einer von ihnen etwas sagen konnte, erschien plötzlich Tobias.

Seine Stimme klang unendlich traurig, als er sagte: »Sie wollen ihrer Existenz ein Ende setzen, meine Freunde in der Bruderschaft. Sie sind müde und empfinden die moderne Zeit als unendlich fremd und verwirrend. Sie wollen einfach nicht mehr weiterleben.«

Maeve steckte die Hand aus und berührte Tobias' Ärmel; er trug ein fließendes weißes Hemd, das zu einem Piratenkapitän gepaßt hätte, enganliegende Beinkleider und weiche Lederschuhe. »Und was ist mit dir, Tobias? Bist auch du deines Daseins überdrüssig?«

Er schüttelte den Kopf. »Nein, aber ich bin müde. Ich glaube, ich werde mich zur Ruhe legen, ein Jahrhundert lang, um neue Kraft zu schöpfen. Der bevorstehende Kampf, fürchte ich, ist ganz allein eure Sache, liebe Freunde.«

Valerian schnaubte ärgerlich, doch Maeve verspürte eher Mitgefühl und Zuneigung für Tobias. Einst hatte er ihnen allen das Leben gerettet, ihr selbst, Aidan und vor allem Valerian, weshalb sie sich ihm zutiefst verpflichtet fühlte.

»Ruhe in Frieden«, sagte sie sanft und drückte liebevoll seinen Arm. »Aber wenn du erwachst, dann such uns bitte auf.«

Tobias, aus dessen jungem Gesicht uralte Augen schauten, nickte ernst, dann hob er die Hände und verschwand.

»Wer hätte gedacht, daß die Ältesten uns derart im Stich lassen würden?« fragte Valerian verstimmt, als er wieder mit Maeve allein war. »Beim großen Zeus – wo fangen wir jetzt bloß an?«

Wieder mußte Maeve an Calder denken, an Aidan, Neely und ihre geliebte Haushälterin, Mrs. Fullywub. Ihrer aller Leben hing nun von ihrer und von Valerians Handlungsweise ab, und Maeve wäre eher selbst gestorben, als zuzulassen, daß diesen Menschen ein Leid zustieß.

»Ganz von vorn natürlich«, beantwortete sie Valerians Frage mit einer heiteren Gelassenheit, die sie gewiß nicht empfand. »Wir müssen Lisette finden und unschädlich machen.«

Valerian schritt unruhig auf und ab. Obwohl er ursprünglich selbst der Anstifter der Kampagne gegen die Vampirkönigin gewesen war, wirkte er jetzt beträchtlich eingeschüchtert – was im Grunde nur bewies, daß er so klug war, wie Maeve ihn immer eingeschätzt hatte.

»Ich habe sie in der Nacht vor Aidans und Neelys Hochzeit gesehen«, sagte er zögernd.

Maeve war fassungslos; Valerian hatte diese Begegnung mit Aidan nie erwähnt, ganz zu schweigen davon, daß er auch Lisette gesehen hatte: »*Was?*«

Valerian hielt in seinen nervösen Schritten inne und legte den Kopf zurück, um zum Mond hinaufzuschauen. »Ich wollte Aidan noch einmal wiedersehen, um mich zu verabschieden – obwohl er natürlich gar nicht merkte, daß ich da war, weil er schlief«, berichtete Valerian traurig. »Er war so schön … und ich liebte ihn so sehr. Und dann kam sie – Lisette, meine ich, und wollte Aidan zum zweiten Mal in einen Vampir verwandeln.«

Maeve schlang fröstelnd die Arme um den Körper angesichts dieser schrecklichen Vision. Ein solches Ereignis hätte Aidan mit Sicherheit zerstört – wahrscheinlich hätte er sich an irgendeinen ungeschützten Platz gelegt und darauf gewartet, daß die Sonne aufging und ihn zerstörte.

»Lisette war stark«, fuhr Valerian mit erstickter Stimme

fort, als Maeve Stillschweigen bewahrte. »Ich habe versucht, mit ihr zu kämpfen, aber sie überwältigte mich mühelos.«

»Und dann?« fragte Maeve, als er verstummte und sein Schweigen ihr unerträglich wurde.

Valerian weinte lautlos bei der Erinnerung daran, und Maeve hätte ihn jetzt gern berührt, um ihn zu trösten, doch sie unterdrückte den Impuls. »Lisette wollte Aidan verwandeln. Ich kann dir nicht beschreiben, was für eine Qual es für mich war, zusehen zu müssen und unfähig zu sein, Aidan beizustehen ...«

»Sprich weiter ...«, bat Maeve, als er erneut verstummte.

»Es scheint tatsächlich wahr zu sein, daß alle Menschen einen Engel haben, der über sie wacht«, sagte er, als er sich wieder etwas beruhigt hatte. »Aber ich muß zugeben, daß ich mich fragte, wo dieses Wesen gewesen sein mochte, als Lisette Aidan zum ersten Mal begegnete und ihn gegen seinen Willen in einen Vampir verwandelte.«

»Du hast einen Engel gesehen?« fragte Maeve beeindruckt.

Valerian nickte. »Ja – ein eindrucksvolles Wesen, voller Licht und Macht. Lisette ergriff die Flucht bei seinem Anblick, in Angst und Entsetzen.«

»Warum hast du mir das bisher nie erzählt?« fragte Maeve entrüstet.

»Weil du sowieso schon so verstört warst über Aidans Rückkehr zu den Menschen. Und da es dir nichts Gutes gebracht hätte, beschloß ich, dir erst später von der Begegnung zu erzählen, wenn du wieder stärker warst.«

Maeve drehte Valerian den Rücken zu, verschränkte die Arme und starrte, während sie mit einer ganzen Reihe widersprüchlicher Gedanken und Gefühle kämpfte, zum vollen Mond am Himmel auf. Nach einer Weile, drehte sie sich wieder um zu Valerian. »Aidan ist von mir gegangen«, sagte sie ruhig. »Das Wichtigste für mich ist, daß er in Sicherheit ist, im Augenblick zumindest, und daß er glücklich ist. Was dich und mich jetzt viel mehr beunruhigen sollte, ist, daß Lisette ihre Kraft wiedergefunden hat und aufgrund ihres Wahnsinns vielleicht noch viel mächtiger ist als je zuvor.«

»Zusammen besitzen wir die Macht, sie zu zerstören«, erklärte Valerian mit jener überlegenen Zuversicht, die so typisch für ihn war.

»Ich hoffe, daß du recht hast«, erwiderte Maeve gedankenvoll. Lisettes Alter machte sie zu einem furchtbaren Feind, denn im Verlauf der Jahrhunderte vermochten Vampire sich unfaßbare Fähigkeiten anzueignen, Talente, die längst nicht allen Vampiren eigen, sondern oft ganz einzigartig waren. Es wurde gemunkelt, daß ein Mitglied des Geheimbunds beispielsweise sich sogar im hellen Licht des Tages frei bewegen konnte, und Maeve hatte auch schon von Vampiren gehört, die kein Blut zu trinken brauchten, und von anderen, die nicht nur zwischen den Jahrhunderten, sondern überdies zwischen den einzelnen Dimensionen reisen konnten. Die Möglichkeiten, die sich einem so mächtigen Wesen boten, waren verwirrend vielfältig.

Valerian hatte inzwischen wieder zu seiner üblichen erhabenen Würde zurückgefunden. »Was bleibt uns anderes übrig, als es zu versuchen?« fragte er.

»Ja, wir haben keine andere Wahl«, gab Maeve ihm recht. »Aber weißt du, wo Lisette ist?«

Er schüttelte den Kopf. »Ich habe mir sagen lassen, daß sie im Moment aufs Geratewohl zuschlägt und in der Lage ist, ihre Anwesenheit vor gewöhnlichen Vampiren zu verschleiern.«

»Aber wir sind keine gewöhnlichen Vampire«, wandte Maeve ein.

Valerian lächelte. »Nein, mein Liebling, das sind wir nicht.« Er hielt inne, und seine Züge verdüsterten sich wieder. »Und doch haben wir heute nacht eine selbst für unsere Verhältnisse beträchtliche Energie verschwendet. Aus diesem Grund wäre es meiner Meinung nach ein Fehler, Lisette jetzt gleich zu stellen, obwohl wir natürlich schon versuchen könnten, ihre Spur zu finden.«

Maeve nickte. »Na schön, dann laß uns jetzt unsere Gedanken auf *Ihre Majestät* konzentrieren«, sagte sie mit leisem Spott, »und sehen, wohin sie uns versetzen.«

»Ja, aber vergiß nicht, auf der Hut zu sein, Maeve«, warnte Valerian. »Es ist jetzt nicht der richtige Moment für theatralische Auftritte.«

Maeve bedachte ihn mit einem ironischen Blick, bevor sie die Hände hob und über ihrem Kopf zusammenlegte. »Das mußt ausgerechnet du sagen«, entgegnete sie, und dennoch war sie froh, daß Valerian bei ihr war, als sie sich verflüchtigte.

6

Valerian verkörperlichte sich den Bruchteil einer Sekunde vor Maeve und stieß augenblicklich einen Fluch aus.

Maeve, als sie landete, schaute sich besorgt nach Orientierungspunkten um. Ganz offensichtlich befanden sie sich im Aufenthaltsraum eines Eliteinternats für Jungen, das irgendwo in einer englischen Grafschaft auf dem Land lag. Einer der Lehrer, der vor kurzem noch ein Mensch gewesen und jetzt einer wandelnder Leichnam war, mit blaugrauer Haut und hervorstehenden Augen, stürzte plötzlich knurrend aus der Dunkelheit.

Es begleiteten ihn zwei kleine Vampire, die ebenfalls böse fauchend ihre Fänge bleckten und vor ihrer Verwandlung ganz gewöhnlich Schuljungen gewesen sein mußten.

»Kinder!« flüsterte Maeve bestürzt. »Sie hat *Kinder* verwandelt, Valerian!«

»Sei vorsichtig, denn Lisette könnten noch irgendwo in der Nähe sein«, warnte Valerian verhalten. »Und es ist auch möglich, daß hier noch mehr von diesen Untoten herumgeistern.«

Er schwieg einen Moment, um neuen Mut zu fassen, und erklärte dann entschieden: »Wir müssen sie zerstören, Maeve!«

»Das weiß ich selbst«, erwiderte sie gereizt, als der ehemalige Lehrer und seine einst unschuldigen Schüler sie einzukreisen begannen.

»Beim großen Zeus«, murmelte Valerian. »Sie sind doch tatsächlich zu dumm, um zu spüren, daß sie uns nicht gewachsen sind! Sieh sie dir an – sie umkreisen uns wie Haie ein sinkendes Schiff.«

Ein Schaudern durchzuckte Maeve, denn sie hatte nicht damit gerechnet, solche Kind-Vampire töten zu müssen, und die Aussicht erfüllte sie mit Zorn und Trauer. Sobald sie konnte, würde sie Lisette für diese grimmige Schuld zur Rechenschaft ziehen, doch bis dahin durfte sie nicht zögern, ihre Pflicht zu tun.

Der einstige Schulmeister stürzte sich mit einem gespenstisch schrillen Schrei auf Valerian, den dieser mit einem Wutschrei beantwortete, der noch erheblich furchteinflößender war.

»Verdammtes Ungeheuer!« brüllte Maeves Gefährte, als er das geringere Wesen hart gegen die nächste Wand schleuderte.

Die beiden Jungen starrten Maeve mit hungrigen Blicken an und gaben ekelhafte, sabbernde Geräusche von sich. Sie vermochte kein Mitleid für diese Ungeheuer aufzubringen, doch sie bedauerte die Eltern und Angehörigen dieser Kinder. Nur gut, daß sie nie erfahren würden, was wirklich in jener schrecklichen Nacht geschehen war …

Valerian hatte seinen Angreifer inzwischen überwältigt und ihn, indem er mit einer Hand den Hals des Monsters umklammerte, auf die Platte eines antiken Mahagonischreibtisches gezwungen. Mit einem weiteren derben Fluch hob der mächtige alte Vampir einen silbernen Brieföffner auf und stieß ihn tief ins Herz des Untoten.

»Sehr praktisch, das Ding hier«, bemerkte Valerian, nachdem er die blutige Klinge wieder aus der Brust des Wesens gezogen hatte und sie interessiert betrachtete. »Glaubst du, es könnte die gleiche Wirkung haben wie eine Silberkugel?«

Maeve hatte mit ihren beiden kindlichen, aber flinken Gegnern, die sich ihr jetzt von zwei Seiten näherten, alle Hände voll zu tun und zischte deshalb nur: »Um Himmels willen, Valerian – vergiß den blöden Brieföffner und hilf mir endlich!«

»Da der Himmel nichts für mich tut«, erwiderte Valerian, während er einen von Maeves Angreifern am Genick ergriff und ihn gleichzeitig mit der anderen Hand erstach, »denke ich auch nicht daran, etwas für ihn zu tun.«

Maeve war einen Moment lang abgelenkt, lange genug für das andere Wesen, um sich fauchend, beißend und kratzend wie ein ausgehungerter Wolf auf sie zu stürzen. Sie schüttelte die Kreatur angewidert ab, und da Valerian ihr nicht die schlanke Klinge anbot, die er bei den anderen beiden Angreifern benutzt hatte, ergriff sie ein Schwert, das eine der Wänden schmückte, und stieß es ihrem geistlosen Feind mit einer kraftvollen Bewegung in die Brust.

Der Leichnam war nun wirklich und wahrhaftig tot. Maeve zog das Schwert zurück und schaute zu, wie das Wesen in den Knien einknickte und dann zusammenbrach.

»Wir sollten uns vergewissern, ob hier nicht noch mehr von ihnen sind«, riet Valerian und legte einen Arm um ihre Schultern, um sie von der entsetzlichen Szene fortzuführen, die sie hinterlassen hatten. Beim Verlassen des Raums ermahnte er Maeve noch einmal, vorsichtig zu sein. »Vergiß nicht, daß Lisette noch in der Nähe sein und ihre Anwesenheit vor uns verschleiern könnte.«

Doch weitere Opfer waren nicht vorhanden, schien es. Ganz offensichtlich war das Blutbad jener Nacht als Botschaft gemeint gewesen – oder vielleicht sogar als Kampfansage. Maeve und Valerian überprüften die gesamte Schule, Raum für Raum. Sie fanden eine Menge schlafender kleiner Jungen, warm und gesegnet menschlich, und mehrere Lehrer, die ebenfalls unversehrt geblieben waren. Von Lisette war nirgendwo etwas zu spüren, was jedoch nichts bedeuten mußte; sie war das trügerischste aller nächtlichen Wesen und konnte im ungeahnten Moment aus der Dunkelheit vor ihnen auftauchen.

Am Ende ihrer Suche kehrten Maeve und Valerian wieder in den Aufenthaltsraum zurück, wo die Leichen der Vampire zurückgeblieben waren, die sie zerstört hatten. Sie begannen bereits zu schrumpfen und zu trockenem, grauem Staub zu zerfallen, der von der Morgensonne auf winzige Partikelchen reduziert und vom ersten frischen Luftzug weggeweht werden würde.

»Wie man sich ihr Verschwinden wohl erklären wird?« fragte Maeve, als sie das unheimliche, doch nun harmlose Trio draußen auf das grüne Gras vor einen Rosengarten legten.

Valerian zuckte die Schultern. »Wen interessiert das schon?« entgegnete er. »Laß sie im Radio und im Fernsehen darüber berichten, von mir aus auf der ganzen Welt. Soll die Polizei ruhig im Dunkeln tappen. Es macht keinen Unterschied für uns.«

»Für mich schon«, beharrte Maeve und nickte in Richtung Schulgebäude. »Eins dieser Kinder könnte herauskommen und die Leichen sehen. Es ist nicht auszudenken, welch schreckliche Wirkung eine solche Entdeckung auf ein Kind hätte!«

Der mächtige alte Vampir zog eine Augenbraue hoch. »Da ist sie schon wieder«, erklärte er im Tonfall einer spielerischen Warnung, »diese Adiansche Gewohnheit, sich zu sehr um die Angelegenheiten Sterblicher zu sorgen.«

»Wir sprechen hier von *Kindern*, Valerian. Kannst du nicht wenigstens in bißchen Mitgefühl für sie aufbringen?«

Er stieß einen seiner übertriebenen Seufzer aus. »Na schön. Wenn wir diese ekligen Überreste verbrennen, wird bei Sonnenaufgang keine Spur ihrer Körper oder Kleider mehr zu finden sein. Warte hier.«

»Ich hatte ohnehin nicht vor, zu gehen«, versetzte Maeve gereizt. Es war eine aufreibende Nacht gewesen, und sie wünschte sich jetzt nur noch ein sicheres Versteck in Calders Nähe, wo sie schlafen und ruhen konnte.

Valerian betrat das nächstliegende Gebäude durch eine breite Glasterrassentür und kehrte sofort mit Feuerzeugbenzin und Streichhölzern zurück. Mit unheimlicher Gelassenheit begoß er die scheußlichen Überreste von Lisettes Untoten, und zündete die toten Kreaturen an.

Innerhalb von Sekunden schon war nichts mehr übrig von den Vampiren oder ihren Kleidern, alles war zu einem Häufchen rauchender Asche verbrannt. Weder die Polizei noch die Lehrer oder Schüler würden imstande sein zu erkennen, daß hier Leichen verbrannt worden waren.

Maeve wandte sich ab und schaute zum sternenübersäten Himmel auf, in der Hoffnung, Trost aus seiner Beständigkeit und Schönheit zu beziehen, aber sie fühlte sich müde und krank von der Ereignissen der Nacht. Als sie endlich wieder sprach, waren ihre Worte nicht an Valerian gerichtet. »Wo bist du, Lisette?« flüsterte sie, mit einer Stimme, die ganz heiser war vor Zorn, »Zeig dich!«

Ein Rascheln wie von den Schwingen vieler großer Vögel erklang; ein plötzlicher, heftiger Wind kam auf und verteilte die letzte, verbliebene Asche über Gras und über Blumenbeete.

»Du hättest mich fragen können, bevor du eine Herausforderung aussprachst!« zischte Valerian empört.

Lisette war zunächst nichts weiter als wirbelnde Finsternis vor ihnen, ein vernunftloser Orkan des Zorns, der die blühenden Rosenbüsche bis auf die Erde niederdrückte. Doch dann verkörperlichte sie sich, zu einem schwarzen Engel, der atemberaubend schön war und zugleich entsetzlich unnatürlich wirkte. Ihr langes kastanienrotes Haar flatterte im Wind, und sie musterte Maeve aus schmalen Augen, die vor Neugier und Bosheit glitzerten.

»Wer bist du?« frage sie mit jener königlichen Herablassung, die ihr in ihrer Position als älteste und mächtigste Vampirin auf Erden zustand. »Du erinnerst mich an Aidan Tremayne.«

Was Maeve in diesem Moment verspürte, war nicht direkt Angst, sondern eher eine Art aufregender Einsicht. Sie war diesem Geschöpf ebenbürtig, das spürte sie, aber gleichzeitig mußte sie wachsam sein für jede Nuance, für jede Bewegung oder Veränderungen von Lisettes Körper oder Geist.

»Ich bin – oder war – seine Zwillingsschwester«, erwiderte sie und trat einen Schritt auf Lisette zu. Sofort streckte Valerian die Hand aus und versuchte, sie zurückzuhalten, aber es war sinnlos.

Lisette lachte, ein hoher, melodischer und unendlich gespenstischer Ton. »Glaubst du etwa, du könntest sie vor mir schützen, Valerian?« fragte sie belustigt. »Als wir uns das letzte Mal begegneten, an Aidans Lager, da überwältigte ich dich so mühelos wie diesen Schuljungen.« Sie deutete auf die noch immer dunklen, stillen Gebäude. »Oder hast du dir jetzt auch einen Engel zugelegt, der dich beschützt, wie Aidan?«

Bevor Valerian etwas erwidern konnte, ergriff Maeve das Wort, aus der sicheren Überzeugung heraus, daß er jetzt etwas sehr Unvorsichtiges von sich gegeben hätte. »Ich brauche weder Valerian noch sonst jemanden, um mich zu schützen«, sagte sie, während sie aus schmalen Augen die Vampirkönigin betrachtete, ihre perfekten Züge musterte und ihre makellose, bleiche Haut. »Ich glaube, ich kenne die Antwort auf die Frage, Lisette«, fuhr sie schließlich in kühlem Ton fort. »Aber ich werde sie dir trotzdem stellen. Hast *du* den Lehrer und die beiden Jungen verwandelt?«

Lisette lachte, ein unheimliches Geräusch, das den Schlaf von hundert kleinen Jungen gestört und in Alpträume verwandelt haben mußte. »Ja«, erwiderte sie trotzig, nachdem sie Maeve einen Moment lang nachdenklich betrachtet hatte. »Und die anderen habe ich auch geschaffen.«

»Warum?« entgegnete Maeve empört. »Das ergibt doch keinen Sinn!«

Plötzlich brach wieder ein Sturm los, ein Gewitter von Lisettes ureigener Schöpfung. »Hör auf, meine Geduld auf die Probe zu stellen!« schrie sie. »Ich bin die Königin der Vampire und brauche mich vor niemanden zu rechtfertigen!«

Maeve trat tapfer einen weiteren Schritt vor. »Du mußt damit aufhören«, forderte sie, obwohl sie nicht die geringste Hoffnung hegte, daß dieser blutrünstigste aller Vampire dazu zu bewegen war, Gnade walten zu lassen. »Die

Hexer haben mit einem offenen Krieg gedroht, falls du weiterhin solch geistlose Wesen schaffen solltest, und es gehen Gerüchte um, daß selbst Nemesis im Begriff ist, seine Armee von Engeln zu uns herabzuschicken.«

Einen winzigen Moment lang wirkte Lisette verunsichert, fast ängstlich. Doch dann straffte sie die Schultern und hob die Arme, worauf der Wind in ihre weiten, schwarzen Ärmel fuhr und sie aussehen ließ wie Flügel.

»Hindere mich daran, falls du es kannst«, sagte sie und musterte Maeve mit ihren schönen Augen, aus denen bereits der Wahnsinn sprach. »Ich freue mich schon auf die Herausforderung.«

Nach diesen Worten schaute die legendäre Lisette zum blasser werdenden Himmel auf, lachte noch einmal schallend und verschwand.

Mit einem zornigen Ausruf packte Valerian Maeve am Arm und drehte sie grob zu sich herum. »Du kannst von Glück sagen, daß sie dich nicht an den Boden gefesselt und dich hier zurückgelassen hat, damit du in der Morgensonne schmorst!« zischte er. »Wie konntest du nur so dumm sein und so unbesonnen?«

Maeve entzog sich ihm und zupfte pikiert an ihrem Ärmel. »Sie hat es versucht«, entgegnete sie kühl. »Sie hat versucht, mich zu überwältigen, das konnte ich spüren, aber ich habe mich dagegen zur Wehr gesetzt.«

Einen langen Moment schaute Valerian Maeve ernst und prüfend ins Gesicht. Dann, endlich, lächelte er und sagte: »Ich hatte also recht. Du *bist* dazu bestimmt, unsere neue Königin zu sein.«

Maeve war nicht in der Stimmung für Valerians selbstgefällige Rechthaberei. Ihr war die Prüfung, die sie erwartete, in vollem Ausmaß bewußt, denn sie hatte die ersten zaghaften Berührungen mit Lisettes Macht verspürt und war eingeschüchtert.

»Ich muß jetzt gehen, Valerian. Ich muß mir Nahrung suchen und mich stärken, bevor ich den Kampf mit jemandem wie Lisette aufnehmen kann«, sagte sie müde.

Valerian ergriff ihre Hände und schaute ihr in die Augen. »Wir sind alle auf dich angewiesen, Maeve«, entgegnete er heiser. »Und wir haben keine Zeit zu verlieren.«

Maeve nickte nur, und dann, nach einem letzten, traurigen Blick auf die Schulgebäude, verschränkte sie ihre Finger über dem Kopf und löste sich in Luft auf.

Sie verkörperlichte sich kurz in Fleet Street, London, aber nur lange genug, um drei neuerschienene medizinische Fachbücher und eine Auswahl von Medikamenten aus einer Arztpraxis zu stehlen.

Die Bücher und Medikamente fest gegen ihre Brust gepreßt, beendete sie ihre Reise im Weinkeller des Calderschen Familienbesitzes im Philadelphia des neunzehnten Jahrhunderts. Nach kurzer Suche fand sie einen längst vergessenen geheimen Gang, der vermutlich noch aus der Zeit der amerikanischen Revolution stammte, und erwählte ihn zu ihrem Zufluchtsort.

Es war kalt und feucht in diesem Tunnel, den sonst nur Spinnen und umherhuschende Mäuse bevölkerten, aber wenigstens war Maeve hier von der aufgehenden Sonne und der Entdeckung durch Menschen geschützt und befand sich in Calders Nähe. Sie war ihm sogar so nahe, daß sie seinen starken, beständigen Herzschlag in ihrem Bewußtsein spürte. Nachdem sie ihre Schätze auf ein altes Whiskeyfaß gelegt hatte, streckte sie sich auf dem kühlen Boden aus, um sich dem traumlosen, ohnmachtähnlichen Schlaf der Vampire zu überlassen.

Bei Sonnenuntergang erwachte Maeve und wußte sofort, daß Calder da war, irgendwo in diesem großen Haus dort über ihr, aber sie ging trotzdem nicht sofort zu ihm. Zuvor begab sie sich in eins der Lazarette am Rand der großen Schlachtfelder und näherte sich den sterbenden Soldaten, denen sie im Ausgleich für die Nahrung, die sie sich von ihnen holte, Trost und Ekstase schenkte.

Sie kehrte noch einmal kurz in den Weinkeller zurück, um die Bücher und Medikamente abzuholen, bevor sie ihre Gedanken auf Calder konzentrierte und sich damit in seine Nähe versetzte.

Er stand in seinem geräumigen Schlafzimmer am Fenster, dessen Spitzengardine sich zu beiden Seiten von ihm blähte, als eine feuchte Brise, die Regen mitbrachte, ins Zimmer drang. Während Maeve ihn beobachtete und seinen herrlichen Körperbau bewunderte, seine starken Arme, die kräftigen Beine und breiten Schultern, erfaßte sie wieder die trügerischste aller Emotionen – bedingungslose, unvernünftige und grenzenlose Liebe.

»Calder.« Selbst sein Name schmeckte süß auf ihrer Zunge, wie die Schokolade, die der Anwalt ihres Vaters ihr oft mitgebracht hatte, wenn er sie besuchte, als sie noch ein Kind gewesen war in jenem weitentfernten Kloster.

Calder wandte sich mit ausdrucksloser Miene zu ihr um und breitete stumm die Arme aus. Die Geste war fast ebenso sehr eine Bitte wie auch ein Angebot von Trost, Schutz und Wärme.

Maeve warf die mitgebrachten Gegenstände auf einen Sessel und schmiegte sich in Calders Arme.

»Was hast du?« flüsterte sie.

»Ich hatte meine Emotionen verdrängt«, antwortete er leise. »Ich hatte sie in den hintersten Winkel meiner Seele verbannt, aber du hast mich gezwungen, mich wieder mit ihnen auseinanderzusetzen, Maeve. Du hast sie zurückgebracht, und einige von ihnen tun höllisch weh.«

Sie entfernte sich ein wenig von ihm und schaute in seine wundervollen Augen. »Dann hast du also nur so getan, als lebtest du«, sagte sie weich. »Doch innerlich, wo es niemand sehen konnte, warst du tot.«

Er nickte, zog sie wieder an sich und küßte ihre Stirn, ihre Schläfen und die empfindsame Stelle hinter ihrem Ohr. »Es ist, als würde einem eine Hand oder ein Fuß erfrieren – die Taubheit tarnt den Schmerz anfangs, doch der Heilungsprozeß ist die reinste Agonie.«

Maeve verspürte eine seltsame, wachsende Erregung, als Calder sie in den Armen hielt und streichelte, was sie ungemein überraschte, obwohl sie ihm schon von Anfang an zärtliche Gefühle entgegengebracht hatte. In der Regel paarten sich Vampire nur mir anderen Vampiren, und selbst dann war es stets eine sehr distanzierte, geistige Art von Vereinigung.

Doch jetzt, zu ihrem eigenen Erstaunen, ersehnte Maeve sich eine ganz andere Art von Liebe ... sie wollte nackt in Calders Bett liegen, von ihm berührt werden und überall geküßt, um sich ihm schließlich hinzugeben, wie es eine menschliche Frau getan hätte.

Der Gedanke erschreckte sie, denn obwohl dergleichen Dingen vorkamen – Lisette, zum Beispiel, hatte sich von Aidan lieben lassen, als er noch ein Sterblicher gewesen war – konnten sie ungemein gefährlich sein. Maeve hatte von Vampiren gehört, sowohl männlichen wie weiblichen Geschlechts, die im Verlauf des Liebesaktes mit Menschen so außer sich geraten waren, daß sie ihre Liebhaber buchstäblich zerfleischt hatten. Aus diesem Grund versuchte sie nun, sich Calder zu entziehen, aber er gab sie nicht frei.

»Wovor hast du Angst, Maeve?« fragte er sanft. »Sag es mir.«

»Vor mir selbst«, erwiderte Maeve und senkte beschämt den Blick. »Ich fürchte mich vor mir selbst und ... vor dem Abscheu, den du empfinden könntest, wenn du mich berührst. Ich bin anders als die Frauen, die du kennst ...«

Sanft hob er ihr Kinn zu sich empor, so daß sie gezwungen war, ihn anzusehen. »Ich empfinde sehr viele verschiedene Dingen in diesem Moment für dich, aber glaub mir – Abscheu gehört nicht dazu«, erklärte er, senkte den Kopf und berührte ihren Mund mit seinen Lippen. Im nächsten Augenblick, anstatt sich angeekelt von ihr zurückzuziehen, wie Maeve befürchtet hatte, intensivierte er den Kuß und vertiefte ihn, bis Maeves Körper vor Wonne erschauerte.

Nichts, nicht einmal ihre kühnsten Erfahrungen mit Valerian in den ersten Jahren nach ihrer Transformation, hatten sie auf diesen Ansturm von Leidenschaft und drängendem Verlangen vorbereitet. Als Vampir empfand Maeve das gleiche, was auch eine menschliche Frau empfunden hätte, doch alles um ein Hundertfaches intensiver.

Es war beängstigend.

Wieder löste sie sich von Calder. Er wartete schweigend ab, ließ seine Augen die Frage stellen.

Maeve schlang wie beschützend die Arme um ihren Körper. »Angenommen, ich … *könnte* dich nicht so lieben, wie du es erwartest? Ich bin keine Frau, Calder … Ich bin ein Vampir.«

Die Antwort war eins seiner herzzerreißend sanften Lächeln. »Ich hege keine Erwartungen, Maeve, und maße mir nicht an, zu richten. Warst du überhaupt schon einmal intim mit einem Mann?«

Sie schüttelte den Kopf. »Ich war noch Jungfrau, als Valerian mich in eine Unsterbliche verwandelte.« Wieder wandte sie das Gesicht ab, doch dann zwang sie sich, Calders zärtlichen, aber entschiedenen Blick zu suchen. »Auch Vampire gehen eine geschlechtliche Verbindung ein – manchmal sogar körperlich – aber meistens sind ihre Umarmungen rein geistiger Natur. Ich kann dir daher nicht sagen, ob ich imstande wäre, so zu reagieren, wie du es bei einer normalen Frau gewohnt bist.«

Calder streckte die Hand aus und ließ seine Fingerspitzen liebevoll über ihr Kinn gleiten. »Jenem ersten Kuß nach zu urteilen, mein Liebling, wirst du keine Schwierigkeiten damit haben. Aber sag mir jetzt die Wahrheit – du hast Angst, daß du mir etwas antun könntest, nicht?«

Sie fühlte sehr unvampirische Tränen in ihre Augen treten und ihr die Sicht erschweren. »Ja, Calder – ich bin erheblich stärker als du, weil ich bin, was ich bin. Ich könnte die Kontrolle über mich verlieren.«

»Du liebst mich doch, nicht wahr? So wie ich dich liebe?«

Maeve vermochte nichts zu sagen, nur noch zu nicken. Kein Mann hatte ihr je gesagt, daß er sie liebte, und auch kein Vampir, mit Ausnahme ihres Bruders Aidan. Aber das war eine ganz andere Art von Liebe.

Calder streichelte ihr seidiges dunkles Haar, und sie spürte, wie seine Milde und Güte auf sie übergriffen, durch ihre Haut buchstäblich in sie eindrangen und ihre letzten Zweifel schmelzen ließen. »Du würdest mir niemals etwas antun, Maeve«, stellte er mit ruhiger Überzeugung fest. »Niemals.«

Da schmiegte sie sich von neuem in seine Arme und zog ihn am Stoff seines Hemds noch näher zu sich heran. »Küß mich«, flüsterte sie, und er erfüllte bereitwillig ihren Wunsch.

Der zweite Kontakt mit ihm war sogar noch erregender als der erste, und Maeve war fassungslos über das Ausmaß des Verlangens, das sie bei dem Kuß durchzuckte. Um jegliche Störung zu vermeiden, sei es durch Valerian oder irgendeinen anderen Vampir, errichtete sie eine geistige Barriere um das stille Zimmer. Und danach hätten Maeve und Calder auch ganz allein auf dem Planeten sein können …

Als sie unter seinen Küssen seufzte und die süße

Ekstase, die er ihr vermittelte, keine Sekunden länger zu ertragen glaubte, löste er sich sanft von ihr und begann sie behutsam auszuziehen. Mit den Kleidungsstücken, die zu Boden sanken, entfernten sich auch Maeves schmerzliche Erinnerungen jener Nacht. Nichts anderes existierte mehr außer ihnen beiden und ihrer Leidenschaft füreinander.

Als Maeve nackt vor Calder stand und seine Kleider dem Weg ihrer eigenen gefolgt waren, hatte sie bereits vergessen, daß sie keine Frau aus Fleisch und Blut, sondern eine Kreatur der Nacht war.

Calder hob sie sanft auf sein Bett und legte sie dann neben sie, um sie zu bewundern, zu liebkosen und ihr liebevolle Worte zuzuraunen, die sie noch viel heftiger danach verlangen ließen, mit ihm vereint zu sein.

Sie erlebte einen Moment der Angst, als Calder den Kopf auf ihre Brust senkte, doch während seine warmen Lippen ihre Brustspitzen liebkosten, eine nach der anderen, verflogen ihre Zweifel und wichen einem Gefühl der Lust, das so heftig war, so wild und derart intensiv, daß es fast schon schmerzte.

Lange Zeit streichelte, küßte und verwöhnte Calder sie nur und führte sie in ein Universum neuer Empfindungen ein. Dann, als sie deutlich bereit war und fast außer sich vor Verlangen, spreizte er mit einer Hand ganz sachte ihre Schenkel und schob sich zwischen sie.

Wieder erfaßte Maeve so etwas wie Angst, und plötzlich glaubte sie, sterben zu müssen, wenn sie diesen Mann nicht endlich auf die gleiche Weise in sich aufnahm, wie eine menschliche Frau es jetzt getan hätte.

Als sie ihm das sagen wollte, legte er den Zeigefinger an ihre vollen Lippen und flüsterte ihr zärtlich zu: »Psst … Beruhige dich. Es ist alles gut, mein Liebling.« Dann, sehr, sehr langsam und überaus behutsam, drang er in sie ein.

Maeve hatte keine Probleme, ihn aufzunehmen, höchstens, ihre Leidenschaft zu zügeln, die sich zu einem fiebrigen Wahn steigerte, als er anfing, sich in ihr zu bewegen. Aufschreiend umklammerte sie seine Schultern und spreizte dann, aus Angst, ihn zu verletzen, ihre Fingern über seinen Rücken.

»Paß dich meinen Bewegungen an, Maeve«, flüsterte Calder ihr heiser zu. »Es wird noch viel schöner für uns beide sein, wenn du es tust.«

Sie war völlig atemlos, obwohl sie seit mehr als zweihundert Jahren keine Lungen mehr benötigte, und überzeugt, daß sie, hätte sie tatsächlich ein lebendes, schlagendes Herz besessen, in diesem Augenblick ein Infarkt erlitten hätte. Gehorsam und mit all ihrem Vertrauen, das sie anzubieten hatte, begann sie sich dem Rhythmus seiner Bewegungen anzugleichen.

Das Gefühl war so unerträglich schön, daß sie vor Lust aufschrie, immer wieder, aber selbst in ihrem Fieber war ihr bewußt, daß es ein sehr animalischer Schrei war, wild und unbelastet von menschlicher Zurückhaltung, doch sie vermochte die Schreie nicht zu unterdrücken. Die Geräusche, die sie von sich gab, das leise Stöhnen, das Wimmern und die flehentlichen Bitten, ebenso wie die lustvollen Schreie, waren alle Teil des Geschehens und so untrennbar damit verbunden wie die Liebe selbst.

Doch auch Calder blieb nicht still, als auch er sich einem Punkt näherte, von dem es kein Zurück mehr gab. Aufstöhnend rief er Maeves Namen, und im gleichen Augenblick, als ihr Körper und sogar ihre *Seele* in einem Anfall glorreicher, ungestümer Leidenschaft zu explodieren schienen, versteifte Calder sich und schickte mit heiserer Stimme ein ihr unverständliches, sinnloses Stoßgebet zum Himmel.

Eine Zeitlang bewegte Maeve sich noch unter ihm, hilflos den Gefühlen ausgeliefert, die ihren Körper unabhängig von ihrem Geist zu machen schienen, erbebte und erschauerte in einer unendlichen Spirale purer Lust. Doch selbst während dies alles geschah, ruhte ihr Blick auf Calders Gesicht, weil sie befürchtete, ihn umgebracht zu haben … Er wirkte so still.

Doch dann sank er auf Maeve herab, ließ seinen Kopf auf ihre Brust sinken, und sie weinte vor Erleichterung, weil er atmete und sie durch ihr eigenes Fleisch seinen Herzschlag spüren konnte.

Als er einschlief, streichelte sie sein dichtes, glänzendes Haar. Jetzt endlich verstand sie, warum ihr Bruder bereit gewesen war, die Feuer der Hölle zu riskieren, um bei der Frau sein zu können, die er liebte, und warum er seine Unsterblichkeit für die kurze Lebensspanne eines gewöhnlichen Menschen aufgegeben hatte.

Es war nicht nur die körperliche Vereinigung – es war die unfaßbare Fülle von Emotionen, die dem Bedürfnis zugrundelag, mit dem Mann, den sie liebte, ein Körper zu sein, ein Fleisch.

Die Morgendämmerung erhellte bereits den Himmel, als Maeve sich behutsam von Calder löste. In dem Bewußtsein, daß er am Morgen die Bücher und die Medikamente finden würde, die sie ihm mitgebracht hatte, zog sie sich an, ohne ihn zu wecken, und küßte ihn nur sanft auf die Stirn, bevor sie ging.

Mit der Erkenntnis, daß sie noch nie zuvor in ihrem Leben etwas so sehr bedauert hatte, wie ihn zu verlassen, begab Maeve sich kraft ihrer Gedanken zu ihrem bevorzugten Versteck unter dem Londoner Stadthaus und streckte sich auf dem kühlen Grabstein aus, der sie dort erwartete.

Ihr blieben nur noch wenige Momente, um nachzudenken, bevor der tiefe Schlaf der Vampire sie überfiel, aber es war lange genug. Sie hatte etwas Unwiderrufliches getan in dieser Nacht, etwas, das ihr Verderben sein konnte, und doch vermochte sie keine Reue zu empfinden.

Falls sie in dieser Nacht starb und für den Rest der Ewigkeit verdammt sein sollte, würde ihr die Erinnerung an die Freuden, die Calder ihr vermittelt hatte, eine Stütze sein, um auch die schlimmsten Höllenqualen tapfer zu ertragen.

Calder erwachte sehr allmählich, kämpfte sich an die Oberfläche des Bewußtseins, noch ganz versunken in das umfassende Gefühl des Wohlbehagens, das sein Liebesakt mit Maeve in ihm hervorgerufen hatte. Im nächsten Augenblick schon fragte er sich, ob er sich dies alles nicht nur eingebildet hatte.

»Hatten Sie eine Frau hier letzte Nacht?« fragte Prudence plötzlich von der Tür, die sie mit einer Bewegung ihrer mächtigen Hüfte geöffnet hatte. Sie trug ein Frühstückstablett in den Händen, und ihr rundes Gesicht strahlte argwöhnisch Mißbilligung aus. »Ich habe eine Menge Lärm gehört, und das, obwohl ich unten im Erdgeschoß war. Es ist ein Wunder, daß Ihr Daddy nicht mit einem Rohrstock zu Ihnen hereingestürmt ist!«

Calder richtete sich zu einer sitzenden Haltung auf, zog das Laken bis zur Taille hoch und grinste die Haushälterin benommen an. »Du bist nun schon so viele Jahre in diesem Haus, Pru«, neckte er sie. »Du müßtest inzwischen wissen, daß mein Daddy auch nicht gerade ein Moralapostel ist. Falls er je einen Kreuzzug im Namen der Tugend führen würde, müßte dieser unter dem Gewicht seiner eigenen Heuchelei zusammenbrechen.«

Prudence setzte das Tablett unnötig hart auf Calders Schoß ab. »Ich verstehe nicht, warum Sie nicht mit normalen, einfachen Worten reden können wie jeder andere auch!« murrte sie.

Calder lachte, als er den silbernen Deckel von der Platte hob und seine heißgeliebten Bratkartoffeln mit Zwiebeln darunter entdeckte, den gebratenen Speck und warmen Toast. »Und dabei dachte ich immer, du wärst meine größte Verehrerin.«

Die Haushälterin schien Mühe zu haben, ein Lächeln zu unterdrücken. »Jetzt hören Sie aber auf«, schimpfte sie und drohte Calder spielerisch mit dem Finger. Im der Hoffnung, daß er noch etwas über seinen nächtlichen Besuch verraten würde, blieb sie noch einen Moment stehen. Aber natürlich sagte Calder nichts, und schließlich stieß Prudence einen Seufzer aus und marschierte aus dem Raum.

Während Calder mit der Haushälterin geplaudert hatte, waren seine Gedanken abgeschweift, zurückgekehrt zu den Ereignissen der Nacht, um sie noch einmal zu durchleben, sie in seinem Herzen abzuwägen und sich zu fragen, ob er nicht den Verstand verloren hatte.

Er hätte es vielleicht sogar geglaubt, wenn Maeves Anhänger nicht immer noch auf seiner nackten Brust geruht hätte.

Als er sein Frühstück beendete – zum ersten Mal seit Wochen hatte er mit Appetit gegessen – fielen Calder ein Stapel Bücher und einige andere, schwerer zu definierende Gegenstände auf dem Stuhl in der Nähe seines Betts auf. Eine maßlose Erregung erfaßte ihn, als er begriff, daß Maeve ihr Versprechen gehalten und ihm medizinische Texte aus dem kommenden Jahrhundert mitgebracht hatte.

In seinem Eifer, sie zu erreichen, stieß er fast das Tablett um, als er aufsprang und splitternackt den Raum durchquerte. Wie hypnotisiert vom Anblick der Bücher und der ihm noch unbekannten Arzneien blieb er vor dem Stuhl stehen. Sie waren zu Tabletten gepreßt, diese Arzneien, auf der einen Seite in steifes Papier gebettet und auf der anderen von einer harten, durchsichtigen Substanz bedeckt, die er nicht zu benennen wußte.

Es kam Calder wie ein Wunder vor, als er jene seltsamen Päckchen untersuchte, aber sein eigener Mangel an Wissen löste auch eine grenzenlose Enttäuschung in ihm aus. Zum Schluß gelang es ihm nur, ein einziges dieser Medikamente zu identifizieren – Morphium, das Schmerzmittel, an dem solch furchtbarer Mangel in den Feldlazaretten herrschte.

Fast ehrfürchtig hob er eins der Bücher auf und schlug die erste Seite auf. Es war im Jahre 1993 erschienen.

1993.

Obwohl er wußte, daß das Buch keine Illusion war, weil es Gewicht und Substanz in seiner Hand besaß, war Calder dennoch sehr erschüttert. Es war einhundertdreißig Jahre später gedruckt worden ... *oder würde in einhundertdreißig Jahren erst gedruckt werden.* Er zog sich an, ohne das Buch auch nur einen Moment lang aus den Augen zu lassen, und legte es geöffnet auf die Waschkommode, als er sich rasierte. Unfähig, seine Neugier zu beherrschen oder seinen Wunsch, zu lernen, hielt Calder hier und da inne, um einen Satz zu lesen oder zwei.

Als er seine Morgentoilette beendet hatte, blutete er aus Schnitten an Kinn und Wange, was ihn jedoch nicht störte, weil er sich in einem Zustand unbeschreiblicher Ekstase befand. Maeve hatte ihm nicht nur *ein* medizinisches Fachbuch mitgebracht, sondern gleich mehrere, und zusätzlich dazu einige wunderbare Erfindungen der Chemiker des zwanzigsten Jahrhunderts, und Calder konnte es kaum erwarten, sich ihre Weisheit anzueignen.

Über seinen Spiegel gebeugt, berührte Calder eine der

kleinen Schnittwunden in seinem Gesicht, um dann neugierig den Blutstropfen auf seiner Fingerspitze anzustarren. Während er es tat, dachte er an Maeve und ihre phantastischen Talente und begann die wildesten Spekulationen anzustellen …

7

Maeve sehnte sich nach Calder, hätte sich jetzt gern im sanften Feuer seiner Seele aufgewärmt, doch ihr Instinkt riet ihr, vorsichtig zu sein. Es wäre nur zu leicht gewesen, andere Vampire auf ihn aufmerksam zu machen – im schlimmsten Fall Lisette, obwohl Maeve nicht einmal sicher war, ob sie Valerian trauen konnte.

Statt sich also in Calders Nähe zu begeben, suchte Maeve zur Nahrungsaufnahme den verkommensten Stadtteil Londons auf, die Hafengegend, und tröstete sich mit dem Gedanken, daß sie sich wenigstens im selben Jahrhundert befand wie Calder. Da sie gezwungen war, ihre Kräfte aufzubauen, um ihre Macht zu vergrößern, nahm sie häufiger als sonst Blut zu sich. Wie immer jedoch achtete sie darauf, sich nur Opfer auszusuchen, die von Grund auf schlecht waren und nicht nur arme, irregeleitete Seelen.

In ihrer dritten Nacht zwischen seefahrenden Ratten, sowohl zweibeiniger wie vierbeiniger Art, begegnete Maeve einem anderen Vampir, einem weiblichen, von dem sie schon gehört, dem sie jedoch noch nie begegnet war.

Die Frau stammte aus dem vierzehnten Jahrhundert wie Valerian, und das machte sie sehr alt. Aber sie war trotz ihres hohen Alters schön wie ein Engel mit ihrem hüftlangen, blonden Haar, den enorm großen, veilchenblauen Augen und dem sinnlichen, herzförmigen Mund.

Sie erschien am Ende einer Gasse, als Maeve ein weiteres Opfer bewußtlos auf dem Pflaster zurückließ, und war eine Vision in einem blauen, mit exquisiter Spitze abgesetztem Samtkleid.

»Du bist Maeve Tremayne«, sagte sie mit einer Stimme, die süß wie die leisen Schwingungen einer Harfe klang.

Maeve nickte ihr höflich, aber wachsam zu, denn sie hatte Dimity nach Valerians Beschreibung erkannt und erinnerte sich, von dieser schönen Vampirin gehört zu haben, daß sie Kontakte zu Engeln unterhielt. In einigen Kreisen des Reichs der Finsternis wurde dies bloß als verdächtiges Verhalten angesehen; in anderen hingegen schlichtweg als Verrat.

»Und du bist Dimity«, stellte Maeve ruhig fest.

Die andere Vampirin neigte anmutig den Kopf und schaute an Maeve vorbei, um sich ihr Opfer anzusehen. »Eine gute Wahl«, bemerkte Dimity gedankenvoll. »Dieser hier ist so gründlich verdorben, daß nicht einmal der Teufel ihm Gesellschaft leisten würde.«

Wieder nickte Maeve. Sie hatte dem Mann natürlich ins Gehirn geschaut, bevor sie ihn zum Opfer auserwählte. »Wolltest du etwas von mir?« fragte sie Dimity.

Die schöne Vampirin lächelte, raffte ihre langen Röcke

und deutete eine Verbeugung an. »So ist es, meine Königin«, sagte sie, und obwohl es scherzhaft klang, haftete ihrer Stimme auch eine gewisse Ehrfurcht an.

»Erspar dir deine Verbeugungen«, entgegnete Maeve und ging langsam auf Dimity zu, äußerst vorsichtig und erfüllt von Staunen, denn die Vampirin schien von einem inneren Licht zu glühen, wie es sonst nur himmlische Wesen ausstrahlten. Es war möglich, daß diese ätherische Schönheit gar kein Vampir, sondern ein Engel war. »Ich bin noch nicht Königin, und vielleicht werde ich es niemals sein.«

Dimitys schöner Mund verzog sich zu einem sanften Lächeln. »O doch, das wirst du«, entgegnete sie mit Überzeugung. »Und du irrst dich mit dem, was du über mich denkst. Ich bin ein Vampir wie du.« Sie trat vor und schob ihre Hand unter Maeves Arm. »Komm«, sagte sie, ernst geworden. »Wir müssen miteinander reden.«

Sie führte Maeve die Straße entlang zu einer anderen Gasse und noch tiefer in die Londoner Slums hinein. Schließlich erreichten sie eine Kellertür unter einem Laden, der ein zweitklassiges Bestattungsunternehmen zu sein schien, und Maeve erschauerte, obwohl sie an Tod gewöhnt war.

Das helle Lachen der anderen Vampirin klang wie Musik, und sie öffnete die schwere Holztüre mit der gleichen Methode, die die meisten Unsterblichen angewandt hätten – kraft eines Gedankens.

Dimity begann die steinerne Treppe hinabzugehen und schaute sich über die Schulter nach Maeve um. »Beunruhigt es dich, daß hier die Toten ruhen?« fragte sie und wies mit einer Bewegung ihres Kopfs in Richtung Leichenhalle. »Wer könnte besser wissen als du, die Königin aller nächtlichen Geschöpfe, daß es nichts als leere Hüllen sind, die keinen Schaden mehr anrichten?«

Maeve sagte nichts, obwohl ihr bewußt war, daß das

nichts nützte. Dimity verstand ihre Gedanken genauso zu erraten, wie Maeve ihre. Dimity wollte eine Warnung an sie weitergeben, und es erforderte kein Genie, um zu erahnen, worum es ging.

Was Maeve betraf, so erinnerte sie sich an den Bericht ihres Bruders Aidan über seine Verwandlung zum Vampir, im achtzehnten Jahrhundert, als auch er an einem solchen Ort wie dieser Leichenhalle hier gelegen hatte, steif, kalt und unfähig, auch nur den kleinsten Muskel zu bewegen. Jene, die ihn aufgebahrt hatten, waren überzeugt gewesen, er sei tot, und obwohl er sich bemüht hatte, ihnen klarzumachen, daß er allen äußeren Anzeichen zum Trotz noch sehr lebendig war, hatten sie ihn für sein Begräbnis vorbereitet.

Maeve, die Aidan als Zwillingsschwester so nahe war wie sein eigener Herzschlag und sein Atem, hatte seinen schrecklichen Kampf mitempfunden, während er sich abspielte, und selbst heute noch, nach all dieser Zeit, hatte sie nicht vergessen, welch unfaßbares Entsetzen sie damals beherrschte. Als Aidan ihr Wochen später von der Erfahrung berichtete, hatte sie sie noch einmal mit ihm durchlebt. Aus diesem Grund sehnte Maeve sich jetzt weit fort von diesem so beunruhigend vertrauten Ort.

Dimity ging weiter durch den Keller zu einem anderen Raum noch eine Etage tiefer, der von unzähligen Kerzen erhellt und überraschend hübsch möbliert war mit einem römischen Diwan, auf dem Dimity vermutlich tagsüber schlief, zweisitzigen Couchen und samtbezogenen Polstersesseln.

Sogar ein Gemälde hing an einer Wand, das Maeve zu einem traurigen Lächeln veranlaßte, weil es zwei elegant gekleidete Vampire darstellte, die Walzer tanzten. Ohne auf die Signatur zu sehen, wußte sie, daß es sich um eins von Aidans frühen Werken handelte, aus jener Zeit, als er noch Schwierigkeiten gehabt hatte, sich mit seinem Leben als Vampir abzufinden.

»Kanntest du meinen Bruder?« fragte Maeve mit ungewöhnlich spröder Stimme.

»Nur vom Hörensagen«, antwortete Dimity. Sie nahm auf einem der prächtigen Sessel Platz, streifte ihre zierlichen Samtpantoffeln ab und bewegte ihre Zehen. »Er wurde zu einer Legende, verständlicherweise, als er sein Vampirdasein gegen Sterblichkeit eintauschte.« Dimity erschauerte bei dem Gedanken. »Kannst du dir so etwas vorstellen?«

»Nein«, gab Maeve bereitwillig zu. Im gleichen Augenblick jedoch kam ihr Calder in den Sinn, und sie verbarg rasch den Gedanken. Oder hoffte es zumindest. »Aber das Leben als Vampir war eine Qual für Aidan. Er hatte den Punkt erreicht, wo er lieber umgekommen wäre – selbst auf die Gefahr hin, vors Ewige Gericht zu treten – als weiterzuleben wie er war.«

»Und er liebte eine menschliche Frau.«

Wieder kämpfte Maeve gegen die Gedanken an Calder an, doch diesmal war sie sich ihres Erfolgs nicht mehr so sicher. »Ja«, sagte sie und starrte das Gemälde an.

»Und nun liebst du einen Sterblichen«, erklärte Dimity.

Maeve kehrte dem Gemälde den Rücken zu, was ihr jedoch nicht leichtfiel, weil es eine Verbindung zu ihrem verlorenen Bruder darstellte, wie indirekt auch immer.

Dimity lachte und hob die Hand, um Maeve vom Sprechen abzuhalten. »Keine Angst«, sagte sie. »Dein menschlicher Geliebter ist vor mir sicher. Wie du, suche auch ich mir meine Nahrung nur unter dem schlimmsten Abschaum der Erdbevölkerung. Meine bevorzugten Opfer sind Kinderschänder, obwohl ich sagen muß, daß ich auch brutale Trunkenbolde, die regelmäßig ihre armen Frauen prügeln, sehr genieße.«

In gewisser Weise beruhigt, wenn auch nicht ganz, weil Vampire in der Regel keine Wesen waren, die zu ihrem Wort zu stehen pflegten, ließ Maeve sich auf einem der Sofas nieder. »Du verstehst sehr gut deine Gedanken zu verbergen«, bemerkte sie, »und doch habe ich sofort gemerkt, daß du mich vor irgend etwas warnen willst. Sag mir also bitte, worum es geht ... Obwohl ich glaube, daß ich es bereits weiß.«

Dimity hob ihre hellen blonden Augenbrauen. »Du bist in der Tat sehr mächtig«, sagte sie. »Ich bin ein alter Vampir, und meine Gedanken vor anderen zu verhüllen, ist eine meiner bestentwickelten Fähigkeiten.«

Maeve beugte sich gespannt vor. »Bitte«, sagte sie flehend.

Dimity faltete die Hände anmutig im Schoß; das Kerzenlicht flackerte und tanzte auf ihrem blonden Haar. »Ich bin mit gewissen Engeln gut bekannt«, gestand sie nach einer Weile wohlberechneten Schweigens. »Sie sagen mir, daß ein Krieg bevorsteht, in dessen Verlauf die Vampire von der Erde vertrieben oder zerstört werden sollen, ebenso wie die Hexer und die Werwölfe ... Praktisch alle Unsterblichen, mit Ausnahme jener, die zu Nemesis' Streitkräften gehören.«

Maeve war nicht überrascht, und doch erbebte sie in jähem Entsetzen. »Wegen Lisette?« fragte sie, obwohl sie die Antwort bereits kannte.

Dimity nickte nur.

Maeve dachte bestürzt an Calder, der in diesem Jahrhundert lebte, und Aidan im darauffolgenden. Selbst sie, mit all ihren Talenten und ihrer grandiosen Macht, konnte unmöglich an zwei Orten gleichzeitig sein und beide Männer schützen. »Wo wird diese Schlacht ausgefochten werden?« fragte sie besorgt.

»In allen Zeiten und in allen Dimensionen«, antwortet

Dimity. »Obwohl die Menschen so weit wie möglich verschont werden sollen – wie du weißt, bringen Engel ihnen eine unerschütterliche Zuneigung entgegen – wird nicht zu vermeiden sein, daß auch viele von ihnen verwundert oder sogar getötet werden.«

Maeve, die sich vom Sofa erhoben hatte, ging zu dem Gemälde an der Wand und berührte es sanft. »Kann der Krieg noch verhindert werden?«

»Ja«, erwiderte Dimity, und das schlichte Wort erfüllte Maeve mit grenzenloser Erleichterung. »Aber nur, wenn jemand Lisette innerhalb von vierzehn Tagen das Handwerk legt«, fuhr Dimity entschieden fort. »Am Ende dieser Zeitspanne wird Nemesis freie Hand haben.«

Langsam wandte Maeve sich wieder um. Bisher war die Kriegsdrohung nur ein Gerücht gewesen, doch nun hatte sie sie als Tatsache zu akzeptieren. Als sie Dimity anschaute, wußte sie mit jeder Faser ihres Seins, daß die andere Vampirin die schreckliche, unbeschönigte Wahrheit sprach.

»Woher weißt du das alles?« fragte Maeve, ohne eine Antwort abzuwarten. »Ist es wahr, was sie von dir behaupten – daß du dich mit Engeln abgibst?«

Dimity lächelte überlegen. »Die Antwort auf die zweite Frage beantwortet auch die erste; ich habe tatsächlich einen Freund in jenen Kreisen. Sein Name ist Gideon, und er ist ein Engel. *Er* hat es mir gesagt.«

Maeve war erschüttert von Dimitys Warnung, aber auch ungeheuer neugierig. »Wie kann so etwas geschehen? Ich dachte immer, Engel wären die furchtbarsten unserer Feinde.«

Der blonde Vampir zog die Schultern hoch. »Nichts ist absolut«, sagte Dimity. »Gideon, wie die meisten Engel, verachtet die bösartigen Wesen, von denen du und ich uns nähren, vor allem, weil die Frauen und Kinder, die unter ihnen leiden, so oft ihre ihnen anvertrauten Schützlinge sind. Engeln ist jedoch nicht gestattet, Rache auszuüben, egal, wie gerechtfertigt sie auch sein mag – wie du siehst, muß sogar Nemesis, der bedeutendste aller Krieger, zuerst die Erlaubnis des Höchsten Himmlischen Gerichts einholen, bevor er Krieg führen darf.«

»So sollte es vielleicht auch sein«, meinte Maeve nachdenklich. »Wenn es anders wäre, wären du und ich und eine Menge anderer Wesen schon vor langer Zeit zerstört worden.«

Dimitys Miene drückte nachsichtiges Verständnis aus. »Möglich.«

Ein Gedanke kam Maeve plötzlich. »Würden diese mitfühlenden Engel gegen Nemesis für uns Partei ergreifen?«

»Niemals«, antwortete Dimity entschieden. »Ihre Loyalität gilt ausschließlich dem Himmel, heute und in aller Ewigkeit. Sobald das Ultimatum abgelaufen ist, werden sie sich zu den unzähligen Legionen von Kriegern melden, die ihre Brüder und Schwestern sind.«

Wäre Maeve ein Mensch gewesen, hätte sie jetzt geseufzt. »Sie könnten uns ohnehin nicht retten«, meinte sie betrübt.

Dimity schüttelte den Kop
f. »Nein, das stimmt, das könnten sie nicht. Es gibt so viele andere Engel. Selbst wenn jeder einzelne von Nemesis' Kriegern auf beiden Seiten einen anderen Engel berührte, auf der gesamten Erdoberfläche und auf sämtlichen Ozeanen dieser Welt, wäre dies nur ein Bruchteil ihrer wahren Anzahl.«

Die Vorstellung, die Dimitys Vergleich heraufbeschwor, überwältigte Maeve, und das Schrecklichste daran war, daß sie bisher nicht einmal ansatzweise die wahre Stärke der gegnerischen Streitkräfte erraten hatte. Falls sich tatsächlich ein solcher Konflikt ergeben sollte, würden sowohl Calder wie Aidan in ihren jeweiligen Zeitaltern umkommen, und wenn das geschah, würde auch Maeve sich den Tod herbeiwünschen.

Nein, nicht den Tod. Das Vergessen.

»Ich muß sie aufhalten«, flüsterte sie, weil sie laut dachte im Angesicht der prekären Lage, der sie sich gegenübersah. Sie war wie Säure, die Erkenntnis, drang in ihre Knochen ein und fraß sich gnadenlos und unaufhaltsam bis zu ihrer Seele vor. »Ich darf nicht zulassen, daß das geschieht.«

Dimity legte eine Hand auf Maeves Schulter; bisher war Maeve nicht aufgefallen, daß die schöne Vampirin aufgestanden und neben sie getreten war.

Maeve erhob den Blick zur dunklen Zimmerdecke. »Vielleicht sind sie trotz allem zu beneiden«, sagte sie heiser und meinte die Toten, die dort über ihnen ruhten.

Wieder zog Dimity kritisch eine Augenbraue hoch. »Und vielleicht auch nicht. Vergiß nicht, daß wir keine Ahnung haben, was aus ihnen wird, nachdem sie ihre schwachen, armseligen Körper abgelegt haben.«

Während Maeve die Schultern straffte und Kraft sammelte für die schwere Prüfung, die sie erwartete, erlaubte sie sich, eine Spur von Spott in ihre Stimme einfließen zu lassen. »Könnte dein Freund Gideon dich nicht über diese Frage aufklären?«

Dimity ließ sich durch Maeves Sarkasmus nicht beirren. »Er kennt natürlich die Wahrheit, aber darüber zu sprechen, ist ihm nicht erlaubt – schon gar nicht uns gegenüber.«

Maeve wandte sich zu Tür, einem hohen Bogen aus grob behauenen Steinquadern. Man wäre in der unendlichen Stille dieses Raumes niemals auf die Idee gekommen, daß darüber das laute, geschäftige London lag.

»Danke für die Warnung, Dimity«, sagte Maeve, als sie

am Fuß der Treppe noch einmal stehenblieb, um sich umzuschauen. »Ich hoffe doch, daß wir uns wiedersehen?«

»Ich stehe dir jederzeit zu Diensten«, erwiderte Dimity mit einem Nicken und einem Zwinkern in ihren veilchenblauen Augen. Dann kehrte sie an ihren Platz zurück, nahm ruhig einen Korb vom Tisch neben ihrem Sessel und eine Stickarbeit heraus.

Im ersten Moment zögerte Maeve noch. Dann, aus dem Bewußtsein heraus, daß ihr keine andere Wahl blieb, wandte sie sich endgültig ab und stieg die steinerne Treppe hinauf, den Widerwärtigkeiten und dem Ruhm entgegen, der Liebe und dem Verrat, die sie erwarteten.

Sie hatte schon fast damit gerechnet, daß Valerian dort oben sein und sie erwarten würde, ungeduldig und gereizt wie immer, aber sie fand keine Spur von ihm. Enttäuscht und zugleich erleichtert, blieb sie in dem Gewühl vorbeischlendernder Seeleute, Dirnen und Diebe stehen, schaute zum sternenklaren Himmel auf und fragte sich, warum diese unmögliche, beängstigende Aufgabe ausgerechnet ihr zugefallen sein mochte.

Maeve erwachte bei Sonnenuntergang am nächsten Tag so urplötzlich wie ein Ertrinkender, dem lebensrettender Atem eingehaucht wurde. Von dem unguten Gefühl erfaßt, beobachtet zu werden, schaute sie sich rasch nach Valerian oder Tobias um, nur um dann festzustellen, daß sie mutterseelenallein in dem Gewölbe unter ihrem Londoner Stadthaus war.

Ihr zweiter Gedanke galt Calder und all dem Entsetzlichen, das er sehen und erleiden würde, falls die Engel tatsächlich den Vampiren und anderen übernatürlichen Wesen den Krieg erklärten. Sie mußte Calder schützen; sie würde niemals klar genug denken können, um Lisette aufzuspüren und zu zerstören, solange sie nicht wußte, daß Calder einigermaßen sicher war.

Sie ging ins Haus hinauf, auf normalem Weg, erregte nicht mehr Aufmerksamkeit bei den Dienstboten des neunzehnten Jahrhunderts als sonst auch. Doch jetzt, in diesem speziellen Moment, hätte Maeve viel für ein bißchen Trost gegeben, und sie vermißte Mrs. Fullywub, ihre Haushälterin aus den neunziger Jahren des zwanzigsten Jahrhunderts, die heute noch nicht einmal geboren war. Mrs. Fullywub wußte, wann und wie sie sich um ihre Arbeitgeberin bemühen mußte.

Nachdem Maeve sich umgezogen hatte und nun ein schlichtes Kleid aus königsblauem Satin trug, begab sie sich augenblicklich über den Ozean nach Pennsylvania.

Sie verkörperlichte sich in der prächtigen Flügeltür, die in den Salon der Holbrookschen Residenz führte, und bereute ihren impulsiven Eintritt auf der Stelle. Calder war dort, stand am Kamin und brütete düster vor sich hin, aber das gleiche tat auch ein anderer Mann, der dünner und kleiner als Calder war und vielleicht um zehn Jahre älter. Dieser zweite Mann schaute in Maeves Richtung, als sie Form annahm, und sein Glas rutschte ihm aus der Hand und zerschellte auf dem Perserteppich.

Das Klirren veranlaßt Calder, sich umzuwenden, und als er Maeve ansah, löschte der Glanz in seinen Augen alle anderen Gedanken aus. Er kam auf sie zu, ergriff ihre Hände und senkte den Kopf, um sie zärtlich auf die Wange zu küssen.

»Mein Liebling«, war alles, was er sagte, aber diese beiden Worte hätten auch ein zärtliches Gedicht sein können, angesichts des Effekts, den sie bei Maeve auslösten.

»Wer zum Teufel sind Sie?« fragte der andere Mann, brach damit den Zauber und veranlaßte Calder und Maeve, sich voneinander zu lösen. »Und woher kommen Sie?«

»Maeve«, sagte Calder mit einer Stimme, die vor Ironie triefte, »darf ich dir meinen Halbbruder William vorstellen?«

Sie lächelte William an, obwohl er ihr unhöflich und grob erschien, und löschte sanft einen Großteil seines Erinnerungsvermögens aus. Er schwankte und sank bewußtlos zu Boden, und Calder, stets der Arzt, wollte ihm schon zu Hilfe eilen, aber Maeve hielt ihn zurück.

»Dein Bruder ist weder krank noch verletzt«, sagte sie. »In wenigen Minuten wird er wieder zu sich kommen, obwohl er sich niemals daran erinnern wird, mich je erblickt zu haben.«

»Er ist mein *Halbbruder«*, wandte Calder lächelnd ein. »William ist eine boshafte kleine Qualle, der jedes tragische Schicksal verdient hätte, das ihn befiele, aber heute abend kann er mir fast leid tun. Er hat dich gesehen, Maeve, und nur, um das Erlebnis im nächsten Augenblick schon wieder zu vergessen. Wie traurig das doch ist ...«

Maeve erinnerte sich wieder an den Anlaß ihres Besuches, und ihr Lächeln verblaßte. »Du mußt mit mir kommen, Calder. Jetzt sofort und ohne Fragen zu stellen.«

Sie hatte keinen Widerspruch erwartet, weil sie es gewohnt war, ihren Willen durchzusetzen, doch Calder weigerte sich, wenn auch freundlich. »Ich kann meine Patienten nicht im Stich lassen«, sagte er. »Oder die Experimente aufgeben, die ich im Labor des Union Hospitals durchführe.«

Maeve empfand Verärgerung. »Ich habe jetzt keine Zeit für Erklärungen«, sagte sie gebieterisch. »Sobald ich Nahrung aufgenommen habe ...«

»Ich werde hierbleiben«, unterbrach Calder sie. Er sah verwirrt und trotzig aus. »Was soll das alles, Maeve? So habe ich dich doch noch nie erlebt.«

Sie hätte ihn jetzt seinem Schicksal überlassen können,

doch dafür liebte sie ihn viel zu sehr. Während Nemesis frühestens in zwei Wochen angreifen konnte, waren die Hexer keinen derartigen Beschränkungen unterworfen, und auch nicht Lisette, die es als großartigen Scherz empfinden mochte, Calder in eins ihrer hirnlosen Monster zu verwandeln. Es war ungeheuer wichtig, daß er irgendwo versteckt wurde, zumindest, bis sie eine Chance bekam, sich zu einer bestimmten Vorgehensweise zu entschließen.

Nicht in der Stimmung zu langen Diskussionen, legte Maeve eine Hand auf Calders Stirn und fing seinen großen, soliden Körper in ihren Armen auf, als er zusammensackte und vorübergehend das Bewußtsein verlor. Sie sah, wie William Holbrook sich vom Boden aufrappelte und in ungläubigem Entsetzen zusah, wie sie und Calder sich in Luft auflösten. Aber darüber machte sie sich jetzt keine Gedanken, weil sie wußte, daß er dies alles wieder vergessen würde.

Innerhalb von Augenblicken trafen Calder und Maeve in ihrem Londoner Haus ein. Es war immer noch das neunzehnte Jahrhundert, denn Menschen mußten erst die Fähigkeit entwickeln, zwischen den Zeiten hin und her zu reisen, und Calder hatte bisher nicht einmal das Bewußtsein zurückerlangt.

Sie legte ihn auf das Bett in ihrem Schlafzimmer, strich ihm das Haar aus der Stirn und verspürte eine Mischung von Mitgefühl und Belustigung, als sie sich seine Reaktion vorstellte, wenn er begriff, daß er sich in England und nicht in Pennsylvania befand. Leider mußte sie jetzt dringend Nahrung suchen, und das bedeutete, daß ihr keine Zeit blieb, sein Erwachen abzuwarten und den Schock des Erkennens ein wenig abzuschwächen.

Maeve beugte sich über Calder, küßte seine Stirn und verschwand so schnell aus dem Zimmer, wie sie Momente zuvor hereingekommen war.

Bald war sie am Hafen und auf der Jagd nach einem Opfer. Sie nahm zweimal Blut zu sich, dann sogar noch ein drittes Mal, weil sie ihre Kraft mit jeder Infusion frischen, energiespendenden Bluts wachsen spürte. Doch die ganze Zeit über wartete sie auf Lisettes Erscheinen und fragte sich, wo Valerian sein mochte.

Mehrere Nächte waren seit ihrem letzten Zusammensein vergangen, und unter normalen Umständen wäre Maeve nicht nur unbesorgt gewesen, sondern sogar erleichtert. Valerian war ein hoffnungsloser Hedonist, nur auf sein Vergnügen und seine Lust bedacht, weshalb es nicht ungewöhnlich war, daß *Jahre* zwischen ihren Begegnungen verstrichen, ganz zu schweigen von einigen wenigen Monaten, während er sich einer oder gleich mehrerer seiner komplizierten und ausschweifenden Phantasien in irgendeinem weit entfernten, exotischen Land hingab.

Doch diesmal war es anders, denn Valerian mußte sich der Gefahr und Dringlichkeit der Situation bewußt sein; schließlich war er es gewesen, der Maeve darüber aufgeklärt hatte. Daher erschien es ihr recht unwahrscheinlich, daß er auf irgendeiner seiner Vergnügungstouren war …

Maeve bog in eine dunkle Gasse in, schloß die Augen und konzentrierte ihre Gedanken auf Valerian. Innerhalb von Sekunden formte sich ein Bild in ihr: Sie sah den anderen Vampir in den Tiefen irgendeines schwarzen Lochs.

Das Bild wurde klarer, als sie ihre Gedanken von neuem sammelte … Das dunkle Loch war eine verlassene Kohlengrube irgendwo in Wales. Langsam entfaltete sich die dazugehörige Geschichte in ihrem Geist.

Drei Nächte zuvor war Valerian von Hexern, die ihm zahlenmäßig weit überlegen gewesen waren, überwältigt worden. Sie hatten ihn zusammengeschlagen, seine Haut mit ihren Krallen und Zähnen zerfetzt und ihn dann achtlos beiseitegeschleudert, damit das aufkommende Tageslicht ihn verzehren sollte. Irgendwie jedoch war es dem legendären Vampir gelungen, sich bis in diese vergessene alte Mine zu schleppen, wo er in der kühlen Dunkelheit Schutz gefunden hatte.

Mit wehem Herzen machte sich Maeve unverzüglich auf den Weg zu ihm, in dieses rattenverseuchte Loch im steinigen Waliser Boden, und nahm ihn in die Arme. Er fühlte sich leicht an wie ein Kind, und Maeve hätte nicht sagen können, ob es an seiner Schwäche lag oder an ihrer erhöhten Kraft.

Ihn fest in den Armen haltend, wie kurz zuvor noch Calder, brachte Maeve ihren ehemaligen Lehrer nach London und in die Gruft unter ihrem Haus. Dort legte sie ihn auf den steinernen Grabstein, auf dem sie selbst sonst schlief, nahm dann eine Klinge aus der Tasche ihres Rocks und zog sie über ihr Handgelenk.

Als das Blut floß, preßte sie die Wunde an Valerians Mund, und langsam, zögernd, nahm er Nahrung von ihr auf.

»Was in aller ...«

Maeve fuhr zusammen beim Klang der Stimme, denn sie hatte niemanden kommen gehört, und war aufrichtig schockiert, als sie von Valerians regloser Gestalt aufschaute und Calder nur wenige Schritte entfernt von ihnen stehen sah. Er hielt eine Lampe in der Hand, und sein Gesicht war blaß vor Entsetzen.

»Calder«, sagte sie bestürzt. Aber sie entzog Valerian nicht ihr Handgelenk.

»Was für eine Teufelei ist das schon wieder?« rief Calder empört. »Zuerst bringst du mich gegen meinen Willen an diesen Ort, und jetzt finde ich dich ... jetzt ...« Er trat näher, weil seine Betroffenheit allmählich seiner ärztlichen Neugier wich. »Was in aller Welt *machst* du da?«

»Das ist mein Freund Valerian«, sagte Maeve ruhig. »Er

ist ein Vampir, wie ich, und wie du sehen kannst, ist er schwer verwundet. Blut ist das einzige, was ihn wiederherstellen kann, obwohl ich glaube, daß es dafür bereits zu spät sein könnte.«

Calder stellte die Lampe ab und ergriff Valerians rechtes Handgelenk, um nach seinem Puls zu fühlen. Natürlich fand er keinen. Fragend erhob er den Blick zu Maeve. »Was ist ihm zugestoßen?«

»Er wurde von Hexern angegriffen«, antwortete sie, beinahe trotzig, weil ihr nur zu gut bewußt war, wie verrückt die Geschichte für einen Menschen klingen mußte. Sie spürte, daß Valerian alles Blut aufgenommen hatte, das er in seinem geschwächten Zustand vertrug, und zog ihre Hand zurück, um sie Calder zu zeigen.

Mit einem Ausdruck ungläubigen Erstaunens schaute er zu, wie sich die Wunde am Maeves Handgelenk vor seinen Augen schloß und nur die winzige Spur einer Narbe zurückblieb. Doch selbst diese würde nach einem weiteren Sonnenuntergang verschwinden.

Maeve wartete, um Calder Zeit zu lassen, zu begreifen, was er eben miterlebt hatte, und es in seinem intelligenten, wenn auch menschlichen Gehirn zu verarbeiten.

Als er Maeve jedoch ansah, faßte sie sich ein Herz, denn die Blässe war aus seinem Gesicht gewichen, und er atmete wieder ganz normal.

»Kann ich irgend etwas tun?« fragte er.

Obwohl Calder jetzt sichtlich ruhiger wirkte, war Maeve verblüfft über seine Frage. Die meisten Menschen an seiner Stelle, selbst die tapfersten, hätten jetzt nur an Flucht gedacht und an ihr Überleben. »Valerian ist nicht menschlicher Natur«, erklärte sie nach einer langen Pause. »Er ist ein Vampir. Wir haben eine andere Anatomie als ihr.«

Calder schaute sie an, zärtlich und mit Erinnerungen. »So anders seid ihr gar nicht«, sagte er weich.

Selbst an diesem düsteren Ort und angesichts der herrschenden Tragödie fühlte Maeve, daß sich etwas in ihr regte. Calder hatte mehr getan, als sie in der Nacht zuvor zu lieben – er hatte ihre Seele verändert.

Er war es, der als erster wieder sprach. »Laß sehen«, sagte er, trat näher an die Grabplatte heran, auf der Valerian schlief, und übergab Maeve die Lampe. »Halte sie bitte. Obwohl ich annehme, daß *du* im Dunkeln sehen kannst, kann ich es nicht.«

Maeve nahm die Laterne und hielt sie.

Ohne den Blick von dem bewußtlosen Valerian abzuwenden, zog Calder seinen zerknitterten Rock aus und schleuderte ihn beiseite. »Das nächste Mal, wenn du mich entführst«, sagte er zu Maeve, ohne sie dabei anzusehen, »wirst du hoffentlich so gut sein, mich zuerst meine Arzttasche holen zu lassen.«

»Deine Instrumente würden dir hier nichts nützen«, sagte Maeve, von einer überwältigenden Trauer erfaßt, als sie auf Valerian herabschaute. Obwohl er sie oft verärgerte und sogar in Wut versetzte, brachte sie ihm gewisse zärtliche Gefühle entgegen, und es schmerzte sie, daß er das erste Opfer des aufkommenden Kriegs sein sollte. »Ich habe es dir schon einmal gesagt, Calder – Vampire haben nicht das, was ihr Ärzte Lebenszeichen nennt. Unsere Herzen schlagen nicht, und wir brauchen keine Lungen, um zu atmen.«

»Hm«, sagte Calder, der ganz offensichtlich gar nicht zuhörte, sondern Valerians Hemd geöffnet hatte und seine Wunden untersuchte. »Erstaunlich«, erklärte er mit wachsender Erregung in der Stimme. »Seine Wunden heilen so schnell, daß ich dabei zusehen kann – genau wie bei dir eben!«

Maeve schloß für einen Moment die Augen und überließ sich der Erleichterung, die sie durchflutete. Die Hexer hatten Valerian also doch nicht umgebracht. Er kam zurück zu ihnen – seine Heilkräfte waren so erstaunlich, wie Calder sie bezeichnet hatte. Selbst für einen Vampir.

»Glaubtest du wirklich, daß er sterben würde?« fragte Calder, während er mit geübter Hand eins von Valerians Augenlidern hob. »Ich dachte, die Angehörigen deiner … Gattung wären unsterblich?«

Valerian bewegte sich leicht und murmelte etwas Unverständliches.

Das Wort ›Gattung‹ ärgerte Maeve ein wenig, aber sie zwang sich, nicht weiter darüber nachzudenken. Es stimmte immerhin, daß Vampire und Menschen nicht von der gleichen Gattung waren. »Vampire können zerstört werden«, sagte sie ruhig und legte eine Hand auf Valerians Stirn, um ihn zu beruhigen, während er darum kämpfte, das Bewußtsein wiederzugewinnen. »Einige der Geschichten stimmen, Calder. Ein Pfahl, in unser Herz getrieben, bedeutet unser Ende, ebenso wie Feuer und das Licht der Sonne.« Ihre Stimme brach. »Das Blut eines Hexers ist gefährliches Gift für uns, oft tödlich, und Valerians Wunden verraten mir, daß er damit infiziert wurde.«

Calder erschauerte. »Was sonst noch?«

Maeve zuckte verzagt die Schultern. Jetzt würde er beginnen, sich zu ekeln vor ihr und vor der Welt, in der sie lebte. Calder hatte bereits zuviel von der Realität eines Lebens als Vampir gesehen. »Das ist alles, soviel ich weiß.«

Valerian hatte endlich das Bewußtsein wiedererlangt. Mit einem Kopfschütteln richtete er sich auf und schaute aus schmalen Augen Calder an.

Calder hielt seinem Blick gelassen stand; statt Angst drückten seine Augen Interesse aus.

»Wer ist das?« fragte Valerian so gebieterisch wie eh und je, bevor sein Blick, erfüllt von bitterer Anklage und Zorn, zu Maeve glitt. »Bist du verrückt, einen Sterblichen hierherzubringen?«

»Unglaublich«, murmelte Calder, während er fasziniert beobachtete, wie sich die letzten von Valerians Wunden schlossen.

»Ich verlange eine Erklärung!« donnerte Valerian, wieder an Maeve gewandt.

Maeve war jedoch nicht einzuschüchtern, zumindest nicht von Valerian. »Deine Manieren sind unerträglich schlecht«, erklärte sie, und obwohl ihre Stimme leiser klang als Valerians und erheblich ruhiger, lag eine unmißverständliche Warnung darin. »Hast du bereits vergessen, daß ich es nicht nötig habe, mich vor dir zu rechtfertigen?«

Valerian gab nach, obwohl er immer noch verärgert war. »Er ist dein menschlicher Geliebter«, sagte er mit einem theatralischen Seufzer des Erkennens. »Das hätte ich mir gleich denken sollen.«

Calder musterte Valerian nur staunend und schwieg.

Maeve hatte die Laterne längst abgestellt, aber jetzt ergriff sie sie wieder und übergab sie Calder. Seine Faszination beunruhigte sie – sie hatte Angst, daß der Arzt sie und Valerian als Exemplare einer Gattung ansah, die es zu studieren galt. »Wir haben etwas zu erledigen«, sagte sie zu Valerian. »Fühlst du dich wieder fit genug, um in den Krieg zu ziehen?«

8

Calder folgte Maeve und ihrem seltsamen Freund langsam die gewundene Steintreppe hinauf, die in den bewohnbaren Teil des Hauses führte. Auch hier war es stockfinster, und wäre die Laterne nicht gewesen, die er bei sich trug, wäre er vollkommen blind gewesen.

Maeve und der andere Vampir schwiegen, und doch wußte Calder, daß sie sich miteinander verständigten; er spürte ihre unausgesprochenen Worte wie einen Bach dahinfließen, am Rande seines Begriffsvermögens, schnell, drängend und ärgerlich.

Er vermutete, daß zumindest ein Teil dieser stummen Diskussion ihn selbst betraf, aber das kümmerte ihn in diesem Augenblick nicht. Calder kämpfte noch immer mit der Erkenntnis dessen, was ihm im Verlauf des Abends zugestoßen war.

Er hatte im Wohnzimmer seines Vaters gestanden, daran erinnerte er sich noch sehr gut, und über den Krieg nachgedacht, der sein Land zerriß. Auch William war dagewesen und hatte mit irgend etwas geprahlt ... Dann war Maeve erschienen, auf ihre dramatische Art, und Calder war so froh gewesen, sie zu sehen, daß er nichts anderes wahrgenommen hatte außer seiner Freude.

Danach mußte sie ihn hierhergebracht haben, in dieses große, elegante und ein bißchen gespenstische Haus, wo sie ihn, wie er vermutete, als Gefangenen festzuhalten beabsichtigte.

Calder war aus Prinzip dagegen, obwohl er überzeugt war, daß sie nur versuchte, ihn vor irgendeiner mysteriösen Gefahr zu schützen. Er war schließlich kein lebloses Objekt und würde sich nicht von einem Ort an einen anderen transportieren lassen, nur weil es Maeve beliebte.

Nein, dachte er, als sie das Erdgeschoß des dunklen, leeren Hauses erreichten, Maeve wird mich ins wirkliche Leben zurückversetzen müssen, und zwar sofort. Er hatte Patienten, um die er sich kümmern mußte, ganze Stationen voller Verwundeter dank dieses wahnsinnigen Kriegs, und da waren auch die medizinischen Fachbücher, die sie ihm aus dem zwanzigsten Jahrhundert mitgebracht hatte ... Praktisch jeden freien Augenblick hatte er über diesen Ausgaben gesessen, obwohl Freizeit ein seltenes Gut in seinem Leben war, und hatte auf irgendeiner Bewußtseinsebene seines Lebens das neuerlangte Wissen ständig einzuordnen und zu verarbeiten versucht, sowohl im Wachen wie im Schlafen.

Maeves Freund wandte seinen Kopf zu ihm um und musterte ihn mit unverhohlener Neugier. Zum ersten Mal, seit die drei den Keller verlassen hatten, sprach der Vampir in einer für Calder verständlichen Sprache. »Ich würde sagen, der bringt dir nichts als Ärger«, sagte er zu Maeve. »Im übrigen wirst du dir denken können, daß ich dringend Nahrung brauche …«

Maeve glitt zwischen sie, und Calders Gefühle angesichts dieser Geste waren sehr gemischt. Auf der einen Seite empfand er es als beleidigend, daß eine Frau zu glauben schien, er brauchte Schutz, während er andererseits erleichtert war, weil er wußte, daß Valerian ihn angegriffen hätte, wenn Maeve nicht dagewesen wäre.

»Wage nicht, ihn anzurühren!« sagte sie ruhig, aber mit einer unverkennbaren Drohung in der Stimme. »Denn falls du es tust, Valerian, bringe ich dich um – ich schwöre es bei dem Herzen, das in der Brust meines Bruders schlägt!«

Ein kurzes, spannungsgeladenes Schweigen entstand, in dessen Verlauf die beiden Vampire sich in einer stummen Kampfansage anstarrten.

Dann, mit einem verächtlichen Abwenden seines Blicks und einer arroganten Handbewegung, gab Valerian nach. »Er ist wahrscheinlich ohnehin blutarm«, erklärte er, und einen Moment später war er verschwunden, ohne auch nur eine Spur von Rauch oder Nebel zu hinterlassen.

Calder drehte Maeve augenblicklich zu sich herum. »Es wird Zeit, daß du mir eine Erklärung gibst, Liebling«, sagte er, die Hände sanft auf ihren Schultern. »Als erstes möchte ich wissen, warum du mich hierhergebracht hast.«

Ihre Augen flehten ihn an, zu verstehen und zu vertrauen. »Du bist in großer Gefahr; wir alle sind es, Calder. Ich mußte dich in Sicherheit bringen, hier, in dieses Haus, bis die Gefahr vorüber ist. Im Moment kann ich dir leider nicht mehr dazu sagen.«

Calder holte tief Luft, um sie dann wieder in einem rauhen, ärgerlichen Seufzer auszustoßen. »Eben, als du dich zwischen deinen Freund und mich gestellt hast, schienst du aber nicht zu glauben, daß ich sicher war.«

»Das warst du auch nicht«, gab sie zu. »Aber du brauchst dir keine Sorgen zu machen – Valerian würde dir jetzt nichts mehr antun. Er weiß, daß es mir ernst gemeint war, als ich drohte, ihn umzubringen.«

Calder schüttelte den Kopf; ein grimmiges Lachen entrang sich ihm. »Ich bin noch nie von einer Frau verteidigt worden – zumindest nicht auf diese Art. Es wird nicht leicht sein, mich daran zu gewöhnen.«

Maeve straffte die Schultern und hob das Kinn. »Ich bin keine Frau«, erinnerte sie ihn. »Ich bin ein Vampir und, ob es dir nun gefällt oder nicht, um einiges stärker als du.«

Calder hätte jetzt wirklich nicht sagen können, ob es ihm ›gefiel‹ oder nicht, weil er bemüht war, sich mit einer ohnehin schon äußerst schwierigen Realität abzufinden. »Ich möchte in mein eigenes Leben zurückkehren, Maeve. Der Wechsel war zu abrupt, und es gibt Dinge, die erledigt werden müssen.«

Sie schüttelte den Kopf, und unendliche Trauer erschien in ihrem Blick. »Ich kann dir leider nicht deinen Wunsch erfüllen, Liebling«, sagte sie, hob eine kühle, anmutige Hand und legte sie an seine Wange. »Ich liebe dich so sehr, daß es mich schmerzt, dir etwas abzuschlagen, aber ich kann dir deine Bitte nicht erfüllen. Du wirst versuchen müssen, dich hier zu beschäftigen und mir zu vertrauen, bis ich mir die Zeit nehmen kann, dir alles zu erklären.«

Sie befanden sich in der Küche, und trotz der eigenartigen Situation begann Calder plötzlich Hunger zu verspüren. Er ging zu einem hölzernen Eisschrank und öffnete ihn. Ein Teller mit kaltem Hähnchen stand darin.

Er verschlang rasch ein Stück davon, bevor er wieder sprach. »Na schön«, sagte er und wunderte sich, daß es klang, als ob ihm eine Wahl geblieben wäre, was ganz offensichtlich nicht der Fall war. »Ich liebe dich auch, Maeve, und deshalb werde ich dir vertrauen. Aber ich bin trotz allem ein Mann, mit einem eigenen Leben und Verpflichtungen, und du kannst mich nicht einfach mitschleppen auf einen anderen Kontinent, wie ein Kind seine Puppe. Du hast vierundzwanzig Stunden Zeit, um mich zu überzeugen, daß ich hierher gehöre, und am Ende dieser Zeit will ich in mein normales Leben zurückkehren. Ich werde mir eine Schiffspassage buchen, falls du dich weigerst, mich mit deinem Hokuspokus nach Amerika zurückzubringen. Ist das klar, Maeve?«

Sie betrachtete ihn betrübt und ließ sich viel Zeit, bevor sie antwortete. »Ich kann dir nichts versprechen, Calder, außer daß ich eher selbst sterben würde, bevor ich zuließe, daß dir etwas geschieht.« Sie trat einen Schritt näher, und diesmal war sie es, die ihm die Hände auf die Schultern legte. »Ich muß jetzt gehen. Beschäftige dich, so gut du kannst – es wird genug zu essen geben, da die Bediensteten alle menschlich sind – aber bitte, bleib im Haus, egal, wie groß die Versuchung sein mag, es zu verlassen.«

Calder wollte protestieren, doch Maeve war schon verschwunden, und er blieb ganz allein in der riesigen Küche zurück. Selbst im warmen Schein der Gaslampen schien der Raum kalt und dunkel zu sein ohne Maeve.

Calder setzte sich auf eine der Bänke an dem langen Arbeitstisch und versuchte, sich zu beruhigen und mit seiner Lage abzufinden. Es war fast wie eine Halluzination, was er erlebte, und doch gleichzeitig so unendlich real …

Als er wieder etwas Kraft gesammelt hatte und plötzlich den dringenden Wunsch nach einem steifen Drink verspürte, erhob er sich. Wenn er Maeve schon nicht zu einer Erklärung bewegen konnte, würde er vielleicht eine finden, indem er sich im Haus umsah.

Den Brandy, den er suchte, fand er in einem Schrank im

Salon, und er goß eine großzügige Portion davon in einen handgeschliffenen Kristallschwenker. Dann, den Drink in einer Hand und eine kleine Petroleumlampe in der anderen, begann er seine Forschungsreise durch das Haus.

Das Erdgeschoß allein war riesig. Calder entdeckte hier einen Ballsaal mit grauen Marmorböden, drei massiven Kronleuchtern und Spiegelwänden, eine gut bestückte Bibliothek, eine Gemäldegalerie, zwei prächtige Salons, Dienstbotenquartiere und Kammern, in denen die verschiedensten Dinge aufbewahrt wurden. Im ersten Stock des Hauses befand sich Maeves Schlafzimmer, wo Calder früher an diesem Abend erwacht war, vollkommen verwirrt und geplagt vom schlimmsten Kopfschmerz seines Lebens. Nachdem er sich flüchtig gefragt hatte, wo er war und wie er dorthin gekommen war, hatte er begriffen, daß es etwas mit Maeve zu tun haben mußte, und sich aufgemacht, um sie zu suchen.

Das war, als er sie gefunden hatte, dort im Keller, wo sie ihr scheinbar zartes Handgelenk an Valerians Mund preßte ...

Calder beschloß, später darüber nachzudenken, und setzte seine Entdeckungsreise fort.

Im zweiten Stock, in einem gigantischen Raum mit hohen, schrägen Wänden und riesigen, mit Mullgardinen verhüllten Fenstern, fand er, was er als das Herz von Maeves Haus einschätzte. Hier, an diesem abgelegenen Ort, stand ein uralter Webstuhl mit einem halb fertiggestellten Wandteppich.

Das Mondlicht floß ungehindert durch die hohen Bogenfenster, so daß Calder die Lampe abstellen konnte, weil er sie hier nicht brauchte. Zuerst untersuchte er den Webstuhl, dann betrachtete er die Zeichnung auf dem Teppich.

Sie stellte die zierlichen Füße einer Frau dar, den Rock

ihres fast durchsichtig zarten Kleids und eine Ansammlung verstreuter Rosenblüten und Herbstblätter auf dem Boden. Hinter der Gestalt der Frau war eine niedrige Steinmauer angedeutet, doch mehr war nicht zu erkennen, weil der Rest des Bildes noch nicht fertiggestellt war.

Calder blieb lange davor stehen, von einem merkwürdigen Drang beherrscht, die dargestellte Szene zu verstehen. Er wußte instinktiv, daß dieser Teppich Maeves Werk war und daß er ihr etwas bedeutete, aber was, das blieb ihm verborgen wie so vieles andere in ihrem Leben.

Widerstrebend wandte er sich schließlich von dem Webstuhl ab und ging über den nackten Holzboden zu den Fenstern. Vor ihm erstreckte sich die Stadt, ein Gewirr von Licht und Dunkelheit, Gut und Böse, Freude und Leid.

London.

Er nahm die Taschenuhr heraus, die seine Mutter ihm vor langer Zeit zu Weihnachten geschenkt hatte, öffnete den Deckel und schaute auf die Zahlen und die Zeiger. Die Uhr war stehengeblieben, und Calder war zu müde, um den Unterschied zwischen amerikanischer und englischer Zeit auszurechnen. Es genügte ihm, zu begreifen, daß er innerhalb von Minuten oder sogar Sekunden von einem Ort an den anderen versetzt worden war.

Es war unglaublich.

Beängstigend.

Phantastisch!

Calder trank den Brandy aus und drehte das Glas nachdenklich in der Hand. Wie es wohl wäre, derartige Fähigkeiten zu besitzen? Sich so mühelos durch Raum und Zeit bewegen zu können wie gewöhnliche Sterbliche von ihrem Wohnzimmer zum Postamt oder Krämer?

Ob es wohl möglich war, sich ebenso leicht in frühere Zeiten zurückzuversetzen, wie in die Zukunft vorzudringen? In die schreckliche Zeit vor dem Tod seiner Tochter

Amalie beispielsweise? Konnte diese Tragödie noch auf irgendeine Weise ungeschehen gemacht oder verhindert werden?

Von heftigem Unbehagen über die Richtung erfaßt, die seine Gedanken einschlugen, rief Calder sich zur Ordnung, nahm die Lampe, die er vorher abgesetzt hatte, und verließ Maeves privaten Zufluchtsort.

Der Brandy begann zu wirken, und Calder war müde. Er kehrte zum ersten Stock zurück, betrat eines der Gästezimmer und ließ sich voll angekleidet auf das Bett fallen.

Fast augenblicklich versank er in einem traumlosen Schlaf, doch nach einer Weile begann er von Amalie zu träumen, sah die Fünfjährige auf einer sonnigen Wiese Schmetterlinge jagen und hörte ihr helles, melodisches Lachen.

Er rief sein Kind, schrie immer und immer wieder ihren Namen, aber sie hörte ihn nicht. Es war, als stünde eine unsichtbare Wand zwischen ihnen, transparent, beständig und absolut unüberwindlich.

Calder richtete sich abrupt auf, geweckt von einem quälenden Gefühl der Trauer, und spürte Tränen über seine Wangen rinnen. »Amalie«, flüsterte er rauh.

»Deine Tochter?« Maeves sanfte Stimme erschreckte ihn nicht, obwohl er nicht gemerkt hatte, daß seine Geliebte bei ihm war. Sie trat aus den Schatten und legte eine kühle Hand auf seine Stirn.

Calder nickte stumm, erfüllt von einem Leid, das alt und gleichzeitig noch immer brandneu war, und obwohl er annahm, daß Maeve trotz ihrer Frage über Amalie Bescheid wußte, antwortete er bereitwillig: »Ja. Sie war fünf Jahre alt.«

Maeve setzte sich neben ihn aufs Bett und zog ihn in die Arme. In diesen Augenblick bittersüßer Zärtlichkeit erkannte er, daß sie alles für ihn war, Göttin, Geliebte, Trösterin, und das Ausmaß seiner Liebe zu ihr erschreckte ihn.

»Was ist ihr zugestoßen?« fragte Maeve, obwohl sie sämtliche Geheimnisse seines Herzens kannte und obwohl die Morgendämmerung, dieser allergefährlichste ihrer Feinde, die Dunkelheit bereits mit den ersten zarten Streifen von Rot und Orange überzog. Calder war durchaus bewußt, daß Maeve die Frage nur gestellt hatte, weil sie wußte, daß es ihm wichtig war, sie zu beantworten, und er liebte sie nur noch mehr für diese Großzügigkeit ihres Herzens.

»Meine Frau, Teresa, verliebte sich in einen alten Freund von mir und verließ Amalie und mich. Insgeheim war ich dem Bastard sogar dankbar, mir die Frau gestohlen zu haben, bevor sie mich mit ihrem ewigen Gejammer und ihrer Oberflächlichkeit in den Wahnsinn trieb. Aber Amalie war noch ein kleines Mädchen, und sie vermißte natürlich ihre Mutter.«

Eine Erinnerung kehrte in diesem Augenblick zurück zu Calder: Er sah Amalie an einem der Fenster des Stadthauses stehen, das sie in Philadelphia gemietet hatten, das Gesichtchen ans Glas gedrückt in der Hoffnung, Teresa zurückkehren zu sehen. »Amalie war so lustlos, als ob langsam ihre Seele stürbe. Als der erste Schnee fiel, wurde sie krank, und zu Weihnachten hatte sie so hohes Fieber, daß es eine Hirnhautentzündung auslöste. Zu Neujahr war sie tot.«

Maeve drückte ihre kühle Wange an seine feuchte. Sie sagte nichts, aber das war auch gar nicht nötig, weil Calder ihre Gefühle so gut kannte, als wenn es seine eigenen gewesen wären.

Er schloß seine Hände um ihr makelloses, so unerträglich schönes Gesicht. »Geh jetzt«, sagte er. »Bald wird die Sonne aufgehen.«

Maeve wandte leicht den Kopf, küßte die Innenfläche seiner rechten Hand und nickte. Dann, ohne ein weiteres Wort zu ihm, erhob sie sich und ging, anmutig und ohne

Eile, und als sie fort war, glaubte Calder einen kurzen Moment lang, daß sie gar nicht dagewesen war, daß er nur von ihr geträumt hatte …

Valerian lag im Bett neben Isabella, einer temperamentvollen Sterblichen, die zu seinen bevorzugten Begleiterinnen gehörte, und staunte.

Es war Morgen. Sein Instinkt sagte ihm, daß es so war, obwohl kein Licht an diesen versteckten, tief unter dem ältesten Stadtteil von Madrid gelegenen Ort eindrang.

Valerian wartete auf den tranceähnlichen Schlaf, in den er seit fast sechshundert Jahren bei jeder Morgendämmerung versank, aber er schien sich heute nicht einstellen zu wollen. Zu seiner eigenen Verblüffung war Valerian hellwach, voller Energie, Ideen und Fragen.

Konnte er das Tageslicht etwa ertragen? Er überlegte, ob er es nicht einfach ausprobieren sollte, doch dann beschloß er, lieber kein Risiko einzugehen. Es war nicht der geeignete Moment für impulsive Handlungen.

Was Maeve wohl sagen wird, wenn ich es ihr erzähle, dachte er und lehnte sich mit einem selbstgefälligen Lächeln in die weichen Kissen. Selbst Maeve mit all ihrer Macht hatte so etwas noch nie geschafft …

Isabella bewegte sich und öffnete die schönen, dunklen Augen, um zu Valerian aufzuschauen. Sie wußte, daß er nicht aus Fleisch und Blut wie sie war, obwohl er ihr niemals im Verlauf ihrer langjährigen Beziehung Einzelheiten über sein Anderssein verraten hatte. Sie trafen sich sehr oft, immer bei Nacht und stets an Orten, die die Sonnenstrahlen nicht erreichen konnten. In der Vergangenheit jedoch war sie es gewohnt gewesen, daß er sie bei Morgendämmerung weckte und in die Welt zurückgeleitete, die ihr bekannt war.

Sie streckte die Hand aus und beschrieb mit den Fingerspitzen einen Kreis auf seinem Bauch. »Es ist Morgen«, sagte sie in weichem Spanisch. »Und du hast mich nicht fortgeschickt.«

Valerian hätte vor Freude am liebsten laut gejubelt, doch gleichzeitig erfaßte ihn Enttäuschung, weil er keinem anderen Vampir von dem Wunder berichten konnte. Nicht bis zum Abend jedenfalls, weil seine Gefährten jetzt, mit sehr wenigen Ausnahmen, alle schliefen.

»*Si*«, erwiderte Valerian mit einem dünkelhaften Lächeln. »Es ist Morgen, und du bist noch hier.« Wenn die Nacht kam, würde er sich mit Maeve dem Kampf gegen die Hexer und die unberechenbare Lisette stellen, doch bis dahin wollte er bleiben, wo er war – in den unterirdischen Gewölben der großen spanischen Stadt, sicher unter undurchdringlichen Lagen von Pflastersteinen, Schmutz und Mörtel.

Isabella lächelte. »Du willst also nicht, daß ich fortgehe?«

»Nein«, sagte er und rollte sich auf die Seite, um der Frau tief in die Augen zu sehen. Er konnte es fast hören, das warme köstliche, energiespendende Blut, das unter ihrer makellosen Haut durch ihre Adern floß, und ein quälender Durst erfaßte ihn. Er senkte den Kopf, um Isabellas Hals zu küssen, und sie gab ein aufmunterndes Wimmern von sich, ohne auch nur im mindesten zu ahnen, wozu sie ihn verlockte. Ihr Puls pochte unter Valerians Lippen, eine süße Qual, die er auskostete, wie Valerian stets alles genoß, was verboten war.

Eine winzige Kostprobe vielleicht …

»Valerian.« Die weibliche Stimme ließ ihn zusammenfahren; er drehte sich blitzschnell um und erblickte Lisette am Fußende des Betts. Sie sah wie eine schöne Hexe aus einem Märchenbuch aus mit ihrem hochgeschlossenen

Satinkleid und dem langen, kastanienbraunen Haar, das ihr fast bis auf die Hüften fiel. »Glaubst du, du wärst der einzige Vampir, der bei Tageslicht unterwegs sein kann?«

»Geh«, flüsterte Valerian Isabella heiser zu und stieß sie fast vom Bett.

Lisette beobachtete belustigt, wie die nackte Frau zitternd ihre Kleider einsammelte und immer wieder rasche, ängstliche Blicke in Valerians Richtung warf.

Es war ein Wunder, daß Lisette Isabella entkommen ließ, doch als sie Valerian wieder ihre Aufmerksamkeit zuwandte, sah er den Haß in ihren Augen und erinnerte sich an die letzte Gelegenheit, bei der sie sich begegnet waren.

Da hatten sie sich zu beiden Seiten von Aidans Bett gegenübergestanden, während dieser den unwissenden und verwundbaren Schlaf gewöhnlicher Menschen schlief. Damals war Aidan erst seit kurzem wieder Mensch gewesen, nachdem er alles aufs Spiel gesetzt hatte, sogar sein Seelenheil, um wieder ein ganz normaler Mann zu werden. Doch Lisette hatte ihn von neuem verändern und ihm seine so hart erworbene Menschlichkeit wieder nehmen wollen. Die Vorstellung war um so schrecklicher und ironischer gewesen, weil gerade Lisette diejenige gewesen war, die Aidan ursprünglich zu einem Leben verdammt hatte, das er vom ersten Augenblick an haßte.

Valerian hatte Aidan zu Hilfe eilen wollen, weil er einer der beiden einzigen menschlichen Wesen war, die der uralte Vampir je aufrichtig geliebt hatte. Doch Lisette war erheblich stärker als er gewesen und hatte ihn praktisch außer Gefecht gesetzt. Hätte nicht noch ein anderes Wesen eingegriffen, wäre es ihr bestimmt gelungen, aus Aidan wieder einen Vampir zu machen.

Es war vor allem die Mühelosigkeit, mit der sie ihn überwältigt hatte, woran Valerian sich in diesem Augenblick am lebhaftesten erinnerte. Er hatte Angst vor ihr, war jedoch nicht so dumm, sich etwas davon anmerken zu lassen. Nein, er würde auf die gleiche Weise mit Lisette verfahren, wie die Schlangenbeschwörer in Indien mit den Kobras – indem er Ruhe bewahrte und plötzliche Bewegungen vermied.

»Wir sehen uns also wieder«, sagte er und erhob sich langsam vom Bett, ohne den geringsten Versuch zu unternehmen, seine Blöße zu bedecken. Er griff nach seinen Kleidern – Rehlederhosen und ein weites Seidenhemd – und zog ohne Hast die Hosen an.

Lisette beobachtete ihn mit beunruhigten, neugierigen Blicken. »Ich werde dich nicht sofort zerstören«, stellte sie nachdenklich fest. »Ich habe noch Verwendung für dich.«

»Es entzückt mich, das zu hören«, erwiderte Valerian höflich, während er das Hemd über den Kopf zog. »Wußtest du, daß deinetwegen und dieser hirnlosen Kreaturen wegen, die du geschaffen hast, ein Krieg ausbrechen wird?«

»Krieg? Mit wem?«

Valerian stieß einen seiner affektierten Seufzer aus. »Mit niemand anderem als Nemesis persönlich, fürchte ich. Und dann sind da noch die Hexer zu bedenken …«

»Engel und Hexer vermögen mich nicht zu schrecken!« unterbrach Lisette, die jetzt wie eine gereizte Katze fauchte, ihn verärgert.

»Aber nur, weil du vollkommen den Verstand verloren hast«, entgegnete er so liebenswürdig, als plauderte er mit einem schönen Opfer in irgendeinem eleganten Vampirsalon. Mit einer anmutigen Geste strich er sein vom Liebesspiel noch zerzaustes Haar zurück und lächelte nachsichtig. »Du solltest dich wirklich von deinem Unglück erlösen lassen, mein armer Liebling. Ich wäre mit Freuden bereit, dir einen Pfahl in dein schrumpeliges kleines Herz zu treiben.«

Lisette starrte ihn einen langen, spannungsgeladenen Moment nur wütend an und brach dann in ein helles, melodisches Lachen aus. »Beim großen Zeus!« sagte sie anerkennend. »Mut hat dir nie gefehlt, Valerian, das muß ich zugeben, obwohl du wirklich der verwöhnteste, eingebildeteste und unüberlegteste Vampir auf dieser Erde bist.«

Valerian deutete eine spöttische Verbeugung an. »Stets zu Diensten«, sagte er. Dann, in der verzweifelten Hoffnung, auch seine anderen Kräfte könnten sich verstärkt haben während jener geheimnisvollen Verwandlung, die es ihm jetzt ermöglichte, auch bei Tag zu funktionieren, konzentrierte er seine Gedanken und Energien auf einen weit entfernten Ort.

Doch schon im nächsten Augenblick, als ihn der Impakt von Lisettes entgegengesetzten Wünschen von allen Seiten traf, mußte er feststellen, daß es war, als ob er sich mit voller Wucht gegen einen Felsen geworfen hätte.

Valerian taumelte und ging in die Knie, benommen von dem unsichtbaren Schlag, den er erhalten hatte, aber dann rappelte er sich wieder auf.

»Keine deiner albernen Tricks mehr«, schalt Lisette in täuschend sanftem Ton, trat vor Valerian und wickelte eine Locke seines Haars um ihren Zeigefinger. »Du bist ein wunderschönes Geschöpf. Wie schade, daß ich dich zerstören muß.« Ihre Züge verdüsterten sich, ihre Stimmung wechselte. »Begeh keinen Irrtum, Valerian«, warnte sie. »Denn diesmal wird niemand deine unglückliche Haut retten. Diesmal wirst du sterben, wie du schon vor Monaten hättest sterben sollen, als ich dich auf jenem alten Friedhof hinter deiner geliebten Abtei an die Erde band, um dich der aufgehenden Sonne auszusetzen.«

Valerian unterdrückte das Erschauern, das ihn durchzuckte, als er an *jenen* Zwischenfall zurückdachte. Lisette hatte ihn in einem Zustand größter Schwäche erwischt und auf einem verlassenen Friedhof kraft ihrer Gedanken an den Erdboden gebunden. Aidan, der damals noch ein Vampir gewesen war, hatte ihr eigentliches Opfer dargestellt; Valerian war nichts als ein Köder für ihn gewesen. Wenn Maeve und Tobias damals nicht gerade noch rechtzeitig erschienen wären, hätten sowohl Valerian wie Aidan in der Sonne geschmort wie Ochsen zu Ostern auf dem Rost.

»Falls du glaubst, du könntest Maeve in eine Falle locken, indem du mich gefangenhältst, bist du nicht nur verrückt, sondern auch sehr dumm«, gab er in herablassendem Tonfall zu bedenken. »Sie hat nichts für mich übrig, und selbst wenn sie mir zärtliche Gefühle entgegenbrächte, wäre sie viel zu klug, um auf einen solch albernen Trick hereinzufallen.«

Lisette sah beunruhigend vernünftig aus und sprach auch so, was zweifellos ein weiterer Beweis war, daß ihr Verstand mindestens genauso krank war wie ihr Geist. »Du hast recht – Maeve Tremayne liebt einen anderen, einen Sterblichen. Und doch kam sie, um dir nach deiner Begegnung mit den Hexern beizustehen, und deshalb wird sie auch jetzt erscheinen.«

Valerian dachte ausnahmsweise einmal nicht an seine eigene schwierige Lage, sondern an die Verwundbarkeit von Maeves geliebtem Sterblichen. Obwohl es ihn noch immer nicht besonders kümmerte, was aus Dr. Calder Holbrook wurde, lag ihm Maeves Glück am Herzen. Sogar weit mehr, als er je für möglich gehalten hätte.

»Sei vorsichtig, Lisette«, warnte er im sanften Ton eines Schlangenbeschwörers, um dann mit einem aufreizend überlegenen Lächeln hinzuzufügen: »Maeve ist kein gewöhnlicher Vampir. Sag also nicht, ich hätte dich nicht gewarnt, Liebling. Deine Zeiten sind vorüber. Du hast keine Chance gegen Maeve.«

»Genug!« zischte Lisette und hob die Arme. Im nächsten Augenblick verlor Valerian jegliche bewußte Wahrnehmung der Wirklichkeit.

»Verdammter Vampir«, murmelte Maeve. »Wo steckt er diesmal wieder?« Sie hatte versucht, ihre Gedanken auf Valerian zu konzentrieren, eine Technik, die sonst immer funktionierte, doch heute wollte ihr kein Bild in den Sinn kommen, keine geflüsterte Warnung und kein Hilfeschrei.

»Sind nicht alle Vampire verdammt?« wandte Calder nüchtern ein. Sie waren in Maeves großem Salon, den Gaslampen gegen die nächtliche Finsternis schützten.

»Damit scherzt man nicht«, versetzte Maeve gereizt und nahm wieder ihre unruhige Wanderung durch das Zimmer auf.

Die Arme über der Brust verschränkt, lehnte Calder an dem mächtigen Mahagonischreibtisch, der Maeve sowohl in diesem Jahrhundert diente wie auch im nächsten. Sie dachte, daß Calder dringend eine Rasur benötigt hätte, und sein dunkles Haar war schon ganz wirr vom ständigen Kämmen mit den Fingern.

»Die vierundzwanzig Stunden sind vorbei, mein Liebling«, sagte er mit sanftem Ernst. »So reizend ich deine Gesellschaft finde – und so selten sie auch ist –, will ich jetzt trotzdem heimkehren.«

Maeve schaute ihn an und litt. »Es tut mir leid, aber das ist ausgeschlossen.«

Seine nächsten Worte erschütterten sie zutiefst. »Dann mach einen Vampir aus mir«, schlug er ruhig vor. »Gib mir die Macht, die du besitzt, Maeve, und die Unsterblichkeit.«

Sie blieb reglos stehen und starrte ihn betroffen an, während sich die unterschiedlichsten Gefühle in ihr regten. Auf der einen Seite hätte sie Calder liebend gern in einen Vampir verwandelt, um ihn für immer bei sich zu behalten, doch andererseits erinnerte sie sich nur zu gut daran, wie sehr Aidan Lisette gehaßt hatte, weil sie ihn verwandelt hatte. Und in Calders Fall würde die Verwandlung unwiderruflich sein …

»Ich könnte es nicht ertragen, wenn du mich hassen und verachten würdest«, flüsterte sie.

Calder näherte sich ihr in ehrlicher Verblüffung und legte ihr die Hände auf die Schultern. »Das könnte ich gar nicht, Maeve«, sagte er, und es klang vollkommen aufrichtig. Aber er konnte ja auch nicht wissen, worauf er sich einließ.

»Vorhin, als du sagtest, alle Vampire seien verdammt«, begann Maeve unglücklich, »bist du der Wahrheit sehr nahegekommen. Unsterblich zu sein heißt, daß du deine Seele gegen eine Ewigkeit in den Feuern der Hölle tauschst, Calder. Es bedeutet, daß du nie wieder die Sonne spüren wirst und viele Jahre vergehen werden, bevor du auch nur eine einzige Nacht überstehst, ohne Blut zu dir zu nehmen. Ein Vampir zu sein, bedeutet in der Tat, ewig zu leben – und ewig ist eine lange Zeit, mein Liebling.«

Er beugte den Kopf und berührte ihren Mund mit seinen Lippen. »Würdest du statt dessen lieber zusehen, wie ich altere und sterbe?« fragte er, nachdem er sie so sanft geküßt hatte, daß es ihr fast das Herz brach. »Verdammt, Maeve, mir ist egal, wie lange eine Ewigkeit währt – und auch alles andere interessiert mich nicht, solange ich nur bei dir sein kann.«

Sie musterte ihn unsicher und wägte in Gedanken seine Worte ab. Sie hatte noch nie einen Menschen in einen Vampir verwandelt, und es war keine leichte Entscheidung für sie – vor allem, wenn es sich um einen geliebten Menschen wie Calder handelte.

Sie erinnerte sich an seine Liebe zu der Tochter, die er verloren hatte, und wurde noch trauriger. »Wir könnten niemals Kinder haben«, sagte sie. »Vampire paaren sich, aber sie können keinen Nachwuchs zeugen.«

Calder legte zärtlich einen Finger unter ihr Kinn, und Maeve versuchte, wie schon so oft zuvor, seine Gedanken zu erraten, doch ohne Erfolg. Die Liebe, die sie diesem Mann entgegenbrachte, schien als Barriere zwischen seinem und ihrem Verstand zu dienen.

»Ich hätte gern noch ein Kind gehabt«, sagte er ruhig, »das will ich gar nicht abstreiten. Aber vor die Wahl zwischen einer Ehe mit einer sterblichen Frau gestellt, mit allem, was dies mit sich bringt, und einem abenteuerlichen Leben mit dir, Maeve, fällt mir die Antwort leicht. Ich liebe dich, Maeve, und ich will *dich.*«

Seine Worte wärmten ihr Herz und stimmten sie zugleich unendlich traurig. Zum ersten Mal in ihren zwei Jahrhunderten als Vampir vermißte sie die Menschlichkeit und all ihre süßen, wenn auch vorübergehenden Freuden.

»Ich muß jetzt gehen«, sagte sie nach einem kurzen Kampf mit ihren Emotionen. »Bitte, Liebling, hab Vertrauen und tu, was ich dir sage. Bleib hier, bis ich zurückkehre.«

Er knabberte zärtlich an ihren Lippen, versuchte, sie zum Bleiben zu bewegen, und Maeve beschloß, ihn mit einer ganz speziellen Art von Vergnügen zu bestrafen. »Also gut«, gab er schließlich seufzend nach. »Ich werde warten. Aber bleib nicht zu lange aus, denn ich möchte dich gern lieben.«

Sie lächelte geheimnisvoll und zupfte seinen Hemdkragen zurecht. »Wenn ich morgen abend zurückkehre, werde ich dir noch mehr von meinen magischen Fähigkeiten zeigen.«

Ein Leuchten lag in seinen Augen, obwohl auch Enttäuschung und Trauer darin zu lesen war. »Welche Art von Magie?«

Maeve ließ ihren Zeigefinger langsam über seine Brust gleiten und beschrieb einen Kreis um seine Gürtelschnalle. »Du wirst schon sehen«, versprach sie, richtete sich auf die Zehenspitzen auf, küßte die Kerbe in Calders Kinn und verschwand.

9

Maeve ließ Calder nicht gern unbewacht zurück, denn selbst in diesem Haus, in das sich nur wenige Vampire und noch weniger Hexer uneingeladen hineingewagt hätten, war Calder eine Zielscheibe für Angriffe. Doch der Tag, an dem Nemesis' Rache auf sie alle herabkommen würde, rückte näher, und Maeves Instinkt sagte ihr, daß bereits überall auf dem Planeten offene Feindseligkeiten zwischen Hexern und Vampiren ausbrachen. Hinzu kam, daß jede Nacht bei Mondaufgang noch mehr von Lisettes unseligen Schöpfungen zu zerstören waren.

So mächtig Valerian und ich auch sind, dachte Maeve, wird es uns nicht gelingen, allein mit der Situation fertigzuwerden. Vielleicht konnte sie es allein mit Lisette aufnehmen, aber andere Vampire und selbst Hexer, falls sie sich rekrutieren ließen, mußten losgeschickt werden, um die zombieähnlichen Geschöpfe zu bekämpfen, die Lisette unablässig schuf.

Maeve nährte sich zweimal innerhalb einer Stunde in der Nähe der Londoner Docks, und noch immer fand sie keine Spur von Valerian. Ihre Wut auf ihn begann sich in Sorge zu verwandeln. Normalerweise hätte sie wenigstens die Gedanken des anderen Vampirs empfangen können oder zumindest seinen Aufenthaltsort erraten, doch die Lage war leider alles andere als normal.

Geistesabwesend eilte sie über eine belebte Straße und dachte nach. Es war gut möglich, daß Valerian nur wieder seine gewohnte Gedankenlosigkeit und Unzuverlässigkeit bewies, indem er den Sultan in einem Harem spielte oder den Revolverhelden in irgendeinem Saloon in Amerikas wildem Westen. Wahrscheinlich machte sie sich völlig unnötige Sorgen um ihn.

Trotz allem jedoch vermochte Maeve das unangenehme Gefühl nicht abzuschütteln, daß Valerian schon wieder in Schwierigkeiten steckte. Immerhin hatte sie ihn nach seinem letzten Verschwinden halbtot auf dem Grund eines verlassenen Minenschachts gefunden, nachdem er von Dämonen angegriffen und vergiftet worden war.

Auf die eine oder andere Weise mußte sie also entweder ihren unberechenbaren Gefährten finden oder sich selbst an die Aufgabe begeben, Lisette allein und ohne Unterstützung zu zerstören.

»Das würde ich nicht tun«, bemerkte eine Frauenstimme.

Als Maeve den Kopf wandte, sah sie, daß Dimity neben ihr herging, eine Zimbel in der Hand, auf deren Saiten die abendliche Brise eine leise Melodie spielte.

»Du würdest dich an meiner Stelle also nicht auf Lisettes Spur begeben?« entgegnete Maeve grimmig. »Hast du vielleicht einen besseren Vorschlag? In knapp zwei Wochen werden Nemesis und seine Legionen von Engeln auf uns losgelassen, und die Probleme mit den Hexern und Lisettes hirnlosen Vampiren verschlimmern sich von Nacht zu Nacht.«

»Du wirst Valerians Hilfe brauchen, ebenso wie meine Unterstützung und die jedes anderen Vampirs, den du rekrutieren kannst.«

»Ich kann Valerian nicht finden«, entgegnete Maeve frustriert. Betrunkene Seeleute, Männer, die seit Monaten keine Badewanne mehr gesehen hatten, hielten auf der Straße an, um Maeve und Dimity anzugaffen, mit Augen, die glitzerten vor Gier und Heimtücke. »Konzentrier dich, Dimity. Stell fest, ob du etwas sehen kannst. Ich habe es versucht, aber es ist mir nicht gelungen.«

Dimity bog in eine Gasse ein, und Maeve folgte ihr natürlich. Während sie zusah, schloß der engelhafte blonde Vampir die Augen und konzentrierte seine Gedanken auf Valerian.

Noch mehr Matrosen hatten sich am Ende der Gasse versammelt, grinsten und schienen etwas auszuhecken. Doch weder Dimity noch Maeve schenkten ihnen Beachtung, da sie – sterblich, wie die Männer waren – keine Bedrohung für sie darstellten.

»Ich sehe eine dunkelhaarige Frau mit wunderschönen braunen Augen«, berichtete Dimity nach einer Weile. »Sie ist in Spanien – Madrid, glaube ich. Es tut mir leid, aber das ist alles, was ich bestimmen kann.«

»Isabella«, murmelte Maeve. Im allgemeinen interessierte sie sich nicht für Valerians zahlreiche Gespielinnen, doch über diese spezielle Sterbliche wußte sie Bescheid, weil Valerian ihr einmal in einem Moment der Offenheit von ihr erzählt hatte. Sie sei eine schlichte Seele, hatte er gesagt, aber schön und temperamentvoll, und arbeitete in einer Taverne, wo sie Wein und Bier servierte.

Dimity warf einen Blick auf die rasch wachsende Gruppe von Matrosen, und ihr schöner Mund verzog sich zu einem Lächeln. »Wir scheinen Bewunderer zu haben«, sagte sie.

Verächtlich kräuselte Maeve die Lippen. »Du kannst sie alle haben«, entgegnete sie. »Ich werde versuchen, Isabella aufzuspüren, um sie zu fragen, ob sie Valerian gesehen hat. Ich wäre dir dankbar, wenn du mir dabei behilflich wärst.«

»Jederzeit«, antwortete Dimity, als die Männer langsam in ihre Richtung schlenderten. Kokett strich sie ihr Haar und ihre Röcke glatt, als beabsichtige sie, mit jedem einzelnen dieser Männer zu tanzen, statt sich von ihrem Lebenssaft zu nähren und sie dann achtlos fortzuwerfen wie abgenagte Hühnerknochen.

»Versuch, so vielen Vampiren wie möglich mitzuteilen, daß morgen abend in meinem Haus ein Ball stattfindet, unmittelbar nach Sonnenuntergang.«

Dimity neigte zustimmend ihren schönen Kopf. »Wie du wünschst.«

Maeve zögerte noch einen Moment und schaute zu, wie der erste fehlgeleitete Matrose eine plumpe Hand ausstreckte und nach Dimitys seidigem blondem Haar griff.

Die bezaubernde Vampirin stieß ein Fauchen aus und stürzte sich wie eine Tigerin auf ihren Angreifer. Der Mann schrie auf, mehr aus Entsetzen als aus Angst vermutlich, und seine Begleiter rannten auf die relative Sicherheit der belebten Straße zu.

Es nützte ihnen jedoch nichts, stellte Maeve mit grimmiger Befriedigung fest. Dimity hatte einen geistigen Trick angewandt und die Luft um sie herum verdichtet, bis sie wie unsichtbarer Treibsand war, und obwohl die Männer um ihr Leben liefen, kamen sie keinen Schritt weiter. Sie hatten zwar einen brutalen Überfall geplant, aber natürlich geglaubt, die Jäger zu sein anstatt die Opfer.

Maeve fand, daß es den Kerlen nur recht geschah, an jemanden wie Dimity zu geraten; sie legte die Hände über dem Kopf zusammen und verschwand, ohne einen weiteren Gedanken an die Episode zu verschwenden.

Isabella fand sie allein in einem Hinterzimmer der Taverne, wo sie Kupferbecher blankpolierte. Die Frau zuckte heftig zusammen bei Maeves plötzlichem Erscheinen, bekreuzigte sich und rief flüsternd die Heilige Jungfrau um Beistand an.

»Hab keine Angst«, sagte Maeve in fließendem Spanisch. Eine der Fähigkeiten, die sie sich mit dem Vampirdasein erworben hatte, war das Talent, Sprachen zu erlernen und die Geschichte ganzer Völker, indem sie schlicht ein Buch über diese Themen durchblätterte. »Ich will dir nichts Böses. Ich bin Valerians Freundin und möchte nur wissen, ob du ihn gesehen hast.«

Tränen glitzerten in Isabellas dichten dunklen Wimpern. Maeve vermochte den Gedanken der Frau keine brauchbaren Informationen zu entnehmen, weil in den Gefühlen des bedauernswerten Geschöpfs ein absolutes Chaos herrschte.

»Er ist von einer Hexe getötet worden!« schluchzte Isabella nach mehreren vergeblichen Versuchen, sich mitzuteilen, und soviel sinnlosem Geplapper, daß Maeve sie am liebsten geschüttelt hätte. »Wir waren … zusammen, Valerian und ich. Dann kam *sie* …« Wieder verstummte die Frau und schlug mit einer schnellen, geübten Bewegung das Kreuz. »Sie erschien aus dem Nichts heraus, genau wie Sie. Valerian befahl mir, schnell fortzulaufen – *Madre de Dios*, ich bin gerannt um mein Leben und habe mich nicht mehr umgeschaut.« Isabella brach ab, holte tief Luft und schlug die Hände vors Gesicht. »Er ist tot! Ich weiß, daß er tot ist!«

»Schluß jetzt!« sagte Maeve entschieden, weil ihre Gedanken bereits rasten. Es war nicht schwer, sich auszumalen, wer die ›Hexe‹ war, es blieb höchstens noch die Frage, was Lisette mit Valerian angestellt hatte. »Ich möchte, daß du mich an den Ort bringst, wo dies alles geschehen ist. Sofort!«

Isabella wischte ihr Gesicht, das jetzt tränenüberströmt und gerötet war, an der Schürze ab. »D-das-k-kann ich nicht«, stammelte sie. »Es war ein Geheimnis. Valerian hat mich durch irgendeinen Zauber dorthin gebracht.«

»Aber du mußt doch wissen, wo es ist, wenn Valerian dich allein fortgeschickt hat, als die Hexe kam«, beharrte Maeve. Sie sorgte sich um Valerian, natürlich, aber sie empfand auch einen gewissen Zorn auf ihn. Wenn diese eitle Kreatur nicht mit seinem Vergnügen beschäftigt gewesen wäre, hätte er die Gefahr rechtzeitig genug gespürt, um sich zu schützen. Doch statt dessen war er buchstäblich mit heruntergelassenen Hosen erwischt worden.

Falls es Valerian gelungen sein sollte, diese neuerliche Eskapade zu überleben, dachte Maeve wütend, bringe ich ihn selber um!

»Es war dunkel«, sagte Isabella kopfschüttelnd. »Ich hatte Angst. Ich erinnere mich nur, daß es im ältesten Teil der Stadt war und in der Nähe eines Friedhofs, einem vergessenen Ort, wo die Grabsteine schon ganz verfallen sind.«

Maeve stieß einen frustrierten Ausruf aus, nahm sich zusammen und sagte dann etwas ruhiger: »Falls du Valerian noch vor mir siehst, dann sag ihm bitte, daß Maeve Tremayne ihn sucht. Es ist wichtig, Isabella, also vergiß es bitte nicht.«

»Ich werde daran denken«, versicherte Isabella mit einem beleidigten Naserümpfen. »Es war schließlich keine Erfahrung, die leicht zu vergessen ist.«

Maeve lächelte. »Nein, wahrscheinlich nicht«, stimmte sie zu, und Sekunden später war sie schon wieder aus der Taverne verschwunden und verkörperlichte sich mitten auf *El Cementerio de Los Santos y Los Angeles*, dem Friedhof, den Isabella erwähnt hatte.

Ein kühler Wind zerrte an Maeves dunklem Haar, als sie auf eins der uralten, verfallenen Grabmale stieg und sich prüfend umschaute. *Valerian!* rief sie in jener stummen Sprache, die an anderen Orten und in anderen Zeiten gehört werden konnte, aber wie schon zuvor erhielt sie keine Antwort.

Sie konzentrierte sich gerade darauf, das Liebesnest zu finden, wo Lisette Valerian überrascht hatte – es mußte auf jeden Fall unterirdisch sein – als sie ein heiseres, wortloses Wispern überall um sich herum vernahm. Die Geräusche kamen hinter jedem Grabmal hervor und wurden beständig lauter.

Maeve bewahrte Haltung, selbst als die Hexer sich ihr zeigten, einer nach dem anderen, und in der Finsternis Gestalt annahmen. Sie trugen mit Kapuzen versehene Umhänge, die ihre Gesichter verbargen und raschelten, als sie einen weiten Kreis um Maeve beschrieben, diese uralten und todbringenden Feinde.

Sie hätte vielleicht noch fliehen können, weil sie die Macht besaß, sich zu verflüchtigen, aber das ließ ihr Stolz nicht zu. Außerdem hätte ihr Instinkt sie auf direktem Weg zu Calder gebracht, und die Hexer wären ihr bestimmt gefolgt.

»Was wollt ihr?« schrie sie, um sich über das unaufhörliche, ohrenbetäubende Wispern verständlich zu machen.

Es brach so urplötzlich ab, wie es begonnen hatte. Einer der Hexer trat vor, um zu Maeve aufzuschauen, die majestätisch wie eine Königin auf dem alten Grabmal stand.

Das Wesen schob seine Kapuze zurück und entblößte braunes Haar und ein Gesicht, das schön wie das eines Engels war. Die Bestie sah richtig menschlich aus, sogar für das scharfe Auge eines Vampirs.

Der Hexer neigte in einem höflichen Gruß den Kopf und lächelte. »Erlaubt mir, mich vorzustellen, Majestät«, sagte er, und zu Maeves Erstaunen klang nicht die Spur von Verachtung oder Spott in seiner Stimme mit. »Mein Name ist Dathan, und ich spreche für die Hexer.«

Maeve fragte nicht, wie viele Hexer; sie erkannte dieses Wesen als mächtigen Anführer seiner Geschlechtsgenossen. »Ich bin keine Königin«, sagte sie kühl. »Du kannst dir deine Förmlichkeiten sparen.« Sie verengte ihre blauen Augen und verschränkte die Arme. »Aber vielleicht hast du mich ja nur verspotten wollen?«

»Das würde ich niemals wagen«, erwiderte Dathan mit freundlicher Entschiedenheit. Sein Haar und seine Augen waren braun, und seinem Gesicht haftete ein Ausdruck unfaßbarer Unschuld an. Er sah fast aus, als ob er tatsächlich ein Chorknabe sei, der erst wenige Momente zuvor von irgendeinem bösen Zauberer in einen Hexer verwandelt worden war. »Wir haben eine Ratsversammlung abgehalten und beschlossen, um ein Bündnis zwischen Vampiren und Hexern zu ersuchen – wenn auch nur vorübergehender Natur.«

Maeve war mißtrauisch und vermochte wenig zu lesen im Gehirn ihres Feinds, weil er selbst ganz ungewöhnlich mächtig war. »Ein Bündnis? Warum sollten wir euch vertrauen, ausgerechnet wir, die wir nicht einmal unserer eigenen Gattung trauen?«

»Weil unser gegenseitiges Überleben davon abhängt«, gab Dathan zu bedenken, »es befinden sich bereits Kriegsengel unter den Menschen, Anführer und Spione, die dem Krieg den Weg bereiten. Muß ich dir da erst sagen, schöne

Königin, daß wir gegen solche Feinde keine Chancen haben?«

Gerade weil ihr eigener Mut ein wenig schwankte, schob Maeve trotzig das Kinn vor. »Das ist mir durchaus bewußt.«

»Unsere einzige Hoffnung liegt darin, die Vampirin namens Lisette unschädlich zu machen«, fuhr Dathan fort. »Wir haben diese Aufgabe dir und deinem unachtsamen Freund Valerian überlassen und sind – bitte entschuldige meine Offenheit – keineswegs erfreut über die Resultate.«

Maeves beträchtlicher Stolz erwachte. »Wenn Valerian nicht von Hexern in einen Hinterhalt gelockt, vergiftet und dann dem Sterben überlassen worden wäre, hätten wir es vielleicht schon geschafft, Lisette zu zerstören.« Das Rascheln der Umhänge wurde lauter, als die dunklen Gestalten einen drohenden Schritt vortraten. »Seid gewarnt …« rief Maeve und machte eine bedeutungsvolle Pause – *»ihr alle!* – daß ich nur unter großen Verlusten für euch zu überwältigen sein werde. Der erste, der fällt, wird euer Anführer sein, Dathan.«

Ein ärgerliches Murmeln wurde in den Reihen der Hexer laut, aber Dathan brachte seine Gefolgsleute zum Schweigen, indem er schlicht die Hand erhob.

»Ich habe dir schon gesagt, Königin, daß wir dir nichts antun werden«, sagte er zu Maeve. »Wir wollen uns nur mit euch verbünden, mit allen vernünftigen Vampiren, bis die Gefahr gebannt ist.«

Maeve zog eine Augenbraue hoch. »Und dann?«

Dathan lächelte sein liebenswürdigstes Chorknabenlächeln. »Sollten wir das Glück haben, dies alles zu überleben, werden unsere verschiedenen Fraktionen sicher wieder zu ihrer alten Feindseligkeit zurückkehren. Unsere Differenzen sind letzten Endes tiefgreifend, und unsere

Fehde ist so alt, daß niemand sich zu erinnern scheint, wie sie begonnen hat. Es wird Zeit für eine Konferenz zwischen Vampiren und Hexern.«

»Ich werde mir deinen Vorschlag überlegen«, versprach Maeve skeptisch und maß den Kreis der düsteren Gestalten mit einem einzigen, vielsagenden Blick. »Komm morgen um Mitternacht in mein Haus in London – allein – und ich werde dir meine Entscheidung mitteilen.«

Die Hexer begannen von neuem zu murmeln und sich zu bewegen, und Maeve wußte, daß der größte Teil von ihnen darin übereinstimmte, sich auf sie zu stürzen, um sie zu zerfleischen, und sie es nur Dathans wegen nicht versuchten.

»Genug«, sagte der Hexer scharf, und seine Augen glitzerten vor Zorn, als er seine Untertanen ansah. »Geht jetzt und belästigt weder diesen noch irgendeinen anderen Vampir, bevor die verabredete Zeit gekommen ist!«

Wie eine Meute flügelschlagender Krähen verschwanden sie in der Finsternis, und nur Dathan blieb zurück.

Er hob die Hand und reichte sie Maeve, und nach einem kurzen Zögern ergriff sie sie und ließ sich von dem Grabmal irgendeines seit langem toten und vermutlich längst vergessenen Spaniers hinunterhelfen.

»Bis morgen um Mitternacht«, sagte Dathan. Dann zog er Maeves Hand an seine Lippen, streifte ihre Fingerknöchel in einem fast unmerklichen Kuß, wandte sich ab und löste sich in der Dunkelheit auf, die ihm die Seele geraubt hatte.

Und mir auch, dachte Maeve düster. Wieder erschien Calders Bild vor ihr, und wieder verzweifelte sie, weil er nicht den Schimmer einer Ahnung hatte, was es bedeutete, ein Unsterblicher zu sein.

Sie beschloß, zu ihm zurückzukehren, denn die Nacht war fast vorbei, und ihr blieb keine andere Wahl, als ein

Versteck zu suchen. Es entmutigte sie, daß sie keine Spur von Valerian gefunden hatte.

Vielleicht hatte dieser erhabene Vampir schließlich tatsächlich das Ende seiner Existenz gefunden, wie Isabella, seine sterbliche Geliebte, vermutete. Wenn man bedachte, welch dumme Risiken er in der ständigen Verfolgung seines Vergnügens einging, war es gar nicht ausgeschlossen, daß er umgekommen war. Und das würde auch erklären, warum Maeve keine telepathische Verbindung zu ihm aufnehmen konnte, wie es ihr bisher noch immer gelungen war.

Finster hob Maeve die Hände und versetzte sich in ihr Haus in London und zu Calder.

Sie fand ihn in der Bibliothek, umgeben von Büchern und Stapeln von Notizen. Er erschrak, als sie vor ihm auftauchte, ein schweres Buch glitt ihm aus der Hand und rutschte auf den Boden.

Mit einem Grinsen, das sowohl Ärger wie auch aufrichtige Freude über das Wiedersehen verriet, erhob er sich. »Ich wünschte, du würdest nicht andauernd auf diese Weise aus dem Nichts auftauchen. Es entnervt mich.«

»Wie hättest du es denn lieber?« fragte Maeve, gereizt, weil sie Valerian nicht finden konnte und ein zerstörerischer Krieg nun unvermeidlich schien. »Soll ich meine Ankunft durch einen Trompetenstoß ankündigen lassen?«

Calder seufzte. »So kann es nicht weitergehen, Maeve. Ich bin Arzt, und zu Hause in Philadelphia erwarten mich Scharen verwundeter Soldaten. Ich kann mich hier nicht mehr verbergen, egal, wie groß die Gefahr sein mag, in der ich mich befinde.«

Wäre Maeve eine sterbliche Frau gewesen, hätte sie jetzt bestimmt geweint, so groß war der Druck, unter dem sie stand. Das Paradoxe ihrer Lage drohte sie innerlich zu zerreißen; sie liebte Calder viel zu sehr, um ihn in ihrem Haus gefangenzuhalten, aber sie konnte ihn auch unmöglich gehen und Gefahren riskieren lassen, die er nicht einmal im Ansatz zu begreifen vermochte.

Er sah, daß sie schwankte. »Verwandle mich in einen Vampir«, sagte er ruhig.

Sie starrte in seine Augen, schaute bis in seine Seele und versuchte, einen Anflug von Verständnis darin zu finden. Die Morgendämmerung war nahe; sie durfte nicht länger verweilen, oder sie würde schlimm verbrannt, vielleicht sogar verzehrt, von dem ersten, aprikosenfarbenen Licht der Sonne.

»Warum?« flüsterte sie gequält. »Warum willst du das?«

Calder zögerte nicht; ein Beweis, daß er sehr ausführlich darüber nachgedacht hatte. Immerhin war er sehr viel allein gewesen seit seiner Ankunft in Maeves Haus. »Weil ich die Macht will«, erwiderte er schlicht, legte ihr die Hände auf die Schultern und streichelte sie. »Und weil ich bei dir sein will, Maeve. Ich möchte schlafen, wenn du schläfst, und deine Schlachten zu meinen Schlachten machen.«

Maeve legte für einen Moment den Kopf an seine starke Schulter, bevor sie wieder zu ihm aufschaute. Er wirkte hager, gequält und ernster, als sie ihn je gesehen hatte. »Du weißt nicht, was du sagst«, erwiderte sie traurig. »Es wird ein Krieg ausbrechen; Valerian ist nirgends aufzufinden, und morgen abend muß ich mich mit dem Anführer der Hexer treffen ...«

»Krieg ist mir nicht fremd«, warf Calder ein. Auch er hatte den bevorstehenden Sonnenaufgang gespürt und ergriff Maeves Arm, um sie zur Kellertür zu führen. »Ich sehe seit drei Jahren nichts anderes als verblutende, sterbende Soldaten. Und was Valerian betrifft ...«

»Vergiß ihn«, unterbrach Maeve ihn ungeduldig. »Ich weiß, wie schrecklich euer Krieg in Amerika ist; ich würde mir nie anmaßen, seine Bedeutung und das Leid, das er schafft, zu bagatellisieren. Aber der Konflikt, von dem ich spreche, würde die gesamte Welt zerstören, Calder. Obwohl die Kämpfe zwischen Engeln und jenen, die sich in der Finsternis bewegen, stattfinden würden, wie Vampiren und Hexern, würden auch die Menschen schließlich davon betroffen werden. Euer Krieg zwischen den Bundesstaaten wäre im Vergleich dazu nichts weiter als ein Streit von Kindern auf dem Spielplatz.«

Sie hatten den Keller erreicht, und Calder schritt auf das verborgene Gewölbe zu, den Ort, der einst allen menschlichen Wesen gegenüber ein wohlgehütetes Geheimnis gewesen war, sogar jenen, die schon jahrelang in Maeves Haus lebten und arbeiteten. »Falls eine solche Apokalypse auf uns zukommt«, wandte er besonnen ein, »würde ich ihr sowieso nicht entkommen. Dann kann ich auch an deiner Seite sein und wenigstens eine Chance haben, dir beizustehen.«

Maeve zündete Calder zuliebe eine Kerze an. Sie selbst sah perfekt im Dunkeln. »Das ist ein edles, wenn auch dummes Argument«, entgegnete sie müde und setzte sich auf den Rand der Grabplatte, wie eine sterbliche Frau sich auf den Rand des Betts gesetzt hätte. »Aber es gibt noch ganz andere Dinge zu bedenken.« Sie sprach jetzt langsamer und ein wenig schleppend. »Wenn du einmal diese Entscheidung triffst, wirst du sie nie wieder rückgängig machen können, um wieder ein Mensch zu werden. Es könnte sein, daß du mich dann haßt für die Verwandlung.«

Calder legte sie sanft hin, als wäre sie ein müdes Kind, und nahm eine ihrer Hände zwischen seine. »Das ist es, was du wirklich fürchtest, nicht? Daß ich des Vampirlebens überdrüssig werden und dich dafür hassen könnte, daß du mich verwandelt hast. Doch das wird nicht geschehen, Maeve. Ich bin kein impulsiver Mensch. Ich habe alles gut durchdacht. Dir und mir zuliebe – und um so vieler leidender Menschen willen – möchte ich verändert werden.«

Maeve vermochte ihre Augen nicht mehr aufzuhalten, drückte flüchtig Calders Hand und ließ sich in den tiefen Schlaf sinken, der sie erwartete.

Calder saß lange Zeit bei Maeve, bis die Kerze zu flackern begann und schließlich ganz verlöschte. Während dieser bittersüßen Momente hielt er ihre scheinbar leblose Hand und weinte, um alles, was hätte sein können, und um alles, was niemals sein würde.

Dann, indem er sich entweder vortastete in der Dunkelheit oder sich von seinem Gedächtnis leiten ließ, kehrte er in den Keller zurück, wo bereits schwaches Morgenlicht durch die schmalen, vergitterten Fenster drang.

Maeve zu verlassen, würde das Schwerste sein, was er je zu tun gehabt hatte, aber wenn er nicht sein konnte, was sie war, wenn er ihr nicht dienen, sie beschützen und ihr Leben teilen konnte, dann mußte er sich dazu durchringen, fortzugehen. Er würde sich eine Schiffspassage kaufen – obwohl er kein Geld hatte, war der Name seiner Familie bekannt genug, um selbst in diesem Teil der Welt kreditwürdig zu sein. Und dann würde er abreisen, ohne – Gott helfe ihm – noch einmal zurückzuschauen.

Aber welche Qual es sein würde, an Maeve zu denken, sie zu vermissen, sie zu lieben … Er hätte sich nie träumen lassen, nicht einmal in der poetischen Leidenschaft seiner Jugend, daß es möglich war, jemanden so tief zu lieben, wie er Maeve liebte.

Und doch, trotz allem war er Arzt, sogar in erster Linie, und das Leben war für ihn etwas Geheiligtes. Dieses kostbarste aller Geschenke zu vergeuden, war die größte Sünde, die ein Mensch begehen konnte. Und es war kein

Leben, was er führte; er versteckte sich wie ein gejagtes Tier, während die ihm zugeteilten Minuten und Stunden ungenutzt verstrichen.

Und in der Zwischenzeit litten und starben Menschen ... *Seine* Patienten.

Er konnte nicht länger warten; er mußte etwas *tun*, mußte diese sinnlose Verschwendung menschlichen Lebens verhindern.

Nach mehreren Tagen in Maeves Haus hatte Calder die Dienstboten ein wenig kennengelernt; sie alle betrachteten ihn mit Erstaunen und sogar ein wenig Angst, und manchmal glaubte er sogar, ihren Blicken so etwas wie Mitleid zu entnehmen. Anscheinend waren sie es nicht gewöhnt, während der Tagesstunden Mitglieder des Haushalts um sich zu haben und zu sehen.

»Ich brauche die Kutsche, falls es eine gibt«, sagte Calder zu Pillings, dem Butler, einem Baum von Mann, der kaum sprach, aber immer dafür sorgte, daß die Zeitungen da waren und Feuer in den Kaminen brannte.

»Sie werden sich vorher umziehen und rasieren wollen, Sir«, erwiderte Pillings. »Ich denke, Mr. Aidan Tremaynes Anzüge müßten Ihnen passen. Und ich wage zu behaupten, daß es ihn nicht stören würde, Ihnen auch ein Rasiermesser zu leihen.«

Calder wußte, daß Pillings von Maeves Bruder sprach, dem legendären Vampir, der als einziger in der Geschichte aller Bluttrinker wieder in einen Menschen verwandelt worden war. Es war allerdings anzunehmen, daß Pillings nichts von diesen Dingen wußte.

»Danke«, sagte Calder mit einem wehmütigen Blick auf seine eigenen zerdrückten Kleider. »Ich bin ziemlich überstürzt von zu Hause aufgebrochen, um nicht zu sagen unerwartet, und hatte keine Möglichkeit, einen Koffer zu packen.«

»Selbstverständlich«, stimmte Pillings unverbindlich zu und deutete eine Verbeugung an, bevor er sich zur Treppe wandte. »Ich werde dafür sorgen, daß die Sachen in Ihr Zimmer gebracht werden, Sir.«

Eine halbe Stunde später war Calder rasiert und umgezogen, und eine elegante schwarze Kutsche, von vier Schimmeln gezogen, erwartete ihn vor dem Haus. Der Kutscher begrüßte ihn höflich, und Pillings bestand darauf, Calder die Tür zu öffnen und ihm hineinzuhelfen.

»Zu den Büros der London-New York Bank, bitte«, wies Calder den Kutscher an.

Der Mann nickte und tippte sich an den Zylinder.

»Der Herrin wird das nicht gefallen«, gestand Pillings endlich, als die Kutsche schon im Begriff war, abzufahren. Eine Ader pochte an einer seiner Schläfen, und Calder entnahm der Aufregung des riesenhaften Mannes, daß er die ganze Zeit gegen die Idee hatte protestieren wollen, doch erst jetzt den Mut dazu aufgebracht hatte. »Sie hat ausdrücklich Anweisung hinterlassen, daß Sie unter gar keinen Umständen das Haus verlassen dürfen.«

Calder hoffte, daß sein Lächeln beruhigend wirkte und nicht seinen Ärger darüber verriet, wie ein exotischer Vogel eingesperrt zu sein. »Machen Sie sich keine Sorgen, Pillings. Ich werde Miss Tremayne gegenüber die volle Verantwortung übernehmen – falls sie überhaupt jemals herausfindet, daß wir uns hinter ihrem Rücken gegen sie verschworen haben.«

Auf diese Worte hin ließ der Fahrer seine Peitsche durch die Luft zischen, und die Kutsche setzte sich in Bewegung.

In der Bank bat Calder um eine Überweisung von seinen eigenen Konten in Philadelphia. Selbst hier in London, einen ganzen Ozean von seinem eigenen Land entfernt, war der Name Holbrook einflußreich genug, um Fremde zu veranlassen, ihm Kredit zu gewähren.

Als Calder die Bank verließ, fuhr er zum Hafen, wo er eine Passage auf einem Schiff buchte, das am nächsten Morgen nach New York auslaufen sollte. Falls er und Maeve sich heute wieder nicht über den weiteren Verlauf ihrer Beziehung einigen konnten, würde er am nächsten Tag das Schiff besteigen.

Danach suchte Calder ein Herrenbekleidungsgeschäft auf und erstand genügend Kleidungsstücke für die Reise, die etwa zehn bis vierzehn Tage dauern würde. Vorausgesetzt natürlich, daß Maeve nicht doch nachgab und ihn in einen Unsterblichen verwandelte, wie er es von ihr verlangt hatte.

Irgendwann kehrte Calder in die Tremaynsche Residenz zurück, wo ein sehr erleichterter Pillings ihn begrüßte. Während Calder bei einem ausgedehnten Lunch in der Bibliothek saß, brachten Pillings und der Kutscher die Einkäufe in sein Zimmer.

Nach dem Essen begann Calder unruhig auf und ab zu schreiten. Es würde noch Stunden dauern, bis Maeve erwachte, und selbst dann war es möglich, daß er sie nicht sah. Sie war ein unberechenbares Geschöpf, das durchaus zu einem seiner mysteriösen Abenteuer aufbrechen konnte, ohne ihn zuvor aufzusuchen.

Der Gedanke erfüllte ihn mit Frustration und Einsamkeit. Jede Minute, die er fern von Maeve verbrachte, war eine weitere Wunde in seiner Seele.

Er hätte in den Keller hinuntergehen und dort bei ihr warten können, Maeves Hand in seiner, bis sie ihre schönen, unglaublich blauen Augen aufschlug, aber er hatte Angst, ihre Aufmerksamkeit auf sich zu ziehen. Calder wußte nicht viel über Vampire, doch den Dingen nach, die Maeve ihm erzählt hatte, und jenen, die er einem obskuren Buch aus der Bibliothek entnommen hatte, wußte er, daß ein Vampir am verwundbarsten war, wenn er schlief …

Maeve war in diesen Augenblicken nicht imstande, sich zu verteidigen. Er konnte nicht riskieren, daß einer der Dienstboten oder – schlimmer noch – irgendein übernatürliches Wesen ihm folgte. Er hatte keine Ahnung, wer – oder was – die Geschehnisse in diesem Haushalt interessiert verfolgen mochte.

Der Gedanke vertiefte jedoch nur noch sein Verlangen, ein Vampir zu sein und Maeves Schicksal zu teilen, ob es nun Verdammnis war oder eine Ewigkeit des Herumirrens auf der Erde. Es kümmerte ihn nicht, solange er nur bei ihr sein konnte.

Bei Sonnenuntergang, als Calder am Kamin seines privaten Wohnzimmers den Tee einnahm, erschien Maeve wie üblich aus dem Nichts heraus.

Ihr Blick glitt über die Schachteln mit den neuen Kleidern, sie verschränkte die Arme und schaute stirnrunzelnd auf ihn herab.

Calder erhob sich aus Höflichkeit, aber auch, weil er sich wie ein gescholtener Schuljunge vorkam, als er da saß, zu ihr aufschaute und sein Schicksal erwartete. »Was hast du entschieden?« fragte er ruhig.

Er sah unendliche Trauer in ihren Augen und kannte ihre Antwort, noch bevor sie sprach. »Ich werde nicht diejenige sein, die dich verdammt, Calder. Ich kann nicht die unsichtbaren Bande zerreißen, die dich an deinen Schöpfer binden.«

Er versuchte gar nicht erst zu widersprechen, weil er sehen konnte, daß ihre Entscheidung unumstößlich war. Ihm war übel vor Enttäuschung, eine Qual, die bis in seine Seele reichte, und er wollte nicht daran denken, daß er sich nun von ihr trennen mußte, obwohl er wußte, daß es unvermeidlich war.

»Heute abend wirst du die anderen Vampire sehen«, sagte sie, bevor er die Kraft zu sprechen fand. »Ich werde dir zeigen, was für schreckliche Geschöpfe sie alle sind.«

Calder war erschüttert, aber auch neugierig, denn in erster Linie war er Wissenschaftler und gierig nach allen Informationen, die er über Vampire sammeln konnte. »Wie?« fragte er schlicht.

Maeve lächelte, obwohl ihre Augen feucht vor Tränen waren, weil sie wußte, daß er nicht bleiben und wie ein Schoßhund ihre kurzen Erscheinungen abwarten würde.

10

Maeves Gäste an jenem Abend begannen gegen halb elf einzutreffen. Die meisten waren Vampire, mit frischer Gesichtsfarbe nach erst kürzlich erfolgter Nahrungsaufnahme, aber Calder bemerkte auch eine erstaunliche Anzahl von Sterblichen. Diese tapferen oder vielleicht auch nur leichtsinnigen Seelen waren in der Hauptsache Künstler und Schriftsteller; neugierige Leute wie er, die der Faszination der Vampire erlegen waren.

Sie alle wurden in den prächtigen Ballsaal geführt, wo sanftes Gaslicht flackerte und sich in den Spiegeln brach, die die Wände säumten. Am fernen Ende des Saals, auf einem Podium, spielte in kleines Orchester Mozart.

Nach einem Blick auf Pillings, den diese großartige und

doch so gespenstische Veranstaltung nicht im mindesten beunruhigte, erkannte Calder, daß er sich geirrt hatte. Der Butler wußte, daß die Hausherrin anders war als er, und auch, daß die meisten ihrer Gäste keine sterblichen Wesen waren.

»Warum haben Sie mir nicht gesagt, daß Sie Bescheid wissen?« fragte Calder leise, nachdem er an die Seite des Butlers getreten war.

Pillings lächelte. »Weil ich nicht sicher sein konnte, daß es *Ihnen* bekannt war, Sir.«

Calder erwiderte das Lächeln, obwohl er sich innerlich ganz wund vorkam, wund und zerbrochen. Maeve hatte ihren Entschluß gefaßt; sie würde ihn nicht in einen Vampir verwandeln, und da sie ihn bei sich in London behalten wollte, wo sie ihn beschützen konnte, würde sie auch sicher nicht bereit sein, ihn mit ihrer Zauberkraft nach Amerika heimzubefördern. Was bedeutete, daß er mit dem Schiff reisen und Maeve für immer zurücklassen mußte.

Die Aussicht, von ihr getrennt zu sein, erfüllte Calder mit einem Gram, wie er ihn nicht mehr gekannt hatte seit jenen qualvollen Tagen, Wochen und Monaten nach dem Tode seiner Tochter. Doch trotz allem kam nicht in Frage, daß er blieb. Er wäre für Maeve gestorben, doch so ironisch es auch sein mochte, *leben* konnte er nicht für sie – jedenfalls nicht, wenn es eine solch unnütze, behütete Existenz bedeutete. Denn seit er in ihrem Haus war, kam er sich wie eine zahme Maus in einem Käfig vor, die den ganzen Tag lang in ihrem Rad herumrannte.

In diesem Augenblick trat Maeve an seine Seite, hinreißend schön in ihrem langen Abendkleid aus purpurrotem Samt, dessen Rock mit Rheinkiseln besetzt war, die glitzerten wie Frost auf frischem Schnee. Sie hätte eine Sterbliche sein können, wenn nicht dieser ungewöhnlich blasse und makellose Teint gewesen wäre und die nur mühsam beherrschte Energie, die jede ihrer Bewegungen verriet.

Calder schaute ihr in die Augen und fühlte sich taumeln, dann stürzen, Hals über Kopf, in ihre Seele, wo er zweifellos für immer und ewig ihr Gefangener sein würde, selbst wenn er sie niemals wiedersah. »Wie kann ich dich verlassen?« flüsterte er heiser.

Maeve legte eine schlanke, anmutige Hand an seine Wange, und ihre Berührung ließ ihn erschauern. Dann nahm sie schweigend seinen Arm und führte ihn durch den Ballsaal und große Glastüren auf die Terrasse hinaus. Dort, unter den glitzernden Sternen, blieb sie stehen.

»Vielleicht wäre es besser, wenn du gehst«, sagte sie kühl, doch Calder ließ sich davon nicht täuschen. Er hörte die Trauer in ihrer Stimme und spürte sie in ihrer Seele pochen, so wie sie in seiner pochte. »Und es wäre auch besser, wenn du keine Erinnerungen mehr an mich besäßest …«

»Einen Moment!« fiel Calder ihr empört ins Wort, unfähig, die Verzweiflung zu verbergen, die seine Existenz erschütterte. »Was soll das heißen, keine Erinnerungen mehr an dich? Du kannst doch wohl nicht …« Er hielt inne, weil ihm zu Bewußtsein kam, daß Maeve buchstäblich *alles* tun konnte, was sie wollte. »Du würdest mir doch nicht das kostbarste Geschenk nehmen, das ich je erhalten habe!«

Sie wandte für einen Moment den Kopf ab, um ihn dann ernst anzuschauen. »Eines Nachts, sobald ich es ertragen kann«, begann sie ruhig, »werde ich zu jenem ersten Augenblick zurückkehren, in dem du mich gesehen hast, draußen vor jener Gettysburger Kirche. Ich werde den Moment ändern und mich unsichtbar für dich machen, und dann wird alles, was danach geschehen ist, in deiner Erinnerung ausgelöscht sein.«

Calder spürte, wie sich seine Augen vor Entsetzen weiteten. »Nein!« protestierte er mit einem rauhen Aufschrei.

Maeve nickte betrübt. »Ich hätte es schon vor Tagen tun sollen.«

Er fuhr sich mit der Hand durchs Haar und wandte sich zu der steinernen Balustrade über den Dächern Londons um. »Ich ertrage es nicht«, sagte er leise.

Er fühlte, wie Maeve ihm die Hände auf die Schultern legte. »Es ist besser so, mein Liebling.«

Calder wirbelte herum, riß Maeve in die Arme und zog sie an sich. »Und du?« fragte er, und obwohl es wütend klang, beherrschte ihn nichts als wilde, tobende Verzweiflung. »Wirst du dich an mich erinnern?«

Sie betrachtete ihn lange. »Eine Zeitlang«, erwiderte sie. »Nach einer Weile wird meine Zeit mit dir mir nur noch wie ein schöner Traum vorkommen, ein Traum, wie man ihn oft kurz vor dem Erwachen hat.«

»Das kannst du nicht!« stieß Calder entsetzt hervor. »Du kannst es nicht, Maeve!«

Sie hielt seinem Blick gelassen stand, zog an der Kette mit dem Anhänger um seinen Hals, streifte sie ihm über den Kopf und ließ sie in ihren Ausschnitt fallen. »Ich kann es, Liebling«, erwiderte sie sanft. »Und ich werde es. Dir zuliebe und um meiner selbst willen. Vielleicht bist du dann durch die Gnade deines Schöpfers vor all dem Bösen geschützt, das dich jetzt umgibt.«

Sie nahm seine Hand. »Komm, laß uns tanzen, solange wir Gelegenheit dazu haben. Danach bringe ich dich nach Philadelphia und zu deinen verwundeten Soldaten zurück.«

Er schluckte, weil er wußte, daß es sinnlos gewesen wäre, Einwände zu erheben, zumindest heute nacht, und nickte stumm. Doch selbst jetzt konnte er, wollte er Maeves Entscheidung nicht kampflos akzeptieren.

Drinnen, inmitten all der bleichen, schönen Gespenster, tanzten sie – zwei Liebende, die dazu verdammt waren, sich so unwiderruflich zu trennen, daß sie sich bald nicht einmal aneinander erinnern würden.

Im Verlauf der nächsten Stunde traf eine ganze Familie von Vampiren ein. Maeve erklärte Calder, daß es die Havermails waren, Avery, Roxanne und ihre Töchter Canaan und Benecia. Die beiden Mädchen waren in gewisser Weise die beängstigendsten aller Geschöpfe, denen Calder in jener Nacht begegnet war, denn obwohl sie uralte Augen hatten, steckten sie für immer in den Körpern kleiner Kinder.

Calder erschauerte in Maeves Armen, als sie einen Walzer tanzten.

»Und du warst enttäuscht, daß wir niemals Kinder haben konnten«, scherzte Maeve. Doch obwohl sie ihn neckte und ihre Augen lachten, wußte Calder, daß ihre Trauer so bodenlos war wie seine eigene.

Um halb zwölf rief Maeve zu einer Pause auf und trat auf das Podium vor dem Orchester, um ihre Gäste anzusprechen.

Ihre Stimme war sanft und zugleich gebieterisch. Sie berichtete ihren Gästen von einem Vampir namens Lisette, der in letzter Zeit wahllos neue Bluttrinker geschaffen hatte. Es seien hirnlose, niedrigere Kreaturen, sagte sie, und deshalb seien die Engel bereit, einen Krieg gegen alle Wesen der Finsternis zu beginnen, nicht nur gegen die Vampire, sondern auch gegen jedes andere übernatürliche Geschöpf.

Calder hörte fasziniert zu, als Maeve fortfuhr und von der Empörung der Hexer über die Lage sprach. Entweder vereinigten die Vampire ihre Kräfte mit jenen ihrer ewigen Feinde, um Lisette und ihre ständig wachsende Armee von Ungeheuern zu besiegen, oder die Hexer würden sämtlichen Vampiren den Kampf ansagen – in der Hoffnung, die Engel und Nemesis, ihren Anführer, damit zu besänftigen und ihre eigene Zerstörung zu verhindern.

Eine Bewegung erhob sich in der Menge, und dann trat eins der makabren Vampirkinder vor. Sie war klein und blond; Maeve hatte sie Benecia Havermail genannt.

»Wo ist Valerian?« fragte sie mit klarer Stimme. »Können wir uns nicht darauf verlassen, daß er uns anführt? Er ist der Älteste und Geschickteste von uns allen.«

Maeve schien vor Calders müden Augen zu wachsen und immer größer und imponierender zu werden. Sie bot einen einschüchternden Anblick in ihrer Schönheit und ihrer Macht, und doch hatte er sie nie mehr geliebt als in jenem Augenblick, als er zum ersten Mal erkannte, daß sie tatsächlich eine Königin war.

»Valerian ist verschwunden«, antwortete sie ohne Zögern. »Und selbst du, Benecia, solltest es besser wissen, als Führungsqualitäten von ihm zu erwarten. Im übrigen ist er gar nicht der älteste Vampir – Lisette und die Mitglieder des Geheimbunds sind uralt im Vergleich zu ihm.«

Benecia gab nach, obwohl sie nicht gerade glücklich darüber schien. Calder erschauerte, als er sich vorstellte, einem solchen Wesen irgendwo in einer dunklen Gasse zu begegnen.

»Heute abend«, fuhr Maeve fort, »wird Dathan, ein Hexer, in dieses Haus kommen. Er bittet um einen Pakt zwischen unserer und seiner Gattung, um eine Art vorübergehenden Waffenstillstand. Sein Vorschlag ist, daß wir uns so lange zusammenschließen, Vampire und Hexer, bis wir unseren gemeinsamen Feind zerstört haben.«

Ein eleganter männlicher Vampir mit dunklem Haar und dunklen Augen trat vor. Wie die anderen Gäste trug er Abendkleidung, aber er strahlte eine Kultiviertheit aus, die tiefer ging als sein Erscheinungsbild. »Willst du damit sagen, daß wir diesen Geschöpfen vertrauen sollen?« fragte er Maeve. »Die Hexer waren seit Anbeginn aller Zeiten unsere größten Feinde. Wie können wir sicher sein, daß sie sich nicht gegen uns stellen werden, daß es kein Trick von ihnen ist?«

Zustimmendes Gemurmel erklang aus der Menge, aber Maeve brachte sie mit einem schlichten Blick zum Schweigen.

»Deine Frage ist vernünftig, Artemus«, sagte sie zu dem gutgekleideten Vampir. »Aber es sind schlimme Zeiten, die verzweifelte Maßnahmen erfordern. Vergeßt nicht, daß wir noch viel furchtbarere Feinde als die Hexer haben – Engel, die in wahren Heerscharen auf uns herabkommen werden, falls wir nicht Lisette aufhalten und die von ihr geschaffenen Monster zerstören. Es ist eine Aufgabe, die unsere ganze Kraft erfordern wird, sowohl unsere wie die der Hexer.«

Calder war wie verzaubert, seine eigenen Sorgen hatte er für den Moment vergessen. Obwohl Maeve den drohenden Krieg erwähnt und ihm auch nicht verschwiegen hatte, wie gefährlich ihrer aller Lage war, hatte er bisher nicht das wahre Ausmaß dieser Bedrohung erkannt. So paradox es auch erschien, handelte es sich für die Unsterblichen hier um eine Frage von Leben oder Tod.

Roxanne Havermail trat vor und stellte sich neben Artemus auf. Auch sie war schön, doch wie ihre Töchter löste sie ein unheimliches Erschauern in Calder aus. »Falls Lisette vor das Ewige Gericht geschickt wird, haben wir keine Königin mehr. So ist es doch, nicht wahr?«

Ein allgemeines zustimmendes Murmeln folgte ihrer Feststellung.

Roxanne schien Mut zu fassen. »Falls es also zu einer Wahl kommt oder so, möchte ich in Betracht gezogen werden.« Mit einem anklagenden Blick auf Maeve fügte sie hinzu: »Ich bin bestens dazu geeignet, die neue Königin zu werden, da ich, wie mir scheint, schon erheblich länger lebe und mehr herumgekommen bin als gewisse Emporkömmlinge, die ich hier nicht nennen könnte.«

»Ja«, murmelte ein kleiner, korpulenter Vampir in flaschengrünem Rock, braunen Reithosen und gerüschtem Hemd, der ganz in Calders Nähe stand. »Roxanne hat recht, sie ist schon viel herumgekommen. Hauptsächlich um den Block …«

Der weibliche Vampir wandte sich sofort zu seinem Kritiker um; Roxanne schien ihn klar gehört zu haben, obwohl eine beträchtliche Distanz zwischen ihnen lag. »Du kannst deine verschrobenen Ansichten für dich behalten, Clarence Doormeyer«, sagte sie, worauf Doormeyer zusammenzuckte und sichtlich verzagte.

Nachdem sie ihren Verleumder zurechtgewiesen hatte, wandte Roxanne sich, die Hände in die Hüften gestemmt, erneut zu Maeve um. »Nun? Werde ich nun Königin oder nicht?«

»Es wird kein Reich für dich zu beherrschen geben, wenn wir Lisette nicht rechtzeitig aufhalten, um Nemesis und seine Armee von Engeln zu besänftigen«, entgegnete Maeve.

»Wir haben auch etwas darüber zu sagen, wer Königin wird, scheint mir«, warf ein männlicher Vampir ein, der wie ein Freibeuter gekleidet war. Seine Bemerkung löste einen neuerlichen Aufruhr aus.

Maeve hob beide Hände in einer Bitte um Schweigen. Die Menge verstummte. »Das sind Angelegenheiten, die nicht jetzt besprochen werden müssen«, sagte sie entschieden.

Roxanne kehrte zu ihrem Ehemann zurück und blieb sichtlich verärgert und unglücklich bei ihm stehen. Anscheinend hatte sie damit gerechnet, auf der Stelle gekrönt zu werden.

»Was soll ich dem Hexer Dathan sagen, wenn er heute nacht kommt, um unseren Entschluß zu hören?« fuhr Maeve fort, und obwohl sie nicht die Stimme erhob, lag eine Härte darin, die keine weiteren Einmischungen erlaubte. »Schließen wir uns zusammen angesichts der Bedrohung, oder ergreifen wir die Flucht wie erschreckte Hühner und sterben unter den Händen der Engel?«

Einen Moment lang schien der ganze Saal zu erbeben wie von stummem Donner. Dann ergriff Artemus das Wort.

»Ich würde sagen, wir haben nichts zu verlieren, wenn wir uns mit Dathans Anhängern verbünden, und vielleicht wird es uns sogar das Leben retten. Welche andere Wahl bleibt uns? Sollen wir uns von den Engeln besiegen lassen, um dann herauszufinden, welche speziellen Strafen ihr Herr für die doppelt Verdammten vorgesehen hat?«

Wieder herrschte Schweigen, dann erhob Canaan Havermail ihr zartes, unangenehm schrilles Stimmchen. »Angenommen, es ist alles nur gelogen?« fragte sie mit einem boshaften Blick auf Maeve. »Warum sollten wir ihr vertrauen? Vielleicht ist sie ja genauso schwach wie ihr Bruder.« Ihre unheiligen Augen suchten und fanden Calder in der Menge, der seinen Mut schwinden spürte angesichts der grenzenlosen Schlechtigkeit, die er in ihrem Blick erkannte. »Hier ist der Beweis dafür. Maeve Tremayne verkehrt mit Sterblichen!«

Maeves Zorn war beinahe greifbar, obwohl sie ihn mit aller Kraft zu unterdrücken schien. Calder fürchtete jedoch, daß er jeden Augenblick explodieren könnte und die Kraft seines Ausbruchs den Saal einstürzen lassen würde.

»Schau dich um, Canaan. Es sind eine ganze Reihe von Menschen hier«, erwiderte Maeve kalt. »Ich bin nicht die einzige, die sie unterhaltsam findet.«

Unterhaltsam. Das Wort schnitt Calder scharf wie ein

Skalpell ins Herz. War es das, was er für Maeve darstellte – ein Spielzeug, eine Absonderlichkeit, ein Zeitvertreib? Er verdrängte das Gefühl, um es später in Ruhe zu analysieren.

Genau in diesem Augenblick flogen die Terrassentüren auf, als ob ein heftiger Windstoß sie getroffen hätte, und alle Anwesenden drehten sich nach ihnen um.

Selbst Calder hielt in einer Mischung aus Angst und Erregung den Atem an.

Im nächsten Augenblick erschien ein engelhaft schönes Geschöpf im Türrahmen, weiblichen Geschlechts, mit wallendem, goldblondem Haar, Augen blau wie Glockenblumen und einer Haltung, die nur als königlich bezeichnet werden konnte.

Calder schaute Maeve an und sah, daß sie ihn mit nachdenklicher Miene beobachtete. Es flößte ihm wieder ein wenig Hoffnung ein, sich vorzustellen, sie könne eifersüchtig sein.

»Es ist Dimity«, wisperte jemand hinter Calder. Widerstrebend löste er seinen Blick von Maeve, die unendlich schöner für ihn war, als ein Engel jemals hätte sein können, und konzentrierte seine Aufmerksamkeit auf dieses neue Drama, das sich da vor ihm entfaltete.

Dimity sagte nichts, trat nur beiseite, um einem zweiten Besucher Einlaß zu verschaffen. Dieses Wesen war männlichen Geschlechts und schien von irgendeinem inneren Feuer förmlich zu glühen. Er war so groß, daß er sich bücken mußte, um durch die Terrassentüren einzutreten, und als er wieder den Kopf hob, sah Calder, daß seine Augen schwarz wie polierter Onyx waren. Sein Haar war blond wie Dimitys, und er war mit einem mittelalterlichen Gewand, enganliegenden Hosen und einer Tunika bekleidet. An der rechten Hüfte trug er ein herrliches Schwert mit juwelenbesetztem Griff.

Calder fühlte sich sehr stark zu ihm hingezogen, und einen Moment lang ging ihm der Gedanke durch den Kopf, dies könne der legendäre Arthur sein, König von Camelot und Begründer der Tafelrunde. Doch dann sah er, daß alle anderen im Raum, mit Ausnahme von Maeve und der Erscheinung namens Dimity, sich erschrocken zurückgezogen hatten.

»Habt keine Angst«, sagte die schöne Frau mit einer Stimme, die süß wie eine sommerliche Brise war. »Gideon ist nicht gekommen, um euch etwas anzutun. Er will euch nur eine Botschaft überbringen.«

Calder sah Maeve auf den Riesen zugehen und folgte ihr, um an ihrer Seite zu sein, ob sich nun Gutes oder Böses aus der Konfrontation ergab.

»Was bist du?« fragte er kühn. Gideons Aura war so gleißend hell, daß Calder die Augen verengen mußte.

Gideon lächelte. »Ich bin ein Engel«, sagte er. »Ein Schutzengel.« Seine schönen Züge wurden ernst. »Was machst du hier, Sterblicher, bei all diesen Bluttrinkern?«

Calder trat noch ein wenig dichter an Maeve heran. Ein Engel. Unfaßbar – dieses Wesen war ein *Engel,* wenn auch ohne Flügel, Harfe oder Heiligenschein. Ein bemerkenswertes Erlebnis, sogar nach der Begegnung mit den Vampiren. Calder versuchte, etwas zu antworten, aber kein Wort kam ihm in den Sinn und kein Ton von seinen Lippen.

Dimity schob ihre Hand unter den Arm des Engels. »Richte diesen armen Menschen nicht, Gideon«, sagte sie mit gutmütigem Vorwurf. »Er besitzt das Geschenk des freien Willens, genau wie wir anderen auch.«

Calder fand endlich seine Stimme wieder; er mußte antworten, sich selbst und Maeve zuliebe. »Ich bin hier, weil ich Maeve Tremayne liebe.«

»Du mußt sie wirklich lieben«, entgegnete Gideon. »Mehr als deine eigene Seele sogar.«

»So ist es«, bestätigte Calder.

In einer unausgesprochenen Bitte um Stillschweigen legte Maeve ihm eine Hand auf den Arm. »Was willst du von uns?« wandte sie sich an Gideon.

»Ich bin gekommen, um euch zu warnen«, erwiderte er mit klarer Stimme, »weil ich befürchtete, daß ihr Dimity nicht glauben würdet, wenn ich sie an meiner Stelle herschickte.« Der Engel hielt inne, vielleicht, um seine nächsten Gedanken zu formulieren oder sie in Worte zu übersetzen, die geringere Wesen wie Menschen und Vampire verstehen konnten.

»Warum solltest du, ein Engel, ein *Feind*, uns helfen wollen?« ließ sich Benecia Havermail vernehmen. Es war Dimity, die darauf antwortete: »Ihr habt gehört, was Gideon gesagt hat. Er ist ein Schutzengel – es ist seine Aufgabe, auf einen ganz bestimmten Menschen aufzupassen. Dieser Mensch, ein Kind, ist schlimm mißhandelt worden von Leuten, die es ernähren und beschützen sollten. Ich und einige andere Vampire holen uns unsere Nahrung stets bei jenen, die wie diese Leute Kinder und schutzlose Frauen quälen, und manche Engel schätzen das. Denn ihnen ist nicht gestattet, Rache an sterblichen Wesen zu nehmen, egal, wie schrecklich ihr Verbrechen sein mag.«

Jetzt ergriff Gideon wieder das Wort. »Ich hoffe, es ist euch klar – euch allen – daß ich keine Sympathie für jene hege, die sich vom Blut Unschuldiger ernähren.« Er legte eine große Hand auf den Griff seines Schwerts, und Calder sah, wie seine Muskeln sich darum zusammenzogen. »Solchen Vampiren sollte nicht mehr Gnade erwiesen werden, als ihre Opfer von ihnen erfahren haben!«

»Welche Botschaft überbringst du uns?« fragte Maeve, und obwohl keine Furcht in ihrer Stimme mitklang, sah Calder, wie sie rasch auf eine winzige Uhr im Ausschnitt ihres Kleids schaute.

»Hört zu, ihr alle«, begann Gideon, und obwohl er leise sprach, waren seine Worte bis in die entferntesten Ecken des riesigen Raumes zu vernehmen. »Ich komme auf Befehl von Nemesis, meines Kommandeurs. Er trug mir auf, euch mitzuteilen, daß er euch alle zerstören wird, jeden einzelnen von euch, falls ihr nicht diesen abtrünnigen Vampir, Lisette, aufhaltet, und daß selbst die dunkelsten Abgründe der Hölle euch dann nicht vor seinem Zorn verbergen werden können.«

Calder fühlte ein allgemeines Erschauern durch den Saal gehen, und obwohl auch er sich fürchtete, ließ seine Faszination nicht nach. Hätte ihm jemand gesagt, daß solche Geschöpfe existierten, hätte er die Person als wahnsinnig abgetan. Doch jetzt konnte er höchstpersönlich mit ansehen, wie Licht und Finsternis sich einander gegenüberstanden.

Nachdem er seine Botschaft verkündet hatte, wandte der prächtige Engel sich ab und ging, verschwand gebückt durch die Terrassentür und wartete draußen, bis Dimity ihm folgte. Dann schlossen sich krachend die Türen hinter ihnen.

Einen Moment später brach entsetztes Stimmengewirr in Maeves Ballsaal aus, als die Vampire begriffen, daß sie es mit einem Feind zu tun hatten, den sie nicht besiegen konnten.

»Schweigt!« rief Maeve, und widerstrebend gehorchten ihr die anderen, obwohl Calder den Eindruck hatte, daß die Luft im Raum prickelte von ihrer Furcht, ihrer Empörung und ihrer Frustration. »Was muß noch alles geschehen, bevor ihr überzeugt seid, daß unsere einzige Hoffnung darin besteht, uns mit den Hexern zu verbünden und Lisette zu zerstören wie ein tollwütiges Tier – was sie schließlich ja auch ist!«

Niemand sprach, niemand rührte sich. Selbst Pillings

stand in betroffenem Schweigen da und beobachtete Maeve.

»Wenn ihr uns unterstützen wollt, dann tretet vor«, sagte sie, stieg wieder auf das Podium und deutete auf den freien Platz davor. »Wenn nicht, dann geht jetzt bitte.«

Eine kleine Ewigkeit lang rührte sich keiner. Dann begannen alle Menschen, mit Ausnahme von Calder und Pillings, auf die Türen zuzustreben, gefolgt von einigen wenigen mürrischen Vampiren. Die anderen sammelten sich vor Maeve, wie sie es verlangt hatte, und schauten mit Gesichtern, deren Ausdruck von ängstlicher Zurückhaltung bis zu grenzenloser Bewunderung rangierte, zu ihr auf.

Calder schaute verwundert zu, wie sie Gruppen von Vampiren in andere Teile der Welt entsandte, wo sie alles tun sollten, um Lisettes Schöpfungen aufzuspüren und zu vernichten. Als die große Standuhr in der Halle Zwölf schlug, verließ Maeve jedoch ihre Anhänger und begab sich zur Eingangstür.

Calder war gleich hinter ihr, obwohl sein Instinkt ihm sagte, daß sie ihn jetzt nicht in ihrer Nähe haben wollte.

Als sie die massive Tür erreichte, zog Maeve sie auf, und ein weiterer Besucher stand auf der Schwelle. Er trug einen schwarzen Umhang, der, als er die Kapuze zurückschob, einen Kopf mit dichtem braunem Haar enthüllte und ein unschuldiges, kindliches Gesicht.

Dies, dachte Calder, muß Dathan sein, der Hexenmeister, von dem Maeve vorher gesprochen hatte. Der Neuankömmling begrüßte sie mit einem einzigen Wort.

»Nun?«

»Wir werden uns mit euch verbünden«, sagte Maeve in kühlem, zurückhaltendem Ton. Es war offensichtlich, daß sie die Aussicht, mit Hexern umzugehen, ebensowenig genoß wie ihre Vampirgefährten, obwohl sie das Bündnis selbst vorgeschlagen hatte.

Dathan neigte höflich den Kopf. »Hervorragend«, sagte er. »Jetzt brauchen wir nur noch unsere Strategie zu planen.«

Maeve drehte sich halb nach Calder um, und er sah grenzenlosen Schmerz in ihren Augen. »Ja«, antwortete sie geistesabwesend. »Das ist alles, was uns noch zu tun bleibt.«

Calder spürte, wie sich ein Abgrund zwischen ihnen auftat, ein riesiger, unüberwindlicher Abgrund, und etwas in ihm erstarb in diesem Augenblick.

Dathans Stimme lenkte Maeves Aufmerksamkeit jedoch wieder von Calder ab. »Wir haben Neuigkeiten von deinem Freund Valerian.«

Calder wandte sich ab, weil er keine Zuneigung für Valerian empfand und es ihm vollkommen gleichgültig war, was dem anderen Vampir zugestoßen sein mochte. Seine Gedanken drehten sich um all die anderen schrecklichen, phantastischen Dinge, die er in dieser Nacht erlebt hatte, während gleichzeitig ganz langsam sein Herz zerbrach.

In seinem Zimmer sammelte er seine Sachen ein und begann sie in die Truhe zu packen, die er am Tag zuvor gekauft hatte. Er hätte gern geweint, aber diese Erleichterung blieb ihm durch seine in vielen Jahren kultivierte Gelassenheit versagt.

Obwohl er lange wartete, kam Maeve in jener Nacht nicht mehr zu ihm.

Maeve verbrachte die restlichen dunklen Stunden mit Dathan und schmiedete Pläne mit ihm, wie sie Lisette zerstören würden. Sie gestattete sich dabei nicht, an Calder zu denken, hätte es sich auch gar nicht erlauben können, wo es so viele andere wichtige Dinge zu entscheiden gab.

Dathans Bericht nach lebte Valerian noch, obwohl er tatsächlich in Gefangenschaft geraten war. Lisette schien zu beabsichtigen, ihn als Waffe oder Pfand zu nutzen, und im Moment gab es nichts, was Maeve dagegen tun konnte.

Wenige Minuten vor Sonnenaufgang ging sie zu Calders Zimmer und fand ihn voll angekleidet und schlafend auf seinem Bett. Maeve legte sich neben ihn, schlang die Arme um ihn und dachte an das große Haus in Philadelphia.

Momente später waren sie dort, auf Calders Bett, und er schlief noch immer, obwohl er jetzt unruhiger war und anscheinend von Alpträumen gequält wurde.

Maeve küßte ihn auf die Stirn und verschwand, da ihr nur noch wenige Sekunden Zeit blieben. An einem grabähnlichen Ort viele Meter unter der Erdoberfläche verkörperlichte sie sich wieder und überließ sich dem tiefen Schlaf der Vampire.

Calder erwachte abrupt, in Schweiß gebadet, und richtete sich hastig auf. Verwundert stellte er fest, daß er sich in seinem eigenen Schlafzimmer in Philadelphia befand, im hellen Licht der spätsommerlichen Sonne.

Er blinzelte, aus der jähen Angst heraus, seine Zeit in London, Maeve und der Vampirball könnten nur Teil eines Fiebertraums gewesen sein. Er versuchte noch immer, zwischen Wirklichkeit und Illusion zu unterscheiden, als die Tür zu seinem Raum aufflog und William hereinstürmte.

»Wo zum Teufel hast du bloß gesteckt?« schrie sein Bruder, während er aufs Bett zustürzte und Calder am Hemd packte.

Calder stieß ihn fort und stand auf. »Was geht das dich an?« entgegnete er, nicht minder wütend, griff nach dem Anhänger, den Maeve ihm gegeben hatte, und stellte fest, daß er nicht mehr da war.

William erblaßte, aber nicht aus Angst, sondern aus Wut. Irgendwo in den Tiefen seiner verdorrten kleinen Seele schien er zu wissen, daß Calder ihn niemals körperlich angreifen würde, weil es eine Verletzung seines persönlichen Ehrenkodexes gewesen wäre.

»Es ist wegen Vater«, sagte William. »Er ist krank, und der Arzt sagt, daß er stirbt. Er hat nach dir gefragt, obwohl ich mir nicht vorstellen kann, warum er sich die Mühe macht. Er muß doch wissen, daß du ihm jetzt auch nicht mehr Interesse entgegenbringen wirst, als du es bisher getan hast.«

Calder war überzeugt gewesen, ganz ohne Gefühl zu sein, wenn es sich um seinen Vater handelte, doch die Neuigkeiten erschütterten ihn und lenkten ihn von den Geheimnissen ab, die Maeve in sein Leben gebracht hatte. »Ist er hier, oder hast du ihn ins Krankenhaus bringen lassen?« fragte er, schon auf dem Weg zur Tür.

»Vater würde niemals einen Fuß in ein Hospital setzen«, versetzte William. »Außerdem sind wegen des verdammten Kriegs ohnehin keine Betten dort zu kriegen. Das müßtest du schließlich selbst am besten wissen.«

Calder ignorierte seinen Halbbruder, riß die Tür auf und ging über den Korridor zum Zimmer seines Vaters. Er fand den alten Mann aufrecht im Bett vor, obwohl er erheblich kleiner wirkte als sonst, wie es bei Sterbenden so oft der Fall war.

Bernard streckte bittend die Hand aus und krächzte Calders Namen.

Calder begriff mit erschütternder Plötzlichkeit, daß der kleine Junge, der seinen Vater geliebt und bewundert hatte, noch immer irgendwo in ihm vorhanden war. Seine Gefühle für den alten Mann erhoben sich mit der Macht eines Vulkans, und bittere Tränen sprangen in seine Augen.

»Vater«, sagte er, drückte die dargebotene Hand und berührte mit den Lippen ihre Fingerknöchel. Dann versuchte er, sich zu erheben.

»Nein!« protestierte Bernard. »Geh nicht. Ich möchte dir etwas sagen. Es tut mir leid, Calder, so unendlich leid – alles, was ich getan habe – und alles, was ich zu tun versäumt habe. Ich habe dich immer geliebt, und ich liebte auch deine Mutter ... Aber ich besaß nicht deine Kraft – keiner von uns besaß sie. Weder deine Mutter noch Teresa und Amalie – oder William. Du warst immer so ungeduldig, so intolerant.«

Calders Schultern sackten herab, als ihn zum zweiten Mal innerhalb von vierundzwanzig Stunden tiefste Gram zerriß. Ein Schluchzen entrang sich seiner Kehle, kein Wort wollte über seine Lippen kommen.

»Ruh dich jetzt aus, Vater«, sagte William von der anderen Bettseite her, und Calder war es fast, als ob die Stimme seines Halbbruders aus einem weit entfernten Tunnel käme. »Versuch nicht zu reden, Papa.«

»Ich habe meinen Frieden mit dir geschlossen, William«, sagte Bernard mit klarer Stimme. »Geh jetzt und laß mich das gleiche mit deinem Bruder tun.«

Calder setzte sich auf die Kante von Bernards Totenbett, zu überwältigt noch, um irgendeins der Worte auszusprechen, die sein Herz erfüllten und in seiner Kehle pochten.

Sein Vater legte eine überraschend starke Hand hinter den Kopf seines Sohns und zog ihn dicht an seine Schulter. »Verzeih mir«, bat er wieder. »Verzeih mir, nicht der Mann zu sein, der du bist.«

Im nächsten Augenblick spürte Calder die Seele des alten Mannes aus seinem Körper entweichen, wie warmer Dampf in der Luft aufstieg. So einfach war das, und so komplex, und das Phänomen hunderte Male mitangesehen zu haben, linderte nicht seine Wucht.

Er wich zurück, schaute in das vertraute Gesicht und sah nur einen starrenden, leeren Blick. Sanft, mit geübten Fingern, drückte Calder seinem Vater die Augen zu.

Bedauern erfaßte ihn, Reue, daß er so lange gewartet hatte, um sich über die Liebe, die er diesem Mann schon immer entgegengebracht hatte, klarzuwerden und sie zu akzeptieren. Er blieb sehr lange bei ihm sitzen, hielt eine einsame Wache, und erst, als Prudence hereinkam, sehr viel später, stand Calder auf und trat ans Fenster, wo er auf den sonnenbeschienenen Garten hinunterstarrte.

»Er ist nicht mehr«, sagte er leise.

Prudence weinte, schluchzte und begann zu beten, und trotz ihres geräuschvollen Leidens konnte Calder sich des Gedankens nicht erwehren, daß sie besser dran war als er selbst. Sie verstand ihren Gefühlen wenigstens freien Lauf zu lassen, während er seine eigenen mit sich herumschleppte wie das Gerippe eines Albatros.

Es ist wirklich kein Wunder, dachte Calder benommen, daß ich alles und alle verloren habe, die mir je etwas bedeuteten. Ich verstehe einfach nicht zu lieben …

11

»Du hast ihm das Leben zur Qual gemacht«, erklärte William hölzern, als er und Calder sich an jenem Nachmittag im Salon gegenüberstanden. Der Bestattungsunternehmer war mit seinen Gehilfen oben in Bernards Zimmer, und bereiteten den alten Mann für die Aufbahrung und das spätere Begräbnis vor.

Calder war noch immer wie betäubt von seinen Erlebnissen in London und mit Maeve, vom Tod seines Vaters und der Erkenntnis, daß er Bernard Holbrook tatsächlich geliebt hatte, trotz dessen Fehler, und obwohl er selbst unerschütterlich vom Gegenteil überzeugt gewesen war.

»Erspar mir deine Predigt über meine Irrtümer als Sohn«, sagte er müde und schaute aus dem Fenster. »Es ist mir durchaus bewußt, daß ich ein bißchen toleranter hätte sein können.«

»*Ein bißchen toleranter?*« wiederholte William empört. Das letzte Mal, als Calder in seine Richtung schaute, hatte sein Halbbruder am Kamin gestanden und in ein Glas Bourbon gestarrt. »Du hast ihn Tag für Tag mit deiner verdammten Verachtung gestraft, mit deiner selbstgerechten Annahme, daß er nicht besser sein wollte, als er war. Der Mann hat nach deinem Respekt gehungert und nach deiner Zuneigung, jeden einzelnen Tag deines Lebens, aber du hast ihm all diese Dinge versagt!«

Calder schloß die Augen, denn nichts schmerzte mehr als die Wahrheit. Obwohl er einige seiner Entscheidungen bereute, bitter bereute sogar, würde er eher mit dem Teufel tanzen, als sich bei William zu entschuldigen.

»Bist du fertig?« fragte er mit schneidender Höflichkeit.

Er hörte das Klirren zerschellenden Kristalls und drehte sich zu William um, der sein Glas in den Kamin geschleudert hatte.

»Nein, du verdammter Bastard, ich bin noch nicht fertig! Mein Vater ist tot, und du hast sein Leiden verschlimmert durch deine Arroganz und deine Gefühllosigkeit!«

»Was erwartest du von mir?« fragte Calder ruhig. »Soll ich ihn wiederauferstehen lassen? Die Uhr zurückdrehen zu der Zeit, in der er meine Mutter zur Verzweiflung trieb, und mir einreden, es sei gar nicht so schlimm gewesen, daß er meiner Mutter mit seiner Untreue das Herz gebrochen hat? Nach dem Motto etwa: *Männer sind schließlich Männer?*«

Williams gutaussehendes, wenn auch etwas fades Gesicht rötete sich vor Zorn. »Du verdammter Schuft! Ich will, daß du um Verzeihung bittest!«

»Wen denn? Dich?« Calder rieb sich das Kinn, wo ein

eintägiger Bart wuchs. »Niemals. Ich habe mir dir gegenüber nichts vorzuwerfen, William.«

Williams Gesicht verzerrte sich. »Nein? Das ist mein Vater, der dort oben liegt! Wenn du nicht gewesen wärst, könnte er jetzt vielleicht noch leben!«

»Ich lasse mir nicht die Schuld an seinem Tod zuschieben« erwiderte Calder. »Er hatte sich eine Lungenentzündung zugezogen und nicht die Kraft, sie zu überstehen. Damit hatte ich nichts zu tun.«

»Du hast ihm seine Kraft *geraubt!*« schrie William unbeherrscht. »Papa hat sie vergeudet mit der Sorge, du könntest diesmal endgültig das Weite gesucht haben. Er hätte die Energie brauchen können, um sich am Leben festzuklammern!«

Calder schüttelte den Kopf und seufzte, zu müde und erschüttert, um diplomatisch zu sein. »Verdammt, William, wann wirst du endlich die Augen öffnen? Du beschuldigst Vater, Energie vergeudet zu haben, während dein eigener Haß auf mich und deine kleinliche Eifersucht dich innerlich zerfressen!«

Da wandte William sich ab, senkte den Kopf auf seinen Arm, der auf dem Kaminsims ruhte, und stieß ein ersticktes Schluchzen aus. Calder ging zu ihm, aber dann hielt er inne, weil er begriff, daß er nichts zu sagen hatte, was seinen Halbbruder hätte trösten können. Nur seine komplette Demütigung hätte William zufriedengestellt, und diesen Preis war Calder nicht bereit zu zahlen.

Mit rotgeweinten Augen und einem Besen und einer Schaufel in der Hand trat Prudence ein und bückte sich nach einem anklagenden Blick auf die beiden Brüder, um die Glasscherben aufzufegen. »Du liebe Güte«, schalt sie, »man sollte meinen, ihr beide würdet euch in einem solchen Augenblick benehmen! Statt dessen steht ihr hier und kläfft euch an wie zwei tollwütige Hunde!«

William hob den Kopf, warf Calder einen bösen Blick zu und zupfte seinen untadeligen Anzug glatt. Falls er Prudence gehört hatte, oder auch nur bemerkt, zeigte er es nicht. »Du hast die ganze Familie zerstört«, sagte er haßerfüllt zu Calder. »Ich wünschte, diese Hure von deiner Mutter wäre gestorben, bevor sie dich auf die Welt bringen konnte!«

Calder trat einen Schritt auf seinen Bruder zu. »Ich weiß, daß du leidest, William, und deshalb verzeihe ich dir deine Beleidigungen«, sagte er mit täuschend ruhiger Stimme. »Falls dir allerdings deine Haut lieb ist, wirst du meine Mutter nicht mehr erwähnen, nicht einmal mit ausgesuchter Höflichkeit. Ist das klar?«

Prudence schob sich zwischen die beiden. »Wenn ich eine Pferdepeitsche holen muß, damit ihr beide euch anständig benehmt, werde ich es tun! Es ist nicht der geeignete Moment, um eure Streitigkeiten auszutragen.«

Prudence' vernünftigen Worten zum Trotz hätte Calder William noch immer am liebsten einen Fausthieb versetzt, mitten in dieses glatte, hochmütige Gesicht hinein, und er nahm an, daß sein Bruder ähnliche Gedanken hegte. Mit einem tiefen Atemzug wandte er sich ab, um zum Fenster und seinen ganz privaten Überlegungen zurückzukehren.

Doch William verhinderte das, indem er Prudence wütend anschrie: »Halt dich raus, du altes Weib! Dies ist jetzt mein Haus, und ich werde mit diesem Hurensohn reden, wie es mir beliebt!«

Mit zwei großen Schritten war Calder bei William, packte ihn an den Rockaufschlägen und zog ihn auf die Zehenspitzen. »Dich scheint nichts anderes beruhigen zu können, als eine Gelegenheit, mein Blut zu vergießen!« zischte er. »Nun gut, dann sei es so.« Er stieß seinen Bruder hart von sich. »Wir werden es draußen austragen«, schloß er hart.

William nickte, drehte sich um und strebte auf die Tür zu. Calder war gleich hinter ihm, doch Prudence trat ihm in den Weg und ergriff seinen Arm.

»Dieser Mann dort oben verdient es nicht, daß seine einzigen Söhne sich wie trunkene Feldarbeiter im Garten prügeln – egal, welche Fehler er begangen haben mag!«

Calder war ganz leicht im Kopf, er sah die Haushälterin und den Salon wie durch einen roten Schleier. »Im Gegenteil«, entgegnete er rauh, »mein Vater hat William und mich von Anfang an gegeneinander aufgehetzt.« Er entzog Prudence seinen Arm. »Es ist genau *das,* was Papa immer sehen wollte – daß wir beide wie die Hähne kämpfen, bis einer von uns blutend im Staub lag. Und das weißt du so gut wie ich.«

Tränen stiegen in Prudence' Augen auf. »Tun Sie es nicht, Mr. Calder«, flehte sie. »William ist untröstlich, so nahe, wie er Ihrem Vater stand. Er weiß nicht, was er tut ...«

Calder strich sich mit den Fingern durch das wirre Haar. »Entschuldige, Pru«, sagte er schroff. »Ich würde alles für dich tun, aber nicht, vor meinem Bruder wegzurennen.«

Er hörte Prudence weinen, als er über den Korridor zum Garten ging.

William stand wartend vor dem Pavillon, hatte seinen Rock bereits abgelegt und war dabei, seine Ärmel aufzukrempeln. Seine Augen blitzten vor Entschlossenheit.

»Ich hatte schon fast erwartet, daß du wieder verschwinden würdest, kleiner Bruder«, höhnte er.

Calder trug keinen Rock und keine goldenen Manschettenknöpfe, die er erst hätte entfernen müssen. Beschämt über die boshafte Freude, die er bei der Aussicht empfand, seinen Bruder zu einem wimmernden Häuflein Elend zusammenzuschlagen, krempelte er seine Ärmel auf. »Das hättest du besser wissen sollen«, erwiderte er mit einem grimmigen Lächeln. »Natürlich kannst du auch jetzt noch deine wertlose Haut retten, indem du alles zurücknimmst, was du über meine Mutter gesagt hast. Denn wenn nicht, werde ich dich in Stücke reißen und deine Überreste in die Rattenlöcher in diesem Garten stecken.«

William war leicht verunsichert, aber er gab nicht nach. Im Gegenteil, er streute noch Salz in die offenen Wunden. »Wußtest du, daß sie in jener Nacht, in der sie starb, mit einem anderen Mann davongelaufen war, deine *tugendhafte* Mama – genau wie Jahre später deine Frau?«

Calder war kalt und übel. »Das ist genug«, sagte er und erstickte fast an den Worten.

Sein Halbbruder lächelte und stützte seine blassen Hände in die Hüften. »O nein, Calder«, sagte er. »Das war noch lange nicht genug. Du wirst jetzt endlich die Wahrheit über deine Mutter, die schöne Marie, erfahren. Sie hatte Papa in jener Nacht, als der Unfall mit der Kutsche geschah, verlassen und brannte mit einem Liebhaber durch, wie es später auch deine Frau tat. Und wie Teresa ließ auch Marie ihr Kind im Stich. Sie wollte dich nicht haben, Calder.«

Calder lachte, *lachte*, obwohl Galle in seiner Kehle aufstieg und er überzeugt war, seinen Halbbruder in diesem Moment ohne Hemmungen umbringen zu können. »Du lügst«, sagte er. »Meine Mutter starb am Fieber. Und sie hätte mich nie im Stich gelassen – niemals. Falls du einen Weg suchst, mich zu reizen, Bruder, wirst du dir etwas anderes ausdenken müssen.«

William schnaubte verächtlich. »Du Narr. Sie brachten Marie nach dem Unfall heim, und sie wachte nicht mehr aus ihrer Ohnmacht auf. Papa hat dir bloß erzählt, sie sei am Fieber gestorben um deine kostbaren Gefühle zu schonen. Frag den alten Dr. Blanchard, falls du mir nicht glaubst. Sie hatte sich bei dem Unfall sämtliche Knochen gebrochen, und sie brachten sie her zum Sterben. Die Wahrheit ist, daß sie mit einem ihrer Cousins zweiten Grades herumgehurt hatte. Sie hatten einen Bastard gezeugt, Marie und ihr Liebster – den sie natürlich verlor, bevor sie starb.« Er seufzte philosophisch. »Aber das war zweifellos am besten so.«

Calder spürte die Kraft aus seinen Knien weichen. In Gedanken hörte er Marie Holbrooks melodische Stimme ein Wiegenlied singen, fühlte ihre Hände, die ihn zudeckten, und glaubte, sogar ihre Lippen auf seiner Stirn zu spüren. »Du bist ein verdammter Lügner«, sagte er.

William fuhr fort, als ob er Calder nicht gehört hätte. »Ich habe mich eigentlich immer schon gefragt, ob *du* nicht auch ein Souvenir von Maries zahlreichen Verehrern warst«, sagte er. »Papa war Ende Vierzig, als du auf die Welt kamst, und er hatte mit meiner Mutter kein zweites Kind gezeugt, und auch nicht mit irgendeiner seiner Geliebten, die später kamen.«

Weil Williams Behauptungen einige von Calders grundsätzlichen Ansichten über sich selbst erschütterten und weil er ein Körnchen Wahrheit in ihnen spürte, war er zutiefst betroffen. »Setzen wir einmal voraus, du hättest recht«, sagte er leise. »Angenommen, meine Mutter wäre ein Flittchen gewesen und ich der Sohn einer ihrer Liebhaber. Warum hast du dann bis jetzt gewartet, um es mir zu sagen, wenn du mich doch anscheinend schon so viele Jahre haßt?«

William gestattete sich ein schwaches Lächeln. »Weil Papa glauben wollte, daß du sein Sohn warst. Du warst alles, was er sich je von einem Sohn erhofft hatte. Ironisch, nicht? Du, Calder, warst der Lieblingssohn, obwohl du ständig zu irgendwelchen fernen Ländern unterwegs warst oder in diesen verdammten Krieg gezogen bist. Du hast ihn gequält, und er liebte dich dafür, *betete* dich buchstäblich an dafür.« William hielt inne und schaute sinnend zum Himmel auf. »Wie hätte ich dir die Wahrheit sagen sollen? Papa hätte mich dafür enterbt.«

Calder schüttelte den Kopf. Der Kampf hatte nicht einmal begonnen, und doch hatte William ihn bereits besiegt, ihn geschlagen und gebrochen. »Kannst du das alles beweisen?«

»Natürlich. Ich habe Briefe, die an die schöne Marie gerichtet sind, und einige andere, die sie selbst geschrieben, aber wohl nicht mehr abgeschickt hat.«

»Ich will sie sehen«, verlangte Calder, während er einen harten Kampf um sein inneres Gleichgewicht mit sich ausfocht. Mit hängenden Schultern wandte er sich ab und ging zum Haus.

Doch William wollte es nicht dabei belassen. Er stürzte Calder nach und drehte ihn an den Schultern zu sich herum.

»Du hast gewonnen«, sagte Calder grimmig. »Was willst du mehr?«

William erwiderte nichts, stieß nur seine rechte Faust in Calders Richtung, der den Schlag jedoch kommen sah und ihn mit erhobenem Arm abwehrte. Er war zutiefst verblüfft über die Beharrlichkeit, mit der sein Bruder ihn provozierte, denn *dies* war in der Tat ein Kampf, den William nicht gewinnen konnte. Doch dann begriff Calder plötzlich, daß William den Schmerz *suchte,* ihn brauchte, um seine eigenen Dämonen auszutreiben.

Calder ballte die Faust und hieb sie hart unter Williams Kinn. Der Schlag saß; Williams Zähne klapperten, und ein dünnes Rinnsal erschien in seinem Mundwinkel.

»Reicht dir das?« fragte Calder gepreßt. Fast vermißte er den unbeherrschbaren Ärger, den er eben noch empfunden hatte; jetzt war er innerlich wie taub. Nichts rührte sich mehr in ihm, weder Zorn noch Freude oder

Leid. Nichts. »Oder muß ich dich erst bewußtlos schlagen?«

William holte zu einem weiteren Hieb aus, der diesmal besser saß. Er traf Calder mitten in der Magengrube und trieb die Luft aus seinen Lungen.

Ein Adrenalinstoß erfaßte Calder, obwohl seine Emotionen tot waren wie der Mann, der ihn gezeugt hatte. Blindlings stürzte er sich auf William, wie er es früher als kleiner Junge so oft getan hatte, wenn sein Bruder ihn drangsalierte, bis er die Beherrschung verlor. Der Unterschied war nur, daß William heute nicht mehr größer und stärker war als Calder.

Der Kampf nahm seinen Fortgang, recht ausgeglichen anfangs, und Calder ergötzte sich daran. Tatsächlich bezog er ebensoviel Vergnügen aus den eingesteckten Schlägen, wie aus jenen, die er selbst austeilte. Während der Kampf tobte, brauchte er wenigstens nicht über seine unmögliche, wirklichkeitsfremde Beziehung zu Maeve nachzudenken, über den Verlust des Vaters, von dem er nicht einmal gewußt hatte, daß er ihn liebte, und nun über diesen zweiten und irgendwie noch viel schmerzlicheren Verlust einer Mutter, die er angebetet hatte.

Zu guter Letzt, als sein eigenes Gesicht blutete und seine Fingerknöchel geschwollen waren, schickte Calder William mit einem rechten Haken zu Boden, wandte sich ab und stolperte zum Haus zurück.

Der Bestattungsunternehmer und seine Gehilfen hatten Bernards Leiche inzwischen im Salon aufgebahrt.

Capshaw, der Bestatter, betrachtete Calders zerknitterte, mit Grasflecken übersäte Kleider, und sein blutendes Gesicht mit unverhohlener Verachtung. Er und Bernard hatten Poker miteinander gespielt, unter anderem, und waren Freunde gewesen.

»Sie haben sich nicht verändert«, sagte er zu Calder, der

sich zwang, neben den Mahagonisarg zu treten und auf das stille, blasse Gesicht seines Vaters herabzusehen.

Oder des Mannes, den er für seinen Vater gehalten hatte.

»Wollte meine Mutter ihn verlassen in der Nacht ihres Todes?« fragte er Capshaw plötzlich, weil er annahm, daß er als Freund der Familie etwas darüber wissen mußte.

Der Mann räusperte sich. »Es ist nicht der Moment ...«

Calder hob den Kopf und schaute den Leichenbestatter an. »*Sagen Sie es mir,* verdammt!« stieß er rauh hervor.

»Ja.« Capshaw seufzte. »Ja, Marie hatte Bernard verlassen. Und quälen Sie mich nicht mit weiteren Fragen, Calder, denn mehr werde ich nicht sagen. Vielleicht haben Sie keinen Respekt vor den Toten, weil sie zu viele von ihnen auf den Schlachtfeldern gesehen haben – aber ich achte sie. Bernard war ein guter Freund für mich, und ich werde nicht zusehen, wie sein Tod in ein Salontheater verwandelt wird!«

Calder betrachtete das kalte, starre Gesicht seines Vaters, als hoffte er, dort eine Antwort zu entdecken. Dann wandte er sich ab und ging langsam, wie ein Mann in Trance, auf die Treppe zu.

Anstatt in seinen eigenen Räumen Zuflucht zu suchen, begab Calder sich ins Kinderzimmer, in dem er als kleiner Junge geschlafen und gespielt hatte. Es war unverändert belassen worden nach Amalies tragischem Verlust, in der Hoffnung wohl, daß es irgendwann noch weitere Kinder im Haus geben würde.

Eine ihrer Puppen saß noch immer auf einem winzigen Schaukelstuhl vor dem Kamin, als erwartete sie die Rückkehr des kleinen Mädchens. Calder berührte die Puppe so ehrfürchtig, als handelte es sich um ein geheiligtes Objekt, doch dann zog er abrupt die Hand zurück.

Er hatte alles verloren, begriff er plötzlich. Sein Leben

mit Maeve – ja, sogar die Erinnerung an sie würde bald verloren sein, dank ihrer makabren Zauberkräfte – sein Kind, sein Vater, die Illusion, daß es wenigstens einen Menschen in seinem Leben gegeben hatte, der ihn selbstlos liebte, und schließlich sogar seine eigene Identität. Calder wußte nicht mehr, wer er war.

Es wäre eine Gnade gewesen, weinen zu können oder den Himmel zu verfluchen, aber er war noch immer vollkommen ohne Gefühl; eine tote Seele in einem lebendigen Körper.

Irgendwann kehrte Calder in sein eigenes Zimmer zurück und war nicht erstaunt, dort ein Päckchen Briefe, die mit einem verblichenen rosa Band zusammengebunden waren, vorzufinden. Darunter lagen einige Seiten teuren Büttens, denen noch immer ein schwacher Duft nach dem Parfüm seiner Mutter anhaftete.

Er ließ die Briefe zunächst liegen, um das Blut von seinem Gesicht zu waschen und den Schmutz von seinen Händen. Dann nahm er die Briefe zu einem Sessel mit und begann zu lesen. Die losen Blätter verrieten ihm alles, was er wissen mußte; Marie Holbrook war tatsächlich im Begriff gewesen, ihren Mann um eines Liebhabers willen zu verlassen, und hatte auf jegliche Erwähnung ihres Sohns verzichtet.

Zweifellos war er nichts als eine Last für sie gewesen, trotz ihrer sanften Wiegenlieder, ihrer liebevollen Pflege und ihrer zärtlichen Worte. Hätte Marie den Unfall überlebt, wäre er, Calder, ebenso im Stich gelassen worden wie Jahre später sein eigenes Kind, als Teresa ihn verließ …

Er legte die Seiten fort, schloß die Augen und konzentrierte seine ganze Energie darauf, Maeve zu sich zu rufen, sie Wirklichkeit sein zu lassen.

In ihrem kühlen, dunklen Versteck tief unter der Erdoberfläche, bewegte Maeve sich im Schlaf, doch sie erwachte nicht vor Sonnenuntergang. Im Moment, als sie die Augen öffnete, spürte sie Calders verzweifeltes Rufen, ging jedoch nicht sofort zu ihm. Immerhin stand ein Krieg bevor, für sie und alle anderen Vampire, und da konnte sie nicht mehr blind ihren Impulsen folgen.

Lisette war schlau, und nichts hätte sie mehr gefreut, als Maeve gefangenzunehmen. Die uralte Vampirin war wahnsinnig, aber nicht dumm; sie mußte wissen, daß der Aufstand ohne seine Anführer in sich zusammenfallen würde, und Valerian hatte sie bereits aus dem Spiel entfernt.

Also wartete Maeve dort in ihrem verborgenen Loch, bis sich ihr volles Bewußtsein einstellte. Sie verspürte einen quälenden Durst, der unbedingt als erstes gelöscht werden mußte – sie durfte jetzt keine Schwäche riskieren.

Sie verkörperlichte sich in einem fernen Feldlazarett und nährte sich von einem sterbenden Soldaten, linderte seine Qual und seine Angst und schenkte ihm im Augenblick des Todes Ekstase. Wie seine Gefährten hielt er sie für einen Engel und segnete sie, und Maeve fragte sich, wer die wirklichen Ungeheuer waren – Wesen wie sie selbst, oder Menschen, die Kriege führten.

Danach wurde Maeves Kopf etwas klarer, und sie fühlte ihre Kraft zurückkehren. Bevor sie sich auf die Suche nach Valerian machte – und damit nach Lisette – begab sie sich zu Calder.

Er hockte auf einem Sessel in seinem Zimmer, unrasiert, mit schmutzigen, zerdrückten Kleidern und sichtlich angetrunken. Als Maeve zu ihm ging, spürte sie die Anwesenheit des Todes im Haus, aber auch Zorn, Trauer und vor allem tiefste Hoffnungslosigkeit.

Sie berührte sein Haar. »Calder.«

Er öffnete die Augen und schaute sie an, und selbst in

seinem bemitleidenswerten Zustand kam er ihr so unendlich schön vor, daß sie sich fragte, wie es ihr je gelingen sollte, die Erinnerung an die Liebe zwischen ihnen auszulöschen. Sie wußte nur, daß sie es tun mußte. Calder zog sie auf seinen Schoß herab. »Ich dachte schon, selbst du wärst eine Lüge«, murmelte er und barg sein wundes Gesicht in ihrem Haar, das ihr offen über die Schultern ihres blauen Wollcapes fiel.

»Sag mir, was geschehen ist«, bat Maeve sanft und küßte seine geschwollenen Wangenknochen. »Bitte.«

Calder erzählte ihr alles, sprach davon, wie sehr er seine Mutter geliebt und an sie geglaubt hatte, nur um heute zu erfahren, daß sie ihn getäuscht hatte, daß ihre liebevollen Zuwendungen nichts als Heuchelei gewesen waren. Er zeigte Maeve die Briefe, und sie litt mit ihm, als sie die verräterischen Worte las.

Auch sie dachte an ihre sterbliche Mutter, jenes lachende, schöne, verantwortungslose Schankmädchen Callie O'Toole, das im achtzehnten Jahrhundert gelebt hatte und während einer Affäre mit einem reichen englischen Kaufmann namens Tremayne schwanger geworden war. Maeve und ihr Zwillingsbruder Aidan waren das Ergebnis jener Liaison gewesen …

Maeve untersuchte behutsam Calders Wunden. »Ich könnte es herausfinden«, sagte sie, als ihr plötzlich eine Idee kam.

»Was?« fragte Calder, der bereits etwas nüchterner wirkte.

Maeve strich ihm übers Haar. »Die Sache mit deiner Mutter. Ich könnte zu jener Nacht zurückkehren, Calder. Ich kann die Geschichte nicht verändern, das wäre zu gefährlich, aber ich kann feststellen, ob sie dich wirklich verlassen wollte. Die Frage ist nur, wirst du die Wahrheit ertragen können?«

Er dachte einen Moment nach, die Arme um ihre Taille, den Kopf an ihrer Brust. »Ich bin ein erwachsener Mann, Maeve; ich werde lernen, zu akzeptieren, daß ich all diese Jahre einer Mutter nachgetrauert habe, die nur Illusion war. Gott ist mein Zeuge, daß ich genug Übung darin habe, mich mit unangenehmen Tatsachen abzufinden.«

Maeve wußte, daß er recht hatte, aber sie wußte auch, daß Gefühle nicht von Logik regiert wurden. Zu verstehen, was geschehen war, und es zu akzeptieren, würde Calder nicht den Schmerz der Enttäuschung ersparen. Und es bestand immerhin noch die Hoffnung, daß sein Leiden auf einer Lüge beruhte.

Sie stand auf. »Wann ist er geschehen, der Unfall deiner Mutter?«

Calder murmelte ein Datum, aber dann sprang er auf und versuchte, sie zurückzuhalten. »Warte, Maeve ...«

Doch sie schloß die Augen und konzentrierte sich, ohne Calders Proteste zu beachten, und als sie sie wieder öffnete, stand sie auf einem kiesbestreuten Weg vor demselben Haus, nur fast dreißig Jahre früher.

Ein Sturm braute sich zusammen; der Wind wehte, der Himmel war ganz schwarz. Maeve zog ihren Umhang fester um die Schultern, obwohl sie die Kälte nicht verspürte, konzentrierte ihre Gedanken auf die Frau, die sie suchte, und ließ sich ins Innere des Hauses versetzen, ins Kinderzimmer.

Hier flackerte Kerzenlicht, und ein kleines Feuer brannte im Kamin. Eine schlanke, dunkelhaarige Frau saß mit hängenden Schultern neben einem Kinderbett. Sie trug Reisekleidung, ein schlichtes Kleid, eine Haube und einen Umhang, und als Maeve sich ihr näherte, sah sie, daß Marie Holbrook weinte.

Es war der Anblick des Kindes jedoch, der Maeve bis ins Innerste erschütterte. Dies war Calder – ihr Geliebter, der einzige Mann, mit dem sie eine ganze Ewigkeit hätte verbringen mögen – als kleiner Junge.

Er schlief, das dunkle Haar in der Stirn, die dichten Wimpern auf Wangen, die noch rundlich waren in kindlicher Unschuld.

Während Maeve zuschaute, beugte Marie sich vor und küßte Calder behutsam auf die Stirn. Er bewegte sich und murmelte etwas, aber er erwachte nicht.

»Mein Baby«, flüsterte Marie gebrochen, bevor sie widerstrebend aufstand und Maeve sie im Profil und das feuchte Glitzern der Tränen auf ihren Wangen sah. »Auf Wiedersehen ...«

Nein, dachte Maeve und schloß einen Moment die Augen. *Laß es nicht so geschehen, bitte!*

Ein Blitz zuckte am Himmel auf, erhellte für einen Moment das Zimmer, und Donner krachte, aber der kleine Junge erwachte nicht.

Marie wandte sich ab, geblendet von ihrem Schmerz und ohne Maeves Anwesenheit wahrzunehmen, weil Maeve es so bestimmt hatte.

Maeve war verwirrt; die Frau schien ihr Kind nicht freiwillig zurückzulassen, und doch hob sie es nicht auf und nahm es mit, wie tausend andere, eine Million anderer Frauen es in ihrer Situation getan hätten.

Sie folgte Marie auf den Korridor, wo ein dünner, nervös wirkender junge Mann wartete. Maeve vermutete ganz richtig, daß dies William war, der schwierige Halbbruder, den Calder erwähnt hatte, und empfand schon Zorn auf ihn, noch bevor der Junge sprach.

Er löste sich von der Wand, um hinter Marie zu treten, und bebte buchstäblich vor Haß. »So bald willst du uns verlassen, Marie? Warum nimmst du nicht deinen Bastard mit?«

Sie wirbelte herum, die temperamentvolle Marie, und

versetzte William eine Ohrfeige. »Du weißt, warum«, wisperte sie. »Verdammt, *du weißt sehr gut,* warum ich mein Kind zurücklassen muß ... Wenn ich es mitnähme, würde dein Vater uns aufspüren und mir Calder aus den Armen reißen! Doch lieber sterbe ich, bevor ich das zulasse!«

Prophetische Worte, dachte Maeve betrübt. Marie Holbrook würde tatsächlich sterben, und das schon bald; ihr Unfall mußte in wenigen Minuten stattfinden.

Es war also ein Glück, daß die unglückliche Frau gezwungen war, ihr Kind im Stich zu lassen. Denn hätte sie es nicht getan, wäre auch Calder bei dem Unfall umgekommen oder doch zumindest schwer verletzt worden ...

Maeve kämpfte noch immer gegen die schrecklichen Vorstellungen an, die der Gedanke in ihr auslöste, als William plötzlich nach Marie griff, mit wild flackernden Augen und bebend von einer unseligen Leidenschaft. »Warum hast du dich an den alten Mann verschwendet?« keuchte er und meinte damit vermutlich seinen Vater. »Was findest du an deinem Liebhaber, an diesem Cousin von dir? Begreifst du nicht, daß ich dich lieben könnte, wie kein anderer es je vermag?«

Marie wehrte sich gegen die Umklammerung des Jugendlichen, ihre Augen funkelten vor Zorn, Verzweiflung und vor Angst. »Laß mich los, William! Auf der Stelle!«

In diesem Augenblick schloß sich unten hart eine Tür, und dann kam ein jüngerer Bernard Holbrook die Treppe hinauf. Sein gutaussehendes Gesicht war verzerrt vor zorniger Verwirrung.

»Was in Dreiteufelsnamen geht hier vor?« rief er.

Marie versuchte immer noch, sich zu befreien, und Maeve mußte sich zusammennehmen, um nicht einzugreifen. Egal, was in jener Nacht geschah, sie durfte sich nicht einmischen, denn die Verwicklungen, die das in den kommenden Jahren schaffen würde, waren unausdenkbar.

William erhob eine Stimme zu einem unnatürlich dünnen, hohen Kreischen, und seine Finger bohrten sich in Maries Schultern, als er seinen Griff um sie verstärkte. »Sie wollte dich verlassen, Papa!« schrie er. »Deine *Frau* wollte sich aus dem Staub machen, aber ich habe sie aufgehalten!«

Bernards Gesichtsausdruck verriet schmerzliches Erstaunen. »Laß deine Stiefmutter los, William«, befahl er und hastete die restlichen Stufen hinauf. »Hast du den Verstand verloren?«

»Flittchen«, flüsterte William, bevor er Marie von sich stieß. Sie taumelte und versuchte, das Gleichgewicht zu halten, einen Ausdruck verblüfften Entsetzens im Gesicht, und stürzte nicht die Treppe hinunter, sondern über das Geländer, das den obersten Treppenabsatz umschloß. Sie schrie nicht, als sie stürzte, und nachdem ihr Körper auf dem Marmorboden im Stockwerk darunter aufgeschlagen war, war außer Williams schnellem Atmen und dem Ticken einer Standuhr, kein Laut zu vernehmen.

Bernard brach das Schweigen als erster, mit einem erstickten Seufzer. »Allmächtiger!« rief er und begann, sich den Weg die Treppe hinunter zu ertasten wie ein Mann, dem das Augenlicht genommen worden war. »Marie! O Herr im Himmel, steh uns bei … *Marie!*«

12

»O Marie«, flüsterte Bernard Holbrook verzagt, als er auf dem marmornen Boden der Eingangshalle neben dem leblosen Körper seiner Frau kniete. Er nahm ihre kraftlose Hand und streichelte mit dem Daumen ihre Fingerknöchel. »Marie …«

Maeve folgte William, noch immer unsichtbar für ihn und seinen Vater, als der Junge langsam die Treppe hinunterging. Oben im Kinderzimmer schlief der kleine Calder, ohne zu ahnen, daß sein Leben gerade eine unwiderrufliche Veränderung erfahren hatte.

»Wird sie sterben?« keuchte William, als er seinen Vater erreichte und die Stiefmutter, die er ganz offensichtlich sowohl geliebt wie auch gehaßt hatte.

»Ich hoffe nicht«, erwiderte Bernard in einem gequälten Flüstern. »O Gott, ich hoffe nicht!« Tränen schimmerten in seinen Augen. »Alle Dienstboten haben heute Ausgang, also wirst du Hilfe holen müssen. Bring Dr. Blanchard her – schnell!«

William zögerte, spreizte nervös die Hände und wischte sich den Schweiß von der Stirn. »Aber was ist, wenn sie stirbt?« fragte er. »Es wird heißen, ich hätte sie getötet ... Sie werden mich hängen oder für den Rest meines Lebens ins Gefängnis sperren ...«

Bernard streichelte zärtlich die bleiche Stirn seiner Frau, als sie sich bewegte und etwas murmelte. »Ich weiß, daß du es nicht absichtlich getan hast, William«, sagte er mit ruhiger Entschiedenheit. »Und immerhin bist du mein Sohn. Ich werde also alles tun, was nötig ist, um dich zu schützen.«

Williams Blick verriet Verachtung und nicht das geringste Mitgefühl, als er auf die bewußtlose Marie herabschaute. »Sie war eine Hure«, sagte er. »Sie hat sogar versucht, *mich* in ihr Bett zu locken ...«

Der ältere Holbrook schloß für einen Moment fest die Augen, eine heiße Röte stieg in seinem Nacken auf. »Genug!« knurrte er. »Hol den Arzt, bevor ich es mir anders überlege und dich selbst aufhänge!«

Darauf drehte William sich endlich um und hastete zur Tür, doch der bodenlose Haß, der sein Gesicht verzerrte, war selbst für einen Vampir ganz schrecklich anzusehen.

Maeve näherte sich Marie, um kraft ihrer Gedanken ihre Qual zu lindern, wagte es jedoch nicht, sich zu verkörperlichen.

Bernard weinte leise und preßte Maries zarte Hand an seine Lippen. »O Liebling«, flehte er. »Verzeih mir.«

Marie bewegte sich von neuem und stöhnte leise. »Calder«, hauchte sie. »Hilf ihm ... William ... bringt ihn um ...«

Ein ersticktes Schluchzen entrang sich Bernards Kehle. »Nein, mein Liebling – ich verspreche dir, daß Calder sicher ist. Bitte, Marie ... Wolltest du mich wirklich verlassen?«

»Ja«, sagte Marie. Ihre Augen standen jetzt offen, aber ein entrückter Blick lag darin, als ob sie durch Bernard und die soliden Mauern des Hauses hindurchschaute. Sie litt keinen Schmerz mehr; Maeve hatte ihn betäubt.

»Warum?« fragte Bernard, obwohl er den Grund kennen mußte.

»Ich wollte ... brauchte deine Liebe ... Aber du wolltest sie mir nicht geben.« Maries Blick glitt zu Maeve, und sie sah stilles Erkennen in den Augen der Sterbenden.

Es überraschte Maeve nicht, daß Marie sie sehen konnte, obwohl sie für William und seinen Vater unsichtbar war. Sterbende vermochten oft Dinge zu erkennen, die Lebende entweder nur als dünne Schatten wahrnahmen oder gar nicht.

Danach schloß Marie die Augen und versank in der allumfassenden Wärme eines Komas, aus dem sie nie wieder erwachen sollte.

Bernard wachte bei seiner Frau, strich ihr ab und zu über das Haar oder streichelte ihre Wange. Irgendwann stürzten William und der Arzt herein, zusammen mit zwei anderen Männern, die sie unterwegs rekrutiert haben mußten.

Der Arzt, ein hagerer kleiner Mann mit Glatze, sank auf die Knie, um Marie zu untersuchen. Mit sanfter Stimme sagte er: »Sie sollten sich auf einen Verlust gefaßt machen.«

Marie wurde behutsam auf ein langes Mahagonibrett gelegt, die Verlängerung des riesigen Tischs im Speisezimmer, und von den beiden Fremden nach oben auf ihr Totenbett getragen.

Als diese Männer gingen und Dr. Blanchard William

und Bernard ins Arbeitszimmer folgte, war auch Maeve anwesend, wenn auch unsichtbar für alle anderen.

Es war hier, in Bernard Holbrooks Arbeitszimmer, wo die Geschichte mit dem Kutschenunfall erfunden wurde. Eine beschädigte Kutsche würde leicht zu beschaffen sein, stimmten sie grimmig überein, und von dieser Nacht an würden sie alle schwören, daß Marie Holbrook einem tragischen Unfall erlegen war, als sie aus ihrer unglücklichen Ehe auszubrechen versuchte.

Maeves Gefühle waren sehr gemischt, als sie das Arbeitszimmer verließ, um zum Kinderzimmer hinaufzugehen, wo der Junge schlief, den sie als Mann einst lieben würde. Er war ein schönes Kind, besaß die markanten Züge seines Vaters und das volle, dunkle Haar seiner Mutter, und Maeve blieb lange an seinem Bettchen stehen, um ihn zu betrachten.

Während sie es tat, trauerte sie ihrer verlorenen Menschlichkeit nach, flüchtig zwar nur, aber bitter. Das schlafende Kind war das Spiegelbild all jener kleinen Wesen, die sie Calder niemals schenken konnte, trotz der grenzenlosen Tiefe ihrer Liebe zu ihm.

Es würde nicht leicht sein, in die Zukunft zurückzukehren, wo ihr Geliebter sie jetzt als erwachsener Mann erwartete, und ihm die Wahrheit zu berichten. Er würde wütend sein auf William, weil dieser Maries Tod verursacht hatte, wenn auch mehr durch Unvorsichtigkeit als Absicht, und er würde seinen Vater von neuem hassen, weil dieser eine Lüge erfunden und aufrechterhalten hatte, um seinen ältesten Sohn zu schützen.

Calder hielt Totenwache im Salon, wo sein Vater aufgebahrt lag, eine bleiche, ernste Gestalt, erhaben sogar im Tod.

»Was ist damals geschehen?« fragte Calder, als Maeve sich neben ihm verkörperlichte.

Sie nahm seine Hand und zog in vom Sarg fort in den wärmenden Schein der Flammen.

»Deine Mutter wollte dich nicht verlassen, Calder – es hat ihr das Herz gebrochen, es tun zu müssen. Aber sie konnte nicht bei deinem Vater bleiben, und sie wußte, daß es keinen Ort gab, an dem Bernard sie nicht finden würde. Sie wollte dir das Trauma ersparen, ihr von irgendeinem Sheriff oder Detektiv gewaltsam entrissen und wieder zu Bernard zurückgebracht zu werden.«

Calder schloß die Augen und versuchte, zu verarbeiten, was Maeve ihm mitgeteilt hatte. Dann legte er die Hände auf ihre Schultern und sagte heiser: »Da ist noch mehr.«

Sie nickte und begann ihm behutsam von Maries letzten Momenten zu berichten – wie William sie in einem Anfall unerwiderter Leidenschaft von sich gestoßen hatte und sie über das Treppengeländer in die Eingangshalle stürzte. Wie Bernard ein Kutschenwrack beschafft und allen erzählt hatte, Marie hätte sich ihre tödlichen Verletzungen bei einem Unfall zugezogen.

Calders Gesicht, das noch von seinem Kampf mit William gerötet war, verzerrte sich vor Wut, während er lauschte, und Maeve begann zu befürchten, daß er jetzt zu William laufen und ihn mit bloßen Händen erwürgen würde.

Maeves Sorge wurzelte jedoch nicht in der Möglichkeit, daß William Holbrook der nächste sein könnte, der in diesem Salon in einem Sarg lag; es war das Bewußtsein, daß Calder für den Mord hängen würde, was sie beunruhigte.

»Laß mich dich nach England bringen«, bat sie leise, als sie ihre traurige Erzählung beendet hatte. »Du wirst weit fort von diesem Ort, von diesen Menschen sein ...«

Calder wandte sich abrupt ab und stürzte aus dem Zimmer, und Maeve vergaß ihre Vampirkräfte und eilte ihm so hastig nach, wie es eine ganz gewöhnliche Frau getan hätte.

Anstatt jedoch die Treppe hinaufzusteigen, zündete Calder die Gaslampen in der Eingangshalle an und blieb an der Stelle stehen, wo Maries Körper auf den harten, kalten Boden aufgeschlagen war. Als er zum Geländer des höchsten Treppenabsatzes aufschaute, wußte Maeve, daß er sich die schreckliche Szene vorstellte und das Entsetzen nachzuempfinden versuchte, das seine Mutter bei ihrem Sturz gespürt haben mußte.

»Calder.« Maeve sprach leise seinen Namen und legte eine beruhigende Hand auf seine breiten, angespannten Schultern. »Laß es gut sein. Verzeih deinem Vater und deinem Bruder.«

Er fuhr abrupt zu ihr herum, sein Gesicht so kalt wie der Marmorboden unter seinen Fußen. »Ihnen verzeihen? Das würde bedeuten, daß ich gutheiße, was sie getan haben!«

Maeve schüttelte den Kopf, und sehr menschliche Tränen glitzerten in ihren Augen, denn Calders Qual mitanzusehen war schlimmer, als ihre eigene zu ertragen. Was für eine gefährliche Sache es doch war, ein anderes Wesen so absolut, so hoffnungslos zu lieben!

»Nein, Liebling, so ist es keineswegs. Verzeihen ändert nichts an Bernards und Williams Handlungsweise – du tust es nicht für sie, sondern für dich. Begreifst du es denn nicht? Du würdest den Stein zurückrollen, der dich in deinem Grab gefangenhält.«

Calders Lächeln war wehmütig und bitter, ohne die geringste Zärtlichkeit. »Das klingt wie die Begründung eines Engels«, sagte er. »Warst du mit Gideon zusammen, wie Dimity?«

Sie lehnte für einen Moment die Stirn an seine Schulter, überwand den inneren Tumult, den es bedeutete, diesen Mann zu lieben, legte ihre Hand auf seine Brust und schaute zu ihm auf. Unter ihrer rechten Hand pochte sein Herz, pumpte die Substanz, die sie beide brauchten, wenn auch auf ganz unterschiedliche Weise.

»Ob sie nun von einem Teufel oder von einem Engel ausgesprochen wird, die Wahrheit bleibt die Wahrheit«, sagte sie müde. »Deinen Vater und deinen Bruder zu hassen, wird nichts anderes bewirken, als dir die Kraft zu nehmen. Also – wirst du mit mir kommen? Bitte?«

Er wandte für einen Moment den Blick ab, bevor er Maeve wieder anschaute. »Das kann ich nicht«, sagte er mit einer Stimme, die ganz schroff vor Verlangen und Bedauern war. »Solange ich nicht dein Leben teilen kann, jeden Moment davon, ist es besser, wenn ich hierbleibe. Als ich in London war, kam ich mir wie ein Schoßhund vor. So kann ich nicht leben, Maeve.«

Maeve wußte, daß er recht hatte, und nickte hölzern. Obwohl es ungeheuer schmerzte, Calder zurückzulassen, blieb ihr keine andere Wahl – auch in ihrer Welt würde ein Krieg ausgefochten, genauso wie in seiner. Die Nacht verstrich, und sie mußte noch Valerian finden oder Lisette. »Ich liebe dich«, sagte sie, aus dem verzweifelten Wunsch heraus, noch irgendein Band zwischen ihnen zu bewahren.

Er beugte sich vor und küßte ihre Stirn. »Ich weiß«, sagte er. »Und ich liebe dich. Aber es scheint mir, daß wir das tragischste Paar sind, das es je gegeben hat. Nicht einmal Romeo und Julia können sich mit dem Drama unserer Beziehung messen.«

Maeves Herz zersplitterte in ihr. Sie hätte ihm gern widersprochen, aber sie wußte, daß es unmöglich war. Er hatte recht, wie immer. »Ich werde bald dafür sorgen, daß du mich vergißt«, sagte sie traurig. »Aber jetzt, während dieser schrecklichen Zeit, möchte ich, daß du mich ganz bewußt und bereitwillig liebst.«

»Schon gut, Liebling«, sagte Calder. »Gib mir einen Abschiedskuß und widme dich deinen tödlichen Beschäftigungen.«

Kopfschüttelnd trat sie zurück. Die Versuchung, ihren eigenen egoistischen Wünschen nachzugeben und Calder in einen Vampir zu verwandeln, war überwältigend. Sie konnte sich allerdings nicht erlauben, auch nur einen Moment lang zu vergessen, daß sie, falls sie diesen Mann verwandelte, damit auch seine ewige Verdammnis besiegelte. Vom Augenblick der Verwandlung an würde seine Seele den Mächten der Finsternis gehören.

»Ich wage es nicht, dich zu küssen«, sagte sie, mit dem Gefühl, in tausend Stücke zu zerspringen, hin- und hergerissen zwischen ihrer Leidenschaft für Calder und der Reinheit ihrer Liebe.

Er legte seine Hände um ihr Gesicht und streichelte ihre Wangen. Dann sprach er die ihr schon vertraute Bitte aus. »Verwandle mich, Maeve. Mach einen Vampir aus mir. Siehst du nicht, daß es hier nichts mehr für mich zu tun gibt? Daß ich keinen Grund mehr habe, mein Leben als Sterblicher fortzusetzen?«

Maeve fuhr empört auf. »Dafür gibt es eine Menge Gründe!« rief sie. »Du bist Arzt, und so viele Menschen leiden auf den Schlachtfeldern, in den Lazaretten ...«

Er brachte sie zum Schweigen, indem er seinen Daumen auf ihre Lippen legte. »Ich wäre in der Lage, erheblich mehr von diesem Leid zu lindern, wenn ich deine Macht besäße«, wandte er ruhig ein. »So wie es ist, kann ich nur sehr wenig tun, außer zuzusehen, wie meine Patienten qualvoll sterben oder – was noch schlimmer ist – mit Schmerzen weiterleben, die nur zum Wahnsinn führen können.«

Maeve zögerte, schwankend geworden durch Calders Argumente und den Wunsch, ihn bei sich zu haben. Doch dann gewannen ihre Überzeugungen. Was waren schon einige wenige leidvolle Jahre als Sterblicher, verglichen mit einer Ewigkeit des Höllenfeuers?

»Auf Wiedersehen«, sagte sie, hob die Hände, schloß die Augen und verschwand.

Dathan, der Hexer, schritt schon ungeduldig auf und ab, als Maeve ihn am vereinbarten Ort traf, dem steinernen Monument in England, das eine so wichtige Rolle in ihren Erfahrungen gespielt hatte. Aidan war den Tod als Vampir gestorben und hier als Sterblicher wiederauferstanden, und sie und Valerian hatten sich unzählige Male in dem Druidenkreis getroffen, um sich miteinander zu beraten.

»Wo hast du gesteckt?« fragte der Hexer, dessen dunkler Umhang im aufkommenden Wind flatterte.

»Ich hatte etwas zu erledigen«, erwiderte Maeve steif. »Und vergiß bitte nicht, daß ich mich dir gegenüber nicht zu rechtfertigen brauche.«

Dathans seltsam schöne Züge wurden nachgiebiger, doch sein Blick blieb wachsam. »Es dient unseren Zwecken nicht zu streiten«, sagte er schließlich. »Meine Streitkräfte haben, weil sie sich auch tagsüber frei bewegen können, eine Menge von Lisettes Ungeheuern mit Pfählen und Feuer zerstört. Sie selbst jedoch ist uns entkommen, wir wissen nicht, wo sie sich aufhält.«

»Wir werden sie finden, wenn sie uns finden will«, sagte Maeve mit müder Überzeugung. »Was ist mit Valerian? Wißt ihr schon etwas über ihn?«

Dathan wirkte einen Moment gereizt, als zöge er es vor, sich nicht mit Gedanken an diesen speziellen, umstrittenen Vampir zu belasten. Dann seufzte er wie ein leidgeprüfter Heiliger und sagte: »Sie hat ihn an einen Ort gebracht, den wir nicht erreichen können.«

Maeve versteifte sich unwillkürlich. »Zurück in die

Zeit«, murmelte sie bestürzt. »In eine Epoche vor meinem Tod als Mensch, damit ich ihn nicht erreichen kann.«

Dathan nickte. »Wir Hexer können nicht zwischen den Zeiten reisen und werden euch deshalb keine Hilfe sein. Es wäre besser, wenn wir diesen unglücklichen Valerian vergäßen und uns auf dringendere Angelegenheiten konzentrierten. Die Zeit entgleitet uns. Nemesis' Armeen werden bald auf uns herabkommen.«

Nachdenklich wandte Maeve sich ab. Sie wußte, daß ihre Zeit begrenzt war und ihre Aufgabe, Lisette zu zerstören, nicht von Valerian abhing. Und doch war er derjenige, der Maeve das zweifelhafte und doch so geschätzte Geschenk ihrer Unsterblichkeit gemacht hatte. Er war es gewesen, der sie ihre neue Macht gelehrt hatte; er hatte sie einst geliebt, auf seine Weise, und sie in die körperliche Liebe eingeführt.

Was auch dabei herauskommen mag, beschloß sie, während sie zum nächtlichen Sternenhimmel aufsah, sie würde Valerian nicht im Stich lassen. Sie mußte einen Weg finden, ihm zu helfen.

Als sie sich wieder zu Dathan umwandte, sah sie, daß er ihre Gedanken erraten hatte und wütend darüber war.

»Komm«, sagte er. »Laß uns die lästige Lisette suchen und sie zerstören.«

Maeve schaute zum Himmel auf. »Es wird bald Morgen sein. Ich kann mich nicht länger im Freien aufhalten.«

Dathan schien noch ungeduldiger zu werden. »Dann begib dich auf die andere Seite der Welt, wo das Licht dich nicht erreichen kann.«

Sein Vorschlag war verblüffend einfach und stellte eine Option dar, die Maeve schon oft im Verlauf ihres Vampirdaseins in Betracht gezogen hatte. Einige Vampire jedoch hatten mit der Technik experimentiert und waren nie wieder gesehen worden.

»Es wäre logisch«, sagte sie nachdenklich, »wenn Lisette das täte. Angesichts dessen, was Isabella über ihr plötzliches Erscheinen in Valerians Liebesnest sagte, ist es offensichtlich, daß sie nicht das Tageslicht zu scheuen braucht. Aber ich bezweifle, daß unsere Königin so weit entwickelt ist, daß sie den vollen Schein des Sonnenlichts erträgt.«

»Genau«, sagte Dathan. »Und deshalb sollten wir uns nach China begeben und nach ihr suchen.«

Maeve drehte sich überrascht um. »Das könnt ihr? So weit reisen, nur durch die Kraft eurer Gedanken?«

»Natürlich können wir das«, erwiderte er mit übertriebener Höflichkeit. »Glaubst du, wir besäßen keine Zauberkräfte?«

»Dann laß sehen, wie umfassend diese Kräfte sind«, entgegnete Maeve kühl. »Wenn der Morgen dämmert, werden wir eine kleine Reise unternehmen.«

Sie warteten, Seite an Seite, in Schweigen und persönliche Überlegungen versunken, bis der erste rosa Schimmer am Horizont erschien. Dann, wie eine Schwimmerin in tiefes Wasser, stürzte Maeve sich ins Ungewisse, in die Finsternis auf der anderen Seite der Erdkugel.

Noch benommen von der Reise und der Energie, die sie dafür aufgewendet hatte, vermochte Maeve anfangs nicht zu erkennen, wo sie sich befand. Sie wußte nur, daß Dathan an ihrer Seite war und sie galant mit einem Arm um die Taille stützte.

»Faszinierend!« bemerkte Dathan, als er die mondbeschienene Grube sah, in der Dutzende von lebensgroßen Steinfiguren in geordneter Formation marschierten; Soldaten, Pferde und sogar Karren. Die Ausgrabungen schienen schon seit geraumer Zeit eingestellt zu sein, und Maeve dachte, daß es noch Tausende anderer solcher antiken Skulpturen in Chinas Erde geben mußte.

Aber was sie am meisten verblüffte, war nicht der Fleiß dieser uralten Zivilisation, sondern ihre eigene Fähigkeit, dem Schlaf zu widerstehen, der sie jetzt eigentlich hätte übermannen müssen. Vielleicht waren es diese Überlegungen, dachte sie später, die sie davon abgehalten hatten, die nahe Gefahr zu spüren.

Sie strömten aus allen Ecken der Grube, diese gespenstischen, wandelnden Leichen, die Lisette geschaffen hatte, und stießen Schreie aus, die teils wie ein Kreischen, teils wie ein Knurren klangen.

Dathan murmelte einen Fluch und versteifte sich. »Beim großen Zeus« rief er, »das sind ja Hunderte von diesen Bestien!«

Maeve nickte, ein schwaches Lächeln um die Lippen angesichts der Herausforderung, die sie erwartete. »Ich schätze, wir haben noch mehr gefunden als diese Horde schwätzender Ungeheuer.«

»Was?« fragte Dathan und bereitete sich auf den Angriff vor, als die Kreaturen aus der Grube zu klettern begannen.

»Lisette ist hier«, sagte Maeve ruhig.

Im nächsten Augenblick explodierte ein Geysir blaugoldenen Lichts im Zentrum der Ausgrabungen, und als der Schein sich zu einer weiblichen Gestalt verdichtete, die sechs Meter über dem Boden aufragte, hielten sogar Lisettes hirnlose Schöpfungen inne, um ihre Herrin anzugaffen.

Maeve applaudierte. »Sehr beeindruckend!« rief sie Lisette höhnisch zu.

»Bist du wahnsinnig?« zischte Dathan, als das bläuliche Licht, das von Lisette ausging, sich auf ihre Gesichter ausdehnte.

»Mag sein«, erwiderte Maeve und trat einen Schritt vor. »Falls du deine Hexer herbeirufen kannst, solltest du es tun. Denn sonst erwartet uns beide ein schreckliches Ende.«

Dathan erschauerte, wie ein Mensch es getan hätte, und

flüsterte: »Sei nicht naiv. Ich brauche meine Armee nicht herbeizurufen – ich habe sie mitgebracht.«

Maeve schaute nicht über die Schulter, sondern hielt den Blick unverwandt auf Lisettes schimmernde Gestalt gerichtet. Aber sie spürte die Hexer nun, fühlte, wie sie sich hinter ihr und Dathan sammelten.

Ihre Anwesenheit war beruhigend, aber noch lange keine Rettung vor Lisettes Zorn. Sie besaß unfaßbare Macht – soviel war klar – und ihr Heer gefühlloser Bestien würde unermüdlich für sie kämpfen, nicht etwa aus Loyalität heraus, sondern weil Lisette sie so vollkommen beherrschte.

»Du bist mutig, Maeve Tremayne«, sagte Lisette mit dröhnender und doch eigenartig süßer Stimme, als sie wie ein Todesengel in der Finsternis vor ihnen aufragte.

»Ja«, stimmte Maeve zu. »Einige würden mich sogar als unverschämt bezeichnen. Zeig mir dein wahres Selbst, Vampir. Deine theatralischen Tricks vermögen mich nicht einzuschüchtern, obwohl ich zugeben muß, daß sie phantastisch sind.«

Das Wesen, das Lisette ihnen hatte vorspiegeln wollen, löste sich in gleißendem Licht auf; ein Wutschrei zerriß die Luft, der laut genug war, um selbst die Sterne zu erschüttern.

Plötzlich formte sich der Schrei zu Worten. »Tötet sie!« schrie Lisette, und ihre Truppen begannen ihren taumelnden, ungeschickten Marsch fortzusetzen.

Um Maeve und Dathan herum entbrannte ein Kampf, als die Hexer sich in eine erbitterte Schlacht mit den Vampiren stürzten.

Unirdische Schreie zerrissen die Luft, als Hexer von Vampiren überwältigt und Bluttrinker mit dem giftigen Blut ihrer Feinde verseucht wurden.

Maeve konzentrierte sich auf Lisette, deren Gestalt noch

immer schimmernd und gigantisch über ihnen schwebte, und versetzte sich kraft ihrer Gedanken in eine Nische des steilen Kliffs, das das Schlachtfeld überragte.

Dort fand Maeve die Vampirkönigin, nicht größer und beängstigender als sie selbst, und obwohl Lisette im ersten Moment verwirrt schien, stürzte sie sich mit einem Schrei des Irrsinns und des Zorns auf Maeve.

Und dann kämpften sie, die beiden Vampire, fauchten wie Löwinnen, die um Beute stritten, und zerfleischten sich. Maeve fühlte, wie sie schwächer wurde, spürte den allumfassenden Vampirschlaf nahen und verdoppelte ihre Anstrengungen, weil sie wußte, daß sie, falls sie diesen Kampf nicht gewann, hier zurückgelassen werden würde, um am nächsten Morgen den zerstörerischen Sonnenstrahlen zu erliegen.

Als sie schon glaubte, aufgeben zu müssen, weil der Schlaf sie überwältigte, verflüchtigte Lisette sich und verschwand.

Maeve sank an die Wand der flachen Höhle. Sie war allein und sehr geschwächt, und wenn sie jetzt nicht an einem dunklen, sicheren Ort schlief, würde sie verloren sein. Sie versuchte, sich zu ihrem Versteck in England zurückzuversetzen, aber der Versuch schlug fehl.

Draußen vor der Höhle hörte sie den Kampf toben. Anscheinend hatte Lisette, als sie geflohen war, ihre gespenstische Armee nicht mitgenommen.

Maeves Kopf sank an ihre Brust, sie dachte an Calder und dann an Aidan und Valerian. Dies ist das Ende, dachte sie mit einem erstickten Geräusch, das sowohl ein Lachen wie auch ein Schluchzen hätte sein können. Sie war verwundet, der Tag näherte sich langsam, und ihre einzige Hoffnung auf Rettung waren die Hexer – Wesen, die sechs Tage zuvor noch ihre unerbittlichsten Feinde gewesen waren.

Sie war fast ohne Bewußtsein, als der Lärm nachließ und sie spürte, wie das erste Tageslicht in die Höhle drang, mit seinen gierigen Fingern nach ihr griff und ihre wunde Haut versengte.

Dann – es konnte nur ein Traum sein – fühlte sie sich von starken Armen aufgehoben, verspürte ein Rauschen, und das Brennen hörte auf.

Maeve schlug die Augen nur zögernd auf, aus Angst, Lisette könne zurückgekehrt sein und sie als Gefangene an einen zumindest zeitweise sicheren Ort gebracht zu haben. Doch statt dessen stellte Maeve fest, daß sie in einer Krypta war und Dathan an ihrer Seite.

Er lächelte, obwohl seine blauen Augen so kalt blickten wie eh und je, und hielt einen goldenen Becher an ihren Lippen. »Trink«, forderte er sie auf.

Maeve wußte, daß der Becher Blut enthielt, die Substanz, die sie jetzt am dringendsten benötigte, und dennoch zögerte sie, denn diese Geste der Barmherzigkeit konnte auch sehr gut ein Trick sein. Vielleicht bot Dathan ihr das Gift an, das durch seine eigenen Adern floß …

»Trink es«, befahl er sanft, weil er ihre Gedanken las. »Es ist zweitklassiges Zeug aus einer Blutbank, aber frei von Gift.«

Maeve sah ein, daß ihr keine Wahl blieb, da sie ihre Kräfte nicht zurückgewinnen und vielleicht nicht einmal überleben würde, wenn sie das Blut ablehnte. Sie beschloß, das Risiko einzugehen und ließ die klebrige Substanz durch ihre Fänge laufen.

Als der Kelch leer war, sank sie auf seidene Kissen zurück und betrachtete Dathan sinnend. Ihre Wunden heilten bereits, aber sie fühlte sich noch immer beängstigend schwach.

»Du hast mich gerettet«, sagte sie verwundert. »Warum?«

Dathan seufzte. »Nicht etwa aus Barmherzigkeit«, erwiderte er achselzuckend. »Aber ohne dich können wir unsere Ziele nicht erreichen.«

Als Maeve aufstehen wollte, hielt Dathan sie zurück. »Warte«, sagte er. »Du brauchst mehr Ruhe und noch mehr Blut. Ohne deine alte Macht wirst du uns nicht von Nutzen sein.«

»Mag sein, aber all das ist zwecklos, wenn unsere Zeit abläuft und Nemesis auf uns losgelassen wird«, erwiderte sie.

Dathan strich sich mit der Hand über das dichte, kastanienbraune Haar. »Nach den Ereignissen der letzten Nacht zu urteilen, müßte sich Lisettes neues Versteck irgendwo in der Nähe der Ausgrabungen befinden.«

Maeve nickte zustimmend. »Wie ist der Kampf der Hexer mit den Ungeheuern ausgegangen?«

»Unentschieden, wie deiner mit der Königin«, antwortete Dathan. »Wir kämpften bis Sonnenaufgang, bis die gegnerischen Truppen flohen, um dem Licht zu entgehen. Und da fand ich dich in jener Höhle – bis dahin glaubte ich, du hättest uns im Stich gelassen.«

Wäre Maeve ein Mensch gewesen, dann wäre sie jetzt errötet vor Empörung. »Glaubst du, ich könnte ein solcher Feigling sein? Ich bin mutiger als *zehn* von euch Hexern zusammen!«

Dathan lachte und reichte ihr wieder den Becher; ein anderer Hexer hatte ihn nachgefüllt. »Und genauso stolz«, erwiderte Dathan. »Trinken Sie, Miss Tremayne. Ich fürchte, wir haben noch viel aufregendere Abenteuer zu bestehen.«

13

Irgendwie überstand Calder die Nacht, ohne William zu erwürgen, und mit dem Morgen stellten sich Nieselregen und ein stetiger Strom von Trauergästen ein.

Den ganzen Morgen und Nachmittag lang kamen sie, die Neugierigen, Gleichgültigen, Erleichterten und insgeheim Erfreuten, aßen die Speisen, die Prudence auftischte, und stellten Spekulationen über Calders und Williams wunde Gesichter an.

Calder haßte jeden Augenblick des schier endlosen Tages und fürchtete schon den nächsten, weil dieser das Begräbnis bringen würde. Für ihn hatte sich die Welt verfinstert, es fiel ihm schwer zu glauben, daß je wieder die Sonne scheinen würde.

Nachdem der letzte Besucher gegangen war, befanden William und Calder sich durch Zufall allein im großen Speisezimmer. William nahm sich ein Stück geräucherten Truthahn und betrachtete Calder durch seine arg geschwollenen Augen.

»Morgen wird das Testament verlesen«, verkündete er.

Calder zuckte die Schultern. »Das interessiert mich nicht.«

»Gut«, erwiderte William. »Denn Papa saß im letzten Monat einen ganzen Tag mit den Anwälten zusammen. Ich erinnere mich, daß er damals besonders wütend auf dich war, also sei nicht überrascht, falls du dich auf der Straße wiederfindest und in Zukunft von deinem armseligen Armeesold leben mußt.«

Obwohl Calders Magen beim bloßen Anblick von Essen rebellierte, wußte er nur zu gut, daß er nicht imstande sein würde, klar zu denken oder bei einem Notfall korrekt zu reagieren, wenn er nicht aß. Deshalb ging er an den Tisch, füllte sich einen Teller mit Schinken, Puter und Kartoffelsalat und zog sich einen Stuhl heran.

»Du kannst alles haben«, sagte er zu William. »Das Geld, dieses gottverdammte Mausoleum, unseren berühmten Namen und die ganze Macht, die damit verbunden ist.«

William erblaßte. Mit derart schnellem Nachgeben hatte er offenbar nicht gerechnet. »Das ist doch nicht dein Ernst!«

Calder aß einen Bissen, bevor er ruhig antwortete: »Du hast meine Mutter ermordet. Und dieser alte Mann, der dort drüben aufgebahrt liegt, hat dich gedeckt. Was mich angeht, will ich weder dich noch diesen Ort je wiedersehen.«

Schweiß perlte auf Williams Oberlippe. »Ich soll Marie getötet haben? Wie kommst du denn auf so etwas?« fragte er heiser und ließ sich auf einen Stuhl fallen. »Und warum kannst du nicht einmal jetzt ein bißchen Respekt für Vater zeigen?«

»Ich habe ihn geliebt«, gab Calder zu. »Aber Respekt ist etwas anderes. Und was den Tod meiner Mutter betrifft, so kann ich dir nur sagen, daß ich die Fähigkeit besitze, in die Vergangenheit zu schauen.«

Williams Hand zitterte, als er eine Karaffe mit Madeira und ein Glas heranzog. »Ich habe sie nicht angerührt«, sagte er.

»Du bist ein Lügner«, erwiderte Calder, ohne sein Essen zu unterbrechen. Er wußte, daß seine Ruhe William entnervte, und kostete das Gefühl aus. »Sie wollte dieses Haus und unseren geschätzten Vater verlassen, und du hast sie daran gehindert. Es kam zu einem Streit, und du hast sie an den Schultern gepackt. Sie wehrte sich, aber du wolltest sie nicht loslassen – bis du sie in einem Anfall von Wut von dir geschleudert hast. Und da stürzte sie rücklings über das Geländer in die Eingangshalle.«

William hatte sich Wein eingeschenkt, zitterte jedoch so heftig, daß er das Glas nicht heben konnte. »Das ist ja lächerlich!« sagte er.

Calder starrte ihn entnervend lange an. »So ist es geschehen«, beharrte er, »und das weißt du so gut wie ich. Beleidige mich also nicht, indem du versuchst, es abzustreiten.«

Nach einem sehnsüchtigen Blick auf den Wein wischte William sich mit der Hand über den Mund. »Falls du das alles glaubst, warum hast du dann nicht versucht, Marie zu rächen?«

Calder lächelte grimmig. »Ich hatte bisher noch keine Zeit dazu«, erwiderte er nachsichtig. »Aber wir sind ja noch jung, wir beide«, schloß er achselzuckend. »Es besteht keine Eile.«

Endlich gelang es William, sein Glas zu heben, und nach einigen hastigen Schlucken kehrte wieder etwas Farbe in sein Gesicht zurück. »Soll das eine Drohung sein?«

Wieder hob Calder die Schultern und nahm sich etwas von dem Reissalat. »Schon möglich. Und dann wiederum vielleicht auch nicht. Offen gestanden habe ich mich noch nicht entschieden, was ich deinetwegen unternehmen werde.« Er kaute einen Moment lang nachdenklich, schluckte und deutete dann mit der Gabel auf seinen Bruder. »Aber du kannst dich darauf verlassen, *daß* ich etwas unternehmen werde.«

William schluckte den Rest des Weins und griff nach der Karaffe. »Du jagst mir keine Angst ein«, sagte er, obwohl sein Verhalten und sein bleiches Gesicht seine Worte Lügen straften.

Wieder lächelte Calder nur und aß gelassen weiter.

In jener Nacht wartete er auf Maeve, und tatsächlich erschien sie, ätherisch wie ein Geist, und während des magischen Erlebnisses, das folgte, fürchtete er schon, daß er nur träumte.

Wortlos schlüpfte sie zu ihm ins Bett und umschlang ihn mit ihren weichen, starken Armen, küßte sein Kinn und sandte einen Schauer hoffnungslosen Begehrens durch seinen Körper.

»Maeve«, flüsterte er.

Sie berührte seinen Mund, um ihn zum Schweigen zu bringen, beschrieb eine Spur aus federleichten Küssen über seine Brust und seinen Bauch. Sein Glied richtete sich auf, und er rang nach Atem, als sie es mit der Zungenspitze umkreiste.

Ihr vollkommen ausgeliefert, krümmte Calder den Rücken, wisperte eine flehentliche Bitte, die sie ihm bereitwillig erfüllte, und wand sich in einem Fieber der Leidenschaft und des Verlangens. Im letzten Augenblick schob

Maeve sich rittlings über ihn und nahm ihn tief in sich auf. Als er sich stöhnend ihren Bewegungen anpaßte und im Moment der Erfüllung heiser ihren Namen schrie, legte sie eine kühle Hand auf seinen Mund, um seine Schreie zu ersticken.

»Ich liebe dich«, sagte er, als sie sich voneinander lösten und sie sich an ihn schmiegte. »Bitte, verlaß mich nicht, Maeve! Ich will nicht, daß du die Erinnerungen in mir auslöscht, damit ich dich vergesse – ich kann den Gedanken nicht ertragen.«

Sie beugte sich über ihn und küßte seine Lippen, ohne etwas zu erwidern. Es war auch gar nicht nötig, denn alles, was sie dachte oder fühlte, verriet sich klar in ihren blauen Augen.

Calders Blick war verschleiert, als er zu ihr aufschaute und mit dem Zeigefinger über ihre Wange strich. »So unfaßbar schön«, wisperte er, überzeugt, daß sein Leben keinen Wert mehr für ihn besaß, falls er sie verlor. Er war nicht einmal sicher, daß er überhaupt weiterleben *konnte* ohne die Erinnerung an Maeve Tremayne und das Wissen, daß sie existierte.

Maeve lächelte ihn an, voller Zärtlichkeit und Trauer, und löste sich aus seinen Armen. Mit einem verzweifelten Aufschrei streckte Calder die Hand nach ihr aus, doch zwischen einem Herzschlag und dem nächsten war sie schon verschwunden.

Calder weinte, weil er wußte, daß Maeve beschlossen hatte, ihre Liebe zu zerstören. Zum ersten Mal in seinem Leben verspürte er den Wunsch zu sterben.

Vielleicht, dachte er später, als er etwas ruhiger war, hatte sie ja den mysteriösen Prozeß, der sie aus seinem Gedächtnis ausradieren würde und ihn aus ihrem, bereits begonnen. Vielleicht erwachte er am nächsten Morgen ohne die geringste Erinnerung an den schönen Vampir, der sein Herz, seine Seele und seinen Geist verzaubert hatte.

Obwohl Calder wußte, daß der Vorgang selbst nicht schmerzen würde, war die bloße Aussicht darauf die reinste Qual. Denn trotz der Gefahren und der schrecklichen Dinge, die ein Vampirdasein mit sich brachte, wollte Calder bei Maeve sein. Natürlich reizte es ihn auch, ihre phantastische Macht zu teilen, aber nur, weil sie ihm ermöglicht hätte, seinen Patienten auf eine Art zu helfen, die ihm momentan versagt war. Er hätte in die Zukunft reisen können, ins späte zwanzigste Jahrhundert beispielsweise, und dort sogar noch mehr über die Kunst der Medizin erfahren, als aus den wunderbaren Büchern, die Maeve ihm mitgebracht hatte. Er hätte dieses Wissen mit in seine Zeit zurücknehmen können, ebenso wie Chemikalien, Pillen und andere Stoffe, die Schmerz linderten, ohne das Herzrasen auszulösen, das Morphium verursachte. Impfstoffe, die kleine Kinder schützen würden, die in seiner eigenen Zeit noch Krankheiten wie Masern, Diphterie und Keuchhusten erlagen …

Über diesen Gedanken schlief er ein, und als es Morgen war, fragte er sich verwirrt, ob Maeve tatsächlich in der Nacht zu ihm gekommen war oder ob sie nur durch einen ihrer mystischen Tricks die Illusion erzeugt hatte.

Calder wusch sich, zog sich an und ging ins Eßzimmer hinunter. Als er sich an den Tisch setzte, herrschte ein solches Chaos in seinen Gedanken, daß er die Anwesenheit seines Bruders erst bemerkte, als dieser sprach.

»Calder.«

William hatte sich ans Kopfende des Tisches gesetzt, aß jedoch nicht. Nur eine Tasse Kaffee stand vor ihm, in die er Rum goß, während Calder ihn in kühlem Schweigen musterte.

Williams Gesicht war stark gerötet, seine Augen glänzten fiebrig wie die Augen eines Tiers im letzten Stadium der Tollwut. »Ich finde, du solltest fortgehen«, sagte er. »Nach Europa oder in den Westen. Ich bin sicher, daß Papa dir genügend Geld hinterlassen hat, um dir einen neuen Anfang zu ermöglichen.«

Calder schob den Stuhl zurück, ließ klappernd die Gabel auf den Teller fallen und stand auf. »Du bist plötzlich so großzügig, so vernünftig ... Wie kommt das, William?«

»Ich möchte nur fair sein«, erwiderte er mürrisch.

»Du möchtest fair sein«, wiederholte Calder staunend. »Aber selbstverständlich, William – und General Lee möchte Mr. Lincoln alle Südstaatler übergeben, hübsch eingepackt in die blauen Uniformen der Union.« Seine Stimme wurde härter. »Hältst du mich für einen solchen Narren? Du würdest mich im Schlaf ermorden, wenn du glaubtest, damit durchzukommen!«

William schloß für einen Moment die Augen und schwankte leicht. Aber er sagte nichts mehr, als Calder sich abwandte und den Raum verließ.

Mit angezogenen Knien, den Rücken an der feuchten Mauer, hockte Valerian in seinem kühlen, dunklen Verlies. Wäre er von jemand anderem als Lisette gefangengenommen worden, hätte er leicht entfliehen können, aber sie war mächtig wie eh und je – vielleicht sogar noch mächtiger in ihrem Wahnsinn. Es war ihre Magie, die ihn gefangenhielt; Ketten, Gitter und eiserne Türen waren nichts als Schau.

Seufzend fuhr er sich mit der Hand durch sein kastanienbraunes Haar und fragte sich, was Maeve und die anderen wohl machten, zweihundert Jahre weiter im neunzehnten Jahrhundert. Wer weiß, dachte er stirnrunzelnd, ob Maeve nicht sogar froh ist, mich aus dem Weg zu haben oder – was noch schlimmer wäre – mein Verschwinden nicht einmal bemerkt hat.

Er stand auf und stellte die Füße auf das verfaulte Stroh des Bodens, das von Ratten und Mäusen bevölkert wurde.

»Lisette!« schrie er durch das riesige, verlassene Gewölbe. »Zeig dich endlich, verdammt!«

Er erhielt natürlich keine Antwort. Lisette hatte ihn einfach hier abgeladen, irgendwo Mitte des siebzehnten Jahrhunderts, und es war durchaus möglich, daß sie ihn hier verrotten lassen wollte. Was natürlich eine erheblich wirksamere und sehr viel schlimmere Form der Folter wäre, als alles andere, was sie sich hätte ausdenken können …

In der Ferne hörte er plötzlich ein krächzendes Geräusch und das ängstliche Geplapper eines Sterblichen.

Valerian schloß die Augen und versuchte, die Geräusche, die ihn anwiderten, aus seinem Bewußtsein zu verbannen, aber es gelang ihm nicht. Bis zu jener Nacht war er mit tierischem Blut am Leben gehalten worden, minderwertigem Zeug, das ihn kaum bei Bewußtsein hielt. Doch jetzt schien Lisette oder einer ihrer Anhänger beschlossen zu haben, ihm ein Festessen zu servieren.

Vielleicht beabsichtigte sie, ihn vor dem Schlachten fettzufüttern …

Ein Vampir namens Shaleen, ein dunkelhaariges junges Mädchen, dem Valerian vor seiner Gefangennahme noch nie begegnet war, erschien in der Zellentür und zerrte einen halbverhungerten, verlausten Sterblichen am Arm mit sich.

Der Junge war zerlumpt, schmutzig und bestand nur noch aus Haut und Knochen. In stummem Entsetzen starrte er in die Dunkelheit und versuchte festzustellen, welch grausames Schicksal ihn dort erwartete.

Shaleen, die hübsch und erstaunlich vernünftig war im

Gegensatz zu den scheußlichen Kreaturen, mit denen Lisette sich sonst umgab, rümpfte die Nase und schleuderte den unglücklichen, jammernden Mensch vor Valerians Füße.

»Hier«, sagte sie ungnädig. »Dein Abendessen.«

Valerian ignorierte das bedauernswerte Wesen, für den Augenblick zumindest, und richtete den Blick auf Shaleen. »Hat Lisette dich in einen Vampir verwandelt?«

Sie musterte ihn aus frechen braunen Augen. Ihr schönes, honigfarbenes Haar war ungekämmt und reichte ihr bis zur Taille. »Nein«, antwortete sie. »Hat sie dich verwandelt?«

Valerians Erschaffung als Vampir war eine ihm kostbare Erinnerung, die er noch nie mit jemand anderem geteilt hatte, nicht einmal mit Aidan oder Maeve. »Nein«, erwiderte er kurz, als der Sterbliche an seinen Kleidern zerrte und um Gnade winselte. »Warum bleibst du dann hier? Warum hilfst du ihr?«

Shaleen lächelte. »Ich bin ein neuer Vampir. Lisette bringt mir ihre Zauberkünste bei, und ich werde ihr beim Regieren helfen, sobald Maeve Tremayne ein für allemal zerstört ist.«

Valerian legte eine Hand auf den Kopf des Menschen und streichelte ihn tröstend, wie er es mit einen jaulenden Hund getan hätte. Mit dem ältesten Zauber, den er kannte, schläferte er das Gehirn des armen Burschen ein und beruhigte ihn so. »Du bist doch hoffentlich nicht so dumm, zu glauben, es wäre ein Leichtes, Maeve zu zerstören? Ihre Macht ist so groß wie Lisettes, vielleicht sogar noch größer, weil sie nicht verrückt ist. Im übrigen hat Maeve das Schicksal auf ihrer Seite – sie ist die legendäre Vampirin, die Lisette stürzen wird.«

Shaleens hübsches Gesicht verhärtete sich, einen Moment nur und unmerklich fast, doch lange genug, um

Valerian erkennen zu lassen, daß sie sich *selbst* für diese legendäre Vampirin hielt. Im Grunde genommen intrigierte sie gegen Lisette, in der Absicht, sie von ihrem Thron zu stürzen.

Valerian lächelte. »Du bist sehr ehrgeizig«, sagte er und ließ das Lächeln verblassen, denn er hatte nicht so viele Jahrhunderte gelebt, ohne etwas über dramatische Effekte zu lernen. »Du bist aber auch sehr närrisch. Lisette wird deine Doppelzüngigkeit erkennen, und wenn das geschieht, wird es dem schlimmsten Sünder in der Hölle besser ergehen als dir.«

Sie schob trotzig das Kinn vor, die schöne, verräterische Shaleen, aber ihre Angst vermochte sie nicht zu verbergen, nicht vor Valerian.

»Verhilf mir zur Flucht«, sagte er beschwörend. »Dein Plan kann nicht gelingen, Kleines. Lisette ist viel zu mißtrauisch und zu mächtig, um sich von deinem Betrug blenden zu lassen.«

Er sah sie schwanken, spürte ihre Unentschlossenheit, doch dann zog sie sich hastig aus der Tür zurück.

»Lisette hat mich vor dir gewarnt«, sagte sie anklagend. »Sie sagte, du wärst ein besserer Lügner als der Teufel selbst und doppelt so charmant. Sie hatte recht. Genieß dein Abendessen, Valerian.«

Mit diesen Worten schloß sie die Tür, und Valerian schaute auf das halb bewußtlose, jämmerliche Menschenwesen herab, das sich an seine Hosenbeine klammerte. Dann bückte er sich, ergriff den Jungen sanft an den mageren Schultern und zog ihn auf die Beine.

»Hab keine Angst«, sagte er liebevoll, während er seinem nächsten Opfer eindringlich in die entsetzten blauen Augen sah. »Ich verspreche dir, daß du nur Vergnügen empfinden wirst und nicht den geringsten Schmerz.«

Valerian entblößte die zarte Kehle, fand die süße,

warme Stelle, wo eine volle Vene unter der Haut pulsierte, und grub seine Fänge hinein. Wonne erfaßte ihn, als er trank, und er fühlte den Menschen in seinen Händen und unter seinen Lippen erbeben, aber nicht aus Qual, sondern in einer Ekstase, die, wie Valerian versprochen hatte, in ihrer Intensität fast unerträglich war.

Maeve war ein wenig geistesabwesend, ihre Gedanken schweiften beständig zu Calder ab. Sie schwankte zwischen Schuldbewußtsein, denn schließlich hatte sie ihn enttäuscht, und der Hoffnung, ihm ein bißchen Trost vermittelt zu haben, als sie ihn glauben machte, sie sei bei ihm, indem sie ihr Bild in sein Bewußtsein projektierte …

Sie mußte sich sehr anstrengen, um sich auf Dathans Worte zu konzentrieren.

»… soweit wir bisher feststellen konnten, ist der Zeitpunkt seiner Gefangennahme Mitte des siebzehnten Jahrhunderts …«

»Des siebzehnten Jahrhunderts?« warf Maeve mit großen Augen ein, als sie sah, wie einer von Dathans Spionen ein Pergament entrollte. Eine nähere Untersuchung ergab, daß Lisette persönlich eine Beschreibung von Valerians Aufenthaltsort aufgezeichnet hatte. Die Botschaft diente natürlich nur dem Zweck, Maeve hinzulocken und herauszufordern. »Das war vor meiner Geburt als Mensch, und ich kann nicht weiter zurückkehren als bis zu meinem Tod.«

Dathan zog zweifelnd die Brauen hoch. »Bist du sicher? Du dachtest schließlich auch, du könntest dem Vampirschlaf nicht entkommen, aber als wir in China waren, gelang es dir.«

Maeve nickte gedankenvoll. Mehr als je zuvor wünschte sie sich Valerian zurück – er wußte Bescheid über diese

Dinge. Einmal war er sogar selbst in die Zeit vor seinem Menschenleben zurückgekehrt, um für Aidan das Geheimnis der Verwandlung von einem Vampir in einen Menschen zu ergründen. Die Anstrengung hatte ihn jedoch fast zerstört, und da die Zeit drängte, konnte Maeve sich nicht die lange Erholungspause leisten, wie sie ihr Freund und Lehrer danach benötigt hatte.

Auf der anderen Seite jedoch würde der Krieg mit Lisette erheblich schwieriger, wenn nicht gar unmöglich ohne Valerians Rat und moralische Unterstützung …

Dathan wurde ungeduldig. »Du hast doch nicht vor, in ein anderes Jahrhundert zu verschwinden, nur um diesen unwürdigen Vampir zu retten?«

»Deine Ansicht über meinen Freund interessiert mich nicht«, entgegnete Maeve kalt.

»Vielleicht doch, wenn ich dir sage, daß wir deinen geliebten Calder Holbrook beobachten. Wir können und werden ihn als Geisel nehmen, Maeve, wenn du nicht vernünftig bist!«

Maeve zitterte vor Schreck und Zorn. Mit einer Bedrohung Calders von seiten der Hexer aus hatte sie nicht gerechnet. »Hier und jetzt leiste ich einen Schwur«, sagte sie gefährlich ruhig. »Falls du Hand an Calder legst, werde ich dich bei lebendigem Leib zerreißen und dich dem Teufel auf einem Dutzend verschiedener Platten servieren!«

Dathan wich zurück und hob beschwichtigend die Hände.

»Eine phantasievolle Drohung«, sagte er. »Ich kann dir versichern, daß ich sie in Erinnerung behalten werde.«

Maeve sah ihn aus schmalen Augen an. »Das hoffe ich, Hexenmeister«, erwiderte sie. »Und vergiß eins nicht: es war keine Drohung, sondern ein *Versprechen*!«

Obwohl seine Augen zornig funkelten, beharrte Dathan nicht weiter auf der Sache, was Maeve allerdings nicht beruhigte, denn falls sie umkam, wie es in China fast geschehen war, würde Calder vollkommen ohne Schutz sein.

»Ich werde Dimity zu Valerian schicken«, entschied sie, als sie sich erhob. »Sie stammt aus dem Mittelalter, genau wie er, und kann diese Zeit erreichen, ohne sich zu gefährden.«

»Na wunderbar«, meinte Dathan gereizt. »Das wird uns beiden Zeit verschaffen, Lisette zu suchen.«

Maeve nickte geistesabwesend. Sie dachte an Calder im fernen Philadelphia und an die Aufgabe, die sie sich gestellt hatte – seine Erinnerungen an sie auszulöschen. Aber die Aufgabe zu kennen und sie in Angriff zu nehmen, war zweierlei, und Maeve war alles andere als begierig, Calders Erinnerung an sie zu zerstören. So egoistisch es auch sein mochte, sie brauchte jetzt die Gewißheit, daß er sie liebte, sie begehrte und er erkennen würde, wenn sie zu ihm kam.

Nichts davon würde mehr möglich sein vom Augenblick an, in dem sie den Lauf der Geschichte veränderte, und trotz ihrer guten Vorsätze würde sie wieder allein in der Ewigkeit sein.

Sie verließ Dathan und sein Versteck irgendwo in Frankreich, um Dimity aufzusuchen.

Wie üblich fand Maeve die andere Vampirin in Londons übelstem Hafenviertel, und gemeinsam nährten sie sich an zwei gewissenlosen Schurken, die nichts anderes verdient hatten, danach zogen die beiden Vampire sich in Dimitys elegant möblierten Keller zurück.

Dort, in bequemen Sesseln und vor einem munter prasselnden Kaminfeuer erzählte Maeve, was die Dämonen über Valerians Aufenthaltsort herausgefunden hatten.

Dimity nickte, als Maeve ihre Erklärung beendet hatte, versprach, Valerian in seiner Zelle aufzusuchen und ihn, wenn irgend möglich, zu befreien.

»Mehr kann ich nicht von dir verlangen«, sagte Maeve und begab sich, nachdem sie Dimity gedankt hatte, in einen anderen Teil von London, wo sie sich mit Dathan traf.

»Ich bin sicher, daß Lisette in China ist«, sagte er.

Maeve ließ sich Zeit mit ihrer Antwort. »Ich habe darüber nachgedacht. Es ist möglich, daß sie sich ein anderes, sichereres Versteck gesucht hat. Es muß ihr doch bewußt sein, daß wir in dieser Gegend nach ihr suchen werden.«

»Sie ist leichtsinnig«, widersprach Dathan, und darin mußte Maeve ihm rechtgeben.

»Wir werden es noch einmal versuchen«, stimmte sie zu.

Dathan nickte. »Sollen wir uns dann kurz vor Sonnenaufgang im Druidenkreis treffen?«

»Ich werde dort sein«, sagte Maeve, und im nächsten Augenblick war der Hexer schon nicht mehr bei ihr.

Achselzuckend beschloß sie, ein zweites Mal Nahrung aufzunehmen. In den kommenden Stunden würde sie alle Kraft brauchen, die sie jetzt sammeln konnte.

Dathan verbrachte den Rest der Nacht in einer Taverne, vor seinem Glas bitteren Ale, und beobachtete gleichgültig das Kommen und Gehen der verschiedenartigsten Ungeheuer.

O ja, es waren auch Vampire unter den Nachtschwärmern, hauptsächlich neuerschaffene, die die Gefahren, die sie an unbekannten Orten erwarteten, noch nicht kannten, und auch ein oder zwei Hexer kamen herein. Und doch waren es die Menschen, unter denen Dathan die schlimmsten Unholde entdeckte.

Wie schon so oft wunderte er sich, daß die Sterblichen

ihre Kinder mit Erzählungen über Hexen und Dämonen, Vampire und Werwölfe einschüchterten, obwohl einige der bösartigsten Geschöpfe dieser Erde Tür an Tür mit ihnen lebten. Oder auf der anderen Straßenseite. Und diese Ungeheuer waren nicht einmal übernatürliche Wesen, sondern Menschen!

Dathan seufzte und trank sein Bier aus. Dann, weil er auf einmal eine Veränderung in seiner Umgebung spürte, warf er eine Münze auf den Tisch und verließ die Taverne.

Auf der Straße blieb er lauschend stehen, weil er ein eigenartig rhythmisches Schnattern hörte, wenn auch mehr mit den Sinnen als mit dem Gehör. Lächelnd zog er die Kapuze seines Umhangs über den Kopf, um Gesicht und Haar zu verbergen.

Er wurde verfolgt.

Dathan schlenderte in die nächste Gasse, wo ihn sechs sabbernde Ungeheuer erwarteten, die frisch gestorben waren und nach Blut lechzten. Nach irgendeinem Blut.

Lisettes Geschöpfe waren zu dumm und zu gierig, um etwas von den Hexern zu wissen.

Er schob die Kapuze zurück und entblößte seinen schlanken, weißen Hals, und sie stolperten auf ihn zu, mit den gleichen seltsamen, murmelnden Geräuschen, die ihn auf sie aufmerksam gemacht hatten. Er wartete und tat, als zuckte er zusammen, als der erste seine Fänge in sein Fleisch grub.

Einen Vampir mit dem Gift zu zerstören, das durch seine Adern floß, bereitete Dathan ein grausames Vergnügen, wie allen anderen Hexern, und er verspürte ein köstliches Ziehen in seinen Lenden, als ein zweites Ungeheuer das erste beiseitestieß, um selbst zu trinken.

Dathan erlaubte es, aber die Ekstase schwächte ihn und lenkte ihn ab, und das war ein Luxus, den er sich nicht erlauben durfte. Das Gift wirkte, und die beiden ersten Vampire stürzten schmerzgekrümmt zu Boden. Die vier anderen tötete er durch eine sehr viel pompösere Methode, die er seiner widerstrebenden Gefährtin Maeve bisher noch nicht vorgeführt hatte.

Mit schmalen Augen murmelte Dathan eine Zauberformel, die noch erheblich älter als die Steinsäulen von Stonehenge war. Sie löste ein plötzliches Feuer aus, das die Vampire verzehrte, und Dathan sah sie in den Flammen einen gespenstischen Todestanz aufführen.

Vor dem Waffenstillstand mit den Vampiren hatte Dathan viele von ihnen auf diese Weise in den Tod geschickt und hätte sie alle zerstört, wenn es möglich gewesen wäre – doch Unsterbliche von gleichartiger Macht wie seiner eigenen vermochten dem Fluch natürlich zu widerstehen. Wie eigenartig es doch war, nun mit Miss Tremayne verbündet zu sein, wenn sie zu jedem anderen Zeitpunkt der Geschichte unversöhnliche Feinde gewesen wären!

Als er die Straße erreichte, zog Dathan die Kapuze wieder über den Kopf und blieb stehen, um einen Blick zurück zu werfen. Es war kein Licht zu sehen in der Gasse, denn das Feuer, das er gezündet hatte, war ein geistiges, und keinerlei Geschrei war zu hören, weil die Vampirschreie nicht mit dem Ohr vernommen werden konnten, sondern nur von empfindsamen Seelen.

Die meisten Menschen hatten diesen Bewußtseinsgrad jedoch noch nicht erreicht, und deshalb blieben die Londoner Passanten nicht einmal stehen, ganz zu schweigen davon, in die Gasse zu eilen und in hilfloser Faszination zuzusehen, wie die Vampire brannten.

Calder bewegte sich im Schlaf und träumte von jener Nacht vor dreißig Jahren. Im Traum war er wieder sechs

Jahre alt, und seine Mutter lebte noch, saß an seinem Bett und streichelte sein Haar, während sie tränenreich Abschied von ihm nahm.

Und dann die schreckliche Szene auf der Treppe … Im Traum wurde die kleine Calder Zeuge dieses Augenblicks, was er in Wirklichkeit nicht gewesen war, und rief Marie eine verzweifelte Warnung zu, die sie jedoch nicht zu hören schien. Dann, kalt wie eine Leiche und gelähmt vor Angst, schaute der sechsjährige Calder zu, wie Marie über das Geländer stürzte.

Es war Qual genug, das schreckliche Geschehen einmal zu beobachten, aber es wiederholte sich immer wieder, mit einer langsamen, makabren Anmut.

Unfähig, es noch länger zu ertragen, zwang Calder sich zu erwachen, doch der Anblick, der ihn erwartete, war fast noch erschreckender …

William stand am Fußende des Betts, kaum mehr als ein Schatten in der Finsternis und so still, daß er ein Teil der Möbel hätte sein können. Während Calder ihn anstarrte, noch halb benommen vom Schlaf und seinem Alptraum, zogen die Wolken, die den Mond verdeckten, weiter, und ein unheimliches, silbriges Licht durchflutete den Raum.

Ein Strahl des Lichts fiel auf den Lauf der Duellpistole in Williams Hand.

»Ich werde sagen, du wärst von Einbrechern getötet worden«, sagte er mit seltsam angespannter Stimme. »Von Rebellen, die auf der Suche nach Gold und Whiskey eingebrochen sind. Und alle werden mir glauben, wie schon zuvor.«

Calder wagte nicht, sich zu bewegen. »Leg die Pistole fort«, sagte er mit erzwungener Ruhe. »Sie werden dir *nicht* glauben, William. Es wäre Mord, und sie würden dich dafür aufhängen.«

Angesichts der Antwort, die er erhielt, hätte er sich das reden sparen können.

»Ich hoffe, daß du in der Hölle schmorst«, sagte William, und aus der Pistolenmündung blitzte ein helles Licht auf. Dann erfolgte eine Explosion, obwohl Calder nicht sagen konnte, ob sie in ihm selbst stattfand oder draußen, und dann war nur noch Dunkelheit um ihn.

14

Leidenschaftslos schaute William zu, wie Calder mit einem gurgelnden, erstickten Geräusch in die Kissen zurücksank. Im Mondschein war der Einschuß gut zu sehen, er befand sich gleich unter Calders rechter Brustwarze, und das seidige dunkle Haar auf seiner Brust färbte sich bereits blutrot.

Der ältere Bruder zündete die Lampen an. Die Duellpistole, die jetzt von seiner linken Hand baumelte, brannte heiß an seinem Schenkel und schien sein Hosenbein zu versengen.

Stimmengewirr erklang auf dem Korridor, und hastige Schritte, aber William empfand weder Angst noch Eile. Mit einem grimmigen Lächeln zog er sich einen Stuhl an

Calders Bett und setzte sich, um seinem Bruder beim Sterben zuzuschauen.

Die Welt, sagte er sich, würde besser dran sein ohne Calder Holbrook – falls er tatsächlich Anspruch auf den Namen hatte – genau, wie sie besser dran war ohne Flittchen wie Marie.

Calder war bewußtlos, doch selbst so kämpfte er noch, und ein Muskel begann an Williams Kinn zu zucken. Vielleicht, dachte er kalt, ist es besser, wenn ich die Pistole noch einmal lade und eine zweite Kugel abfeuere. Diesmal würde er den Lauf an Calders Schläfe halten.

»Maeve«, keuchte Calder in seiner Ohnmacht. »*Maeve* …«

Die Bettlaken waren durchtränkt von Calders Blut, stellte William befriedigt fest. Niemand konnte soviel Blut verlieren und noch am Leben sein.

Er lehnte sich bequem auf seinem Stuhl zurück, ungerührt und unbelastet von dem Lärm vor Calders Zimmertür. Er hätte sich in einem anderen Land befinden können, dieser Korridor. In einer anderen Welt.

William entspannte sich, streckte die Beine aus und schlug die Füße übereinander. »Ich glaube nicht, daß mir jemand die Geschichte mit den Einbrechern abnehmen wird«, sagte er laut, halb zu sich und halb zu Calder.

In diesem Augenblick stürzte Prudence herein, in Nachthemd und Morgenmantel. »Was ist denn hier …« begann sie, aber dann sah sie Calder und eilte mit einem Aufschrei an seine Seite. »Lieber Gott im Himmel, du hast ihn erschossen!« rief sie. »Du hast deinen eigenen Bruder ermordet …«

William seufzte, als Prudence versuchte, Calders Blutung mit dem Zipfel ihres Morgenmantels zu stoppen. Sie heulte und jammerte, und als noch mehr Dienstboten in der Tür auftauchten, schrie sie, jemand sollte einen Arzt holen und dann die Polizei.

In der Zwischenzeit kam draußen Sturm auf und rüttelte an den soliden, bleigefaßten Fenstern.

»Ich habe das Richtige getan, als ich ihn erschoß«, sagte William zu Prudence. »Er war schlecht und böse, wie seine Mutter. Das wirst du mit der Zeit auch einsehen.«

Die Haushälterin verließ einen Moment lang Calders Seite, um William die Duellpistole abzunehmen. »Sie sind verrückt, Mr. William – Sie haben komplett den Verstand verloren!« versetzte Prudence scharf. »Wie konnten Sie nur so etwas tun? Hatten wir in all den Jahren nicht schon genug Leid und Trauer in diesem Haus?«

William war durchaus bereit, ihre Frage zu beantworten, aus der sicheren Überzeugung heraus, daß danach keine weiteren Erklärungen mehr von ihm gefordert werden würden.

»Ich bin all diese Jahre hiergeblieben und habe das Bankgeschäft erlernt, habe immer getan, was Papa wollte und meine eigenen Wünsche und Träume zurückgestellt, um seine zu erfüllen.« William spürte, wie seine Seele sich qualvoll zusammenzog. »Und doch war Calder immer der Lieblingssohn und frei, zu tun und lassen, was er wollte. Seine sporadischen Besuche in diesem Haus waren für meinen Vater stets ein Anlaß, das sprichwörtliche fette Kalb zu schlachten. Doch trotz allem glaubte ich, närrisch wie ich war, daß Papa meine Opfer anerkennen und mich eines Tages für meine Treue belohnen würde. Und was geschah? Papa hinterließ alles Calder – das Haus, die Bank und das gesamte Vermögen, das wir gemeinsam erarbeitet hatten. Alles davon gehörte plötzlich Calder, mit Ausnahme eines kaum erwähnenswerten Einkommens, daß Papa mir hinterlassen hatte.«

»O Herrgott, schütze uns«, murmelte Prudence, die inzwischen ihren Morgenmantel ausgezogen hatte, um eine Art Verband daraus zu fertigen. Aber William wußte, daß ihre Bemühungen fruchtlos waren. Der weiße Flanell, den sie auf Calders Wunde preßte, färbte sich bereits rot. »Sie hatten kein Recht, so etwas zu tun«, sagte sie nun leise. »Mr. Calder hätte alles an Ihnen wiedergutgemacht. Ich glaube nicht einmal, daß er das Haus oder viel Geld haben wollte.«

William erinnerte sich an Calders Worte am Tag zuvor im Eßzimmer. Da hatte er *behauptet,* nichts von der Hinterlassenschaft seines Vaters haben zu wollen, was William ihm jedoch nicht abgenommen hatte und auch jetzt nicht glaubte. Wie konnte jemand einen derartigen Reichtum *ablehnen?*

So enorm der letzte Verrat seines Vaters auch sein mochte, war er doch nicht der einzige Grund für Williams Tat. Irgendwie hatte Calder die Wahrheit über die Nacht von Maries Tod herausgefunden und Rache geschworen. So gemessenen Tons er auch darüber gesprochen haben mochte, es war Calder ernst gemeint gewesen mit dem, was er gesagt hatte. William wußte, daß er ihm keine Ruhe mehr gelassen hätte, bis ins Grab, und ihn in beständiger Unruhe gehalten und ihn hätte schwitzen lassen.

Doch davon sagte William nichts zu Prudence, weil sie, genau wie sein Vater, Calder schon immer vorgezogen hatte.

»Halt aus, Lieber«, murmelte Prudence an Calders Ohr. »Du darfst uns jetzt nicht verlassen!«

William schloß die Augen und dachte, daß sie ein sentimentales altes Weib war.

Der Polizeibeamte und der Arzt erschienen gleichzeitig, und William hörte Prudence sagen: »Der war es – er hat seinen eigenen Bruder erschossen! Und auch noch wegen Geld ...«

William wurde von dem rothaarigen Wachtmeister recht unzeremoniell vom Stuhl gerissen. »Ich fürchte, Sie werden mich begleiten müssen, Mr. Holbrook«, sagte der große Ire kalt.

Der Arzt bemühte sich bereits um Calder.

»Es ist hoffnungslos«, teilte William ihm freundlich mit, während der Wachtmeister ihm eiserne Handschellen anlegte.

Der Arzt maß ihn mit einem vernichtenden Blick und setzte seine sinnlosen Bemühungen fort.

Lisettes Versteck, die prächtig ausgestattete Grabstätte irgendeines einstmals bedeutenden Chinesen, war vollkommen leer.

Maeve untersuchte alles – die Grabplatte aus purem Elfenbein mit den Einlegearbeiten aus vierundzwanzigkarätigem Gold, die mit kostbaren Schätzen gefüllten Truhen und die zahlreichen Jadefiguren. Die mumifizierte Leiche, für die die Krypta erbaut worden war, existierte nicht mehr, doch im Vorraum fand Maeve den gräßlichen Beweis dafür, daß Lisette hier ihr Unwesen getrieben hatte.

Einer der sterblichen Liebhaber, für die sie so berüchtigt war, ein gutaussehender junger Mann, ruhte tot in einem Sessel. Er sah mehr wie eine Wachsstatue als wie eine Leiche aus, und auf einem kleinen Tisch vor ihm standen eine Tasse und eine wunderschöne Teekanne aus feinstem Porzellan.

»Wenigstens scheint der arme Kerl in angenehmen Umständen gestorben zu sein«, bemerkte Dathan. »Ich wette, daß er keinen Tropfen Blut mehr in den Adern hat.«

Maeve erschauerte, als eine Spinne aus der Teekanne kam und über den Tisch zu der grauen Hand der Leiche kroch. »Ich brauche keinen Berichterstatter«, sagte sie unwirsch. »Ich habe selbst Augen im Kopf, um zu sehen, was hier geschehen ist.«

Dathan seufzte. »Wenigstens hat Lisette ihn nicht in eins dieser widerwärtigen Geschöpfe verwandelt, mit denen sie uns seit Wochen plagt.«

Es war ein schwacher Trost für Maeve. Der junge Mann, wer immer er auch sein mochte, erinnerte sie an Aidan, ihren Bruder.

»Er muß ihr irgendwie mißfallen haben«, sagte sie traurig, als sie eine Hand auf die Schulter des jungen Mannes legte und spürte, daß sie wie trockener Ton unter dem Stoff seines gutgeschnittenen Rocks zusammenfiel.

»Glaubst du, daß Lisette zurückkommt?« wollte Dathan wissen. »Vielleicht brauchen wir ja nur hier auf sie zu warten.«

Maeve schüttelte den Kopf. »Nein, so einfach wird es nicht sein. Lisette hat kein Interesse mehr an diesem Ort – sie wollte nur, daß wir ihn und ihren toten Liebhaber finden und uns ärgern, daß sie selbst nicht da war.«

Dathan seufzte. »Nun ja, ihr Plan hatte Erfolg.«

Maeve betrachtete die Leiche. »Sie scheint eine Vorliebe für dunkelhaarige junge Männer mit blauen Augen zu haben. Mein Bruder Aidan war eine Zeitlang ihr Liebhaber, bevor sie ihn in einen Vampir verwandelte, und sie hat viele andere wie ihn gehabt. Eine erstaunliche Anzahl von ihnen sahen ganz ähnlich aus, wenn ich es recht bedenke.« Sie hielt inne und richtete den Blick auf Dathans grimmiges Gesicht. »Hast du Hexer in deinem Heer, die diesem armen Burschen ähnlich sehen?«

Ein Funken erschien in Dathans Augen. »Eine Menge«, bestätigte er. »Du willst Lisette also in die Falle locken, indem du ihr einen meiner attraktiven Anhänger als Köder unter die Nase hältst? Eine brillante Idee – nur wird Lisette leider auf den ersten Blick erkennen, daß es sich um einen Hexer handelt.«

Maeve zog eine Braue hoch. »Vampire erkennen Hexer,

indem sie ihre Gedanken lesen«, erklärte sie geduldig. »Falls es jedoch möglich wäre, dem in Frage kommenden Hexer zu suggerieren, daß er ein Mensch ist, würde jeder Vampir ihn als das akzeptieren, wofür er selbst sich hält.«

Dathan nickte sinnend. »Dir ist bestimmt bewußt, daß du mir gerade ein mächtiges Werkzeug in die Hand gegeben hast, mit dem wir euch Vampire täuschen können, sobald der Krieg beendet ist und die Dinge wieder ihren gewohnten Lauf nehmen?«

»Ja, und das bedeutet, daß du mir etwas im Austausch dafür geben mußt.«

»Was?« fragte Dathan und kehrte in den Hauptraum des Grabmals zurück, wo er anfing, Goldschmuck und Perlenketten aus den Truhen in seine Taschen zu stopfen.

»Ich möchte, daß du mich die Zauberformel lehrst, mit der du Feuer auslöst«, sagte Maeve.

Dathan drehte sich flüchtig nach ihr um. »Ich müßte ein Narr sein, um das zu tun. Du könntest es deine Vampire lehren, und dann würden sie es gegen uns benutzen.«

»Nein, denn ich würde mein Wissen nur mit einigen wenigen Auserwählten teilen«, versprach Maeve. »Und du hast mein Wort darauf, daß wir es nur zur Verteidigung benutzen würden.«

»Dein Wort«, spottete Dathan, während er eine weitere Truhe öffnete. »Ich glaube nicht an das Wort eines Vampirs.«

Maeve spürte, daß ihre Kraft nachließ, und setzte sich auf das elfenbeinerne Grabmal. »Ich habe dir eins unserer Geheimnisse verraten und dir mein Leben anvertraut – du hast mehrfach Gelegenheit gehabt, mir einen Pfahl ins Herz zu treiben, während ich schlief. Wenn ich dir soviel Vertrauen schenke, könntest du mir wirklich wenigstens eine kleine Zauberformel beibringen!«

Dathan durchquerte das Gewölbe und hob Maeve auf.

»Hier wird nicht geschlafen, Prinzessin«, sagte er mit grollender Zuneigung. »Unsere Absicht ist, Lisette zu überraschen, und nicht, von ihr überrascht zu werden. Denk an irgendeinen Ort in England, wo es dunkel ist, und bei Sonnenuntergang werde ich wieder bei dir sein.«

Maeve war erschöpft, ihr Kopf sank an Dathans Schulter, aber es war nicht England, woran sie dachte, sondern Amerika.

Als sie den dunklen Keller unter Calders Haus erreichte, verkroch sie sich hinter einer Kiste und schloß die Augen.

Erst jetzt, als sie völlig hilflos war, stiegen Visionen des sterbenden Calders in ihrem Bewußtsein auf. Sie sah ihn verbunden und bewußtlos auf dem Bett liegen, die Haut schon grau vom Blutverlust, und doch konnte sie nichts für ihn tun. Sie war gefangen im tiefsten, dunkelsten Teil ihrer Existenz.

Während des gesamten Tages, als sie ihren Vampirschlaf hielt, wurde sie von lebhaften Bildern bedrängt, wie Szenen aus einem Traum, und hörte Calder ihren Namen rufen. Je länger er rief, desto schwächer wurde seine Stimme, und von Mal zu Mal klang sie hoffnungsloser.

Der Regen hielt die ganze Nacht an, und es regnete auch morgens noch bei Bernards Begräbnis. Der Brudermord im Hause Holbrook hatte sich herumgesprochen, und überall aus der Stadt erschienen Leute, um zu gaffen und Spekulationen anzustellen.

Gott weiß, dachte der Leichenbestatter angewidert, daß es Jahre dauern wird, bis die Leute aufhören werden, über die Vorfälle jener Nacht zu sprechen. Es war eine verdammte Schande, all dies, obwohl die Sache wenigstens *ein* Gutes hatte: Der arme Bernard ruhte in Frieden und würde nie erfahren, daß er einen Mörder in die Welt gesetzt hatte.

Capshaw seufzte. Calder war mehr tot als lebendig, und es war zu befürchten, daß in wenigen Tagen ein zweites Begräbnis stattfand, und wenn sie William hängten, noch ein weiteres.

Kaum war die Sonne untergegangen, sprang Maeve auf. Alle Gedanken an Lisette und den drohenden Krieg mit den Engeln waren aus ihrem Gedächtnis ausgelöscht; nichts anderes interessierte sie mehr als Calder, und sie versetzte sich unverzüglich in sein Zimmer.

Er lag in der Tat im Sterben, wie in ihren schrecklichen Visionen; seine Seele hatte bereits seinen Körper verlassen und schwebte am Ende der langen Silberkordel, die beides verband, bereit, sich loszureißen. Wenn das geschah, würde Calder richtig tot sein, denn sobald die Kordel durchtrennt ist, ist kein Zurück mehr möglich.

Ein rundliche Frau in einem schlichten Kattunkleid saß an seinem Bett und weinte leise, aber sie schaute nicht auf, als Maeve sich näherte, weil sie den Vampir weder sehen noch hören konnte.

Maeve betrachtete ihren Liebhaber in grimmiger Verzweiflung, denn auf dem Grunde seines Geists sah sie die Ereignisse, die ihm ein solches Ende gebracht hatten. Ich werde zur Nacht des Mords zurückkehren, dachte sie, und die Tat ungeschehen machen. Falls es nötig war, William umzubringen, um den Mord zu verhindern, war sie bereit dazu.

Doch als Maeve versuchte, sich in der Zeit zurückzutransportieren, gelang es ihr nicht. In wilder Wut und Verzweiflung versuchte sie es noch ein zweites und ein drittes Mal, und wieder schaffte sie es nicht.

Sie brauchte keine Erklärung dafür, denn Valerian hatte ihr das Phänomen bereits erklärt. Manchmal, aus unbekannten Gründen, waren Zeitreisen einfach nicht durchzuführen.

Maeve gab also den Versuch auf, den Lauf der Geschichte zu ändern, und verflüchtigte sich statt dessen zu einem Nebel, mit dem sie in Calders Körper eindrang und ihm Kraft verlieh. Eine Zeitlang war sie ein Teil von ihm und so nahe wie der Atem in seinen Lungen und das schwache Pochen seines Herzens. Doch dann spannte sich die Silberkordel ganz abrupt, riß seine Seele in ihr Gefängnis aus Fleisch und Blut zurück, und die jähe Macht des Ereignisses trieb Maeve aus seinem Körper.

Die Haushälterin, die zu spüren schien, daß etwas Ungewöhnliches vorging, begann unruhig zu werden, faltete die Hände und betete verhalten. Ihre Worte waren wie flüssiges Feuer für Maeve, aber sie ergriff nicht die Flucht.

Egal, was sie zu erleiden hatte – sie würde Calder nicht verlassen.

Sie kauerte sich in die Schatten an der Wand, und schon bald gähnte die Haushälterin und verließ das Zimmer.

Maeve verkörperlichte sich wieder, eilte an Calders Seite und ergriff seine reglose Hand. Seine Seele hatte sich wieder zurückgezogen, zerrte an dem unsichtbaren Band und versuchte, den Schmerzen zu entfliehen.

Das Beste und Selbstloseste war jetzt, Calder in Frieden gehen zu lassen, ihn zu seinem Schöpfer und an den Ort heimkehren zu lassen, der ihr selbst verwehrt war, und Maeve liebte ihn genug, um es auch zu tun.

Sie hob seine Hand an ihre Lippen und küßte seine Fingerknöchel. »Adieu, mein Liebling«, wisperte sie, stand auf und wäre jetzt wohl für immer von ihm fortgegangen, wenn er nicht plötzlich zur ihr gesprochen hätte – nicht mit seinen Lippen, sondern mit den Gedanken.

Maeve … Es war eine flehentliche Bitte.

Sie starrte ihn betroffen an und wartete gespannt, während ihre Seele ihm zurief, zu bleiben und sie nicht zu verlassen.

Hilf mir!

Maeve litt. *Ich helfe dir, Liebling. Halt nach dem Licht Ausschau und folge ihm.*

Du bist das Licht.

Nein! Begreifst du es denn nicht? Ich bin die Finsternis.

Verlaß mich nicht, Maeve. Laß mich nicht sterben.

Sie trat einen Schritt näher, legte sich dann ohne ein weiteres Wort neben ihn und hüllte ihn in ihren Umhang. Dann dachte sie an London.

Falls es einen Weg gab, Calder zu retten, ohne ihn in einen Vampir zu verwandeln und mithin ein Wesen, das sie eines Tages hassen würde, schwor Maeve, diesen Weg zu finden.

Dimity war aus der Übung, was Reisen betraf, und daher brauchte sie mehrere Versuche, bevor sie endlich in Valerians Zelle landete.

Es stank in dem Gewölbe, und ein halbes Dutzend magere, zerlumpte Sterbliche schliefen auf dem verfaulten Stroh in einer Ecke, zusammengekauert wie Welpen in einer kalten Winternacht. Alle von ihnen lebten, doch sie würden viel gutes Essen benötigen, bevor ihr Blut ihnen wieder nützen konnte.

»Valerian?« rief Dimity verärgert und stützte die Hände in die Hüften. »Zeig dich gefälligst!«

Er erschien urplötzlich, direkt vor ihr, und ließ sie mit einem kleinen Schrei zusammenfahren.

»Was zum …«

Valerians Grinsen war ein bißchen müde, aber verwegen wie eh und je. »Tut mir leid«, sagte er, obwohl offensichtlich war, daß es ihm *nicht* leid tat. »Es wird langweilig, in einem Rattennest wie diesem hier eingesperrt zu sein, deshalb habe ich angefangen, meine Zaubertricks zu üben.«

Dimity schaute sich in der düsteren Zelle um. »Nun ja, ein Palast ist es nicht gerade, aber es könnte schlimmer sein.« Sie deutete auf die zerlumpten Gestalten in der Ecke. »Immerhin ernährt Lisette dich anständig, und du siehst nicht so aus, als ob du mißhandelt worden wärst – höchstens vernachlässigt.«

Valerian richtete sich zu seiner beeindruckenden Größe auf und schaute hochmütig auf Dimity herab. »Sie hat mich gemästet wie eine Weihnachtsgans«, klagte er, »und ich wäre dir dankbar, wenn du mein Leiden nicht bagatellisieren würdest.«

»Na schön«, gab sie seufzend nach. »Wenn du mein Mitleid willst, sollst du es haben. Aber hast du jetzt genug gejammert? Denn dann sollten wir überlegen, wie wir hier herauskommen.«

Valerian bedachte sie mit einem gereizten Blick. »Du bist ein kaltes Biest für jemanden, der sich mit Engeln abgibt.«

Auch Dimity war verärgert. »Und du ein eigensinniger, arroganter Narr«, erwiderte sie. Sie war nicht mit Valerian bekannt, obwohl sie schon viel von seinen Eskapaden gehört hatte. Aber sie war schon unzähligen Geschöpfen wie ihm begegnet, sowohl unter den Menschen wie unter Unsterblichen, und wußte nur zu gut, daß er ihr gegenüber eine enorme Rücksichtslosigkeit an den Tag legen würde, falls sie es erlaubte. »Willst du nun, daß ich dich rette, oder soll ich dich hier verrotten lassen?«

Der legendäre Vampir war sichtlich wütend und in seinem Stolz verletzt. Immerhin war er von einem Vampir weiblichen Geschlechts gefangengenommen worden, und nun lag seine einzige Hoffnung, gerettet zu werden, in den Händen einer weiteren Vampirin.

Dimity lächelte. Ein bißchen Demut tat der Seele gut.

»Also schön«, fauchte der Große Valerian. »*Natürlich* will ich hier verschwinden – ich komme mir vor wie eine Maus in einem Schuhkarton! Aber wie sollen wir dieses Kunststück deiner Ansicht nach vollbringen? Bist du in der Zwischenzeit mächtiger geworden als Lisette, und hast du vergessen, es zu erwähnen?«

Dimity verdrehte die Augen. »Lisette wird allmählich leichtsinnig. Es gibt schwache Stellen in der geistigen Barriere, die sie um dich errichtet hat, denn sonst wäre ich nie hereingekommen.« Sie ging zu der schweren Eisentür und richtete den Blick auf das sperrige antike Schloß.

»Sinnlos, *diesen* Trick zu versuchen«, meinte Valerian. »Ich habe es schon hundertmal versucht, aber das Schloß gibt nicht nach.«

Ein Lächeln spielte um Dimitys Lippen, als der Mechanismus des Schlosses unter der Macht ihrer Gedanken zersprang. »Du hast es vielleicht nur nicht gründlich genug versucht«, sagte sie liebenswürdig. »Wer bewacht dich hier?«

Valerians Ärger war offensichtlich, aber ebenso sehr seine Erleichterung. »Ein hinterhältiges kleines Ding namens Shaleen«, sagte er. »Sie gefällt mir.«

Dimity schwang die Tür auf und trat auf den steinernen Gang hinaus. »Das kann ich mir vorstellen«, erwiderte sie kühl. »Komm endlich. Ich muß zugeben, daß ich diese ganze Erfahrung ein bißchen entnervend finde und jetzt gern nach London und in mein geliebtes neunzehntes Jahrhundert zurückkehren würde.«

»Du hast mich noch nicht gerettet«, brummte Valerian.

»Richtig«, erwiderte sie diplomatisch. »Also laß uns

versuchen, etwas netter zueinander zu sein, ja? Denn immerhin stecken wir beide bis zum Hals in dieser Sache.«

Wie auf ein Stichwort hin tauchte ein Schatten vor ihnen auf und stieß einen ohrenbetäubenden schrillen Schrei aus.

»Also bitte!« sagte Valerian angewidert.

Einen schrecklichen Moment lang dachte Dimity, das Wesen vor ihnen sei Lisette persönlich und Valerian habe sein Schicksal endgültig besiegelt, indem er sie verspottete. Aber bei genauerem Hinsehen erkannte sie, daß es sich um die Anfängerin handelte, von der Valerian gesprochen hatte, um die frischgebackene Vampirin namens Shaleen.

»Tritt beiseite«, befahl Dimity gelassen. »Selbst du solltest wissen, naiv, wie du bist, daß du nicht die Kraft besitzt, dich mit zwei erwachsenen Vampiren anzulegen.«

Shaleen schien zu schrumpfen, bis sie aussah wie das, was sie vor ihrer Verwandlung gewesen war – ein mageres kleines Ding, das im Verlauf seines kurzen sterblichen Lebens nie genug Liebe oder Nahrung gekannt hatte. »Ich möchte mit euch gehen«, sagte Shaleen. »Die Königin wird mich im Hof an einen Pfahl anbinden und der Sonne aussetzen, wenn sie zurückkehrt und sieht, daß ihr kostbarer Gefangener entwischt ist.«

Valerian stieß Dimity verstohlen an. »Mit ihrem Temperament würde sie einen guten Soldaten in unserem gegenwärtigen Kampf abgeben.«

»Und du wirst ihr Lehrer sein wollen«, stellte Dimity nüchtern fest. »Aber dazu dürfte dir keine Zeit bleiben. Maeve braucht deine Hilfe.«

Ein scharrendes Geräusch erklang hinter ihnen, und als Dimity und Valerian sich umwandten, sahen sie die blassen jungen Burschen aus der Zelle kriechen und sich in entgegengesetzter Richtung weitertasten.

Shaleen wollte sie aufhalten, aber Valerian ergriff ihren Arm. Es war in diesem Augenblick, daß Dimity zum ersten Mal Valerians ungewöhnlichen Edelmut erkannte, der ebenso sehr ein Teil von ihm war wie seine unstillbare Vergnügungssucht und sein scharfer Spott.

»Laß sie gehen«, sagte er herrisch.

Shaleens Gesicht war ein Bild der Verwirrung. »Warum? Sie sind nicht von Bedeutung ...«

»Alles ist Bedeutung«, erklärte Valerian entschieden. »Und nun komm! Wir Vampire haben erheblich wichtigere Dinge zu bedenken als einen Haufen blutarmer Bettler und Diebe.«

Shaleen warf einen weiteren gierigen Blick auf die Opfer, die sie zweifellos selbst beschafft hatte für diesen Gefangenen, den sie fürchtete und zugleich bewunderte, doch dann schlug sie eine andere Richtung ein und ging voran.

»Dort ist eine schwache Stelle«, sagte sie vor einer kleinen Kammer am Ende eines labyrinthartigen Ganges. »Hier brachte ich die Jungen für dein Abendessen herein.« Sie nickte Valerian zu. »Unsere Königin wollte nicht, daß du etwas bekamst, aber das hätte ich nicht mitansehen können.«

Valerian grinste und strich dem Mädchen übers Haar, und sie strahlte vor Begeisterung über die Zuwendung.

Dimity wurde allmählich ungeduldig. »Kommt endlich«, zischte sie gereizt. »Lisette kann jeden Augenblick erscheinen, und ich zumindest lege keinen Wert auf eine Teeeinladung von ihr.«

Valerian fand Maeve im Studio im obersten Stock ihres Londoner Heims, wo sie fieberhaft an ihrem Teppich webte. Doch was Valerian am meisten verblüffte, war der

Anblick des bleichen Sterblichen, der auf einer Bahre neben dem Fenster ruhte.

»Calder Holbrook«, murmelte er, verärgert und verwirrt zugleich.

Maeve wirbelte herum, denn sie hatte Valerians Anwesenheit nicht wahrgenommen, und als er sie ansah, begriff er auch, warum. Sie war stark abgemagert, und dunkle Schatten umrahmten ihre Augen. »Valerian!« stieß sie halb schluchzend, halb flüsternd hervor und stürzte auf ihn zu.

Er schloß sie in die Arme, diese Vampirin, die er vor über zweihundert Jahren erschaffen hatte, und wünschte plötzlich, sie in jener schicksalhaften Nacht nicht angerührt zu haben. Zumindest wäre ihr so die Qual erspart geblieben, die sie jetzt zerriß.

»Sieh dich an«, sagte sie, und ihre Augen glänzten wie im Fieber, als sie seine Tunika aus goldfarbenem Samt und die passenden Beinkleider betrachtete. »Du siehst aus wie ein Herzog.«

»Ich habe in letzter Zeit eine Vorliebe für das sechzehnte Jahrhundert entwickelt.« Eine alberne Erklärung, angesichts des Leids, das er in Maeves Augen sah. »Was ist geschehen?« fragte er mit einen Blick auf den Sterblichen, der auf der Bahre lag. »Ich bitte dich, Maeve – sag mir, wie ich dir helfen kann!«

15

»Das Letzte, was die Welt braucht, ist ein weiterer Vampir«, meinte Valerian stirnrunzelnd, nachdem er sich Maeves Erklärung angehört hatte, und schaute nachdenklich auf Calder, der sich auf seinem Totenbett bewegte. »Andererseits jedoch ist es *seine* Seele, die hier zur Diskussion steht. Wenn er ein Vampir sein will, hat er meiner Ansicht nach das Recht auf die Entscheidung.«

Maeve hatte sich längst die gleichen Argumente aufgezählt. Das Dilemma hatte sie gequält und ihr die Kraft geraubt – ausgerechnet jetzt, wo sie all ihre Macht benötigte.

Sie schaute Calder an und flüsterte: »Er wird mich eines Tages dafür hassen, genau wie Aidan Lisette gehaßt hat.«

Aus dem Augenwinkel sah Maeve den Großen Vampir zusammenzucken – aber nicht, weil sie Lisette, sondern weil sie Aidan erwähnt hatte. Valerian hatte ihren Bruder geliebt, das wußte sie, mit einer dichterischen Leidenschaft, die über simplen Sex hinausging, und es war möglich, daß er noch immer derartige Gefühle für ihn hegte.

»Das ist ein egoistisches Argument«, bemerkte er schroff, kniete neben Calders Bahre nieder und berührte sein wächsernes Gesicht. »Wie hast du ihn so lange am Leben erhalten können?«

Maeve zögerte, ihr schreckliches Geheimnis preiszugeben. »Ich habe ihm Blut gegeben ... nur kleine Infusionen ... um ihn am Leben zu erhalten, bis er wieder Kraft gewann.«

Valerians schönes Gesicht verdüsterte sich, seine Augen blitzten. »Dann hat der Prozeß bereits begonnen«, erklärte er brüsk. »Beim großen Zeus, Maeve, es ist ein Wunder, daß er nicht eins dieser ekelhaften *Dinger* geworden ist, mit denen Lisette uns plagt!«

Maeve schwankte vor Entsetzen über die Worte des älteren Vampirs und hielt sich am Fensterrahmen fest. »*Was?*«

Valerian, der jetzt kniete, entblößte mit einer Hand Calders Hals, während er gleichzeitig mit anklagendem Blick zu Maeve aufschaute. »Du hast noch nie einen Vampir erschaffen wollen, deshalb sah ich keinen Grund, dir den Vorgang zu erklären.« Sein Daumen glitt sanft über Calders Halsschlagader. »Es gibt keine halben Mittel, Maeve. Vampire können sich gegenseitig Blut spenden, aber bei Menschen ist es sehr gefährlich. Was glaubst du, wie Lisette diese ekligen Kreaturen erschaffen hat? Indem sie sie nur einem Teil des Prozesses unterzogen hat!

Und das ist der Grund, warum sie keinen Verstand haben und keinen Charakter, nur unerbittlichen, gräßlichen Hunger.«

Maeve schlug eine Hand vor den Mund, um einen gequälten Schrei zu unterdrücken angesichts dessen, was sie Calder vielleicht angetan hatte. »Warum habe ich ihn nicht einfach sterben lassen?« wimmerte sie. »Warum bloß nicht, Valerian?«

»Wir haben jetzt keine Zeit für Gewissensbisse, Liebling«, schalt Valerian sanft. »Es müssen Schritte unternommen werden, um den Schaden wiedergutzumachen – wenn nicht, wird er ein Feind werden, den wir zerstören müssen.«

Am Fuß von Calders Bahre sank Maeve auf die Knie und schaute mit Hoffnung und zugleich Entsetzen zu, wie Valerian sich über die Liebe ihres unsterblichen Lebens beugte und die Transformation in Angriff nahm. Sie war unzählige Male versucht, den Blick abzuwenden, als der Vampir Calder leersaugte von seinem Blut, aber das wäre Feigheit oder mangelnde Solidarität gewesen. Und deshalb setzte sie ihre schaurige Wache fort.

Calder war klinisch gesehen tot während jener Momente, bevor Valerian seine Fänge erneut in das empfindliche Fleisch grub und das veränderte Blut zurückfließen ließ.

Endlich erhob sich der Vampir, einen Schimmer unseliger Befriedigung in den Augen. »So, wenn dieser Neuling jetzt jemanden für seine Verwandlung hassen will, dann soll er mich nehmen.«

Maeve stand auf und trat an Calders Seite. Er schlief noch, aber die Leidensfalten in seinem Gesicht glätteten sich bereits – er erschien ihr sogar irgendwie größer, härter, kräftiger.

»Wir bringen ihn besser an einen sicheren Ort«, schlug Valerian seufzend vor. »Er erträgt das Tageslicht jetzt genauso wenig wie wir.«

Maeve nickte, schloß Calder in die Arme und versetzte

sich mit ihm in den Keller unter dem Haus, wo sie zu ruhen pflegte. Valerian war schon vor ihnen da und zündete Kerzen an.

»Was wird jetzt geschehen?« fragte Maeve, als Calder auf dem Grabstein lag. Sie hatte keine Erfahrung in der Erschaffung von Vampiren und erinnerte sich auch an keine Einzelheiten ihrer eigenen Transformation.

»Die Verwandlung hat bereits begonnen«, sagte Valerian. »Er ist hellwach und im vollem Bewußtsein dessen, was wir sagen, aber er kann sich noch nicht mitteilen.« Er trat an Calders Seite und berührte seine Schulter. »Keine Angst, Neuling«, sagte er fast zärtlich. »Wehr dich nicht. In einem Tag oder höchstens zwei wirst du voll funktionsfähig sein.«

Nach einem gedankenvollen Schweigen wandte er sich an Maeve. »Ich würde vorschlagen, Liebling, daß du Calder in der Obhut eines anderen Vampirs zurückläßt, bei jemandem, der weniger wichtig für unsere Sache ist, und dich mit uns anderen daranmachst, unsere Haut zu retten.«

Maeve nickte, obwohl es ihr widerstrebte, Calder zu verlassen. »Ja, du hast recht – aber wem können wir vertrauen?«

»Vertrauen?« Valerian lächelte grimmig und zog eine Augenbraue hoch. »Niemanden natürlich, Majestät, vielleicht nicht einmal einander. Und doch kenne ich eine Anfängerin, die sehr bemüht ist, mir zu gefallen – ein Gedanke müßte reichen, um sie herbeizurufen.« Bei diesen Worten schloß er die Augen, und eine Sekunde später stolperte ein junges, dunkelhaariges Mädchen in den Raum, mit einem sehr unzeremoniellen Krachen, und stieß mehrere Kisten und Kästen um.

»Was in Dreiteufelsnamen?« kreischte sie mit einer Stimme, die Maeve zusammenfahren ließ. Der Neuankömmling richtete seinen feurigen Blick auf Valerian, und ein Strahlen erschien auf dem schmutzigen Gesicht. »Oh, du bist es, Valerian!«

Er schüttete den Kopf. »Ja, ich bin's. Wo sind die hübschen Kleider, die ich dir gab? Und wie kannst du nach einem Bad schon wieder so schmutzig wie ein Schornsteinfeger sein?«

Die junge Vampirin wirke beschämt und gleichzeitig unendlich erfreut, daß Valerian sie bemerkt hatte. Sie wäre errötet, wenn sie ein Mensch gewesen wäre; statt dessen drehte sie sich zu Maeve um und machte einen ungeschickten Knicks.

»Sehr erfreut, Ihre Bekanntschaft zu machen, Madam.«

»Das ist Shaleen«, erklärte Valerian unnötigerweise.

Maeve lächelte. Valerian war der wildeste der Vampire, und wie einige sagten, auch der rücksichtsloseste, und dennoch spielte er mit Leidenschaft den Gönner. Jetzt wo Maeve darüber nachdachte, erinnerte sie sich, daß er nie ohne Schüler gewesen war – sie selbst, zum Beispiel, oder Aidan und zahllose andere.

»Wie geht es dir?« sagte Maeve und reichte dem jungen Ding majestätisch die Hand, während sie hoffte, daß es kein Fehler war, Calder in ihrer Obhut zu belassen.

»Genug der Förmlichkeiten«, fuhr Valerian ungeduldig auf. »Es steht ein Krieg bevor, falls ihr das vergessen haben solltet.« Er deutete auf Calder. »Dieser hier ist gerade erst verändert worden. Wir möchten, daß du auf ihn achtgibst und ihn bewachst. Damit hast du doch Erfahrung, nicht?«

Shaleen schrumpfte ein wenig unter Valerians scharfem Blick, aber dann straffte sie die Schultern. »Ich werde auf ihn aufpassen. Kein Mensch wird kommen und ihn mit einem Pfahl durchbohren, dafür verbürge ich mich …«

Valerian schloß einen Moment die Augen. »Schon gut, du hast uns überzeugt«, sagte er streng.

Sein Lehrling nickte. »Na dann«, murmelte sie, zog sich eine Holzkiste heran und nahm ihren Posten neben Calder ein. »Ich halte besser den Mund, nicht wahr?«

Maeves Belustigung verflog bei dem Gedanken, Calder zu verlassen, vor allem in so schwachem Zustand, aber sie wußte, daß sie keine Zeit verlieren durfte. Sie ging zu der anderen Seite des Grabsteins, auf dem ihr Geliebter lag, beugte sich über ihn und küßte ihn auf den Mund.

»Ich werde bald zurück sein, Liebling«, flüsterte sie. »Hab bitte keine Angst.«

»Beim großen Zeus«, rief Valerian gereizt, »wir sind im Begriff, von Legionen von Racheengeln überrannt zu werden! Müssen wir da die ganze Nacht in diesem Keller bleiben?«

Maeve legte ihr Ohr an Calders Brust, hörte keinen Herzschlag, kein Atmen, und verspürte Trauer und Freude zugleich. Jetzt würden sie zusammen sein, eine ganze Ewigkeit lang, wenn sie Glück hatten, reich mit Macht gesegnet und voller Kraft ... Und doch war Calders Seele in dieser Nacht gestohlen worden, und sie war an diesem Raub beteiligt gewesen ...

Sie spürte Valerians Hand auf ihrer Schulter, sanft, aber entschieden. »Es gibt keinen Blick zurück mehr, Maeve. Es würde dich in eine Salzsäule verwandeln, wie Lots Weib, und dir all deine Macht rauben.«

Sie wandte sich um, schaute in seine dunkle Augen und nickte. »Du hast recht.«

Valerian ergriff ihre Hände, gemeinsam hoben sie in einer anmutigen Bewegung ihre Arme und verschwanden, Shaleens letzte Worte noch schrill in den Ohren.

»Junge, Junge!« schrie Shaleen und stieß Calder dabei in die Rippen. »Hast du *das* gesehen?«

Lisette stieß einen Wutschrei aus, als sie Valerians Zelle leer vorfand und auch ihr neuer Vampir, Shaleen, nicht mehr aufzufinden war.

Diese Narren! Glaubten sie wirklich, ihr so einfach zu entkommen? Wenn sie die anderen fand, würde sie sie an Bäume binden und verbrennen wie Jeanne d'Arc an ihrem Pfahl, als Lektion für alle anderen Vampire!

Lisette sank in dem verfaulten Stroh auf die Knie, als die lästige Schwäche sie wieder überfiel. Es war die Schuld dieser Rebellin, dieser Maeve Tremayne, daß sie jetzt litt – Lisette hatte sich von dem Kampf in jener Höhle im fernen China nie wieder ganz erholt.

Die Begegnung war eine harte Prüfung gewesen, und sie hatte solch ernsthafte Verletzungen davongetragen, daß sie sich mehrere Tage und Nächte in der Krypta unter dem Keller ihrer Villa an der Küste Spaniens hatte erholen müssen, in Gesellschaft zweier menschlicher Liebhaber, von denen sie sich während dieser Zeit auch nährte.

Selbst jetzt noch, im fauligen Stroh dieser verkommenen alten Burg im Norden Schottlands, lächelte Lisette bei der Erinnerung an die sinnlichen Freuden jener Tage …

Sie war damals in ihrer Kutsche durch die Stadt gebummelt, hatte erst einen reizvollen Jungen und dann noch einen weiteren aufgegabelt, die sie dann in ihrer Villa trunken machte mit Wein, um sie danach in die Freuden der Sinne einzuführen, erst einen, dann den anderen.

Danach hatte sie die bewußtlosen jungen Männer in ihr Versteck tief unter dem Kellerboden gebracht und sich zum Schlafen hingelegt. Wenn sie aufwachte, dann jedesmal nur lange genug, um sich an dem Blut des einen oder des anderen Jungen gütlich zu tun.

Sie waren tot gewesen, als sie sie verließ, denn sie hatte sich nicht der Mühe unterzogen, ihre Opfer in Vampire zu verwandeln.

Als diese Betrachtungen ihr ein anderes Erlebnis in Erinnerung brachten, runzelte sie die Stirn.

Sie hatte einst Aidan Tremayne erwählt, um ihm ihre Gunst zu schenken, eines Nachts im siebzehnten Jahrhundert, und ihn eine solch überwältigende Ekstase gelehrt, daß er nach jeder ihrer Umarmungen ganz benommen war und sie trunken vor Vergnügen. Nach einer Weile hatte sie ihrem geliebten Aidan sogar das Geschenk der Unsterblichkeit gemacht, was er ihr dankte, indem er sie verfluchte, haßte und verabscheute …

Lisette richtete sich mühsam auf. *Das*, dachte sie bitter, war der Grund dafür, daß sie keinen einzigen weiteren ihrer hübschen Gespielen in Vampire verwandelt hatte. Sie waren einfach zu dumm, diese undankbaren Wesen, um zu begreifen, daß sie von bloßem Ton in gottgleiche Geschöpfe verwandelt worden waren!

Eine seltsame Erschöpfung befiel sie, und wieder ließ sie sich, überwältigt von ihrem Bedürfnis nach Schlaf, zu Boden sinken. Sie würde Valerian und die untreue Shaleen später suchen und auch einen gutaussehenden Menschen, der ihr Kraft vermitteln würde. Doch bis dahin ruhte sie sich besser aus …

Calder war hellwach in der merkwürdigen Hülle seines Körpers, genau wie Valerian gesagt hatte, aber er konnte sich weder bewegen noch ein Wort über die Lippen bringen.

Er versuchte, das Chaos in seinem Gedächtnis zu ordnen, obwohl er sich momentan nur an zwei Erlebnisse erinnerte – an William, der die Kugel abfeuerte, die ihn getötet hatte, und an die grausige wilde Freude, die ihn erfaßt hatte, als Valerian das Blut aus seinen Adern saugte, um es ihm dann verändert zurückzugeben.

Er, Calder Holbrook, war jetzt also ein Vampir, ein unsterbliches Wesen, das über die Macht verfügte, durch Zeit und Raum zu reisen. Klar, in der Zeit würde er nicht weit kommen – Maeve hatte ihm gesagt, daß Vampire nur bis zum Moment des Todes reisen konnten. Und da dies erst kürzlich geschehen war, sah Calder keinen Sinn darin.

Die Zukunft jedoch gehörte ihm. Sobald er sich bewegen konnte, würde er sich ins späte zwanzigste Jahrhundert versetzen, um dort das Wissen zu suchen, das er sich so heiß ersehnte. Und dann, wenn er es besaß, würde er in sein eigenes Jahrhundert zurückkehren, um so viele Soldaten und Kinder zu retten, wie es in seiner Macht stand.

Calders Gedanken schweiften wieder zu Maeve ab, und selbst in seinem verwirrten Zustand ahnte er, daß er irgendwie an sie gebunden war, und segnete die Tatsache. Sie würde der Mittelpunkt seines Lebens sein, die Sonne, der er für immer abgeschworen hatte, und das Licht, das ihn jetzt und für immer und in alle Ewigkeit wärmen würde.

Wieder versuchte er, sich zu bewegen, und wieder gelang es ihm nicht.

Valerian kam ihm in den Sinn, der gebieterische, anmaßende Vampir, dem er von Anfang an nur Mißtrauen und Antipathie entgegengebracht hatte. Doch ob es dir nun gefällt oder nicht, sagte Calder sich, jetzt existiert auch zwischen uns eine Verbindung. Denn Valerian hatte ihn im wahrsten Sinne des Wortes in diese neue, aufregende Welt gesetzt, die ihn jetzt erwartete.

Begierig, das neue Leben zu beginnen, focht Calder einen harten Kampf mit sich aus, um das Bewußtsein zu erlangen, und spürte, wie sich eine kühle Hand auf seine Stirn legte.

»Beruhige dich«, sagte eine helle weibliche Stimme. »Lieg still und sei nicht so ungeduldig. Du wirst noch früh genug die Nacht unsicher machen – hübsch, wie du bist.«

Calder fühlte sich von den Kräften seines sich verändernden Körpers überwältigt und von der Oberfläche seines Bewußtsein in gnädiges Vergessen gezerrt. Sie wollten den Prozeß der Verwandlung fortsetzen, diese Kräfte, und Calder besaß weder die Kraft noch den Willen, sich ihnen zu widersetzen.

Der alte englische Landsitz, seit langem verlassen und fast völlig überwuchert von wildem Wein und Efeu, wurde von den Anwohnern gefürchtet, weil er als verhext galt, und Maeve sah, daß er Valerian von Anfang an gefiel. Es würde passen zu seinem makabren Sinn für Humor, dachte sie, gelegentlich geheimnisvolle Lichter in den Fenstern erscheinen zu lassen und einem dramatischen Effekt zuliebe ab und zu einen markerschütternden Schrei in die Nacht hinauszuschicken.

Dathan trat grinsend aus einer dunklen Ecke. »Perfekt, nicht wahr?« meinte er liebenswürdig, obwohl Maeve die eisige Zurückhaltung spürte, die zwischen ihm und Valerian aufgekommen war.

Valerian nickte spöttisch. »Jetzt brauchen wir nur noch einen blubbernden Hexenkessel und ein, zwei alte Weiber.«

Dathan lachte, aber es klang nicht echt. »Stereotypen«, höhnte er. »Schläfst *du* etwa in einem Sarg, Vampir? Oder läßt dich von Knoblauch in die Flucht schlagen?«

Maeve, die die zunehmende Spannung spürte, mischte sich ein. Dathan und Valerian würden ihr nicht viel nützen gegen Lisette, wenn sie untereinander stritten. »Hört auf«, sagte sie scharf und wandte sich nach einem warnenden Blick auf Valerian an Dathan. »Warum hast du uns hierhergerufen?«

Der Dämon lächelte liebenswürdig, aber Maeve ließ

sich davon nicht täuschen. Dathan war nicht zuvorkommender und liebenswürdiger als eine jener automatischen Pistolen des zwanzigsten Jahrhunderts. »Ich möchte euch etwas zeigen«, sagte er.

Hinter den verfallenden Mauern des Landsitzes, in der tiefen Finsternis des abgelegenen Orts, erklang ein Heulen.

Maeve und Valerian wechselten einen raschen Blick, als sie Dathan tiefer in das Gemäuer folgten.

Das war keine Eule, bemerkte Valerian in einem geistigen Unterton, der irgendwie Dathans Bewußtseinsniveau unterlief.

Ich weiß, daß du mich beschützen wirst, scherzte Maeve.

Sie betraten einen Raum, der einst vermutlich ein Salon gewesen war. Obwohl alle drei so scharf wie Katzen sahen, zündete Dathan zuerst umständlich die Talgstummel in einem alten Kandelaber an, bevor er gebieterisch in die Hände klatschte.

Sofort erschienen zwei Hexer, die einen jungen Mann in ihrer Mitte führten.

Valerian und Maeve stießen beide einen entsetzten Schrei aus, in verzweifelter Bestürzung, denn der verzauberte junge Mann war Aidan, *ihr* Aidan, den sie beide geliebt und verloren hatten.

Valerian fand als erster seine Stimme wieder. »Was habt ihr ihm angetan?« rief er und sprang vor, als wollte er den Hexer ihren armen Gefangenen entreißen. Doch dann wirbelte er zu Dathan herum, packte ihn mit beiden Händen an seinem weiten Hemd und zog ihn auf die Zehenspitzen. »Verdammt sei deine schwarze Seele – *was habt ihr mit ihm gemacht?*«

»Schon gut, Valerian«, sagte Maeve beruhigend, denn nach dem ersten Schock hatte sie erkannt, daß der Mann nicht ihr Bruder war, so sehr er ihm auch ähneln mochte.

Sie trat näher und berührte sein starres, atemberaubend gutaussehendes Gesicht. »Aidan ist weit fort und in Sicherheit. Der hier ist nur jemand, der ihm ähnlich sieht.«

Dathan, dessen Augen sprühten vor unterdrückter Rachelust, befreite sich aus Valerians Griff und nickte. »Richtig, Majestät. Das ist Llewellyn, einer der unseren. Wir haben ein bißchen mit seinem Verstand experimentiert, wie du vorschlugst, Maeve, und wenn er aus seiner Besonnenheit erwacht, wird er mit seinem ganzen hinterhältigen kleinen Herzen glauben, er sei ein Mensch.«

Valerian wirkte verwirrt und wollte etwas sagen, doch Maeve ergriff seinen Arm und brachte ihn zum Schweigen.

»Sehr clever«, lobte sie.

»Was soll das alles?« fragte Valerian verärgert.

Maeve betrachtete Llewellyn staunend. Wenn nicht eine solch enge Verbindung zwischen ihr und ihrem Zwillingsbruder bestanden hätte, wäre sie jetzt überzeugt gewesen, daß dieser Hexer Aidan war – ihr reizender, eigensinniger, *sterblicher* Aidan.

»Nimm dich zusammen und denk nach, Vampir«, sagte Dathan herablassend zu Valerian. »Was glaubst du, wie Lisette reagieren wird, wenn sie unserer brillanten Kreation begegnet?«

Maeve sah, daß Valerian nun endlich begriffen hatte.

Mit einem gemurmelten Ausruf starrte er in das exquisite Gesicht des Hexers, der, sobald er wieder bei Bewußtsein war, mit all seinen Sinnen überzeugt sein würde, daß er ein ganz normaler Mensch war.

»Sah er Aidan von Anfang an so ähnlich oder habt ihr ihn verändert?« erkundigte Valerian sich neugierig.

Dathan seufzte, als sei er der dummen Fragen müde. »Es bestand eine gewisse Ähnlichkeit, die wir verstärkten, weil wir Lisettes Schwäche für Tremayne kennen. Die

Frage ist nur – wie machen wir sie auf den Jungen aufmerksam?«

Valerian warf dem Hexer einen gereizten Blick zu. »Und ich war überzeugt, daß ihr an alles gedacht hattet!«

Dathan kochte, aber es gelang ihm, seine Wut zu zügeln. »Wenn das so wäre«, erwiderte er gedehnt, »bräuchten wir dann dich, Vampir?«

Valerian trat einen Schritt auf Dathan zu, und wieder schob Maeve sich zwischen sie.

»Wenn Lisette den Köder angenommen und sich mit dem Blut dieses hübschen Dämons vergiftet hat, könnt ihr beide euch von mir aus gegenseitig umbringen«, sagte sie scharf. »Doch bis dahin steht alles auf dem Spiel, was uns kostbar ist, und unsere einzige Hoffnung ist Zusammenarbeit!«

»Bringt den Jungen nach Spanien«, sagte Valerian grollend und nannte ein unbekanntes Dorf. »Lisette hat eine Villa an der Küste. Wo immer sie auch sein mag, sie ist mit diesem Ort verbunden – sie wird die Anwesenheit des Jungen spüren und zu ihm kommen.«

Maeve starrte ihn an. »Du wußtest von der Villa und hast mir nichts davon gesagt?«

Valerian schüttelte den Kopf. »Ich hatte sie vergessen. Llewellyns Anblick brachte die Erinnerung zurück.«

»Auf nach Spanien also«, sagte Dathan und klatschte von neuem in die Hände.

Nachdem Llewellyn zum Eingang einer besonders lebhaften Taverne geführt worden war, brach Dathan mit einer kurzen Zauberformel den Bann, der ihn gefangenhielt.

»Hallo, George«, sagte er und reichte dem jungen Mann die Hand.

George blinzelte, dann klärte sich sein Blick, und er lächelte. »Hallo«, sagte er und drückte Dathans Hand. »Kennen wir uns?«

Der Anblick dieses Lächelns, eine gespenstisch exakte Kopie von Aidans, erschütterte Maeve bis in die Tiefen ihres Seins, und sie vermutete, daß Valerians Reaktion ähnlich war.

»Wir sind uns schon einmal begegnet«, sagte Dathan und trat zurück. »Aber ich möchte Sie nicht länger aufhalten – Sie scheinen mit Freunden verabredet zu sein.«

George nickte glücklich. Auf ihre mysteriöse Art hatten die Hexer ihm nicht bloß eine neue Identität vermittelt, sondern auch eine Vergangenheit. Weiterhin hatten sie das Gedächtnis mehrerer Menschen manipuliert, um *George* in ihren Erinnerungen einzuschließen. »Ich glaube nicht, daß ich Ihren Namen kenne«, sagte er heiter.

»Der ist unwichtig«, erwiderte Dathan und wandte sich ab.

George starrte ihm verblüfft nach, und Maeve befürchtete schon, daß der Trick vielleicht doch nicht gewirkt hatte und der Junge sich an sein Hexerdasein erinnerte. Doch dann verlagerte sie ihr Bewußtsein, wie sie es immer in der Nähe von Hexern tat, und das Signal aus Georges Gehirn war klar und deutlich zu vernehmen. Er glaubte, daß er ein Mann war, und vermittelte deshalb diesen Glauben an alle in seiner Umgebung.

Valerian ergriff Maeves Arm und zog sie in die Dunkelheit. »Ich würde auch gern hierbleiben und zusehen«, sagte er gepreßt, »aber dann würde Lisette unsere Präsenz spüren und eine Falle riechen.«

Er hatte natürlich recht.

Als sie weit genug von der Taverne entfernt waren, schaute Maeve sich um. Auch Dathan und seine Begleiter waren verschwunden, vermutlich aus dem gleichen

Grund, den Valerian erwähnt hatte. »Was sollen wir jetzt tun?« fragte sie.

»Warten«, sagte Valerian, den die Aussicht mindestens so sehr zu ärgern schien wie sie. »Warten und hoffen, daß Lisette in *Georges* Hals beißt und an seinem Blut erstickt.«

Maeve runzelte besorgt die Stirn. »Es muß nicht unbedingt tödlich sein«, gab sie zu bedenken. »Als Aidan einmal einen Dämonen biß, war er sehr krank, aber er überlebte.«

»Ich weiß«, erwiderte Valerian schroff. Gespräche über Aidan stimmten ihn entweder traurig oder gereizt. »Selbst wenn sie nicht an dem Gift krepiert, würde Lisette bei ihrer Gier ernsthaft geschwächt sein. Und dann können wir sie zerstören und ihre Asche Nemesis mit einer Bitte um Gnade übersenden.«

Er schaute zum sternenübersäten Himmel auf und lächelte. »Glaubst du, daß Dathan etwas dagegen hat, wenn ich mir diesen entzückenden alten Landsitz ansehe?«

»Als ob dich das interessierte«, entgegnete Maeve unwirsch, weil sie begierig war, Nahrung aufzunehmen und dann zu Calder zurückzukehren. Sie würde Shaleen fortschicken, sich neben den Geliebten legen und ihre Träume mit seinen verbinden. »Auf Wiedersehen, mein Freund.«

Valerian küßte sie auf die Stirn. »Bis bald«, erwiderte er, und dann war er verschwunden.

Verdammt, er ist *wirklich* gut, dachte Maeve, die wie stets vom theatralischen Flair des anderen Vampirs beeindruckt war.

Sie hob die Hände und begab sich zu ihren bevorzugten Jagdgründen im Londoner Hafenviertel.

Irgend etwas zog sie unwiderstehlich zu dem stinkenden dunklen Speicher einer Hafenkneipe hin, einem Ort, an dem sich nicht einmal Ratten und Flöhe wohlgefühlt hätten. Dort hatte ein betrunkener Mann seine Frau in eine Ecke gedrängt und verlangte die wenigen Pennies, die sie gespart hatte, während er auf See gewesen war.

Maeve wußte, daß die Frau gleich halbtot geschlagen werden würde, ihr Heulen und Jammern war fast nicht mehr mitanzuhören. »Bitte, Jack … Tu mir nicht mehr weh … Ich brauch' das Geld für das Kind …«

Der betrunkene Schurke zog einen bestiefelten Fuß zurück, um seine Frau, die auf den Boden gestürzt war, zu treten, und ein wilder Zorn, heiß und bitter wie Galle, erfaßte Maeve. Mit einem schrillen Schrei stürzte sie sich auf den Mann, der seine fleischigen Hände hob, um sie zu schützen.

Die Frau, die vor Entsetzen wimmerte, da sie nicht ahnen konnte, daß sie nicht das nächste Opfer sein würde, kroch zu der Leiter am Ende des Dachbodens.

Jacks aufgeschwemmtes, unrasiertes Gesicht war bleich unter der Schicht Dreck. »Herr im Himmel«, keuchte er, *»was für eine Art Teufel kannst du bloß sein?«*

Schon eine knappe Stunde später sollte er es herausfinden.

Als seine Freunde aus dem Wirtshaus die Leiter hinaufgestürmt kamen, um zu sehen, worüber die arme Mary so aufgeregt geplappert hatte, fanden sie den alten Jack wie ein Häuflein Elend auf dem Boden vor, dem Tode nahe und mit zwei blutigen Einstichen am Hals.

16

Der Keller, in dem Maeve Calder zurückgelassen hatte, war leer.

Panik erfaßte sie. Hatte Lisette oder irgendein anderes Geschöpf der Nacht Calder etwa hier gefunden und entführt?

Fieberhaft suchte Maeve den Raum ab und entdeckte dabei Shaleen, die hinter einem Stapel Kisten döste.

Die kleine Vampirin war kaum bei Bewußtsein – die Morgendämmerung war nahe – aber sie schaute blinzelnd zu Maeve auf.

»Was ist geschehen?« fragte Maeve erbost. »Wo ist Calder? *Wo ist er?*«

Shaleen rappelte sich mühsam auf. »Er ist fortgegangen,

Madam, vor ziemlich langer Zeit schon! Ich habe versucht, ihn daran zu hindern, aber er war nicht aufzuhalten – er ist stark, Ihr Freund ... Er schoß vom Grabstein wie eine Kanonenkugel!«

Maeve fühlte den katatonischen Schlaf nahen und wußte, wie sinnlos es gewesen wäre, sich zu wehren. Ihre Angst und Verzweiflung verstärkten sich, als sie anfing, das Bewußtsein zu verlieren – es gab soviel, was Calder noch nicht wußte, so viele Gefahren lauerten draußen ...

Calder war seiner Bewacherin mühelos entkommen, denn er war unfaßbar stark gewesen, als er erwachte, und wild vor Neugier und Erregung.

Fünf Minuten, nachdem er aus Maeves Keller gestürzt war, stand er auf einer belebten Londoner Straße des zwanzigsten Jahrhunderts und schaute staunend zu, wie prächtige, pferdelose Kutschen vorbeirauschten. Es waren auch noch viele Leute unterwegs, die aus Clubs und Theatern strömten, sehr merkwürdig angezogen waren und über Dinge plauderten, von denen Calder noch nie etwas gehört hatte.

Er war entzückt, verstört und von Ehrfurcht ergriffen angesichts seiner Macht und dieser wundervollen neuen Welt, die ihn umgab.

Einer Welt, gestand er sich mit grimmiger Belustigung, über die er nicht das geringste wußte.

Er ging einfach los, folgte einem hohen, schmiedeeisernen Zaun. Dahinter lag ein Friedhof mit schimmernden Marmorplatten und gepflegtem Rasen. Er erinnerte Calder an das Gefühl, als Williams Kugel in seine Brust eingedrungen war, und plötzlich erfaßte ihn eine überschwengliche Freude, weil er noch am Leben war.

Mit der Zeit begann er jedoch einen krampfartigen

Hunger zu verspüren, ein Bedürfnis nach Nahrung, von dem er nicht wußte, wie er es stillen sollte. Er wußte überhaupt sehr wenig, bisher eigentlich nur, daß er sich auf keinen Fall dem Sonnenlicht aussetzen durfte.

Stundenlang wanderte Calder staunend durch die seltsame Mischung von Alt und Neu, die London darstellte. Er befand sich gerade in der Nähe von Maeves prächtigem Haus, von dem er annahm, daß sie es auch in diesem Jahrhundert noch besaß, als ihn ein Blick zum Himmel warnte, daß es Zeit wurde, Schutz zu suchen.

Er betrat Maeves Grundstück durch ein Tor im Zaun und ärgerte sich jetzt schon über jede Minute des Bewußtsein, die er durch den komaähnlichen Schlaf verlieren würde, dem er nicht zu entkommen hoffen konnte.

Er fand ein Kellerfenster, entfernte mühelos das Gitter und kroch leise pfeifend durch den schmalen Spalt. Vielleicht würde er, wenn er gelernt hatte, ein Vampir zu sein, einen Weg für sich und seine Gefährten finden, bei Tageslicht wach zu bleiben – oder vielleicht sogar eine Möglichkeit, den hellen Schein der Sonne zu ertragen.

Denn immerhin, sinnierte er, als er das eiserne Gitter wieder an seinem Platz befestigte, war er Wissenschaftler. Er konnte eins jener grausigen Wesen, die Valerian und Maeve so beunruhigten, sezieren, wenn es tot war, und dabei eine Menge über das Innenleben der Vampire lernen.

Die Aussicht darauf erfüllte ihn mit bebender Erregung.

Als er den Kellerraum fand, den er vorher verlassen hatte, sah er sofort, daß er schon sehr lange nicht mehr betreten worden war. *Wie eigenartig*, dachte er, während er den Kragen des Hemds öffnete, in dem er weit über hundert Jahre in der Vergangenheit erwacht war, daß Maeve dieses geschäftige, tatkräftige Jahrhundert nicht zu lieben scheint. Für ihn war es wie Karneval, lärmend und farbenfroh; er wollte alles sehen und erleben, was es zu bieten hatte, um alles Neue in sich aufzunehmen und sich anzueignen.

Als er sich auf der Steinplatte ausstreckte, der gleichen, die er Stunden und zugleich *Dekaden* zuvor verlassen hatte, dachte er über den Widersinn der Zeit nach. Wie herrlich ironisch, daß er jetzt in diesem Keller lag, am gleichen Ort, an dem er seit dem neunzehnten Jahrhundert vermißt wurde!

Bevor er diesem Rätsel jedoch irgendeinen Sinn abringen konnte, schlief er ein.

Der Tag mußte schnell vergangen sein, denn als Calder die Augen öffnete, war ihm, als hätte er sie eben erst geschlossen. Ein quälender Durst beherrschte ihn, eine zunehmende Schwäche und das brennende Verlangen, seine Erkundungen fortzusetzen.

Auf die gleiche Weise, wie er eingetreten war, verließ er Maeves Haus wieder und war verblüfft, als er draußen Valerian begegnete, der ihn mit mürrischem Gesichtsausdruck erwartete.

»Weißt du eigentlich«, begann der mächtige alte Vampir mit täuschend sanfter Stimme, »wie dumm es war, dich allein in die Welt hinauszuwagen?«

Calder bereute es kaum, und wenn überhaupt, dann höchstens, weil er Maeve mit seinem Verschwinden beunruhigt hatte. Er wollte ihr bestimmt nicht wehtun, doch das Bedürfnis, seine neue Existenz auszuprobieren, war schlicht unwiderstehlich.

Er begann weiterzugehen und hätte das Tor geöffnet, um hinauszugehen, wenn Valerian ihn nicht am Rock gepackt und zurückgezogen hätte.

Calders Zorn erwachte; er war schon im Begriff, Valerian zum Teufel zu schicken, als ein Blick in dessen unergründliche Augen ihn davon Abstand nehmen ließ.

»Du hast noch viel zu lernen«, sagte Valerian ruhig. »Wir werden anfangen mit dem Passieren fester Gegenstände, und dann solltest du deine erste Nahrung aufnehmen.«

Calder schluckte seinen beträchtlichen Stolz und nickte. Schließlich hatte er selbst schon viele junge Ärzte ausgebildet, und nun war er selbst in einer Situation, in der er alles von Grund auf lernen mußte. Zum ersten Mal in vielen Jahren würde er nun den Lehrling spielen müssen statt den Meister.

Valerian stieß einen affektierten Seufzer aus, als er Calders Gedanken las, und begann mit dem Unterricht.

Valerian war so fasziniert von den Vorgängen des Sichauflösens und körperlosen Passierens von Toren, Zäunen und Bäumen, daß sein Mentor ihn schließlich ermahnen mußte, es warteten noch andere Aufgaben in dieser Nacht auf ihn.

Die Kunst des Jagens und der Nahrungsaufnahme kam als nächstes dran, und dann eine Lektion über korrektes Reisen. Valerian führte Calder an einen Ort, den dieser sofort erkannte – ein Feldlazarett – obwohl es sich hier ganz eindeutig um einen späteren Konflikt zu handeln schien als jenen, den Calder so lebhaft in Erinnerung bewahrte.

»Der Zweite Weltkrieg«, erklärte Valerian. »Es sind deutsche Soldaten und damit technisch gesehen Feinde, da du Amerikaner bist, aber ihr Schmerz ist der gleiche.«

Sie gingen weiter durch die Reihen der Bahren, ungesehen – mit Ausnahme von jenen, die dem Tode nahe waren.

Calder stieß einen entsetzten Ausruf aus, als er einige der Verletzungen betrachtete. »Was ist den Männern zugestoßen?«

»Ich fürchte, das Kriegshandwerk hat beachtliche Neuerungen erfahren seit deiner Zeit, Doktor – in dieser speziellen Periode benutzten sie Giftgase und warfen von Flugzeugen aus Bomben ab.«

»Flugzeuge?« Dieses Wort hatte Calder während seiner kurzen Erforschung Londons noch nicht gehört.

»Fliegende Maschinen«, antwortete Valerian gleichgültig. »Ich zeige sie dir später. Jetzt mußt du dir einen dieser armen, leidenden Soldaten aussuchen und ihm das Blut entziehen, das du zum Leben brauchst.«

Calder war seit der Universität an Blut gewöhnt, es ekelte ihn schon lange nicht mehr an. Es war eine medizinische Substanz, mysteriös und machtvoll – und doch stieß ihn der Gedanke ab, es einem Patienten auf solch intime Weise zu entziehen.

Valerian, der dicht hinter ihm stand, sagte leise: »Vertrau mir. Dein *Opfer,* falls dies das korrekte Wort ist, wird keinen Schmerz verspüren. Im Gegenteil, seine Qual wird nachlassen, wenn du es wünschst, und ersetzt werden vom gleichen Gefühl der Ekstase, das du selbst empfunden hast, als du deine Metamorphose durchmachtest.«

Calder warf Valerian einen unbehaglichen Blick zu; er erinnerte sich nicht gern an die Freude, die die Verwandlung ihm gebracht hatte, denn er war noch nicht über ihre Bedeutung im klaren. Gewiß erweckte dieses rätselhafte Wesen, das ihm ewiges Leben geschenkt hatte, keinen körperlichen Reiz in ihm, aber er konnte auch nicht abstreiten, daß er unbeschreibliche Wonne während ihrer unheiligen Verbindung empfunden hatte.

Der ältere Vampir lächelte – wahrscheinlich hatte er Calders Gedanken gelesen – und ging an ihm vorbei, um die bleiche Stirn eines Verwundeten zu streicheln. Der Junge öffnete die Augen, starrte ehrfürchtig zu Valerian auf und murmelte etwas in deutscher Sprache.

Calder erkannte das Wort *Engel,* da er sich während seiner Studien mit der Sprache beschäftigt hatte. Und natürlich erinnerte er sich daran, wie Maeve die Verwundeten von Gettysburg aufgesucht und ihnen Trost gebracht hatte, und wie die sterblichen Soldaten sie für ein himmlisches Wesen gehalten hatten.

»So wird es gemacht«, sagte Valerian sanft, während er den fiebrigen Blick des Jungen auf der Bahre suchte. Dann beugte er sich tief über sein bereitwilliges Opfer, bohrte seine Fänge in dessen Halsschlagader und trank.

Als er sich aufrichtete, war Calder erschüttert über die einzigartige Schönheit seines Lehrers; er schien ein Leuchten auszustrahlen, seine Haut wirkte beinahe transparent. Zärtlichkeit schimmerte in seinem Blick, aber auch unverhohlene Befriedigung.

Das ›Opfer‹ war still, ganz offensichtlich tot, sein junger Körper leicht gekrümmt wie im ersten Aufwallen süßer Leidenschaft. Er starrte direkt in den Himmel hinein, schien es, seine Haut war glatt wie Elfenbein und von einem inneren Licht erhellt, sein Lächeln so engelhaft und friedlich, daß Calder den Blick abwandte, weil er spürte, daß er einen sehr privaten Moment mitansah.

Eine Fülle von Emotionen beherrschten ihn – Ärger, Hilflosigkeit, Mitleid, Ehrfurcht und eine sehr seltsame Freude. Er hatte sich nie an den Tod gewöhnen können, nicht einmal an seine verdammte Schönheit, und seine wesentlichen Instinkte drängten ihn daher, ihn bis zum Letzten zu bekämpfen.

Valerian deutete stumm auf ein anderes Bett, wo ein weiterer junger Mann ruhte, sein einst so wundervoller Körper zerstört, sein Hirn vernebelt und von der grausamen Erfahrung, hinter die glorreiche Fassade des Kriegs geschaut und seine wahre Natur erkannt zu haben.

Inzwischen war Calder unendlich hungrig und wußte, daß er den Frevel nicht länger aufschieben konnte. Leise sprach er auf den Soldaten ein und strich ihm übers Haar, wie Valerian es getan hatte und er selbst bei sterbenden Kindern, in einem anderen Krieg, einer anderen Zeit und einem anderen Leben.

Er weinte innerlich, als er sich über die wunde Kehle beugte, die Schlagader fand und seine Fänge in das magere, aber widerstandsfähige Fleisch bohrte.

In diesem Augenblick versteifte Calder sich, bereitete sich auf den zu erwartenden Ekel vor, doch zu seinem Erstaunen floß das Blut nicht über seine Zunge, sondern durch die kurzen, messerscharfen Zähne, die einst normale Schneidezähne gewesen waren. Als die Substanz in ihn floß, durchzuckte ihn ein Gefühl der Wonne, das so grausam intensiv war, daß er im ersten Moment befürchtete, es könnte ihn zerstören. Er wollte sich schon zurückziehen, doch da spürte er Valerians Hand auf seinem Rücken, und der andere Vampir drängte ihn, weiterzumachen.

Als es vorüber war, als er Lebenskraft und Angst und Schmerzen aus dem Jungen weichen spürte, stand Calder auf und wandte sich beschämt ab. Paradoxerweise, denn ihm war durchaus bewußt, daß er nichts oder nur sehr wenig vor Valerian verbergen konnte, wollte er nicht, daß der andere Vampir Zeuge seines Abscheus wurde.

Oder seiner Hingerissenheit.

Valerian war diskret genug, um nichts zu sagen, und ging weiter zu einem anderen Bett, um ein zweites Mal zu trinken.

Calder konnte sich nicht dazu überwinden, seinem Beispiel zu folgen, obwohl er gern noch einmal den unerklärlichen Jubel erfahren hätte, der erst jetzt nachließ und wie eine Woge süßen Feuers seine Seele streifte, als er abebbte. Er verließ das Lazarett auf ganz normale Weise und starrte draußen lange zu den Sternen auf.

Irgendwann gesellte sich Valerian zu ihm, und in stummer Übereinstimmung beschlossen sie, ins zwanzigste Jahrhundert und zu Maeves Haus zurückzukehren.

Zu Calders Entzücken wartete sie bereits im Salon, wo sie unruhig auf und ab schritt. Ihr herrliches Haar fiel ihr in ungebändigten Locken auf den Rücken; sie trug enganliegende Hosen und eine schwarze Bluse aus irgendeinem elastischen Material, das wie eine zweite Haut an ihrem Körper klebte.

»Wo warst du?« rief sie aufgebracht, als sie Calder und Valerian erblickte.

Weise verflüchtigte Valerian sich, um einen sicheren und harmonischeren Ort aufzusuchen.

Calder bemühte sich weder seine Bewunderung noch seine Neugier zu verbergen. »Tut mir leid, wenn du beunruhigt warst«, sagte er aufrichtig, weil er dieses glorreiche Wesen aufrichtig liebte und selbst die Wonnen die Nahrungsaufnahme sich nicht mit der Ekstase vergleichen konnten, die er in ihren Armen erfahren hatte. »Ich konnte es einfach nicht erwarten, festzustellen, wie man als Vampir lebt.«

Maeves Ärger schien ein wenig nachzulassen, obwohl ihre saphierblauen Augen noch immer funkelten. »Es gibt so viele Gefahren!« rief sie und strich nervös ihr Haar zurück. »Hexer, Engel, Sonnenlicht … Und manchmal gehen Zeitreisen schief, und es ist unmöglich, zurückzukehren …«

Calder ergriff ihre Schultern. »Mir ist nichts passiert«, sagte er betont, gerührt von ihrer Sorge. Wenn überhaupt, hatte die Verwandlung seine Liebe zu Maeve höchstens noch vertieft, und die Emotionen, die sie in ihm weckte, waren so wundervoll, daß sie fast nicht zu ertragen waren.

Da endlich schlang Maeve die Arme um seinen Nacken und murmelte: »Ich hatte solche Angst um dich …«

Calder streichelte ihren Rücken, entzückt und von neuer Kraft erfüllt durch ihre Liebe, lachte rauh und schob sie ein wenig von sich ab. »Was haben diese skandalösen Kleider zu bedeuten? Was für eine Teufelei ist das nun wieder?«

Maeves Lächelns war zögernd, aber aufrichtig. »So kleiden sich die Frauen das zwanzigsten Jahrhunderts«, sagte sie. »Wenn sie es wollen, natürlich nur. Sie haben über viele Dinge erheblich mehr zu sagen als ihre Vorfahrinnen.«

Er nahm ihre Hand, hob sie über ihren Kopf und wirbelte sie herum, wie er es bei Tänzerinnen gesehen hatte. »Hosen«, sagte er staunend, zog seine Geliebte an sich und küßte sie. »Ich muß sagen, sie gefallen mir an dir!«

Er fühlte Maeve erbeben und küßte sie noch einmal, bevor er sagte: »Ich liebe dich.«

Ihre blauen Augen glitzerten von einem Gefühl, das seinem ähnlich war. »Du hast mich in die körperliche Liebe der Menschen eingeführt«, sagte sie leise. »Laß dir jetzt von mir zeigen, wie Vampire einander Lust verschaffen.«

Calder gab vor, schockiert zu sein. »Was? So dreist verführen die Frauen des zwanzigsten Jahrhunderts ihre Männer?«

Maeve berührte mit der Fingerspitze seine Lippen, und schon dieser simple Kontakt mit ihr löste ungestümes Verlangen in ihm aus. »Wen interessiert schon, was sie tun?« Ihre Augen, eben noch so voller Zärtlichkeit, strahlten nun ein verbotenes Wissen aus. »Ich bin eine Vampirin und keine gewöhnliche Frau, ob im zwanzigsten Jahrhundert oder in einem anderen. Komm mit mir, und ich werde dir eine Leidenschaft zeigen, wie du sie dir bisher nicht einmal in deinen kühnsten Träumen ausgemalt hast.«

Er weigerte sich nicht; Calder bezweifelte, daß er überhaupt dazu imstande gewesen wäre, selbst wenn er es gewollt hätte. Er reichte ihr seine Hand und fühlte, wie sie sich verflüchtigten, fühlte seine Seele durch leeren Raum stürzen. Dann, fast ebenso abrupt, war er wieder Materie und befand sich in einem großen Raum, den er als Maeves Studio kannte.

Er zog sie an sich und küßte sie, doch sie löste sich von ihm, lächelnd und kopfschüttelnd wie eine mutwillige kleine Nymphe, die vorhatte, ihn an einen verzauberten Ort zu locken.

»Du denkst an die menschliche Art der Liebe«, sagte sie mit leisem Vorwurf. »Ich möchte dir zeigen, wie Vampire sich vereinigen.«

Hätte er noch seine Lungen benötigt oder Luft, hätte Calder jetzt wohl einen tiefen Atemzug getan. Doch so betrachtete er Maeve nur still, bestürzt über ihre beängstigende Schönheit und die Tiefe der Liebe, die er für sie empfand.

Sie blieb auf Distanz, doch sie beobachtete ihn mit ihren zauberhaften Augen, und er begann ein sanftes Streicheln zu verspüren. Es kam ihm vor, als glitten Fingerspitzen über die sensible Stelle hinter seinem Ohr, als beschrieben sie Kreise um seine Brustspitzen und strichen ganz sachte über seinen Mund.

Aufstöhnend streckte er die Hand nach Maeve aus, doch noch immer hielt sie sich außerhalb seiner Reichweite. Im nächsten Augenblick begann er ihre Berührung an intimeren Stellen zu verspüren – auf seinem Bauch, am Ende seiner Wirbelsäule und an den Innenseiten seiner Schenkel.

Calder keuchte vor Wonne, doch Maeve brachte ihn mit einem ›Psst!‹ zum Schweigen und begann mit einer sinnlichen Liebkosung seiner intimsten Körperteile. Nun war er vollkommen in ihrer Macht, von seinem eigenen Verlangen noch wirkungsvoller an sie gefesselt als mit stählernen Handschellen.

Seine Kleider wurden ihm nicht wirklich ausgezogen,

sie schienen dahinzuschmelzen wie Eis unter der Frühlingssonne, und nicht nur sein Körper wurde für Maeves Liebkosungen entblößt, sondern auch seine Seele.

Er sprach eine geflüsterte Bitte aus und fühlte ihre Berührungen überall, innen und außen, obwohl sie sich körperlich noch immer außerhalb seiner Reichweite befand. Ihre Lippen umschlossen seine Brustspitzen, nicht eine, sondern beide, warm und feucht, während gleichzeitig ihre Zunge, so unmöglich es auch schien, an seinem Glied hinauf und über seine Spitze glitt, bis Calder in lustvoller Ekstase aufschrie.

Maeve zeigte Calder keine Gnade in jener Nacht, als sie ihn ein Geheimnis des Vampirdaseins nach dem anderen einführte. Sie war eine sanfte, aber unnachgiebige Eroberin, die ihn gründlich liebte, immer und immer wieder, bis seine Lust in einem explosionsartigen Höhepunkt ihre Erfüllung fand.

Er lag bebend auf dem kühlen, harten Boden, als sie von ihm abließ, zu Tode erschöpft und doch lebendiger als je zuvor in seinem Leben. Als seine Emotionen ihm endlich erlaubten, etwas zu sagen, wisperte er: »Gut, daß du das nicht getan hast, als ich noch ein Mensch war, Liebling; ich hätte vor Vergnügen sterben können.«

Sie lachte leise und legte sich neben ihn, ihr Körper nackt, grazil und schimmernd im Mondlicht, das durch die hohen Fenster fiel. Sie nahm ihn in die Arme und küßte seine Halsbeuge. »Es gibt schlimmere Todesarten«, entgegnete sie lächelnd.

Er streichelte ihre Brust, auf Menschenart, und legte in einer besitzergreifenden Geste ein Bein über sie. »Warum hältst du dich mit mir auf, Maeve?« fragte er, fast schroff vor lauter Liebe und der plötzlichen Erkenntnis, daß sogar die Ewigkeit etwas sehr Flüchtiges sein konnte. »Ist der Krieg bereits gewonnen?«

Maeve richtete sich auf einen Ellbogen auf und schaute Calder traurig an, als wollte sie sich seine Gesichtszüge für immer einprägen. »Nein, mein Liebling«, sagte sie und fuhr mit der Fingerspitze die Konturen seiner Lippen nach. »Der Krieg ist noch nicht gewonnen.«

Calder stellte keine Fragen mehr, er spürte, daß dies ein zeitloser Augenblick für Maeve war, ein Ort der Zuflucht und Erholung. »Ich ziehe die menschliche Art und Weise vor«, sagte er.

Sie wirkte erstaunt. »Des Kriegführens?«

Er lachte rauh und zog sie fest an sich. »Nein, meine Süße – ich meinte die körperliche Liebe.«

Maeve entzog sich ihm, um ihn anzuschauen. »Warum?« fragte sie verblüfft. »Sag bloß nicht, du hättest kein Vergnügen dabei verspürt, Calder Holbrook, denn ich weiß ...«

Calder strich über ihr zerzaustes Haar. »Ich habe mehr als Vergnügen verspürt«, versicherte er ihr, »und mehr als Ekstase. Aber wenn die Menschen sich lieben, berühren sie sich und werden eins, und wenn auch nur für eine kleine Weile. Das ist es, was ich mir für uns wünsche.«

Ihre Verwunderung wich mutwilligem Entzücken. »Bevor ich entscheiden kann, daß eins besser als das andere ist«, murmelte sie, »müßtest du mich zuerst so lieben, wie du es als Mensch tun würdest.«

Er drehte sie sanft auf den Rücken, diese schöne, schwierige Vampirin, ergriff ihre Handgelenke und drückte ihre Hände auf den kühlen Boden. Dann rollte er sich auf sie, und sie spreizte bereitwillig die schlanken Schenkel, während sie mit leidenschaftlich funkelnden Augen zu ihm aufsah.

»Paß gut auf«, scherzte er und drang mit einer einzigen, geschmeidigen Bewegung in sie ein. Momente später schon rollten beide in wilder, ungezähmter Leidenschaft über den Boden.

Der Augenblick höchster Ekstase war eine Apokalypse, war Zusammenstoß und war Verschmelzung.

Lisette spürte Gefahr, aber das stimmte sie eher neugierig als ängstlich, und so ließ sie sich bereitwillig zu ihrer Villa im Spanien des neunzehnten Jahrhundert zurücklocken.

Sie schlief den ganzen Tag lang, schonte ihre Kräfte für den zu erwartenden Kampf und ließ ihre Kutsche gleich nach Sonnenuntergang vorfahren. Sie würde sich ein Opfer suchen, um sich zu nähren, im Moment jedoch keine weiteren Vampire schaffen – denn das wäre sehr unklug gewesen angesichts ihrer nachlassenden Kräfte. Obwohl sie sicher war, daß es sich nur um eine vorübergehende Schwäche handelte, war sie zu diesem Zeitpunkt nicht begierig auf eine weitere Konfrontation mit Maeve Tremayne.

Der bloße Gedanke an dieses verräterische Wesen erfüllte Lisette mit Zorn – sie würde die aufständischen Vampire zerstören, alle miteinander, und zwar auf solch schreckliche Weise, daß noch Tausende von Jahren später die Legenden davon berichten würden! Im Moment jedoch hatte sie dringendere Sorgen; sie würde sich verwöhnen, für gute Nahrung sorgen und ihrer Lieblingsbeschäftigung nachgehen – energische junge Männer zu verführen, um neue Kraft aus ihrer ungestümen Leidenschaft zu beziehen …

Die Kutsche ratterte durch stille Straßen in die Hafengegend, wo eine Reihe von Tavernen Seeleuten auf Landgang und jungen Edelmännern lebhafte Unterhaltung bot.

Ein Lokal übte eine besonders starke Anziehungskraft auf Lisette aus, und obwohl es sie ein wenig mißtrauisch stimmte, war ihr das Gefühl nicht unbekannt. Über die Jahrhunderte hinweg hatte sie die Fähigkeit entwickelt, mögliche Opfer schon aus der Ferne ausfindig zu machen – Duft und Hitze ihres gesunden, warmen Bluts zogen sie unwiderstehlich zu ihnen hin.

Sie gab dem Kutscher ein Zeichen, anzuhalten. Manuel war ein geistig zurückgebliebener Schwachkopf, der Lisette – unwissentlich natürlich – schon bei mehreren Gelegenheiten Blut geliefert hatte, wenn es nicht ratsam gewesen war, weit entfernt von ihrem Versteck auf Jagd zu gehen. Sein Glück war, daß er niemals Fragen stellte, obwohl viel Seltsames in der Villa vorging.

Lisette stieg aus, ohne seine Hilfe abzuwarten, und betrat, in ein fließendes Kleid aus blauer Seide und eine Mantilla aus feinster Spitze gehüllt, die Taverne, die ihre Aufmerksamkeit erregt hatte.

Ihr Erscheinen löste eine befriedigende Stille unter den Gästen aus – sogar die Flamencotänzer hielten inne, um sie anzustarren –, doch Lisette ließ sich nicht einmal dazu herab, den Männern zuzunicken. Ihr Blick glitt durch die belebte Taverne und suchte den einen Mann, der sie, wenn auch unbewußt, von ihren Reisen zurückgerufen hatte.

Lisette stieß einen leisen Schrei aus, als sie ihn erblickte – beim großen Zeus, er war das lebendige Abbild von Aidan Tremayne! Aus schmalen blauen Augen betrachtete er sie forschend und schob dann ein Tanzmädchen von seinem Schoß, das mit raschelnden Röcken ärgerlich davoneilte.

»Aidan«, flüsterte Lisette, obwohl sie genau wußte, daß dieser Mensch nicht ihr verlorener Geliebter war, sondern nur jemand, der ihm verblüffend ähnlich sah. Trotzdem war es eine sehr angenehme, höchst unerwartete und ungemein erfreuliche Zugabe.

Schweigend befahl sie ihn zu sich, und er erhob sich mit einem verwirrten Stirnrunzeln, um zu gehorchen. Niemand sonst im Lokal bewegte sich oder atmete auch nur, schien es Lisette, deren Sinne plötzlich überwachsam waren.

Sie legte eine Hand an sein Gesicht, fühlte den wunderbaren Andrang lebendigen Bluts und die warme Kraft der Muskeln. »Komm mit mir«, sagte sie, nahm ihn wie ein Kind bei der Hand und führte ihn aus der Taverne in die warme, sternenklare Nacht.

»Wie heißt du?« fragte sie, als sie in der Kutsche saßen und sie mit sanfter Hand die steile Falte der Verwunderung auf seiner Stirn geglättet hatte. Noch während sie sprach, faßte sie mit einer Hand zwischen seine Schenkel, um die Regeln des Spiels klarzustellen und ihm einen Vorgeschmack der sinnlichen Freuden zu geben, die ihn erwarteten.

Er atmete flach, ein feiner Schweißfilm glitzerte auf seiner Stirn und Oberlippe. Lisette war befriedigt, zu sehen und zu spüren, daß er erregt war und es ihn stark nach ihr verlangte.

»Jorge«, sagte er in melodischem Spanisch.

Lisette zog Englisch vor. »George«, sagte sie und ließ ihre Finger über den weichen, dünnen Stoff seiner Hosen gleiten, vom Anfang seines muskulösen Oberschenkels zu seinem Knie hinunter und dann wieder zurück.

George stöhnte, als Lisette die Knöpfe seiner Hose öffnete und hineingriff, um den spürbaren Beweis seiner männlichen Erregung mit geschickten Fingern zu liebkosen. Sie war erfreut und zugleich gerührt über seine Reaktion. Es war ähnlich gewesen in jener Nacht vor langer Zeit, als sie Aidan Tremayne auf einer englischen Straße aufgelesen hatte. Auch er war ein lüsterner junger Mann gewesen, der Lisettes erfahrene Zärtlichkeiten willkommen hieß und leise stöhnte, als sie ihn auf verschiedene Arten erregte und ihm Dinge zeigte, die er mit einer menschlichen Frau noch nie erlebt hatte.

Sie drehte George so, daß er auf dem Rücken lag, sein Kopf hingebungsvoll in ihrem Schoß, und blieb dann einen Moment still sitzen, um ihn zu bewundern und sich dazu zu beglückwünschen, ein solch prächtiges Exemplar entdeckt zu haben.

Er wand sich in lustvoller Verzückung, der schöne Sterbliche, als Lisette ihm einige Grundbegriffe beibrachte. Zu ihrem eigenen Erstaunen verspürte sie eine tiefe Zärtlichkeit für dieses schwache Wesen, statt des gierigen Verlangens, das gewöhnlich der Anlaß zu solchen Eskapaden war.

Fast liebevoll brachte Lisette den wundervoll gebauten Menschen zu einem befriedigenden Höhepunkt. Dann streichelte sie ihn schlicht und betrachtete ihn bewundernd, von Kopf bis Fuß, wie das perfekte Kunstwerk, das er war, während die Kutsche über die holprigen Straßen polterte.

»Sie hat angebissen«, sagte Dathan und rieb sich entzückt die Hände, als Maeve und Valerian sich mit ihm in dem gespenstisch schönen alten Landsitz trafen. »Während wir hier sprechen, treibt Lisette bereits ihre Vampirspielchen mit unserem bezaubernden *George.*«

Maeves Aufmerksamkeit schweifte ab; sie sorgte sich um Calder, der es vorgezogen hatte, im zwanzigsten Jahrhundert zu verbleiben, wo sie sich so ungestüm geliebt hatten. Er ist ein neuer Vampir, dachte sie besorgt; er braucht Zeit, um seine Kräfte zu erproben.

Valerian stieß sie sanft an. »Es geht ihm gut«, sagte er so direkt, als wären sie allein. »Hör auf, dich um ihn zu sorgen.«

Maeve warf ihm einen ärgerlichen Blick zu über diesen Mangel an Diskretion und wandte sich dann zu Dathan um. Der Hexer stand mit verschränkten Armen da und schmunzelte.

»Ich möchte, daß du mir jetzt den Trick mit dem Feuer zeigst«, sagte sie.

Dathan tat, als bestürzte ihn ihre Bitte, doch der Blick, den er Valerian dann zuwarf, verriet aufrichtige Unsicherheit. Der stattliche Vampir schaute ihn jedoch nur schweigend an, schließlich gab Dathan nach. »Also gut«, stimmte er grollend zu, »ich werde euch die Formel anvertrauen. Es ist allerdings nicht gesagt, daß sie auch bei Vampiren wirkt.«

»Das Risiko gehen wir ein«, erklärte Maeve. Sie hatte eine wichtige Information weitergegeben, als sie Dathan und seinen Hexer verriet, wie Vampire andere übernatürliche Wesen erkannten, ein Wissen, das gegen ihre eigene Art benutzt werden konnte, und dafür wollte sie etwas haben.

Dathan sprach langsam die Formel – Laute einer antiken, längst vergessenen Sprache, unheimlich und eher wie Musik als Worte.

Maeve wiederholte die Formel mehrmals, bevor sie sie endlich meisterte und einen Stapel Zeitungen in Brand setzte.

Valerian, dieser unbelehrbare Dramatiker, schaffte es doch tatsächlich schon im ersten Anlauf!

17

Die markerschütternden Schreie kranker Kinder im London des neunzehnten Jahrhunderts schienen auf der nächtlichen Brise mitzureiten und selbst von den Pflastersteinen aufzusteigen. Erschüttert sank Calder gegen die Mauer einer Tintenfabrik und preßte die Hände an die Ohren, um die schaurigen Geräusche zu ersticken. Doch da er sie nicht hörte, sondern spürte, war die Geste natürlich sinnlos.

»Maeve«, murmelte Calder wie im Delirium. »Valerian … Helft mir … Sagt mir, was ich tun soll!«

Keine Antwort.

Calder löste sich von der Wand, schwankte und sammelte seine Kräfte. Anscheinend war dies eine ganz private Prüfung, ein Ritus, den er zu passieren hatte.

Das Leid der Kinder bedrängte ihn von allen Seiten, doch die Hilflosigkeit, die ihn erfaßte, war ihm nichts Unbekanntes. Das gleiche fieberhafte Bedürfnis, mehr zu sein, als was er war, an hundert Plätzen zugleich zu sein, hatte er schon als Mensch erfahren – unter den verwundeten Rebellen und Unionssoldaten, die er in Amerika betreut hatte.

Konzentrier dich. Das Wort kam leise und beharrlich, wie ein Flüstern an seiner Schulter, und Calder erinnerte sich, daß er es von Valerian gehört hatte, als dieser ihn in seine Vampirkunst einweihte.

Calder setzte schon zu einem tiefen Atemzug an, als er begriff, daß seine Lungen in ihm versteinert waren, weil er keine Luft mehr brauchte. Er lächelte grimmig und straffte die Schultern, als vorübergehende Passanten ihn mit neugierigen Blicken maßen. Das Leid der Kinder war so laut wie schon zuvor, aber allmählich begann er sich daran zu gewöhnen, wie er sich an die Schreie der Verwundeten in den Lazaretts gewöhnt hatte.

Konzentrieren.

Calder fand einen einzelnen Faden in all diesem Gewirr lärmenden Unglücks und ergriff ihn in Gedanken. Dann ließ er sich von ihm in eine Gasse ziehen, an einem Friedhof vorbei, durch einen Park und einen Keller.

Dort war die grausige Musik aus Tod und Qual so durchdringend, daß Calder es fast nicht ertrug, aber er drängte weiter und flüsterte Valerians Wort wie eine Litanei: *Konzentrieren, konzentrieren …*

Das Band seines Bewußtseins lenkte Calder in einen winzigen Verschlag am Ende eines riesigen Gebäudes. Ein armseliges Stückchen Talg erhellte den stinkenden Raum, aber Calder brauchte kein Licht, um den blassen, spindeldürren Jungen auf dem schmutzigen Strohlager vor dem Fenster zu erkennen. Ein Kanten verschimmelten Brots lag innerhalb seiner Reichweite, und mit großen, beunruhigten Augen beobachtete er, wie eine Ratte an seinem letzten bißchen Nahrung knabberte.

Der Junge schaute Calder an und richtete den Blick dann wortlos wieder auf die Ratte. Die Lebensgeschichte des Kindes überflutete Calders Bewußtsein; er wußte, daß der Junge Tommy hieß, seit seinem fünften Lebensjahr allein auf der Straße lebte und sich von dem ernährte, was er aus Taschen, Mülltonnen oder Läden stehlen konnte. Seine Mutter, die ihr Baby sehr geliebt hatte, obwohl es unehelich gewesen war, war ein einfaches Mädchen vom Land gewesen, das nach London gekommen war, um sich seinen Traum von einer Bühnenkarriere zu erfüllen. Doch statt dessen hatte sie ihre Gunst verkaufen müssen, um Brot und Milch zu kaufen, und eines Nachts war sie von einem Freier erdrosselt worden, der nicht bezahlen wollte.

Calder schloß einen Moment die Augen und kämpfte mit den schrecklichen Visionen. Als er sie verdrängt hatte, trat er nach der Ratte, die sich nach kurzem Zögern trollte.

»Was wollen Sie?« fragte der Junge mit schmalen Augen und starkem Cockneyakzent. »Sie sind nicht von hier – mit diesen feinen Kleidern!«

»Ich bin Arzt«, erwiderte Calder gedankenvoll. »Wie heißt du?« Er stellte die unnötige Frage, um den Jungen zu beruhigen.

»Tommy«, sagte er mit einem erfolglosen Versuch, sich aufzurichten. »Ich habe kein Geld, um einen Doktor zu bezahlen, Sie können also wieder gehen.«

»Ich brauche kein Geld«, erwiderte Calder abwesend und berührte den Puls hinter Tommys Ohr. In diesem Augenblick stellte Tommys Anatomie sich ihm in reichen Farben dar, leuchtend und klar. Er litt unter einer Infektion der Atemwege; sie zu behandeln würde einfach sein nach

Maßstäben des zwanzigsten Jahrhunderts – gutes Essen, Ruhe und Antibiotika.

Doch leider war Calders Arzttasche mit den modernen Medikamenten, die Maeve ihm besorgt hatte, in Philadelphia zurückgeblieben.

Tommy stützte sich auf seinen schmächtigen Ellbogen. »Warum sehen Sie mich so an?« fragte er. »Sie wollen mir doch nicht etwas abschneiden?«

Calder lachte und hob das Kind auf die Arme. Er konnte Tommy nicht auf einer Zeitreise mitnehmen, aber ihn an einen anderen Ort zu versetzen, war kein Problem. Er würde ihn nach Philadelphia bringen und ihn dort behandeln. Calder kannte eine Frau, eine Witwe, die drei Söhne in diesem entsetzlichen Krieg verloren hatte und sich sicher gern um den Jungen kümmerte.

»Nein«, erwiderte er etwas verspätet, obwohl Tommy bereits zu ahnen schien, daß ihm nichts geschehen würde, denn er leistete keinen Widerstand. »Ich werde dich auf eine kleine Reise mitnehmen. Halte dich gut fest und hab keine Angst.«

Tommys Augen wurden fast noch größer. »Allmächtiger«, wisperte er, »sind Sie ein Engel? Dann sagen Sie mir, daß ich nicht sterbe!«

Calder lächelte traurig. »Ich bin kein Engel«, sagte er, schloß die Augen und dachte an das düstere alte Haus in Philadelphia, das soviel Qual, Probleme und Verrat beherbergt hatte.

Es war dunkel, als Calder und Tommy eintrafen. Das Treppengeländer war mit schwarzem Stoff verhangen, und überall hingen Kränze.

Tommy befand sich in einem Schockzustand; nichts in seinem kurzen, schweren Leben hatte ihn vorbereitet für eine Reise um die halbe Welt in den Armen eines Vampirs.

»Psst!« flüsterte Calder, als das Kind zu einem erstaunten Schrei ansetzte. Er wollte jetzt nicht Prudence oder einem der anderen Dienstboten begegnen; sie wären entsetzt gewesen.

Gehorsam schmiegte Tommy sich an Calders Brust. Er war sehr schwach und krank, und bald verlor er das Bewußtsein.

Calder gab ihm eine Penizillinspritze, hüllte den kleinen Körper dann in Wolldecken und konzentrierte seine Gedanken auf Ellen Cartwright, die Witwe, die er aus dem Lazarett kannte.

Mrs. Cartwright saß im Salon ihres kleinen, aber soliden Hauses, als Calder eintraf. Er legte den schlafenden Tommy in ein warmes Bett, rief die gutherzige Witwe mit einem geistigen Befehl nach oben und verzog sich in die Schatten.

Die Dame erschien fast augenblicklich. Sorge und Freude malten sich auf ihrem Gesicht ab, als sie den mageren Knaben im Bett ihres jüngsten Sohnes Albie sah, der in Vicksbury gefallen war.

»Um Himmels willen!« rief Mrs. Cartwright und ergriff Tommys Hände. »Wer bist du denn? Und wo sind deine Leute? Mein Gott, sieh dich nur an – nichts als Haut und Knochen!«

Lächelnd verflüchtigte Calder sich. Er würde zurückkehren, um Tommy seine Medizin zu geben, und den Rest – daran bestand kein Zweifel – würde Mrs. Cartwright schon erledigen.

Dieser hier ist nicht so klug wie Aidan, dachte Lisette, als sie den schönen, erschöpften Menschen betrachtete, der in den zerknitterten Laken ihres Betts schlief. Sie hatten zwar nur wenig Gelegenheit gehabt zu plaudern, aber ein rascher Einblick in Georges Gehirn hatte einen enttäuschenden Grad von Mittelmäßigkeit enthüllt.

Er besaß weder Aidans künstlerische Begabung noch seinen dichterischen Geist und war überhaupt erheblich emotionsärmer als sein Vorgänger.

Lisette lächelte. Was sie betraf, so sprachen dieser Faktoren durchaus für George – sie brauchte keinen zweiten Liebhaber, der aufsässig und schwierig war, sondern einen gehorsamen Gefährten von kräftiger Gestalt und einnehmendem Aussehen.

Und dieser hier war ganz ohne Zweifel in der Lage, ihr die Lust zu verschaffen, die sie sich ersehnte; er besaß eine scheinbar unerschöpfliche Fähigkeit, sie zu befriedigen.

Es mochte ein Trost sein, jemanden wie George an ihrer Seite zu haben, treu, hübsch und dumm. Sie konnte sich einreden, er sei Aidan – so wie sie es während ihrer leidenschaftlichen Umarmungen getan hatte – und ihn zu einem perfekten Begleiter abrichten.

George bewegte sich in den seidenen Laken, und Lisette lächelte zärtlich und schaute dann zum Fenster. Die Morgendämmerung war noch Stunden entfernt; ihr blieb Zeit, ihr neues Spielzeug gründlich zu genießen, bevor sie sich dem Vampirschlaf überließ. Heute, das wußte sie, würde der Schlaf sich nicht verdrängen lassen, denn obwohl es ihr sonst oft gelang, beeinträchtigte die Anstrengung empfindlich ihre Kraft.

Sie glitt zu George ins Bett zurück, begann seinen Bauch zu streicheln und seine herrlichen männlichen Attribute ins Leben zurückzurufen.

Ja, dachte Lisette, als George erwachte, ihre schmalen Hüften umfaßte und sie auf sich zog, dieser hier müßte recht gut geeignet sein. Natürlich würde sie ihn in einen Vampir verwandeln, weil es zu grausam gewesen wäre, ihn altern zu sehen, und sobald sie die rebellischen Vampire besiegt hatte, würde sie noch mehr jener hirnlosen

Blutsauger schaffen, als Hofstaat sozusagen, und über ihr neues Königreich herrschen.

Zusammen.

George drang in Lisette ein, und sie warf den Kopf zurück und stieß ein Geräusch aus, das wie das Fauchen eines Panthers klang, ohne in ihrer Gier und Leidenschaft zu bedenken, daß das, was sie so zu diesem unersättlichen Sterblichen hingezogen hatte, ein Gefühl der Gefahr gewesen war.

»Es ist unklug, so unangemeldet und unerwartet zu erscheinen«, protestierte Valerian, als er und Maeve tief im Schoß der Erde an dem dunklen Fluß vorbeigingen, der zu dem geheimen Gewölbe des Geheimbunds der Vampire führte.

Maeve stieß einen gereizten Seufzer aus. »Seit wann belastest du dich mit solchen Nebensächlichkeiten? Es sind die ältesten, mächtigsten Vampire auf Erden. Sie waren dabei, als Lisette von einer Frau in eine Unsterbliche verwandelt wurde. Wir müssen sie überreden, uns zu helfen oder uns wenigstens zu sagen, ob sie irgendwelche Schwächen hat.«

Auch Valerian war verärgert. Maeve wußte, daß er sich nicht wohlfühlte an diesem feuchten, dunklen Ort, aber nicht etwa aus Angst vor Gespenstern, Geistern oder den Mitgliedern des Geheimbundes selbst. Nein, die Höhle entnervte ihn, weil es nicht seine Idee gewesen war, in sie einzudringen, und weil er an diesem Ort einst hilflos Wache bei Aidan gehalten hatte, als dieser die ersten Stadien der Verwandlung vom Vampir zum Menschen durchmachte. »Glaubst du wirklich, sie würden uns Lisettes Achillesferse nennen, falls sie tatsächlich eine hat? Immerhin ist sie *eine von ihnen*. Indem sie dir verrieten, wie die irrsinnige Königin zu zerstören ist, würden sie dir auch das Rezept für ihre eigene Zerstörung mitgeben!«

Sie waren jetzt tief in der Höhle, doch keine Barriere versperrte ihren Weg wie beim letztenmal, und kein Tobias kam, um sie zu empfangen.

Maeves Nacken prickelte von einer schaurigen Vorahnung; irgendein Schock erwartete sie, und sie versuchte, sich darauf einzustellen.

Angespannt und schweigend betraten sie das riesige Gewölbe, wo die Bruderschaft sich versammelt hatte, seit Atlantis im Meer versunken war.

»Beim großen Zeus«, flüsterte Valerian, als sie die Überreste jener uralten Vampire erblickten, makabre Formen aus verbranntem Fleisch und Knochen, zum Teil schon zu grauem Staub verfallen. Anscheinend hatten die Mitglieder des Geheimbunds sich willig ihrem Schicksal unterworfen, denn sie lagen in einer Reihe, die meisten mit über der Brust verschränkten Armen, die nur noch eine schreckliche, äscherne Parodie von Gliedern waren.

Maeve erinnerte sich, daß Tobias und die anderen von ihrem Wunsch gesprochen hatten, zu ruhen, ein für allemal. Sie hatte es nicht wirklich geglaubt, die Vorstellung, den Tod herbeizuwünschen, ja, ihn sogar herbeizuführen, war ihr so fremd, daß sie nicht das geringste Verständnis dafür aufbrachte.

Doch nun, mit der Wirklichkeit konfrontiert, empfand sie eine überwältigende Trauer.

»Tobias?« flüsterte sie und suchte unter den zerstörten Körpern seine vertraute, zierliche Gestalt.

»Er ist nicht hier«, sagte Valerian, der stirnrunzelnd neben einem der Leichname kauerte. »Wer kann die Hinrichtung ausgeführt haben?« fragte er. »Und wie können sie so still dagelegen und die Qual des Verbrennens ertragen haben?«

Maeve hielt sich zurück. Sie hatte diese Geschöpfe nicht gut gekannt und sie nicht einmal besonders gern gemocht, aber sie waren die allerersten ihrer Gattung – ihre Vorfahren gewissermaßen. »Vielleicht waren sie schon tot, bevor das Feuer gelegt wurde«, gab sie zu bedenken.

Valerian schaute zu ihr auf, einen abwesenden Blick in seinen schönen Augen. »Vielleicht«, stimmte er schließlich zu und richtete sich wieder auf.

»Könnte es Lisettes Werk sein?« fragte Maeve.

Der große Vampir schüttelte den Kopf. »Selbst sie hätte einen solchen Frevel nicht gewagt. Nein, das ist das Werk der Ältesten selbst. Sie wünschten sich Vergessen und Ruhe.«

Maeve betrachtete noch einmal die schaurigen Gestalten auf dem Höhlenboden. »Genug, um das Ewige Gericht zu riskieren und die Möglichkeit, in der Hölle zu schmoren?«

»Offensichtlich«, bestätigte Valerian. »Was würde ich nicht dafür geben, zu erfahren, was sie in diesem Augenblick erleben! Das große Nichts oder die Verdammung?« Er stieß einen seiner Pseudoseufzer aus. »Komm, wir wollen uns ein bißchen umschauen. Es könnten alte Schriften da sein oder Schätze.«

Als sie die Suche begannen, sprach Maeve aus, was beide dachten. »Die Aufgabe, die Ältesten zu zerstören, muß Tobias zugefallen sein«, sagte sie. »Wäre da nicht anzunehmen, daß er geschriebene Geschehnisse mitgenommen hätte, als er ging?«

»Das werden wir ja sehen, nicht?« fragte Valerian ungeduldig.

»Wo mag er wohl sein? Tobias, meine ich?«

Valerian hob den Deckel einer bronzenen Truhe an. »Er wird sich zur Ruhe begeben haben. Ich kann mich entsinnen, daß Tobias nicht ganz so begierig wie die anderen schien, seinen Geist aufzugeben.« Valerian hielt inne. »Komm einmal her, Maeve. Ich habe etwas entdeckt.«

In der Truhe befand sich eine Reihe von Pergamentrollen. Als Valerian eine berührte, zerfiel die Ecke des Papiers zu Staub.

Mit einem Gefühl der Erregung, aber auch von nagender Angst erfaßt, trat Maeve näher und konzentrierte ihren Geist auf den Inhalt jener uralten Pergamentrollen. Sie auf normale Weise zu öffnen und zu lesen, hätte sie mit Sicherheit zerstört.

Zuerst verstand sie die Worte nicht, die in ihr Bewußtsein drangen, denn sie waren ihr nicht nur fremd, sondern auch sehr veraltet. Als sie sich jedoch noch stärker konzentrierte, begann ihr ihre Bedeutung allmählich aufzugehen.

Es waren die tiefsten Geheimnisse, Leiden und Philosophien der Bruderschaft.

»Die Wahrheit ist eine Ironie«, las Valerian vor. *»Es sind die Sterblichen, die ewig leben werden, während alle Vampire und anderen übernatürlichen Geschöpfe eines Tages sterben müssen.«* Valerian stand auf und schaute Maeve tief in die erstaunten Augen. »Ich schätze, der Scherz geht auf unsere Kosten.«

Maeves richtete den Blick wieder auf die Schriften in der Truhe. »Hier stehen noch ganz andere Dinge«, sagte sie nachdenklich. »Die Ältesten haben gelogen, als sie behaupteten, es gäbe keine Möglichkeit mehr, einen Vampir in einen Sterblichen zurückzuverwandeln – die dazu notwendige Kombination von Chemikalien ist hier vermerkt. Und sie wußten auch, diese Vampire, wie man kraft seiner Gedanken Feuer auslöst, praktisch auf die gleiche Weise, wie Dathan es getan hat ...«

Valerian trat zurück. »Nimm den Zauber in dich auf«, sagte er, schroff vor Emotion. »Du bist die wahre Königin.«

Maeve zögerte nur kurz, dann kniete sie nieder und spreizte die Hände über die Pergamente, wie die Anweisungen, die sie bereits erraten hatte, es erforderten. Ein Feuerschwall schien sie zu verzehren, und dann floß das Wissen wie ein Stromschlag in sie hinein. Sie nahm Geheimnisse und Formeln auf, die älter waren als die Pyramiden, und die Erfahrung erschütterte sie zutiefst. Als sie alles in sich aufgenommen hatte, benutzte sie ihre Gedanken, um die alten Schriften in Brand zu setzen.

»Was zum ...?« stieß Valerian empört hervor und schaute sich wild nach etwas um, womit er die Flammen ersticken konnte. Aber natürlich gab es nichts. »Warum hast du das getan?«

Maeve stand langsam auf, noch immer wie in Trance. »Es war ein Teil des Pakts«, sagte sie, obwohl ihr klar war, daß Valerian nichts verstehen würde, noch nicht, jedenfalls, und sie es ihm auch nicht erklären konnte. Sie hatte das ganze Wissen des Vampirtums in sich, aber das meiste davon mußte sie selbst erst noch verarbeiten.

Valerian packte sie an den Schultern und drehte sie zu sich herum. »Wir sind verdammt, nicht wahr?« fragte er heiser. »Sag es mir!«

Sie war noch immer wie verzaubert, aber da sie die Verzweiflung ihres Gefährten spürte, bemühte sie sich, zu antworten. »Nicht unbedingt«, erwiderte sie im sanften Ton einer Mutter, die ein ängstliches Kind beruhigt. »Wir haben andere Möglichkeiten – erheblich mehr, als du und ich uns je erträumt hätten!«

»Sprich weiter!« forderte er sie auf.

Maeve schüttelte den Kopf. »Quäl mich jetzt nicht damit, Valerian – ich kann noch nicht darüber reden, und es gibt Dinge, die ich niemals sagen darf.« Traurig schaute sie auf die verbrannten Überreste der Ältesten. »Sie besaßen die Macht, sich selbst von innen heraus zu verbrennen, mit solch hohen Temperaturen, daß es innerhalb eines Augenblicks vorüber war.«

Valerian ergriff ihre Hände. »Und jetzt?« wisperte er.

»Jetzt muß ich ruhen«, erwiderte Maeve. »Es ist ... wie ein Strudel in mir ...« Mit diesen Worten brach sie in Valerians Arm zusammen.

Nachdem er Tommy bei Mrs. Cartwright zurückgelassen hatte, kehrte Calder zu dem großen Haus zurück, wo er durch seines Bruders Hand gestorben war. Es gab nichts, was er von diesem Ort oder den Leuten wollte, die es bevölkerten, und doch hatte er das Bedürfnis, diese kurzen, qualvollen Strafe, die sein sterbliches Leben gewesen war, ein figürliches Ende zu setzen.

Er hatte sich früh genährt an diesem Abend und befand sich daher auf der Höhe seiner Kraft, als er sich in einer düsteren Ecke des Salons verkörperte.

Nur wenige Schritte von ihm entfernt berieten sich der Polizeichef und ein Reporter bei Kaffee und Brandy. Prudence stand in der Nähe und staubte eine Lampe ab.

»Gott weiß«, sagte der Chef der Polizei und alter Freund von Calders Vater, »daß William und sein jüngerer Bruder sich nie ausstehen konnten. Aber William kann unmöglich Calders Leiche gestohlen haben, weil er im Gefängnis sitzt.«

Prudence schüttelte fast unmerklich den Kopf, und Calder sah so deutlich, als ob es seine eigenen Ideen gewesen wären, was sie dachte: Diese Narren redeten viel, aber sie folgten nur alten, wohlbekannten Spuren. Und sie hatten nicht die geringste Ahnung, was wirklich geschehen war in der Nacht, als Calder verschwand.

Mir geht's gut, Pru, sagte Calder seiner alten Freundin stumm. *Sorg dich nicht um mich.*

Prudence fuhr zusammen wie von der Mistgabel gestochen und schaute sich wild im Salon um. Doch Calder sorgte dafür, daß sie ihn nicht sehen konnte. Sie war abergläubisch, und schon der flüchtige Blick auf ihn hätte ihr vermutlich noch jahrelang den Schlaf geraubt.

Sie schaute Polizeichef und Reporter an, sah, daß beide nichts bemerkt hatten, und stürzte aus dem Raum.

Calder wartete, bis sie verschwunden war und versetzte sich dann in die Gefängniszelle, wo sein Bruder William auf einer verrosteten alten Pritsche saß, mit hängenden Schultern und das Gesicht in den Händen vergraben.

Während Calder ihn betrachtete, entfaltete sich die unmittelbare Zukunft vor seinen Augen wie ein sauber geschriebener Brief.

William würde nicht hängen, sah er, da nie eine Leiche gefunden werden würde; er würde nicht angeklagt und nicht ins Gefängnis gesteckt werden.

Eine von Bernards treuen Anwälten gestellte Kaution würde William in wenigen Tagen schon die Freiheit wiederbringen. Bevor er jedoch je vor einen Richter gestellt werden konnte, sah Calder so klar, als ob die Ereignisse sich tatsächlich vor seinen Augen abgespielt hätten, würde William eine ganze Flasche Bourbon austrinken und sich über dasselbe Geländer stürzen, über das Marie vor Jahren gestürzt war. Beim Aufprall würde er sich den Hals brechen …

Während Calder seinen jetzt noch sehr lebendigen Bruder betrachtete, erwachten eigenartige Gefühle in ihm, unter denen nicht einmal das Mitleid fehlte. Sein Halbbruder war gar nicht schlecht, nur schwach; sein schlimmster Charakterfehler war nichts anderes als die unstillbare Sehnsucht nach Anerkennung und Beachtung, vor allem von seiten seines Vaters. Tragischerweise war es jedoch seine eigene Mittelmäßigkeit gewesen, die ihn praktisch unsichtbar gemacht hatte.

Calder legte eine Hand auf Williams Schulter, obwohl er wußte, daß der arme Kerl weder seine Berührung noch seine Anwesenheit wahrnahm. Wie immer war Williams Aufmerksamkeit nach innen gerichtet, auf ihn selbst, und er war somit unfähig, Calder zu spüren, wie es bei Prudence der Fall gewesen war.

Auf Wiedersehen, sagte er, *und möge Gott dir barmherzig sein.*

Damit überließ Calder seinen Mörder, seinen letzten lebenden Verwandten seinem Schicksal und kehrte zu dem schönen Haus zurück, das so viele Tragödien gesehen hatte. Da Calder das Haus jedoch nicht sehen wollte, wie er es kannte, sondern so, wie es einmal sein würde, versetzte er sich ins zwanzigste Jahrhundert.

Er war leicht überrascht, als er auf dem zersprungenen Fußweg stand und auf die Ruine des einst so prächtigen Hauses starrte. Gewiß hatte niemand aus der Holbrookfamilie überlebt, um es weiterzugeben, aber Bernard, der ein vorausschauender Mensch gewesen war, hatte vorgesorgt. Das Haus würde auf unbeschränkte Zeit treuhänderisch verwaltet werden.

Es versetzte Calder einen schmerzhaften Stich, als er sah, daß das Dach stellenweise eingestürzt und die Fenster herausgebrochen waren – einschließlich des schönen Buntglasfensters, das einst eine mittelalterliche Kathedrale geschmückt hatte. Die Säulen, die das Verandadach getragen hatten, waren schon lange eingestürzt und zerbrochen; die einst so gepflegten Gärten waren mit Unkraut überwuchert, die Rosen verwildert und der Marmorbrunnen ruiniert von obszönen Schmierereien neuzeitlicher Barbaren.

Calder lehnte die Stirn an das eiserne Zaungitter, so vertieft in seinen Schmerz, daß er vergaß, sich unsichtbar zu machen und nicht bemerkte, daß er nicht allein war.

»Ich persönlich würde es für das Beste halten, wenn sie es abrissen«, sagte eine polternde Männerstimme. »Es ist ein Schandfleck für die ganze Nachbarschaft.«

Calder drehte sich um und erblickte einen älteren Herrn mit blauen Augen und schneeweißem Haar. Er trug die auffallende, grelle Kleidung des zwanzigsten Jahrhunderts, grünkarierte Hosen und ein gelbes, am Hals offenstehendes Hemd. An einer Leine führte er einen Golden Retriever mit, der mit einem wimmernden Geräusch vor Calder zurückwich, bis die Leine sich so straffte, daß er nicht weiterkonnte.

»Was ist mit diesem Haus geschehen?« fragte Calder. »Es war früher eins der schönsten Häuser in Philadelphia.«

»Bei Fuß, Goldie!« schalt der Sterbliche, aber der Hund war nicht zu beruhigen. Er wußte, daß Calder kein gewöhnlicher Mensch war, selbst wenn sein Herr das ignorierte, und begann verzweifelt an der Leine zu zerren, bis der alte Mann ihn kaum noch halten konnte. »Es soll früher eine richtige Pracht gewesen sein«, erwiderte er schließlich. »Aber dann geschah etwas, vor langer, langer Zeit. Auf jeden Fall sagten die Leute dann, es sei verhext, und das Gerücht hielt sich. Als ich ein kleiner Junge war, wagten wir das Haus nicht einmal *anzusehen,* aus Angst hineingezogen und von Gespenstern verschlungen zu werden!«

Der Hund war nicht mehr zu bändigen; Calder besänftigte ihn mit einem mentalen Trick. Der Herr des Tiers schaute es einen Moment verblüfft an, um dann seine Vortrag mit den Worten zu beenden: »Sind Sie aus dieser Gegend? Ich erinnere mich nicht, Ihnen begegnet zu sein.«

Calder lächelte traurig. »Ich war lange fort.« Dann entließ er Goldie aus seinem Bann, und der Hund bellte und zerrte wieder an der Leine.

»Ich begreife nicht, was in das Tier gefahren ist«, regte der alte Mann sich auf. Nachdem er Calder freundlich zugenickt hatte, ließ er sich von dem Hund den Bürgersteig hinunterziehen, rief Calder jedoch noch einmal lachend zu: »Passen Sie auf, daß Sie nicht verhext werden oder so etwas!«

»Verhext«, wiederholte Calder schmunzelnd. Wenn der Mann bloß wüßte, was das für eine Untertreibung war!

Er schaute sich das alte Haus noch eine Weile an und überließ sich seinen Erinnerungen, die durchaus nicht alle unglücklicher Natur waren, bevor er sich abwandte, um zu gehen.

An einem nahen Laternenpfahl lehnte Valerian mit verschränkten Armen und mürrischem Gesichtsausdruck. »Da bist du ja«, sagte er, als hätte er eine lange, anstrengende Suche hinter sich. In Wahrheit jedoch, wußte Calder, hatte der älteste Vampir lediglich seine Gedanken auf ihn konzentriert, um sich an seine Seite zu versetzen.

Calder war alarmiert. »Maeve«, sagte er und trat zu Valerian, der noch immer an der modernisierten Gaslaterne lehnte. »Ist sie wohlauf?«

Valerian zog eine Augenbraue hoch. »Was interessiert es dich?« fragte er. »Du bist wohl kaum ein aufmerksamer Liebhaber, so wie du ständig durch Zeit und Schöpfung jagst.«

Calders Unruhe nahm zu, und ein leises Schuldbewußtsein erfaßte ihn. »Verdammt, Valerian, was ist mit ihr?«

Valerian lächelte, aber es lag eine gewisse Verbitterung darin, die jedoch Calder und nicht Maeve betraf. »Du hast guten Grund, besorgt zu sein, Grünschnabel«, sagte er kalt. »Maeve ist die Königin der Vampire geworden, heute nacht, als ihr alles Wissen der Ältesten übermittelt wurde, aber das Gewicht der Erfahrung könnte sie zerschmettern. Sie schläft, sogar jetzt noch.«

Calder vergaß sich, vergaß die entschieden größere Macht des anderen Vampirs und packte ihn an den Aufschlägen seines eleganten Samtrocks. »*Wo?*«

Ruhig befreite sich Valerian. »Ihr zuliebe«, sagte er mit leiser, kalter Stimme, »und nur ihr allein zuliebe werde ich dich nicht verbrennen wie ein Büschel trockenes Stroh für deine Dreistigkeit.«

»Wo ist sie?« wiederholte Calder unbeeindruckt. Seine eigene Sicherheit war im Moment nicht von Belang für ihn, nur Maeves.

Valerian ließ sich mit der Antwort Zeit, zog zuerst seinen Rock glatt und zupfte an den Aufschlägen, die Calder zerknittert hatte. »Hast du alles vergessen, was ich dich gelehrt habe?« fragte er. »Du brauchst nur an Maeve zu denken, dann wirst du an ihrer Seite sein.«

Calder hatte es in seiner Unruhe tatsächlich vergessen. Nach einem trotzigen Blick auf Valerian schloß er die Augen und konzentrierte sich auf Maeve.

Sekunden später schon befand er sich bei ihr, in einem riesigen, hallenden Raum, der wie ein mittelalterliches Verlies aussah.

Der Ort war von Hunderten flackernder Kerzen erhellt, und in der Mitte lag Maeve auf einem langen, samtbedeckten Tisch, wie Dornröschen, das den Kuß seines Prinzen erwartete.

Ihre Haut war wie durchsichtig im Kerzenlicht, ein leises Lächeln umspielte ihre Lippen. Calder kannte diesen Ausdruck, er hatte ihn schon oft gesehen … auf den Gesichtern Sterblicher, die reines Gewissens gestorben waren.

Betroffen nahm er ihre Hand und küßte ihre Fingerknöchel. »Maeve?«

Sie reagierte nicht, zuckte nicht einmal mit der Wimper.

Erst da bemerkte er Benecia und Canaan, die grausigen

Vampirkinder, die mit ihren gerüschten Kleidern und Korkenzieherlocken in der Nähe saßen und mit den Füßen wippten. Sie lächelten ihn an, doch das Glitzern in ihren törichten Augen war entschieden boshaft.

»Wenn Maeve nicht mehr erwacht«, sagten sie mit einer Einstimmigkeit, die Calder einen kalten Schauer den Rücken hinunterjagte, »wird Mama Königin, und dann sind wir Prinzessinnen.«

Calder starrte sie wütend an. »Verschwindet hier, ihr kleinen Teufel!«

Da sprangen sie von ihren Plätzen, bleckten die Zähne und stießen solch schrille Geräusche aus, daß sich Calder die Haare sträubten. Er bereitete sich auf einen Angriff vor, doch bevor sie ihn anspringen konnten, erschien Valerian und stellte sich ihnen in den Weg.

»Geht eine Leiche ausbuddeln oder sonst etwas«, forderte er sie mit einer gebieterischen Handbewegung auf.

Benecia und Canaan schmollten, zogen jedoch ihre Fänge ein und trollten sich.

Calder maß Valerian mit einem wütenden Blick, obwohl – oder vielleicht gerade *weil* – sein Schöpfer ihn gerade vor einer häßlichen Erfahrung bewahrt hatte. »Warum hast du so lange gebraucht?« fragte er und spürte jetzt erst, daß er noch immer Maeves Hand umklammert hielt, und das fast schmerzhaft fest.

Valerian seufzte wie ein leidgeprüfter Märtyrer. »Ich hatte schon vergessen, wie anstrengend ihr Grünschnabel sein könnt«, sagte er, doch dann fiel sein Blick auf Maeve, und sein Gesichtsausdruck wurde weicher. »Ich hatte gehofft, daß sie auf dich reagieren würde. So fehlgeleitet das auch sein mag, sie liebt dich sehr.«

Calder fühlte sehr menschliche Tränen in seinen Augen brennen, als er auf Maeve herabschaute. In seinem Eifer, die neugewonnene Macht zu erproben, hatte er sie vernachlässigt, was er jetzt mehr bereute als je zuvor etwas in seinem Leben.

»Verzeih mir«, flüsterte er, und dabei kümmerte es ihn nicht im geringsten, daß Valerian an seiner Seite stand.

»Komm zurück zu uns, Maeve«, sagte der uralte Vampir mit sanfter Strenge. »Wir brauchen dich, wenn wir überleben wollen. Nemesis' Engel sind im Begriff, auf uns herabzukommen.«

Maeve regte sich nicht.

»Wie ist das geschehen?« fragte Calder, als ob das Wissen etwas ändern würde oder das rückgängig machen könnte, was Maeve in diesen totenähnlichen Schlaf versetzt hatte.

Valerian gab eine komplizierte Erklärung ab, sprach von Vampirleichen, einem Gewölbe tief unter der Erde und Truhen voller Pergamente. Maeve hatte irgendwie den Inhalt dieser uralten Dokumente in sich aufgesogen, diese ganze Weisheit, die die Ältesten aus Atlantis mitgebracht und seither gesammelt hatten. Er schloß mit einer weiteren flehentlichen Bitte an Maeve aufzuwachen und ihre Pflichten als Anführerin der Vampire nachzukommen.

»Laß sie in Ruhe«, sagte Calder leise. »Laß sie in Frieden.«

Er bückte sich und legte seine Stirn an Maeves, und da spürte er den geistigen Sturm, der in ihr und um sie tobte. Sie schien irgendeinen inneren Kampf mit Dingen auszufechten, die sie von außen her bedrängten.

Calder richtete sich auf, nahm ihre Hände in seine und zwang seine eigene Kraft in sie, ohne auch nur eine Sekunde lang über die möglichen Folgen nachzudenken. Er spürte, wie er schwächer wurde und zu schwanken anfing, doch Valerians Befehle aufzuhören ignorierte er.

Maeve hörte Calders Stimme über den heulenden Sturm in ihrem Innersten, strebte mit aller Kraft in seine Richtung, kämpfte und zappelte, bis sie sich schließlich von ihm führen ließ.

Und da verspürte sie einen Zustrom von Energie, als ob sie sich an dem geheimnisvollen Nektar nährte, der alle Vampire am Leben erhielt. Sie fühlte Calder nach ihr greifen und sie mit seiner ganzen Kraft nach oben ziehen.

Sie öffnete die Augen gerade rechtzeitig, um mitanzusehen, welchen Preis Calder gezahlt hatte, um ihr beizustehen. Sein Gesicht war wachsbleich und seltsam hager, und während sie ihn ansah und ihre Freude Entsetzen und Reue wich, verdrehte er die Augen und stürzte über sie, vollkommen erschöpft und ausgelaugt – vielleicht sogar tot.

Maeve schrie protestierend auf, als Valerian Calder an den Schultern packte und ihn fortzog. Sie war noch immer sehr geschwächt, und es gelang ihr nicht, sich aufzurichten.

»Valerian!« flehte sie. »Sag mir … ist er tot?«

Die Stimme ihres altes Freundes klang hohl. »Ich weiß es nicht«, antwortete er. »Ich kann keine Verbindung herstellen …«

Angst erfaßte Maeve und trieb sie von ihrem Lager. Zitternd blieb sie daneben stehen und starrte auf Valerian herab, der neben dem reglosen Calder kniete. Sie hatte diese schreckliche Stille noch nie bei einem anderen Vampir gesehen, nicht einmal bei den ruhenden, über die sie ab und zu gestolpert war, wenn sie sich im Ausland aufhielt und nach einem geeigneten Versteck suchte.

Sie schloß die Augen und versuchte, ihren Geist mit Calders zu verbinden, aber es war unmöglich. Sie konnte weder den Geist ihres Geliebten spüren noch seine überragende Intelligenz.

»Er hat es für mich getan«, sagte sie niedergeschlagen, ließ sich neben ihm auf die Knie sinken, nahm seine Hand und rief ihn lautlos mit der ganzen Kraft ihrer Seele. Und da spürte sie es – einen Funken, ein Aufflackern von Leben irgendwo tief in ihm.

Maeve beugte sich über ihn und berührte seine wächsernen Lippen mit den ihren. »Komm zu mir zurück«, bat sie. »Ich liebe dich ... Ich brauche dich ...«

Valerian mußte die Bewegung in Calders Geist ebenfalls gespürt haben, denn er stieß einen leisen Freudenschrei aus.

Calder gewann allmählich Kraft zurück, immer mehr, bis er schließlich, nach einer kleinen Ewigkeit, die Augen aufschlug, einen Moment lang verständnislos dreinschaute und Maeve dann verstohlen zuzwinkerte.

Mit einem erstickten Schluchzen und einem rauhen Lachen warf Maeve sich über ihn und küßte ihn. »Tu so etwas nie wieder!« rief sie vorwurfsvoll, als sie das verschmitzte Lächeln sah, das um seine Lippen spielte.

Sie merkte, daß Valerian sich entfernte, und war ihm dankbar.

Noch immer auf den Knien, legte sie beide Hände um Calders Gesicht, erfüllt von Liebe, Aufregung und Zorn darüber, daß er sie beinahe für immer verlassen hatte. »Was ist geschehen?«

Mit erheblicher Anstrengung richtete Calder sich zu einer sitzenden Stellung auf. »Nichts«, erwiderte er gedankenvoll. »Alles, was ich sah, war Dunkelheit. Mein Bewußtsein schrumpfte immer mehr, bis es nur noch wie ein Stecknadelkopf war.« Er schob die Hände unter ihr Haar und zupfte sanft daran. »Dann habe ich deine Stimme gehört und bin ihr zurückgefolgt.«

Maeves Augen schimmerten feucht. »Es war sehr dumm von dir, dich so zu verausgaben. Warum hast du es getan?«

Er reckte den Hals und küßte sie. »Du weißt, warum«, erwiderte er rauh.

Ja, sie wußte es, und es ließ ihr alles noch viel lohnender erscheinen – all das Leid, das hinter ihr lag, und all die Gefahren, die sie erwarteten.

Calder Holbrook liebte sie.

18

Die Erkenntnis, daß die Ältesten nicht länger existierten, kam Lisette im Traum, als sie in ihrem sicheren Versteck unter der spanischen Villa lag, und obwohl sie sich schon lange von dem geheimen Bund getrennt hatte, bedauerte sie den Verlust der Brüder. Einer, Zarek, war ihr Jugendschwarm gewesen und späterer Gatte, als sie beide noch sterblich gewesen waren. Sie hatte ihn schon bald, nachdem sie Vampire geworden waren, verlassen, denn Zarek war ein Philosoph gewesen und hatte die Art und Weise, wie Lisette ihre Vampirmacht nutzte, nicht gebilligt.

Sie bewegte sich auf ihrer kühlen Marmorplatte und dachte flüchtig an den verführerischen Sterblichen, der sich oben in ihrer Villa aufhielt und ihre Schokolade aß, ihren Brandy trank und vermutlich auch ihr Geld nahm. Doch das verursachte ihr nur leise Belustigung; wenn George erst ein Vampir war, würde er keinen Bedarf mehr für solch menschliche Bequemlichkeiten haben. Sollte er sie also ruhig genießen, während er noch konnte, denn bald schon würde sie ihn in erheblich intensivere Freuden einführen ...

Eins der ersten Dinge, die sie tun würde, war, ihm einen anderen Namen zu verleihen, einen weniger alltäglichen und passenderen – Raoul vielleicht, Julian oder Nikos ...

Es war nichts Ungewöhnliches für Vampire, ihre frühere Identität abzulegen. Sie selbst hatte es auch getan, hatte ihren menschlichen Namen, Cassandra, in Lisette geändert und ihren Beruf aufgegeben. Wie die anderen Ältesten war auch sie Ärztin und Wissenschaftlerin gewesen.

Die uralten Erinnerungen bedrängten sie jetzt wieder und zogen sie in jene Zeit zurück, die verschwommen war wie ein Fluß im Nebel. Wahrscheinlich, dachte sie, bin ich jetzt empfänglicher dafür, weil Zarek und die anderen nicht mehr sind und ich praktisch ganz allein auf dieser Welt stehe. Doch wie dem auch sein mochte, sie versuchte gar nicht erst, sich den Erinnerungen zu widersetzen, sondern ließ sich langsam von ihnen zurücktreiben, weiter und immer weiter ...

Atlantis.

Der zum Untergang bestimmte Kontinent war real für Lisette und keineswegs die Legende, die er in modernen Zeiten geworden war – ein grüner Ort mit sanft ansteigenden Hügeln und einem hochaufragenden Bergmassiv am nördlichsten Punkt der Küste. Es gab viele Seen und Flüsse auf der großen Insel und Tiere, die es nur dort gegeben hatte, seltsame, herrliche Geschöpfe, die mit der großen Katastrophe von der Erde verschwunden waren.

Als sie in Gedanken an der steinigen Küste ihres Heimatlandes stand, verdrängte Lisette das Wissen, daß alles, was sie sah, nur reine Illusion war, jeder Stein und Stock, jedes Grab und jeder Tempel. All dies war vor solch unendlich langer Zeit im Meer versunken, daß es niemanden mehr gab, der sich daran erinnerte, außer ihr selbst vielleicht und ein einziger anderer, nun ruhender Vampir, der nicht vertrauenswürdige Tobias.

Lisette überließ sich der Freude des Nachhausekommens und bestieg einen grasbewachsenen Hügel, um auf das unfaßbar blaue Meer hinauszuschauen. Ein feiner, kühler Nebel benetzte ihre Haut und erweckte jene bezaubernde junge Sterbliche, das Mädchen, das Lisette einst gewesen war und das Tausende von Jahren vergessen in ihr geruht hatte.

Sie war nicht mehr Lisette, sondern Cassandra, oder Cassie, wie sie von jenen genannt wurde, die sie liebten. Sie war jung und schön, frei und sterblich, und einer der intelligentesten Menschen in ganz Atlantis.

Cassie saß im duftenden Gras, die schlanken Beine angezogen und die Arme um sie verschränkt. Sie entsprach nicht dem klassischen Bild der Bewohner von Atlantis, das wußte sie – sie trug weder Toga noch Sandalen und auch keinen Lorbeerkranz auf ihrem Haupt.

Nein, Cassie trug abgeschnittene Jeans und ein knappes Baumwollhemdchen, hörte Rockmusik und lebte in einem Haus mit versetzten Ebenen, und ihre Regierung experimentierte mit Waffen von unfaßbarer Macht – mit Atombomben und mit Raketen.

Cassie ließ sich aufs Gras zurücksinken und schaute zum azurblauen Himmel auf. Sie versuchte, sich nicht allzu sehr um die Tests zu sorgen, die ihr Vater und seine Kollegen, alles Wissenschaftler, ausführten, aber sie wußten schon zuviel, um *nicht* beunruhigt sein zu können.

Während sie diese jüngere Version von sich betrachtete und gleichzeitig aus den Augen dieses Kindes schaute, wurde Lisette von einer schrecklichen Trauer erfaßt. Cassie war so verloren, als ob sie mit der übrigen Bevölkerung von Atlantis untergegangen wäre, wie Vater, Mutter und Geschwister.

Trotz der Qual, die sie bedrängte, hatte Lisette keine Eile, diese Vision ihres zum Untergang bestimmten Heimatlandes aufzugeben. Sie blieb und schaute zu, wie Cassie zu Cassandra heranwuchs und Zarek, ihren gutaussehenden Geliebten, ehelichte. Sie waren einer geheimen Bruderschaft beigetreten, einer Gruppe abtrünniger Wissenschaftler, jung und alt, die auf eine Formel gestoßen waren, von der sie glaubten, sie könne den Alterungsprozeß verzögern.

Doch die Formel erfüllte nicht nur diese Erwartung, sondern vermittelte außerdem jenen, die sie bei sich anwandten, unglaubliche Kräfte. Allein durch die Kraft eines Gedankens waren sie imstande, weite Reisen zu unternehmen, sogar zu anderen Kontinenten, vermochten Gedanken zu lesen und sich der Wahrnehmung gewöhnlicher Menschen zu entziehen.

Die Magie besaß jedoch auch eine finstere Seite, die die Mitglieder der Bruderschaft allerdings erst viele Wochen später entdeckten, nachdem sie diese wundervolle Medizin eingenommen hatten, die ihnen die Kraft und Intelligenz von Göttern verlieh. Sie entwickelten ein Bedürfnis nach menschlichem Blut – und fanden schon bald heraus, zu ihrem unendlichen Entsetzen, daß sie die mysteriöse Energie dieser Substanz benötigten, um sich am Leben zu erhalten. Was als bloße Abneigung gegen Tageslicht begonnen hatte, entwickelte sich zu einer heftigen, extrem schmerzhaften Reaktion. Und schließlich mußten die Bluttrinker auch noch feststellen, daß sie tagsüber einen tiefen, komaähnlichen Schlaf erlagen.

Sie waren Unholde geworden und nannten sich *Vampyre*, nach einem furchterregenden beflügelten Wesen, das nur tief in den südlichsten Urwäldern des Kontinents vorkam.

Alle Mitglieder der geheimen Bruderschaft waren zutiefst beunruhigt, denn in all den Jahren ihrer Forschungen hatte sie derartige Komplikationen nie vorausgesehen. Nur Cassandra war begeistert, sonnte sich in ihrer neugewonnenen Macht und genoß das schwindelerregende Gefühl, das sie stets erfaßte, wenn sie den Wein der Götter trank, den himmlischen Nektar, der aus menschlichem Blut bestand.

Als sie und Zarek erst wenige Monate verheiratet waren, begannen die ersten heftigen Auseinandersetzungen. Ein Gegenmittel gegen die Formel war erfunden worden, und Essian, der Gründer der Bruderschaft, bot sich an, das Mittel an sich auszuprobieren.

Ein schrecklicher Tod war der Preis, den er für seine Tapferkeit zahlte. Er alterte vor den Augen seiner Kollegen, die mit Entsetzen und Abscheu zusahen, wie seine Haut sich runzelte, wie er schrumpfte und sein Fleisch vertrocknete, bis es wie Staub zerfiel. Und doch lebte er noch in diesem zerstörten Körper, grausig wie eine Leiche aus dem Grab, mit Augen, die aus einem Totenkopf herausschauten, und geschüttelt von gespenstisch schrillen Angstschreien.

Nachdem die anderen eine solche Scheußlichkeit mitangesehen hatten, meldeten sich keine Freiwilligen mehr für weitere Experimente. Der Geheimbund der Vampire wurde gegründet, und Cassandra, die es sich zur Gewohnheit gemacht hatte, die gesamte Hemisphäre auf der Suche nach Opfern und Gespielen unsicher zu machen, wurde fortan toleriert, aber niemals richtig in den Bund aufgenommen.

Sie war nicht auf Atlantis in der Nacht der Katastrophe, sondern in einem Dorf, das einst Athen genannt werden würde. Hier führten sie und Zarek eine ihrer heftigen Auseinandersetzungen, in der es wie üblich darum ging, daß Zarek, während sie ihre phantastischen Kräfte erprobte, ein stilles Leben als Wissenschaftler führen wollte, statt mit Cassandra in der Welt herumzustreifen.

Während die beiden Vampire ihre Argumente vorbrachten, erlebte ihr Heimatland schon die ersten Anzeichen der Katastrophe.

Ein Kraftwerk war über einer defekten Leitung erbaut worden, berichtete Tobias später. Als die erste Explosion erfolgte, löste sie eine Kettenreaktion weiterer Explosionen aus, die heftig genug waren, um geologische Platten tief unter der Land- und Meeresoberfläche zu verschieben. Die Erde bebte, und große Risse formten sich in allen Richtungen. Flutwellen überschwemmten den Kontinent, und Vulkane, die man längst erloschen glaubte, brachen überall in dem einst so schönen Land aus. Innerhalb weniger Tage war Atlantis zersprungen und zerbrochen wie eine zu dünne Eierschale.

Die Menschen und den Kontinent verschlang das Meer, die Erdbeben jedoch setzten sich noch über Wochen fort, und riesige Sturmfluten bedrohten Länder, Tausende von Meilen weit entfernt, und löschten unzählige andere Zivilisationen aus.

Zarek und die anderen waren so fassungslos und entsetzt, daß sie sich in eine Höhle mit primitiven Wandmalereien von Vögeln und anderen Tieren zurückzogen und jahrhundertelang schliefen. Cassandra jedoch, die nicht bereit war, um eine Zeit und einen Ort zu trauern, die beide nicht mehr existierten, änderte ihren Namen in Lisette und machte sich daran zu vergessen, was unwiderbringlich und für immer verloren war.

Doch nun, als sie still und reglos in ihrer Villa an der spanischen Küste lag, weinte der uralte Vampir – um Zarek und um die anderen, um Atlantis und vor allem um sich selbst. Erst jetzt, wo es zu spät war, die Brüder von ihren Todesschwüren abzubringen, begriff Lisette, daß sie alle auf irgendeine mystische, unerklärliche Weise miteinander verbunden gewesen waren. Mit dem Tod ihrer ehemaligen Kollegen aus der Wissenschaft war auch ihr etwas genommen worden und war sie vielleicht sogar dem Tode selbst etwas nähergerückt ...

Weit entfernt, in einem anderen Land und anderen Jahrhundert, in einer Gruft unter einem vergessenen Grab, schlief ein weiterer Uralter. Sein Schlaf war jedoch noch erheblich tiefere Trance als Lisettes, denn er würde Monate oder sogar Jahre dauern.

Auch Tobias träumte von seinen verlorenen Brüdern und trauerte um sie. Es gab Momente, in denen er seine Entscheidung bereute, den heilenden Schlaf gewählt zu haben statt des Todes, aber es gab immer noch zu viele Mysterien in diesem Stadium der Existenz, zu viele Rätsel und zu viele Möglichkeiten, die er nicht einfach aufgeben konnte.

Eines Nachts, in fünf Jahren, in fünfzig oder in dreihundert – er war so alt, daß er kein Blut mehr brauchte, um zu überleben – würde er erwachen, sein Lager verlassen und sich draußen in der Welt umsehen. Wenn diese Zeit kam, hoffte er, die wunderbare Maeve Tremayne wiederzusehen ... und Dimity, diese rätselhafte Vampirin, die mit Engeln Freundschaft pflegte ... ja selbst Valerian, den aufreizendsten aller Vampire.

Ah, Valerian! Ein faszinierendes Geschöpf, obwohl er wirklich sehr entnervend sein konnte. Tobias wußte erheblich mehr von ihm als andere, vielleicht sogar noch mehr, als Valerian selbst. Ja, wirklich, die Geschichte *dieses* Vampirs war so interessant und vielschichtig, daß sie geradezu danach schrie, erzählt zu werden.

Tobias ließ sich noch tiefer in seine ganz private Verzauberung versinken und richtete seine Gedanken auf seine eigene glückliche Jugend als Menschenkind, vor langer, langer Zeit und weit, weit fort in einem grünen Land, das von einer saphirblauen See umgeben war.

Maeve fand Calder eine Stunde vor Morgengrauen im späten zwanzigsten Jahrhundert, in einer Zeit, die sie ihrer Hektik und krassen materialistischen Ausrichtung wegen haßte. Sie war müde vom Kämpfen, denn Lisettes Kreaturen vermehrten sich wie Fliegen und schufen immer neue Ungeheuer wie sich selbst, und für jede zehn, die sie, Dathan und Valerian zerstören konnten, schienen hundert weitere aufzutauchen. Obwohl sie nichts mehr von Nemesis' Truppen gehört hatten, was das Ende des Ultimatums nicht mehr weit, und der Kriegsengel, der mitansah, wie sich die hirnlosen Vampire vermehrten und immer mehr unschuldige Menschen in ihren Rängen aufnahmen, war mit Sicherheit zum Kampf bereit.

Einige wenige Minuten lang blieb Maeve still im Schatten der berühmten Universitätsbibliothek stehen und schaute zu, wie Calder ein Buch nach dem anderen aus den Regalen zog und ihre Inhalte so schnell aufnahm, wie er die Seiten umblätterte. Er gierte nach Wissen wie die meisten Vampire nach Blut, und das beunruhigte Maeve.

Trotz Calders Liebeserklärungen und seiner heroischen Abgabe von Kraft, als sie sie so dringend brauchte, war Maeve sich seiner Motive noch immer nicht ganz sicher.

Sie hegte sogar Zweifel, daß Calder sich selbst darüber im klaren war.

Endlich schien er ihre Anwesenheit zu spüren und drehte sich lächelnd nach ihr um, in der tröstlichen Dunkelheit, die jetzt, wo die Morgendämmerung nahte, am tiefsten war. Er legte das Buch, in dem er geblättert hatte, ins Regal zurück und kam zu ihr.

»Es tut mir leid«, sagte er, als er Maeves Hände nahm und ihre Wange küßte. »Ich weiß, daß ich dich im Druidenkreis treffen sollte …«

Maeve lächelte und berührte zärtlich sein Gesicht. »Aber du warst so in deine Studien vertieft, daß du es vergessen hast«, beendete sie den Satz für ihn. »Hast du wenigstens daran gedacht, Nahrung zu dir zu nehmen?«

Calder küßte sie leicht auf den Mund, und Maeve verspürte das gleiche wohlige Erschauern wie stets, wenn er sie küßte. »O ja«, erwiderte er schließlich. »Ich bin auf der Höhe meiner Macht, obwohl ich noch ein *Grünschnabel* und *Anfänger* bin. Soll ich es dir zeigen?«

Sie nickte, beinahe scheu, und in stummem Einverständnis versetzten sie sich an ihr neues Versteck, in den Weinkeller des jetzt heruntergekommenen Holbrookschen Hauses in Philadelphia. Dort liebten sie sich auf Vampirmanier, wobei Calder Maeve durch die gleichen anspruchsvollen Schritte führte, die sie ihm selbst schon so oft abverlangt hatte, und dann liebten sie sich noch einmal auf Menschenart. Diesmal war Maeve die Aktivere, kniete sich über Calders Hüften und nahm ihn tief in sich auf, bis er in lustvoller Ekstase aufschrie und sich wand und krümmte unter ihr.

Dann endlich schliefen sie, eng aneinandergeschmiegt und mit verschränkten Gliedern, auf dem alten, verkratzten Tisch, der ihr Vampirbett war.

»Ich möchte dir einen neuen Namen geben, Liebling«, flüsterte Lisette ihrem menschlichen Liebhaber schon wenige Minuten nach Sonnenuntergang zu. Sie befanden sich auf der Terrasse ihrer Villa, die auf die warme spanische See hinausging, die unter dem Licht der Sterne glitzerte.

George genoß sein reichhaltiges Abendessen, das aus gebratenem Fasan, neuen Kartoffeln und anderen Leckerbissen bestand, während Lisette auf der steinernen Balustrade hockte und die sanfte Abendbrise auf ihrem Haar und in den weichen Falten ihrer Röcke tanzen ließ.

»Ich mag meinen Namen«, sagte George und leckte sich genüßlich die Finger.

Lisette verspürte eine Aufwallung von Zorn, die sie jedoch rasch unter Kontrolle brachte. Es war unsinnig, sich über diesen hübschen Knaben aufzuregen; er war nicht intelligent genug, um ihr mehr als eine belustigte Verstimmung abzuringen.

»Er paßt nicht zu dir«, sagte sie gelassen und streckte die Hand aus, um sein schönes, ebenholzschwarzes Haar anzufassen. Wie Seide war es, glitt fein und schimmernd zwischen ihren Fingern durch.

Er schaute mit mutwilligen blauen Augen zu ihr auf, mit Aidans Augen, und Lisettes Herz machte einen ungestümen Sprung. »Was würde denn zu mir passen?« fragte er in Spanisch und ohne mit dem Kauen aufzuhören.

Seine Manieren sind unmöglich, fand Lisette, aber auch das kümmerte sie nicht sonderlich. Er würde ihren Zwecken dienen, selbst wenn er schlecht erzogen war und dumm.

Sie schaute ihn eine Weile sinnend an, einen Finger an ihr Kinn gelegt, obwohl sie längst beschlossen hatte, daß er Nikos heißen würde. »Ist dir eigentlich irgend etwas ... sagen wir, *Ungewöhnliches* – an mir aufgefallen, Liebling?«

George, oder Nikos, lehnte sich zurück und leerte ein

Glas des feinsten Madeiras, bevor er antwortete: »Du bist immer fort, wenn ich morgens aufwache.«

Lisette lächelte. »Mehr nicht?«

George – oder Nikos – runzelte die Stirn. »Du bist ungewöhnlich stark für eine Frau, und deine Haut ist wie schimmernder Stein im Schein des Monds.«

Lisette beugte sich vor, um mit der Spitze des Fingers sein Kinn zu streicheln und sie dann langsam tiefer gleiten zu lassen, an seinem Hals hinab und in das dunkle, weiche Haar auf seiner Brust. Es war erfreulich und amüsant, ihn in jäher Erregung auf seinem Stuhl herumrutschen zu sehen.

»Möchtest du für immer leben?« fragte sie und knöpfte sein seidenes Hemd auf.

Nikos gab einen kehligen Ton der Unterwerfung von sich, als sie auch seinen Gürtel löste und seine Hose öffnete. »Ja«, stieß er hervor.

Mit ihren Gedanken, nicht mit ihren Händen, begann sie Nikos zu streicheln und zu reizen, bis er es nicht mehr auf seinem Platz aushielt und nach ihr griff.

Lisette hielt sich zurück, obwohl sie sich jetzt gern von dem eifrigen jungen Mann hätte verführen lassen, intensivierte ihre Liebkosungen und erregte ihn noch heftiger. »Würdest du gern so bleiben, wie du heute nacht bist – jung, hart und feurig – bis in alle Ewigkeit?« wisperte sie an seinem Ohr.

Er stöhnte, und Lisette wußte sehr gut, was er verspürte, denn schließlich war sie es, die die Empfindungen auslöste, die ihn bedrängten. »Ja ... *Verdammt*, Lisette – was machst du da mit mir? Ich spüre deine Hände, deine Lippen, deine Zähne ... Es ist, als wäre ich im Begriff, verschluckt zu werden ...« Er verstummte, als sich ihm ein hilfloser Schrei der Lust entrang. »Um Himmels willen, Lisette, ich flehe dich an, erbarme dich meiner ...«

Doch Lisette kannte kein Erbarmen. Sie komponierte eine neue Auswahl von Empfindungen, spielte mit seinen Brustspitzen, hauchte schmetterlingzarte Küsse auf seinen Bauch, drückte seinen festen Po und führte George auf schwindelerregenden Höhen der Ekstase.

Das einzige, was sie ihm nicht gewährte, war Befriedigung.

Als sein Verlangen nach ihr schier unerträglich war, sprang er auf und überwältigte sie – oder zumindest ließ sie ihn glauben, daß es das war, was er tat. Er riß ihr die Kleider vom Leib, fegte mit einem Arm den Tisch frei und stieß sie auf die Platte, wo er sie mit tiefen, wütenden Stößen nahm.

Lisettes Erfüllung war augenblicklich und von erschütternder Intensität. Sie wand und krümmte sich unter Nikos' Hüften, schrie in tierischer Ekstase auf, als er sie für ihre neckischen Spielchen strafte.

Er gab sich jedoch nicht zufrieden mit dem einen Mal – auch das war etwas, was Lisette an Aidan liebte … Aber nein, sie durfte nicht vergessen, daß dieser Junge hier Nikos war und unersättlich wie sie selbst. Er drehte sie um auf dem Tisch und drang von hinten ein ganz klein wenig in sie ein, doch nur so weit, daß sie fast wahnsinnig wurde vor Verlangen.

Während sie bettelte und flehte, liebkoste er ihre Brüste und lehnte ihre Bitten mit sanfter, tiefer Stimme ab, sagte ihr, sie gehöre ihm und nur ihm allein, und er würde sie nehmen, wenn er dazu bereit sei, und keine Sekunde eher. Er sagte, sie sei eine wunderschöne Hure, kniff in ihre Brustspitzen und drang noch ein wenig tiefer in sie ein, als sie ihn darum bat, sagte, was sie brauche, sei eine anständige Tracht Prügel, und er habe die größte Lust, ihr ihren hübschen Po gründlich zu versohlen …

Lisette stöhnte, aus Verzweiflung und Entzücken, denn

es war gerade diese explosive Lust, die ihr solch unfaßbare Macht verlieh.

»Was willst du, kleine Hure?« flüsterte Nikos, streichelte ihre Brüste, wog sie in seinen Händen und zupfte an ihren zarten Knospen. »Sag mir, was du willst.«

Sie umklammerte die Tischkante. »Dich«, schluchzte sie. »Ich will dich ... Alles von dir ... bitte ... Ich will dich ganz ...«

Nikos setzte seine erotischen Spielchen noch eine Weile fort, drang ein wenig tiefer in sie ein – aber nur ganz wenig – und zog sich aus ihr zurück, bis er sie fast ganz verlassen hatte. Während er sie diesen süßen Qualen unterzog, tat er, als überlegte er sich ihre Bitte.

Lisette war überzeugt, daß sie sterben würde, so verzweifelt begehrte sie ihn, als er urplötzlich ganz tief in sie stieß und ihr damit einen gellenden Schrei der Lust entlockte.

Wieder sagte Nikos ihr, was für eine lüsterne kleine Hure sie doch sei, sich so zu benehmen und ihn buchstäblich *anzuflehen*, sie zu nehmen, ließ sie wimmern und heulen, packte ihre Hüften und hielt sie eisern fest, wenn sie den Rhythmus seiner Bewegungen zu beschleunigen versuchte, indem sie sich gegen ihn warf. Doch dann, irgendwann, verlor auch er die Kontrolle über sich und stieß immer heftiger, immer schneller zu, bis sie durch die Wut ihrer Leidenschaft zusammenfanden und gemeinsam den Gipfel der Ekstase erreichten.

»Du bist ein sehr unverschämter Knabe«, sagte Lisette danach, als sie sich vom Tisch erhob und die Überreste ihres zerfetzten Kleids aufsammelte.

Nikos zog sie an sich und küßte sie auf die Halsbeuge. »Ich glaube, so werde ich dich von jetzt an immer nehmen«, murmelte er rauh. »Wie ein Hengst seine Stute nimmt.«

Lisette war ganz schwach vor Befriedigung, und doch begann sie wieder eine jähe Hitze an ihrer intimsten Stelle zu verspüren, als Nikos immer weiter redete über all die köstlichen, sündhaften Dinge, die er mit ihr anstellen würde, und sie damit immer tiefer in sein erotisches Netz verstrickte.

Erst als er sie über die steinerne Balustrade der Terrasse gelegt und noch einmal all den wundervollen Qualen unterzogen hatte, erst als sie sich von neuem in schwindelerregender Lust unter ihm wand und krümmte, fragte sie sich – nur flüchtig – wie ein ganz gewöhnlicher Mann einen solch großen Vampir wie sie selbst verhexen konnte.

Dimity erwartete Maeve und Calder, als sie bei Sonnenuntergang aus dem Keller in die Küche kamen, in der Calder als Kind gegessen hatte, weit über hundert Jahre in der Vergangenheit.

Maeve war leicht beunruhigt, daß Dimity sie so mühelos gefunden hatte; sie hatte sich bemüht, Calder und sich selbst zu vor den anderen zu verhüllen, in der Hoffnung, in ungestörter Anonymität ruhen zu können.

»Was gibt's?« fragte Maeve.

»Die Engel sind da«, sagte Dimity. »Sie lagern überall und sind bereit, uns anzugreifen. Gideon sagt, daß Nemesis persönlich aus der höheren Welt herabgestiegen ist, um an der größten Säuberungsaktion seit der Vertreibung aus dem Himmel teilzunehmen!«

Ein Frösteln erfaßte Maeve, und sie warf einen raschen Blick auf Calder. Er war stark, tapfer und bereit, zu kämpfen, aber er war ein Anfänger, seine Macht war ihm noch neu, und er verstand seine geistigen Waffen noch nicht anzuwenden. Falls er versuchte, die gemeinsame Sache zu unterstützen, konnte das katastrophale Auswirkungen haben, für ihn selbst und für die anderen Vampire.

»Da ist noch mehr«, sagte Maeve und schaute Dimity in die Augen.

Der engelhafte Vampir nickte. »Ja. Nemesis will dich sehen, Maeve. Er hat befohlen, daß du heute nacht zu ihm kommen sollst.«

Selbst als sterbliches Kind schon war Maeve unerschrocken genug gewesen, um auf die hohen Mauern des Klosters zu steigen, in dem sie aufgewachsen war, und einmal hatte sie sich sogar fahrenden Zigeunern angeschlossen. Sie hatte mit Lisette gekämpft und die schreckliche Qual überlebt, ihren Bruder zu verlieren – aber was jetzt von ihr erwartet wurde, war die größte Herausforderung, die sie sich denken konnte.

»Wie kann ich sicher sein, daß sie mich nicht gefangennehmen?« fragte sie ruhig.

Calder sprang in plötzlichem Protest auf. »Du kannst doch nicht im Ernst so etwas in Betracht ziehen ...«

Maeve nutzte ihre überlegene Macht, um Calder stumm zu machen, wenn auch nur vorübergehend, weil sie wußte, daß er vernünftigen Argumenten jetzt nicht zugänglich war.

Dimity beantwortete Maeves Frage, als ob Calder nichts gesagt hätte. »Du hast Nemesis' Wort darauf. Das Versprechen eines Engels kann keine Lüge sein, das weißt du.«

»Ja«, sagte Maeve, als Calder sich abmühte, zu sprechen, und sie mit wütenden Blicken maß, weil er wußte, daß sie irgendwie seine Stimmbänder gelähmt hatte. »Wo ist Nemesis?«

»Gideon sagte, du solltest dich zur All Soul's Cathedral in London begeben und dort warten.«

Maeve nickte, während Calder wütende Geräusche ausstieß und ihren Arm ergriff, um sie zurückzuhalten. Dann richtete sie den Blick auf Dimity. »Paß auf ihn auf«, sagte sie, und die andere Vampirin nickte, eine Ausdruck von Mitgefühl in ihren schönen Augen.

Indem sie ein Bild der Kathedrale formte, in der sie und Valerian von Hexern angegriffen worden waren, hob Maeve langsam die Arme über den Kopf und verschwand. Calder konnte ihr nichts zurufen, das stimmte, und konnte ihr auch nicht folgen, während Dimity ihre beträchtliche Macht nutzte, um ihn zurückzuhalten, aber Maeve spürte seinen Protest in ihrer Seele.

Er würde ihr nicht so schnell verzeihen, daß sie ihn schon wieder seiner Freiheit beraubt hatte.

Maeve blieb im zwanzigsten Jahrhundert, weil sie wußte, daß Engel die Gegenwart stets der Vergangenheit vorzogen.

Der Friedhof von All Soul's war nicht leer – hier und dort hatte sich ein Vagabund hinter einem Grabmal oder einer Statue zusammengerollt, und sämtliche Bänke waren ebenfalls besetzt.

Maeve überprüfte den Ort rasch in Gedanken, entdeckte jedoch nichts als Menschen, die bis zum Morgen schlafen würden, und noch mehr Menschen, die schlafen würden, bis Gabriel seine Trompete blies. Ein danteskes Bild drängte sich in ihr Bewußtsein, eine *danse macabre* flackernder, dunstiger Seelen, die von überallher aus ihren Gräbern aufstiegen, um von ihrem Schöpfer gerichtet zu werden, und sie erschauerte.

»Dramatische Vorstellung«, sagte eine Männerstimme.

Überrascht wandte Maeve sich um und erblickte einen großen Engel von kräftiger Gestalt. Er trug moderne Kleidung; einen maßgeschneiderten Anzug, einen Mantel aus feinstem Tuch und einen Kaschmirschal.

»Nemesis«, sagte sie, grüßend und voller Ehrfurcht.

Er lächelte, und Maeve bemerkte, daß er nach normalen Maßstäben nicht gerade gutaussehend war, aber trotzdem war ihr klar, daß sie, falls sie diese Nacht überlebte, niemals auch nur die kleinste Einzelheit seines Gesichts vergessen würde. Er hatte braunes Haar und grüne Augen; wie Gideon schimmerte er von dem Licht eines Königreichs, das nur durch innere Einkehr erreicht werden konnte.

»Ich stehe dir zu Diensten«, sagte er mit einer angedeuteten Verneigung.

Maeves Ehrfurcht begann Mißtrauen zu weichen, Ärger und ganz banaler Angst. »Ich hätte nicht erwartet, daß du so höflich bist«, sagte sie.

»Und ich nicht, daß du so schön bist«, entgegnete Nemesis charmant. Dann seufzte er. »Doch leider haben weder meine Manieren noch deine Schönheit irgend etwas mit unserem gegenwärtigen Problem zu tun.«

Er begann einen steinernen Pfad entlangzuschreiten, und Maeve folgte ihm. Die Menschen um sie herum schliefen, der Tatsache nicht bewußt, daß ihr Schicksal sowie das der Vampire und Hexer gerade hier entschieden wurde.

»Was willst du?« fragte Maeve schließlich.

Ihr Mut schien Nemesis zu belustigen, ihm sogar ein wenig zu gefallen. »Eure Kapitulation«, erwiderte er. »Nicht weniger als die komplette Übergabe sämtlicher Unholde, die die Nacht verunsichern.«

Maeve empfand schon die bloße Idee als beleidigend, aber sie hatte noch andere außer sich selbst zu bedenken. »Was würde dann geschehen? Wenn wir aufgäben, meine ich?«

»Ihr würdet in die Hölle verbannt werden, wo ihr keinen Schaden mehr anrichten könntet«, antwortete Nemesis, so gelassen, als wären sie zwei Menschen, die die Frage diskutierten, ob sie lieber Brötchen oder Plätzchen zu ihrem Tee nahmen.

Maeve erschauerte.

»Ihr werdet ohnehin dort enden«, fuhr Nemesis mit ruhiger, schrecklicher Besonnenheit fort. »Ihr müßt doch wissen, daß ihr es nicht mit Legionen von Engeln aufnehmen könnt.«

Maeve nickte, aber sie war bemüht, sich ihre Angst nicht anmerken zu lassen. »Natürlich wissen wir das«, erwiderte sie. »Unsere einzige Hoffnung ist, Lisette gefangenzunehmen und sie euch zu übergeben. Denn schließlich ist sie die Schuldige.«

»Jeder einzelne von euch ist schuldig«, wandte Nemesis freundlich ein. »Selbst wenn ihr diese Teufelsbrut, diese Lisette zerstört, warum sollte ich euch weitermachen lassen?«

Maeve legte sich blitzschnell ein Argument zurecht. »Wenn es ein Reich des Lichts geben soll«, sagte sie, »muß zum Ausgleich auch ein Reich der Finsternis existieren. Ihr beschützt eures Herrn geliebte Sterbliche, ihr lenkt und lehrt sie, aber es sind die sogenannten Unholde, die sie stärken, indem sie ihnen Grund verschaffen, zu widerstehen.«

Nemesis schwieg lange nachdenklich. Dann lachte er plötzlich leise. »Du bist klug, Vampir – genau wie dein Vater, Luzifer.«

Sie blieb entrüstet stehen. »Ich wäre dir dankbar, wenn du es nicht Luzifer zuschreiben würdest, mich gezeugt zu haben – ich bin ihm nie begegnet, habe nie zu seinen Füßen gesessen, um seine böse Magie zu erlernen, wie du es anzudeuten scheinst. Bevor ich ein Vampir wurde, bin ich *erschaffen* worden – von dem selben Gott, der dich erschaffen hat.«

Der große Engel schaute sie einen Augenblick verärgert

an, aber dann kam es Maeve so vor, als ob er ein wenig nachgiebiger würde. »Wir haben keine Zeit für Wortspiele, Kind. Ich fordere dich noch einmal auf, zu kapitulieren – und deine finsteren Anhänger ebenfalls dazu zu bringen.«

Maeve schüttelte den Kopf und fragte sich, ob sie jetzt tapfer oder nur töricht war. »Nein, Nemesis«, sagte sie fest. »Ich werde dir Lisette ausliefern und dann den Himmel mit Gnadengesuchen überschütten. Wenn du uns schon keine Gnade gewähren willst, ist dein Herr vielleicht dazu zu bewegen.«

»Welch eine Verschwendung«, sagte der kriegerische Engel, und seine Augen blickten traurig, als er auf Maeve herabschaute. »Du wärst ein guter Engel gewesen.« Mit diesen Worten wandte er in offensichtlichem Bedauern den Kopf ab, drehte sich um und tauchte in der Nacht unter.

19

Spinnweben hingen in grauen Schwaden vom großen Lüster in der Eingangshalle, doch im Moment war der Zustand seines früheren Zuhauses Calders letzte Sorge. Obwohl seine Stimmbänder wieder funktionierten, war er noch immer genauso ein Gefangener, als ob er Ketten und Handschellen getragen hätte, und das verstimmte ihn ungemein.

»Maeve versucht nur, dich zu schützen«, bemerkte Dimity, seine Gefängniswärterin, abwesend, als er zu ihr in den Salon ging. Sie stand neben dem von der Zeit zerstörten Cembalo und ließ ihre Finger über die Tasten gleiten.

Verdammt, er haßte es, wie sie ihm alle ins Gehirn

sahen, Maeve, Valerian und Dimity! Sollte er denn überhaupt keine privaten Überlegungen mehr haben dürfen?

»Nicht, solange du nicht lernst, sie zu verhüllen«, erwiderte Dimity, als ob er etwas gesagt hätte.

Calder unternahm einen weiteren fruchtlosen Versuch, die unsichtbare Barriere einzureißen, die Maeve um ihn und um dieses Haus errichtet hatte. Die Anstrengung raubte ihm die Kraft, und er ließ sich auf einen verstaubten Sessel fallen.

»Du bist eigensinnig«, sagte Dimity und wandte sich wieder dem Cembalo zu, dem sie eine gespenstische Musik entlocken konnte. Falls die Töne von Menschen vernommen wurden, besaßen sie damit einen weiteren Grund, das alte Haus als verhext zu bezeichnen.

»Ich bin Maeves Gefährte«, murmelte er. »Mein Platz ist an ihrer Seite – und erst recht, wenn sie in Gefahr ist.«

Dimity zog sich eine Bank heran und setzte sich vor das Cembalo. »Du wärst für sie jetzt nur eine zusätzliche Belastung«, sagte sie. »Vielleicht später, wenn du gelernt hast, deine Macht geschickter einzusetzen …«

»Verdammt!« brüllte Calder, sprang auf und erschreckte Dimity, die zusammenzuckte und ihm über die Schulter hinweg einen Blick zuwarf. »Niemand, nicht einmal Maeve, wird mir meine persönliche Freiheit rauben – ich werde es nicht gestatten!«

»Mir scheint«, bemerkte Dimity nüchtern und strich ihren braunen Seidenrock glatt, »daß dir gar keine andere Wahl bleibt, zumindest nicht im Augenblick.«

Calder ging zu dem schmutzigen Kaminsims, der einst geschimmert und angenehm nach dem Öl geduftet hatte, mit dem Prudence ihn polierte, und umklammerte ihn mit beiden Händen. Dort blieb er stehen, mit gesenktem Kopf, und sein Stolz lag, wie der prächtige Spiegel, der früher über dem Kamin gehangen hatte, zerschmettert zu seinen Füßen.

»Du hast recht«, sagte er nach einer langen Pause rauh. »Ich habe keine andere Wahl – nicht jetzt. Aber morgen nacht, oder übermorgen oder in der Nacht darauf werde ich frei sein. Und obwohl ich Maeve liebe, werde ich meine Freiheit nicht ihrer Willkür opfern.« Calder wandte sich um, im Bewußtsein, daß seine Entscheidung klar von seinen Augen abzulesen war. »Ich werde sie verlassen, Dimity, falls wir den Krieg überleben. Ich werde allein in die Welt hinausziehen und lernen, was ich wissen muß, um der Vampir zu sein, der ich sein will.«

Dimitys schönes Gesicht drückte sowohl Unglück wie Verständnis aus. »Es wird Maeve umbringen, dich zu verlieren«, sagte sie leise. »Sie liebt dich. Ihre Leidenschaft ist ein Teil von ihr, ebenso wie ihre Macht und ihre Seele.«

»Ich bringe ihr die gleichen Gefühle entgegen«, erwiderte Calder grimmig, »aber das ist nicht genug. Ich brauche meine Entscheidungsfreiheit und Maeves Vertrauen, und sie braucht das auch von mir.« Er hielt inne und fuhr sich mit der Hand durchs wirre Haar. »Aber ich glaube nicht, daß wir imstande sind, diese Dinge auch zu geben – nicht freiwillig jedenfalls.«

Langsam und sehr anmutig stand Dimity von der Bank auf und kam auf Calder zu. »Maeve würde dir alles geben«, flüsterte sie. »Egal was.«

»Außer dem geheiligten Recht, mein Schicksal selbst zu entscheiden«, entgegnete Calder. Er begleitete Dimity zu einem runden Tisch, an dem sein Vater und William einst Schach gespielt hatten, und zog einen Stuhl für sie zurück.

Als sie saß, ließ Calder sich ihr gegenüber nieder und faltete seine Hände auf der rissigen, verstaubten Tischplatte.

»Da wir anscheinend viel Zeit zu unserer Verfügung

haben werden«, sagte er, »erzähl mir etwas von dir. Wie bist du ein Vampir geworden, und wann war das? Bist du gegen deinen Willen verwandelt worden, oder geschah es mit deinem Einverständnis?«

Dimity lachte gutmütig. »Ich sehe, daß du noch nichts über unsere Etikette weißt«, erwiderte sie. »Es ist sehr unhöflich, einen Vampir nach seiner Erschaffung zu fragen; das Thema ist für viele von uns ein wunder Punkt.«

Calder war unerschrocken. Er hatte sich im menschlichen Leben nie viel ums Protokoll geschert und beabsichtigte auch jetzt nicht, es zu tun. »Ist es auch bei dir ein wunder Punkt?«

Dimity schüttelte den Kopf, als sei sie erstaunt und schockiert über die Unverblümtheit seiner Frage, doch dann erschien ein mutwilliges Funkeln in ihren blauen Augen. »Nein, eigentlich nicht. Ich bin aus eigenem Wunsch Vampir geworden, Ende des vierzehnten Jahrhunderts ...«

Es wäre albern, dachte Lisette, als Nikos ihr seinen neuen Samtrock und die teuren Rehlederhosen vorführte, mir das Vergnügen, mir einen Prinzgemahl zu erschaffen, auch nur eine einzige weitere Nacht lang zu versagen.

Sie dachte an den Prozeß der Verwandlung eines Menschen in einen Vampir und verspürte eine Aufwallung finsteren Verlangens, das fast ebenso zwingend war wie die Leidenschaft, die Nikos so mühelos in ihr weckte. Mit ihm würde sie das volle Ausmaß ihrer Macht zum Tragen bringen, und die Erfahrung würde für beide einzigartig sein – keine klammen Leichen mehr, schnell geschaffen und dann dem Zerfall überlassen.

Es schauerte Lisette, und sie verdrängte rasch die widerwärtigen Kreaturen aus ihrem Bewußtsein.

O ja, sie würde sich Zeit für Nikos nehmen – würde ihm

die Macht und Tapferkeit eines heidnischen Gotts verleihen und dem kleinen Schurken alle – oder vielleicht zunächst einmal nur *einige wenige* – jener phantastischen Fertigkeiten und Tricks beibringen, die sie sich im Laufe der Jahrhunderte angeeignet hatte.

Sie erhob sich ein wenig schwankend, weil sie sich ganz seltsam fühlte, seit die Bruderschaft zu existieren aufgehört hatte – als würde sie von irgendeiner unsichtbaren Kraft in ein tiefes schwarzes Loch gezogen …

»Komm, Liebling«, sagte sie und reichte ihm gebieterisch ihre Hand. »Es wird Zeit für das Geschenk.«

Nikos zog eine Augenbraue hoch, aber er kannte das Wort *Geschenk* nur allzu gut und war sichtlich interessiert. Er kam zu ihr, in seinen hübschen engen Hosen und dem taillierten Rock, und Lisette mußte sich sehr beherrschen, um dieses köstliche Wesen nicht zu verschlingen, wie eine sterbliche Frau Schokolade verschlungen hätte.

Sie sagte sich, daß dafür später Zeit blieb, eine ganze Ewigkeit sogar, und legte ihre Hände auf seine breiten Schultern.

»Vertraust du mir?« fragte sie weich.

Er lachte, dieser entzückende Knabe, der so stark, so hart, so warm, so schön war, und einen Moment lang kamen Lisette Zweifel an ihren Plänen.

»Natürlich vertraue ich dir nicht«, erwiderte Nikos mit einem solch liebenswerten, charmanten Grinsen, daß Lisettes Herz daran zu zerbrechen drohte. »Du bist wie ich, du denkst nur an deine eigenen Wünsche, an dein eigenes Vergnügen. Wenn du einen anderen Liebhaber findest, der dir besser gefällt, wirst du mich verlassen.«

Lisette strich ihm über das Haar und sagte leise und beschwörend: »Das ist nicht wahr, Nikos! Ich werde dich nie verlassen, und auch du wirst immer bei mir sein. Jetzt und in alle Ewigkeit.«

Er schien verwirrt; sein Lächeln schwankte, ein Ausdruck der Verwunderung erschien in seinen blauen Augen. »Wie soll das möglich sein?« fragte er. »Wir sind aus Fleisch und Blut. Wir werden altern, und wir werden sterben.«

Es verschaffte ihr ein unendliches Vergnügen, ihm zu widersprechen und die köstliche Verwirrung in seinen Augen noch zu steigern. Kopfschüttelnd sagte sie: »Wir können ewig leben.«

Er schien jetzt stark beunruhigt und wollte vor ihr zurückweichen, aber sie ergriff seine Schultern und ließ ihn nicht fort.

»Was redest du da? Das ist doch Wahnsinn«, meinte er, und der Ansturm von Gefühl unter seiner warmen, glatten Haut ließ einen fast unwiderstehlichen Hunger und Blutdurst in Lisette erwachen.

Sie beruhigte sich jedoch, sprach leise und beruhigend auf ihn ein, wie eine Mutter es bei ihrem Kind getan hätte, drückte ihn auf einen Stuhl und setzte sich auf seinen Schoß. »Vampire können es«, sagte sie und versteifte sich innerlich in Erwartung seiner Reaktion.

Statt wütend aufzuspringen, lachte Nikos. Er nahm sie nicht ernst, und das war in gewisser Weise schlimmer als ein Wutausbruch. »Vampire!« höhnte er.

Lisette bleckte ihre Zähne und empfand Entzücken, aber auch Verzweiflung, als er nun doch vor ihr zurückwich und versuchte, aufzuspringen, um ihr zu entkommen. Doch sie fand, daß sie ihm nun genug Geduld erwiesen hatte, und nahm seinen Kopf in beide Hände, wie sie es schon so oft getan hatte, doch diesmal alles andere als sanft. Nein, diesmal hätte eine leichte Drehung ihrer Handgelenke ihm das Genick gebrochen.

»Wehr dich nicht«, sagte sie in einschmeichelndem Ton. »Denn sonst müßte ich dich töten.«

Das Pochen von Nikos' Herzschlag schien den ganzen Raum auszufüllen, so laut war es; seine schönen Augen weiteten sich vor Entsetzen und vor Fassungslosigkeit.

Sein Blutandrang jedoch, der jetzt sogar zu *hören* war, trieb Lisette in den Wahnsinn. Unfähig, sich noch länger zu beherrschen, entblößte sie Nikos' zarte Kehle und grub ihre Fänge in die Halsschlagader, aus der sie dann, gierig und schwindelnd vor Ekstase über ihre intime Verbindung, das Blut saugte.

Nikos schrie auf, als sie ihn biß, und versteifte sich, um dann kraftlos in ihren Armen zusammenzubrechen.

Lisette stöhnte innerlich, als sein Blut in ihre eigenen leeren Adern floß, und begann sich leicht zu wiegen, weil das Gefühl so unsagbar köstlich war, daß sie es kaum noch ertrug. Fast vergaß sie dabei, daß sie, falls Nikos in ihren Armen starb, die Verwandlung nicht vollziehen konnte. Sollte das geschehen, würde er für immer für sie verloren sein.

Es schmerzte, diese schwindelerregende Euphorie zu unterbrechen. Lisette rechnete damit, daß Nikos wachsbleich war, weil sie ihn fast ganz geleert hatte, und mit Sicherheit bewußtlos. Doch statt dessen schaute er sie aus Augen an, die viel zu alt waren und viel zu weise für einen jungen Burschen von knapp zwanzig Jahren …

In diesem Augenblick begann die Qual. Es war, als ob viele winzige, bösartige Fische in ihrem Innersten an ihrem Vampirfleisch zerrten, an den versteinerten Organen, die eigentlich unempfindlich gegen Schmerz sein müßten.

Lisette kreischte vor Wut und vor Entsetzen, weil sie erkannte, daß Nikos' sie verraten hatte und sie vergiftet worden war – er war kein Mensch, kein harmloser Liebhaber und Spielgefährte, sondern ein Hexer!

Während sie noch schrie und sich vor Schmerzen krümmte, sah sie das Bewußtsein seiner eigenen Identität in Nikos' Blick zurückkehren. Das war es also, womit er sie genarrt hatte, der schöne *George* – er hatte selbst nicht gewußt, wer oder was er war!

Und nun brannte sein verseuchtes Blut wie Säure in Lisettes Eingeweiden; sie fiel auf die Knie, kreischend wie eine in die Falle geratene Raubkatze, umklammerte die Beine eines Stuhls und zog sich daran wieder hoch. Durch einen roten Schleier des Unglücks und des Zorns sah sie Manuel, ihren menschlichen Kutscher, für einen Moment unsicher in der Tür erscheinen.

Sie streckte verzweifelt die Arme nach ihm aus; er schlug das Kreuz und floh.

Was Nikos betraf, so war er aufgestanden und wich vor ihr zurück, aber nicht ängstlich, sondern angewidert. Sogar ein Anflug von Spott erschien in den Augen dieses Schuftes. Und wenn es das Letzte war, was sie je tun würde – er würde büßen für diese Beleidigung, und mindestens ebenso sehr für seinen Versuch, sie zu ermorden!

Lisette kämpfte, um bei Bewußtsein zu bleiben; bald würde die Sonne aufgehen, und in ihrem geschwächten Zustand besaß sie keine Chance, ihre Helligkeit zu überleben. Dann, wie eine weit entfernte Glocke, hörte sie Maeve Tremaynes Stimme.

Komm zu mir. Laß es uns beenden.

Maeve, die Feindin. Die unrechtmäßige Machthaberin. Das war *ihr* Werk, dieser Verrat, diese körperlichen und geistigen Folterqualen! Eine Welle von Haß raste durch Lisette und stärkte sie vorübergehend.

Sie sah Nikos, der sie jetzt ganz unverhohlen auslachte und verhöhnte, aber sie konnte seine Stimme nicht hören. Nein, alles, was sie vernahm, war Maeves Rufen.

Sie hätte die Demütigung, ihren Verräter anzusehen, nicht einen Moment länger ertragen, und sie wollte, daß

Maeve Tremayne litt. Oh, und wie diese Verräterin leiden würde!

Indem sie all ihre Kraft zusammennahm, die durch ihren Zorn größer war, als sie jetzt hätte sein dürfen, schloß Lisette die Augen und begab sich zu Maeve.

Lisette nahm auf der kleinen Anhöhe hinter dem in Mondlicht getauchten Druidenkreis Gestalt an, und Maeve bereitete sich auf den Kampf ihres Lebens vor. Im Gegensatz zu Valerian, Dathan und den anderen glaubte sie nämlich nicht, daß die uralte Vampirin schon geschlagen war.

»Sie ist wundervoll«, wisperte Valerian ehrfürchtig, als sie alle zusahen, wie Lisette anmutig die Arme zum nächtlichen Himmel erhob, ein schimmernder Höllenengel, der seine Scharen von Anhängern zusammenrief.

Sie begannen zu erscheinen, diese grauenhaften, wandelnden Leichen, ein Grüppchen hier, eine Hundertschaft dort, plappernd, dumm und ungemein tödlich in ihrer sorglosen Fügsamkeit.

Dathan, der auf diese Begegnung vorbereitet gewesen war, rief seine eigenen Krieger herbei, und sie strömten aus den Schatten, schweigend, düster und anonym in ihren kapuzenbesetzten Umhängen.

Die Vampire, stellte Maeve verärgert fest, waren nur sehr schwach vertreten. *Es würde ihnen nur recht geschehen,* dachte sie, *Benicia, Canaan und all den anderen Feiglingen, wenn ich sie Nemesis überließe, ohne auch nur den Versuch zu machen, sie zu verteidigen!*

Dann schaute Maeve zu Valerian auf, sah die Trauer und die Angst in seinen Augen und richtete den Blick auf Dathan. Doch der Hexer lächelte ihr nur zu und nickte aufmunternd.

»Maeve Tremayne!« rief Lisette mit ihrer hohlen, schaurigen Stimme. Sie schwebte über dem Hügel wie eine züngelnde Flamme; ihre Qual war in der kühlen Nachtluft spürbar.

Maeve raffte ihre Röcke und folgte dem Ruf, und dann standen sich die beiden mächtigen Vampirinnen auf der Kuppe des Hügels gegenüber.

»Warum hast du mir das angetan?« keuchte Lisette, die in ihrer Qual noch viel gefährlicher war als sonst. Ihre Augen waren wie riesige Löcher in ihrem hageren, eingefallenen Gesicht. »Warum? Nur um einige dieser undankbaren Blutsauger vor der gerechten Strafe des Himmels zu bewahren?«

Maeve verspürte den eigenartigen Wunsch, Lisette zu berühren, aber das wäre so ähnlich gewesen, wie eine Wölfin anzufassen, die in der Falle saß, und deshalb widerstand Maeve dem Verlangen. »Ich habe es dir nicht angetan, Lisette«, erwiderte sie ruhig. »Du hast es deiner eigenen Rücksichtslosigkeit und deinem eigenen Verrat zu verdanken, daß du jetzt so enden mußt.«

Lisette schwankte, aber das änderte nichts an der überwältigenden Macht, die von ihr ausging, einer Macht, die – das spürte Maeve – pulsierend und lebhaft war wie ein von ihr unabhängiges Wesen, ein ominöser Reflex, der vielleicht sogar noch funktionierte, wenn der verwundete Vampir gestorben war.

Mit einem schrillen Schrei stolperte sie auf Maeve zu, die tapfer die Stellung hielt, obwohl sie zu Tode erschrocken war.

Da hörte sie Valerian, nur wenige Schritte hinter ihr. »Du bist die rechtmäßige Königin, Maeve«, erinnerte er sie sanft.

Und dann war Calder plötzlich bei Valerian, und obwohl Maeve sich nicht umzuschauen wagte, wußte sie, daß auch er zu ihr gekommen war, irgendwie, und sie segnete ihn dafür und bezog beträchtliche Kraft aus seiner Gegenwart.

»Ich liebe dich«, sagte er schroff, und ihr schien, als läge eine gewisse Trauer im Ton und in der Beschaffung dieser kostbaren Worte. »Sei stark, meine schöne Maeve.«

Als nächste ergriff Dimity das Wort. »Wir alle verlassen uns auf dich«, sagte sie sanft, aber entschieden. »Die Schwachen und die Starken, die Guten und die Bösen – alle.«

Wieder stieß Lisette einen markerschütternden Schrei aus und stürzte plötzlich wie im Fieberwahn an Maeve vorbei, ein wildes Tier im letzten Stadium des Verdurstens. Doch was sie beabsichtigte, war offensichtlich: Bevor sie zusammenbrach, wollte sie so viele Rebellen wie möglich töten.

Da schob Maeve sich vor sie, und die geistige Schlacht, die seit Jahrhunderten vorhergesagt worden war, begann nun endlich.

Eine riesige, prasselnde Woge unsichtbaren Feuers erfaßte Maeve, erstickte sie mit ihrer Hitze und versenkte ihr marmorartiges Fleisch. Doch sie ertrug es tapfer, rief alle jene Dinge zu Hilfe, die sie aus den Pergamentrollen der Bruderschaft erfahren hatte, und der Himmel selbst erbebte unter der Macht ihrer Befehle.

Lisette sank auf die Knie, doch nur, um sich sogleich wieder aufzurappeln. Hinter sich begann Maeve beängstigende Kampfgeräusche zu vernehmen, als die Hexer und eine Handvoll Vampire sich auf die Ungeheuer stürzten, die Lisette in ihrem Wahnsinn geschaffen hatte.

Maeve wartete nicht ab, bis die verwundete Königin von neuem angriff, sondern warf sich auf sie und riß die andere Vampirin mit sich zu Boden. Dann ließ sie krachend das Gewicht sämtlicher Steine aus dem Druidenkreis auf das unglückliche Wesen stürzen.

Lisette weinte – es war ein fieberhaftes, irrsinniges Geräusch – drehte sich auf den Rücken und richtete sich auf die Ellbogen auf.

Wieder war Maeve versucht, Gnade walten zu lassen, und wieder widerstand sie dem Gefühl. Ohne ihre Augen von Lisette abzuwenden, die sie mit der Macht ihrer Gedanken auf dem Boden festhielt, hob Maeve die Hand zum vereinbarten Signal, und Valerian trat vor.

Er reichte Maeve den Holzpfahl und den Hammer, die sie zu diesem speziellen Zweck mitgebracht hatten.

»Du darfst jetzt nicht den Mut verlieren«, warnte er, als er ihre Gedanken las und das Mitleid sah, das sie mit Lisette empfand. »Und du darfst dich nicht von dieser Aufgabe abwenden!«

Maeve zögerte einen Moment, dann nickte sie und nahm die Instrumente des Todes entgegen. Als sie einen Schritt auf Lisette zutrat, stieß diese ein Wimmern aus und versuchte, fortzukriechen.

»Laß dich nicht täuschen«, sagte Valerian, der sich dicht bei Maeve hielt. »Sie ist ein Ungeheuer und reif für die Abgründe der Hölle. Wenn *sie* an deiner Stelle wäre, würde sie nicht zögern, dich zu vernichten!«

Das stimmte, Maeve wußte es, doch das Wissen vermochte ihr die grausame Aufgabe nicht zu erleichtern. Sie zitterte, als sie auf Lisette zuging, dachte an Calder, an Valerian, an Aidan und an Neely, seine schöne Sterbliche – ihrer aller Schicksale lagen in ihrer Hand, sie durfte jetzt nicht schwanken.

Maeve ließ sich in dem feuchten Gras auf ein Knie nieder, richtete die Spitze des Pfahls auf Lisettes Herz und hob den Hammer. Nach einem fast unmerklichen Zögern tat sie den ersten Schlag.

Der Pfahl durchbohrte Lisettes brüchiges Fleisch, und sie schrie auf in Angst und Zorn. Wieder zitterte Maeve, aber sie hob den Hammer ein zweites Mal. Und noch ein drittes.

Lisette kreischte und zappelte, und Maeve schaute in stummem Entsetzen zu, wie das Gesicht der sterbenden Königin zuerst einfiel, sich dann in Staub verwandelte und zerbröckelte. Schließlich blieb nur noch ein Schädel zurück, aber aus den verbrannten Knochen schauten Lisettes blaue Augen, die von einem unheiligen Feuer glühten.

Die Schreie hallten noch lange, nachdem die starrenden Augen zu Asche geworden waren und sich aufgelöst hatten, durch die Nacht.

Maeve empfand Triumph, aber auch Bestürzung, und sie fühlte sich ganz krank vor Übelkeit. Den Hammer noch immer in der Hand, kniete sie im Gras und begann eine Kälte zu verspüren, die bis in ihre Seele reichte.

Nachdem einige Zeit verstrichen war, ergriff Calder von hinten ihre Schultern; sie hätte seine Berührung überall erkannt, weil sie sie stets durchzuckte wie das Läuten einer Glocke. Sehr sanft zog er sie auf die Beine.

Entsetzt und wie in Trance schaute Maeve zu, wie Lisette, halb Leiche, halb Skelett, sich in ein Häufchen Asche auflöste.

Der Pfahl ragte noch immer zwischen den farblosen Rippen auf; der Hammer sank vergessen aus Maeves Hand.

Ein schriller Schrei des Siegs veranlaßte sie schließlich, sich abzuwenden und, nachdem sie zuerst Calder angeschaut hatte, den Blick auf das Schattenfeld zu richten. Als Lisette sich selbst in Brand gesetzt hatte, so wie es die Mitglieder der Bruderschaft in ihrer Todeskammer tief unter der Erde getan hatten, hatte sie auch ihre Anhänger zerstört.

Die Lichtung war übersät mit grau-weißen Häufchen Asche, und während Maeve zusah, kam Wind auf und verteilte die Asche auf dem Hügel. Nur noch die Hexer waren da – die Hexer und die wenigen Vampire, die bereit gewesen waren, Maeve in ihrem Augenblick schlimmster Not beizustehen.

»Die Morgendämmerung!« schrie einer der Vampire.

Calder und Valerian nahmen Maeve zwischen sich, um sie mit ihren größeren Körpern zu schützen, und sie spürte, wie sie sich in Partikel auflöste. Momente später befand sie sich an einem kühlen Ort, dunkel und einladend wie ein Grab. Als ihre Augen sich an die Veränderung gewöhnt hatten, erkannte sie, daß ihre Gefährten sie in eine Gruft direkt unter dem Steinkreis gebracht hatten.

Am Ende des kleinen Gewölbes befand sich ein Altar, vermutlich noch aus Druidenzeiten und so alt, daß er bereits zerfiel. Valerian trat davor und verneigte sich vor Maeve.

»Meine Königin«, sagte er.

Sie lag in Calders Armen und war unendlich froh darüber. »Laß den Unsinn«, herrschte sie Valerian an. »Ich bin nichts dergleichen!«

Valerian lachte und spreizte die Finger seiner schlanken Hand über der Brust. »Sehr wohl, Majestät«, erwiderte er.

Unfaßbar müde plötzlich, schloß Maeve die Augen und legte den Kopf an Calders Schulter. »Laß uns allein«, befahl sie, »und such dir ein eigenes Versteck.«

Er gehorchte, dieser lästige, geliebte Vampir, verwandelte sich mit einer Eleganz, die nur er aufbringen konnte, in Rauch. Maeve bot Calder ihren Mund, und er küßte sie begierig, aber auch ein wenig wütend und in unaussprechlicher Verzweiflung. Es war nicht der richtige Moment für Liebe, so sehr sie einander auch begehrten, denn die Sonne war im Begriff, das Land mit ihren Strahlen zu erhellen.

Eng umschlungen lagen Calder und Maeve in den Trümmern der alten Religion und überließen sich dem komaähnlichen Vampirschlaf.

Er brachte keine Träume, zumindest nicht für Maeve.

Als sie bei Sonnenuntergang erwachte, saß Calder bereits neben ihr und betrachtete sie mit nackter Verzweiflung in den Augen.

»Du willst mich verlassen«, sagte Maeve, überzeugt, daß dies nicht Wirklichkeit sein konnte, sondern höchstens das, was die Menschen einen Alptraum nannten.

Calder nickte und strich mit der Fingerspitze über ihre Wange. »Es ist für uns beide besser«, sagte er rauh. »Ich liebe dich, Maeve, mehr, als ich je für möglich gehalten hätte, und ich verstehe auch, daß du mich nur gefangengehalten hast, um mich zu schützen. Aber trotz allem kann ich mich nicht deinem Willen unterwerfen, egal, wie wohlwollend du auch sein magst.«

Maeve schwankte vor Entsetzen.

Einen Moment lang wünschte sie, in der Nacht zuvor gestorben zu sein, anstelle von Lisette, doch dann gewann ihr starker Überlebenstrieb die Oberhand.

Trotzig schob sie das Kinn vor. »So.«

Calder wandte den Blick ab. Er zog sich bereits von ihr zurück, obwohl sie noch immer diese kleine Gruft teilten. Er begann zu sprechen, doch dann brach er wieder ab.

»Wir könnten uns bemühen, uns zu ändern«, schlug sie leise vor.

Sein Blick kehrte zu ihrem Gesicht zurück; seine Augen glühten vor Überzeugung. »Niemals«, sagte er. »Du bist zu stark, und ich bin zu eigensinnig.« Er hielt inne, um zu seufzen, und es klang, als bräche ihm das Herz. »Ich wollte dein Mann sein, dein dir ebenbürtiger Partner, aber jetzt weiß ich, daß das niemals möglich sein wird.«

Maeve schloß die Augen. »Du bist mir ebenbürtig.«

»Nein, Liebling«, sagte Calder kopfschüttelnd. »Du bist die Königin der Vampire, und ich bin nur ein unbedeutender Anfänger.«

Sie verlor ihn wirklich! Es war unerträglich, unfaßbar,

nach allem, was sie ausgestanden hatten. Und sie liebten sich doch so sehr!

»Wie hast du Dimity überredet, dich gestern nacht zum Druidenkreis zu bringen?« lenkte sie vom eigentlichen Thema ab, weil sie einen Moment Zeit brauchte, ihre Gedanken und Gefühle zu ordnen.

»So war es nicht«, erklärte er. »Ich spürte die Gefahr, in der du warst, und wahrscheinlich war mein Wunsch, bei dir zu sein, wirksamer als deine Fähigkeit, mich fernzuhalten. Ich dachte an dich, und schon war ich bei dir.«

»Wie willst du ohne mich leben?« fragte Maeve ernst. »Und wie soll ich je ohne dich zurechtkommen?«

Calder stand auf und klopfte den Staub von seiner Hose, wie es ein Mensch in dieser Situation getan hätte. »Ich nehme an, daß wir uns hin und wieder sehen werden«, meinte er, ohne Maeve dabei anzuschauen. »Mit der Zeit werden wir vergessen.«

Sie schüttelte den Kopf. »Wenn der letzte Stern zu Staub zerfällt, mein Liebling«, sagte sie leise, traurig, »werde ich dich noch immer lieben.«

»Nicht«, sagte er und wandte sich ab. »Bitte. Laß mich gehen.«

»Das ist nicht so einfach«, erwiderte sie und legte ihm die Hände auf den breiten Rücken. »Ich liebe dich, Calder. Ich brauche dich. Liebst du mich nicht genug, um mir zu verzeihen, um zu versuchen, mich zu verstehen?«

Da drehte er sich um und schaute ihr in die Augen. »Es würde immer wieder passieren, daß du mich irgendwo festhältst, weil du glaubst, ich sei in Gefahr, und irgendwann würde ich dich dafür hassen, Maeve. Das einzige, was wir tun können, ist, unsere Beziehung zu beenden, bevor sie uns zerstört!«

Damit verschwand Calder, aber seine Worte hallten noch lange in Maeves Bewußtsein nach.

Bevor sie uns zerstört.

»Zu spät«, flüsterte Maeve. Dann, da es niemanden gab, der sie trösten konnte, barg sie das Gesicht in den Händen und begann zu weinen. Sie hatte viel gewonnen bei diesem letzten, endgültigen Kampf – und alles verloren.

Nemesis erwartete sie auf dem Friedhof von All Soul's Cathedral, als Maeve drei Tage später dort erschien. Er hätte wie ein ganz normaler Mensch gewirkt mit seinem konservativen Tuchmantel und dem teuren schwarzen Schirm, der ihn vor dem eisigen Regen schützte, wenn nicht dieses Leuchten gewesen wäre, das ihn von innen heraus erhellte.

Als Maeve dieses herrliche Wesen aus der Ferne sah, verstand sie endlich, warum die alten Meister ihre Engel mit Heiligenschein und Aura ausgestattet hatten. Es mußte ihnen irgendwie bekannt gewesen sein, auf bewußter oder und unbewußter Ebene, wie ihre himmlischen Wächter und Tröster aussahen.

Maeve fragte sich, ob sie als Kind einen Schutzengel gehabt haben mochte und was er oder sie wohl jetzt taten, wo seine oder ihre Dienste nicht mehr benötigt wurden.

Oder wurden sie vielleicht doch noch gebraucht?

Nemesis setzte sein höfliches, wohlwollendes Lächeln auf, als Maeve endlich vor ihm stand und die Hitze seiner Aura spürte. »Du hattest einen Schutzengel«, sagte er. »Alle Menschen haben einen.«

Maeve verbarg ihre Bestürzung hinter einem herausfordernden Benehmen, denn irgend etwas an diesem mächtigen, geheimnisvollen, unversöhnlichen Wesen flößte ihr die Hilflosigkeit eines Kindes ein. »Viel hat er mir jedenfalls nicht genutzt«, erwiderte sie spitz. Calders Verlust hatte sie noch unerschrockener als sonst gemacht; sie hatte nichts mehr zu verlieren.

Der Racheengel lachte, tief und kehlig. »Wir sind keine unfehlbaren Wesen«, erklärte er, was Maeve unter den gegebenen Umständen recht großzügig von ihm fand. »Manchmal begehen sogar wir Irrtümer.«

Der Regen prasselte aufs Dach der Kathedrale, auf die Grabsteine und den uralten Weg, den Generationen von Heiligen und Sündern plattgetreten hatten. Als Maeve dem Racheengel in die Augen schaute, fühlte sie sich von einem seltsamen, lähmenden Frieden erfaßt.

Sie schüttelte das Gefühl ab. »Dann solltest du Verständnis für die Irrtümer anderer haben«, sagte sie. »Wir haben Lisette zerstört, wie du sicher weißt, und alle Vampire – außer einigen sehr wenigen, die in diesem Augenblick von meinen Freunden versammelt werden.«

Nemesis betrachtete sie ruhig, ohne etwas von seinen Gedanken oder Gefühlen zu verraten – falls Engel dergleichen überhaupt hatten.

»Es ist viel Schaden angerichtet worden«, sagte er.

»Und es wird noch mehr werden«, entgegnete Maeve kühn, »falls du deine Heere auf das Reich der Finsternis losläßt. Ich gebe zu, daß ihr irgendwann den Sieg davontragen werdet, aber wir werden euch bekämpfen, solange wir die Kraft haben, unsere Schwerter zu heben!«

»Wahnsinn«, erwiderte Nemesis kühl. »Ihr könnt niemals siegen!«

»Nein«, stimmte Maeve ruhig zu. »Das ist wahr. Aber du solltest eins bedenken, Racheengel: Wir, die Hexer und Vampire, haben deine Forderung erfüllt und bitten nun ohne Scham um Frieden. Falls du ihn uns verweigerst und Tausende von Menschen in dem daraus resultierenden Kampf umkommen, wessen Schuld wird das dann sein? Deine oder unsere?«

20

Maeve brauchte den Racheengel nicht aufzusuchen, um seine endgültige Entscheidung zu erfahren; sie war in ihrem Studio und webte fieberhaft an dem Teppich, den sie noch nie richtig betrachtet hatte, als Nemesis ihr mitten im Raum erschien.

Es geschah mit erheblich weniger Brimborium, als sie von einem der mächtigsten Engel im Himmel erwartet hätte, aber sie war trotzdem sehr verblüfft. Nicht einmal Valerians abrupte Erscheinungsweise hatte sie auf diese besondere Überraschung vorbereitet.

Sie ließ das Schiffchen los und stieg mit großen, erstaunten Augen von dem hohen Schemel. Alles hing von dieser Begegnung ab – einfach alles. Entweder gab sich der Himmel mit Lisettes Zerstörung und der Vernichtung ihrer Anhänger zufrieden, oder ihnen drohte ein schlimmes Ende.

Nemesis, der heute einen feinen Anzug im Stil des neunzehnten Jahrhunderts trug, sprach nicht sofort und schaute Maeve anfangs nicht einmal an. Statt dessen ging er zu dem Wandteppich, der fast vollkommen fertiggestellt aus dem hinteren Teil des Webstuhls hing, und betrachtete ihn nachdenklich.

»Was hat das Bild zu bedeuten?« fragte er schließlich, nach einem für Maeve fast unerträglich langen Schweigen.

Sie hatte den Teppich schon seit Wochen nicht mehr angesehen, obwohl sie in Zeiten innerer Anspannung sehr oft das Schiffchen bewegt hatte. Als sie nun keine Antwort auf Nemesis' Frage geben konnte, kam sie sich sehr töricht vor – ihre Muster waren nie geplant, sie strömten einfach so aus ihren Fingern und waren oft wie eine Prophezeiung. Sie ging um den Webstuhl herum zu Nemesis, und was sie dort erblickte, ließ sie einen erstickten Schrei ausstoßen.

Das Bild auf dem Teppich stellte sie selbst dar, in einem fließenden Gewand und mit einem Strauß elfenbeinfarbener Rosen in der Hand. Einige der Blüten waren auf die Erde herabgeflattert, die mit Herbstblättern in Braun, Rot und Gold bedeckt war, und hinter Maeve erhob sich eine niedrige Steinmauer, auf der, mit der für Vampire so typischen Eleganz, Calder saß. Er lächelte Maeve an, die auf dem Bild einen Ausdruck strahlender Freude trug, aber nicht das war es, was Maeve erschütterte. Es war das schöne, dunkelhaarige Kind, ein Jahr alt vielleicht, das lachend auf Calders Schulter saß und seine plumpen Ärmchen nach Maeve ausstreckte.

Ein Kind.

Fast ehrfürchtig legte sie die Hände an den Bauch. Ein Kind? Aber das war doch unmöglich – kein Vampir hatte je ein Kind zur Welt gebracht.

Nemesis, der es müde geworden war, Maeves Antwort zu erwarten, hatte inzwischen selbst die Bedeutung des Wandteppichs erraten. Er streckte die Hand aus und berührte das Bild des Kindes sehr sanft mit der Spitze seines Zeigefingers.

Maeve schaute zu ihm auf, in Verwunderung und Angst, weil alles, was dieses Bild darstellte, und sämtliche Träume, die es versinnbildlichte, in seinen Händen lagen. »Bitte«, meinte sie heiser. »Sag mir, was entschieden worden ist.«

Er stieß einen tiefen Seufzer aus und wandte sich von dem Bild ab, um in einer seltsamen Mischung aus Mitleid, Zuneigung und Widerstreben auf Maeve herabzuschauen. »Wenn es nach mir ginge«, sagte er, »würde ich die Erde noch immer von allen nächtlichen Kreaturen säubern – Vampire, Hexer, Werwölfe und all das. Aber leider scheint deine Theorie eine gewisse Wahrheit zu enthalten – mein Gebieter ist der Meinung, daß ihr euren Platz im Lauf der Dinge habt.«

Mit diesen Worten wandte er sich ab, um noch einmal das Kind auf dem Wandteppich zu betrachten. Als er Maeve darauf von neuem ansah, sagte er: »Du wirst leben und dein Schicksal erfüllen, und wenn du vernichtet werden mußt, wird es durch jemanden sein, der deiner eigenen Gattung angehört.«

Eine jubelnde Freude erfaßte Maeve, gefolgt von einem ebenso heftigen Anfall von Angst. »Dieses Kind hier ...« Ihre Stimme brach, und sie legte eine Hand auf Calders gewebtes Abbild und dann auf das des Kindes.

Wieder seufzte Nemesis. »Einer eurer Dichter sagte es bereits – *Es gibt Dinge zwischen Himmel und Erde ...*«

»Aber Vampire haben keine Kinder«, murmelte Maeve nachdenklich. »Und natürlich würde ich nie ein menschliches Kind verwandeln.«

»Dieses Kind *wird* menschlich sein«, sagte Nemesis stirnrunzelnd, als er erneut den Blick auf den Wandteppich richtete. »Vielleicht hat die Empfängnis stattgefunden, bevor Dr. Holbrook verändert wurde.«

Maeve war wie betäubt. Es würde keinen Krieg mit den Engeln geben, und ein Wunder, wie sie es sich nie zu erträumen gewagt hätte, war geschehen. Sie, eine Vampirin, trug ein lebendiges, *menschliches* Kind unter dem Herzen!

Und der Vater des Babys, ermahnte sie sich gebrochen, hat mich verlassen ...

Nachdem Nemesis seine Botschaft abgeliefert hatte, verschwand er wieder, und Maeve war allein mit ihren Gedanken, ihren Gefühlen und dem geheimnisvollen Wandteppich.

Dathan und Valerian mußten erfahren, daß die Gefahr gebannt war, daß Nemesis und sein Herr nachgegeben hatten. Das Verbreiten der guten Nachricht wollte Maeve jedoch ihnen überlassen, denn sie hatte jetzt andere, wichtigere Dinge zu erledigen.

Eine lange Zeit starrte sie den Wandteppich nur an, während ihr Herz fast platzte vor Glück und Vorfreude, und dann konzentrierte sie ihre Gedanken auf Valerian.

Er saß in einem verrauchten Saloon im amerikanischen Westen des neunzehnten Jahrhunderts, trug grobe Hosen, ein altes Wollhemd, zwei sechsschüssige Revolver und einen der größten Hüte, die Maeve je gesehen hatte. Eine lange, dünne Zigarre steckte in einem seiner Mundwinkel, und er betrachtete stirnrunzelnd die Karten, die er in der Hand hielt, als ob das gesamte Weltschicksal von diesem Pokerspiel abhinge. Ein Tanzmädchen beugte sich von hinten über ihn und massierte mit einem einfältigen Lächeln seine breiten Schultern.

Keiner der Menschen sah Maeve, dafür hatte sie

gesorgt. Valerian allerdings schaute über den Rand seiner Karten zu ihr auf. Ein schwaches Lächeln berührte seinen Mund, seine Augen zwinkerten.

Du und deine Spielchen, gab Maeve ihm zu verstehen.

Er lehnte sich zurück, eine Geste, die jedoch nur für die Sterblichen gedacht war, die am Tisch saßen und um ihn herumstanden. *Die Ewigkeit würde sehr langweilig ohne Spiele sein,* erwiderte er.

Maeve lachte. *Wahrscheinlich hast du recht,* sagte sie. *Nemesis war eben bei mir – er und sein Herr haben beschlossen, nicht gegen uns in den Krieg zu ziehen.*

Valerian warf seine Karten offen auf den Tisch, und die Sterblichen stöhnten in komischer Verzweiflung auf und legten ebenfalls ihre Karten nieder. *Ich bin dein Schöpfer,* sagte der große Vampir schließlich. *Kaum wußtest du, was entschieden worden war, wußte ich es auch schon.*

Maeve stützte die Hände in die Hüften und legte den Kopf schief. *Dann weißt du also auch schon von dem Kind?*

Valerian sammelte seine Gewinne ein und warf dem Tanzmädchen, das ihn so treu verwöhnte, einen Chip zu. *Meine liebe Maeve,* antwortete er, *wenn du dir die Mühe gemacht hättest, den Teppich, den du webst, einmal zu betrachten, hättest du die Wahrheit schon vor langer Zeit darin erkannt. Mir ist dein Zustand seit Tagen bewußt.*

Leiser Ärger erfaßte Maeve; manchmal ging Valerians Allwissenheit ihr mächtig auf die Nerven. *Na schön,* erwiderte sie, *dann laß mich jetzt eine Zeitlang in Ruhe, ja? Es gibt Dinge, die ich mit Calder regeln muß, und mir wäre lieber, wenn du nicht dabei wärst.*

Er zog eine Schulter hoch in einer Geste, die viel zu elegant für seine Umgebung war. *Ich habe eigene Interessen,* erwiderte er. *Und falls du nichts dagegen hast, würde ich mich jetzt gern auf mein Pokerspiel konzentrieren.*

Wirst du Dathan und die anderen über den Waffenstillstand

mit Nemesis informieren? beharrte Maeve, die es eilig hatte, wieder zu gehen, gleichzeitig jedoch ihren ursprünglichen Zweck erreichen wollte, der sie in dieses laute, verrauchte Lokal geführt hatte.

Selbstverständlich, erwiderte Valerian, aber er war schon wieder in ein neues Kartenspiel vertieft, und das Tanzmädchen hockte jetzt auf seinen Knien. *Sobald ich den Hexer sehe, werde ich es ihm mitteilen. Und dann drehe ich ihm den Hals um.*

Maeve schüttelte den Kopf. *Sei vorsichtig,* warnte sie. *Dathan ist mächtiger, als du denkst.*

Valerian schob seine dünne Zigarre von einem Mundwinkel in den anderen und zog sie zwischen seine weißen Zähne. *Ich passe schon seit Jahrhunderten allein auf mich auf, Maeve,* erinnerte er sie geistesabwesend. *Glaub mir, ich bin sehr gut im Überleben. Und jetzt verschwinde endlich und laß mich mein Spiel zu Ende bringen!*

Maeve zögerte, dann ging sie zu Valerian, bückte sich und küßte seine Wange – in Dankbarkeit, Zuneigung und um sich von ihm zu verabschieden.

Maeve fand Calder im selben Jahrhundert, in einem Feldlazarett im nördlichen Tennessee. Er trug die Uniform eines Offiziers der Südstaatenarmee und hatte einen schwarzen Arztkoffer mit modernen Instrumenten und Medikamenten bei sich.

Als Maeve sich ihm zeigte, spritzte er gerade ein Schmerzmittel in den mageren Arm eines Jungen, der eigentlich noch in die Schule gehört hätte statt in den Krieg.

Calder erhob den Blick zu Maeves Gesicht, und in seinen Augen sah sie seine ganze Liebe zu ihr, aber auch seinen Schmerz.

»Können sie dich sehen?« fragte sie.

Calder lächelte traurig und zog die Nadel aus dem Arm

des jungen Mannes. »Ja«, antwortete er leise. »Sie halten mich für einen Menschen.«

Sie schaute auf den Soldat herab. »Wird er leben?«

Calder nickte, ging um das Feldbett herum, nahm Maeves Arm und führte sie in die warme südliche Nacht hinaus.

»Eine schöne Uniform«, sagte sie mit einem Blick auf den grauen Rock und die gutsitzenden Hosen. »Wann hast du die Fronten getauscht und bist zu den Konföderierten übergelaufen?«

»Nie«, erwiderte er, während er sie mit schmalen, besorgten Augen musterte. »Ich habe immer auf der Seite des Lebens gekämpft – ich wechsle zwischen den beiden Heeren, um zu helfen, wo ich kann. Aber warum bist du hier, Maeve?«

Sie zögerte zunächst, dann erwiderte sie tapfer: »Weil ich dich liebe.«

»Und ich liebe dich«, sagte Calder, stellte seine Tasche ab und legte die Hände auf Maeves Schultern. »Aber ich kann nicht zulassen, daß du mich als Gefangenen hältst, egal, vor welchen Gefahren du auch versuchen magst, mich zu beschützen. Ich brauche die Freiheit, ich selbst zu sein, Maeve – ohne das könnte ich genauso gut aufhören, zu existieren.«

»Das verstehe ich«, erwiderte sie. »Und es tut mir leid, daß ich dich jemals irgendwo festgehalten habe. Es geschah in guter Absicht, aber ich weiß jetzt, daß es falsch war.«

Calder hob eine Hand und berührte ihr Gesicht. »Vielleicht sollten wir es noch einmal miteinander versuchen«, sagte er schroff. »Du läßt mich meine eigenen Risiken in dieser Welt eingehen, und ich dich deine.«

Maeve fühlte sehr unvampirische Tränen in ihren Augen und in ihrer Kehle brennen. »Wir können uns jederzeit gegenseitig finden«, sagte sie. »Es bedarf dazu nur eines Gedankens.«

Er senkte den Kopf und küßte sie leicht auf den Mund, und sie spürte das alte, wilde Verlangen in sich aufflammen. »Immer«, stimmte Calder heiser zu.

Sie nahm seine Hand. »Würdest du mich begleiten, und wenn auch nur für eine kleine Weile?« fragte sie beinahe scheu. »Es gibt etwas, was ich dir sehr gern zeigen würde.«

»Aber natürlich«, erwiderte er.

»Wir treffen uns in meinem Studio«, sagte sie, mit dem Gefühl, allein auf den Schwingen ihrer Freude heimfliegen zu können, ohne irgendeinen anderen Zauber anwenden zu müssen.

»Auf nach London«, sagte Calder mit einer großartigen Geste, als lüde er Maeve ein, vorauszugehen.

Sie stand schon vor dem Wandteppich, als ihr Gefährte erschien, und sah, wie seine Augen groß wurden vor Erstaunen, als er die Bilder betrachtete und ihre Bedeutung erfaßte. Schließlich wandte er sich verwundert zu ihr um.

»Ein Kind?« Seine Stimme war leise und schroff, es klang, als versuchte er, seine aufsteigende Hoffnung zu verdrängen, um sich eine Enttäuschung zu ersparen.

Maeve ergriff Calders Hände und legte sie flach auf ihren Bauch. »Nemesis sagt, das Kind sei sterblich«, sagte sie.

Calder schaute sie in freudiger Erregung und zugleich unendlicher Verblüffung an. »Aber wie kann das sein?« wisperte er.

Sie schlang ihre Arme um seinen Nacken. »Ich weiß es nicht«, gab sie lächelnd zu. »Du bist der Arzt.«

Er ließ seine Hände streichelnd über ihren Rücken gleiten. »Es ist ein Wunder«, sagte er staunend und küßte sie noch einmal.

Maeve war wie berauscht, als er sie schließlich freigab, und fühlte sich so schwach, daß sie sich an Calders Uniformrock festhielt, um nicht umzufallen. »Wie sollen wir das schaffen, Calder?« fragte sie leise. »Wie können Vampire ein menschliches Kind aufziehen?«

»Auf die gleiche Weise wie die Menschen«, erwiderte Calder und streifte das Kleid von ihren Schultern, um ihre vollen weißen Brüste zu entblößen. »Mit viel Liebe und Geduld.«

»Aber ...«

Calder senkte den Kopf und nahm eine von Maeves zarten Brustspitzen zwischen die Lippen, was sie in ihren Worten innehalten ließ und ihre Zweifel in einem Sturm körperlicher und geistiger Emotionen auflöste.

Maeve legte den Kopf zurück und überließ sich Calders Zärtlichkeiten, sonnte sich in dem ungezügelten Begehren, das er in ihr weckte. Mit sanften Händen entfernte er den Rest ihrer Kleider, bis Maeves Körper nur noch vom Mondlicht umschmeichelt wurde.

»Hier ist noch etwas, was Menschen tun«, sagte er rauh, ließ sich auf einem Knie vor ihr nieder, wie ein Ritter vor seiner Königin, und teilte das seidige Haar, das ihre empfindsamste Stelle verbarg, um sie dort zu küssen.

Maeve schrie auf, teils aus Protest, teils aus wonnevoller Unterwerfung.

Calders Hände umschlossen ihren festen kleinen Po, und dann preßte er sie so hart gegen seinen Mund und küßte sie so unendlich leidenschaftlich, daß sie erbebte und wimmerte vor Verlangen.

Da endlich legte Calder sie auf den nackten Holzboden und ließ buchstäblich mit einem Augenzwinkern seine Kleider verschwinden. Als er sich über sie beugte, spreizte sie bereitwillig und voller Eifer ihre Schenkel.

Mit einem einzigen harten, verzweifelten Stoß drang er in sie ein, und dann vermochte auch er sein Verlangen nicht mehr zu zügeln. Sie bewegten sich in einem anmutigen Tanz der Leidenschaft, ihre schlanken Körper hoben und senkten, drehten und wendeten sich, während sie einander Freude schenkten.

Es endete mit einem gleichzeitigen, glühendheißen Verschmelzen, nicht nur ihrer Körper, sondern auch ihrer Seelen, und danach blieben sie erschüttert und ermattet auf dem harten Boden liegen.

Maeve war die erste, die sich rührte. Sie legte ihre Kleider wieder an, griff in ihre Rocktasche und zog den Talisman hervor, den ihr die Zigeunerin vor solch langer, langer Zeit gegeben hatte. Sie kniete neben Calder nieder, der noch immer herrlich nackt war und sich nur auf einen Ellbogen aufgerichtet hatte, legte die Kette um seinen Hals und küßte ihn sanft auf beide Wangen.

»Dies ist mein Gelübde«, sagte sie. »Ich werde deine Frau sein, heute und in alle Ewigkeit, im Himmel oder in der Hölle, im Leben und im Tod.«

Calder richtete sich auf, nahm Maeves Gesicht in seine starken Hände und küßte sie mit ernster Miene. »Und dies ist mein Versprechen an dich«, erwiderte er mit heiserer Stimme und löste sich gerade genug von ihr, um ihr tief in die Augen zu sehen. »Ich werde dein Gatte sein, treu und tapfer und geduldig. Ich werde dich immer lieben, über alle Ewigkeit hinaus, und meine Seele wird ein Teil von deiner Seele sein.«

Maeve schmiegte sich in seine Arme. Es war das, was der Hochzeit, die sie niemals haben würden, am nächsten kam, dieser Austausch ihrer Gelübde, und endlich hatten sie und Calder sich darauf geeinigt, daß sie sich in alle Ewigkeit lieben würden.

Für immer und in alle Ewigkeit.

ENDE